川平ひとし

中世和歌テキスト論

定家へのまなざし

KAWAHIRA Hitoshi Collection

JN289022

笠間書院
kasamashoin

川平ひとし氏の学問について

川平ひとし氏の学問について短くまとめるのは容易なことではない。その研究方法・態度などについては、前著『中世和歌論』が平成十六年度第二十六回角川源義賞を受賞した折の「推薦のことば」にほぼ尽くされているので、詳しくはそれに譲り、ここではその要旨を記して序に代えることとする。

中世和歌の研究は、この半世紀、多様な方法によって、実に活発に行われて来た。

川平氏の『中世和歌論』は、そのおびただしい研究成果を吸収し、資料性・事実性・歴史性を重視し、厳密な手続を踏みつつ、「中世和歌とは何か」「中世和歌の広がりと深度をどのように把握するか」を、練り上げた思考によって論述した書である。

川平氏は、和歌の正統な調査・研究方法に熟達しており、同時に、従来の国文学の範囲を超えた諸学説・方法に通暁し、両者を自家薬籠中のものとして課題に立ち向い、そして成ったのが前書である。中世における「詩」「詩的なもの」について、また中世歌人の認識・表現行為、テキストの生成・変容などの問題を、多面的に照射した中から導き出された多くの新見が漲っており、今後の学界に及ぼす影響ははかりしれないものがあろう。達成度の極めて高い学術書というに憚らない。

今回の著書は、藤原定家と、その「テキスト」にまつわるさまざまな課題、および定家と深い関わりを持つ歌論・歌学上の諸問題を中心として論述したものを集成した。ここに収めた諸論文は、前著と全く同様の方法によってまとめられたもので、すべて新見に溢れた、密度の濃い内容であることは疑いないものといって憚らないであろう。

編集委員一同

中世和歌テキスト論

——定家へのまなざし

目次

CD-ROM所収分目次（初出注記を兼ねる）

I 定家の詠作と家集

1 彰考館蔵『忠信卿百首和歌』について
——「建保四年後鳥羽院百首」再吟味のために——
跡見学園女子大学国文学科報9、81年3月

2 建保四年院百首の成立
私学研修102、86年7月

3 春のシンポジウム拾遺愚考
——定家の「雑」概念の問題を通して——
文芸と批評6-5、87年3月

II 定家歌論の研究

4 〈幽玄批判以後〉——歌論史研究についての覚書——
文芸と批評5-4、80年5月

5 『京極中納言相語』について
早稲田実業学校研究紀要10、75年12月

6 「長綱百首」伝本考
——付・本文翻刻（底本・松平文庫蔵A本）——
和歌文学研究33、75年9月

7 長綱百首——定家の評について——
国文学研究55、75年2月

8 『顕註密勘』の伝本おぼえ書き
早稲田実業学校研究紀要11、76年12月

9 和歌の初句五文字をのちに置くこと
——一詠歌技法の諸相と俊成・定家の表現意識——
伊地知鉄男編『中世文学　資料と論考』、笠間書院、78年

10 〈初句後置法〉の示唆するもの
——新古今時代の表現意識の一齣—— 跡見学園女子大学国文学科報7、79年
11 〈紹介と翻刻〉上野本毎月抄聞書 跡見学園女子大学紀要12、79年
12 定家における初句五文字（上）
——東常縁・拾遺愚草註を通して—— 跡見学園女子大学国文学科報8、80年
13 物語二百番歌合 三谷栄一編『体系物語文学史第五巻　物語文学の系譜Ⅲ　鎌倉　物語2』、有精堂出版、91年7月

Ⅲ **『詠歌之大概』関連資料**

14 『詠歌之大概』の成立時期
——（付）仮名本三本について—— 跡見学園女子大学国文学科報17、89年3月
（「付」以外は『中世和歌論』所収。）
15 資料紹介
一、伝定家筆録『射法故実抄』
二、『詠歌之大概』諸抄採拾——近世和歌手引書類所載の註二種—— 跡見学園女子大学国文学科報16、88年3月
16 『詠歌之大概』諸抄採拾（二）——霊元院抄—— 跡見学園女子大学紀要22、89年3月

Ⅳ 作法書と切紙の伝流

17 定家著『和歌書様』『和歌会次第』について　跡見学園女子大学紀要21、88年3月
——付・本文翻刻——　(翻刻以外は『中世和歌論』所収。)
18 清浄光寺蔵冷泉為和著『題会之庭訓并和歌会次第』について　跡見学園女子大学紀要23、90年3月
19 冷泉為和相伝の切紙ならびに古今和歌集藤沢相伝について　跡見学園女子大学紀要24、91年3月
20 資料紹介　正親町家本『永禄切紙』　跡見学園女子大学紀要25、92年3月
——藤沢における古今伝受関係資料——
21 〈翻刻〉彰考館本『冷泉家秘伝』　跡見学園女子大学紀要26、93年3月
22 為和から乗阿へ　跡見学園女子大学紀要27、94年3月
——早稲田大学図書館蔵『冷泉家相伝』の紹介を兼ねて——
23 『宗訊不審抄』(尊経閣文庫蔵)の本文と位置　石川透ほか編『徳江元正退職記念　鎌倉室町文学論纂』、三弥井書店、02年5月
——『千種抄』への一経路——

Ⅴ 仮託書を読む試み

24 『桐火桶抄』の本文　跡見学園女子大学国文学科報23、95年3月
25 『桐火桶号志気』の「裏書」について　跡見学園女子大学紀要30、97年3月

26 叡山文庫蔵『瀟湘八景註』をめぐって　跡見学園女子大学国文学科報24、96年3月
27 『定家卿自歌合』箋註（一）　跡見学園女子大学国文学科報25、97年3月
28 『定家卿自歌合』箋註（二）　跡見学園女子大学国文学科報27、99年3月
29 天理大学附属天理図書館蔵・清水光房『和歌無底抄考』——解題と翻刻——　錦仁ほか編『偽書の生成—中世的思考と表現』、森話社、03年11月

Ⅵ テニヲハ論をめぐって

30 〈資料紹介〉水無瀬氏成伝・和歌テニヲハ論書　跡見学園女子大学国文学科報14、86年3月
31 幻交庵寂翁の著作について——『虚字之詠格』その他——　汲古36、99年12月
32 「つつ」稿断片——テニヲハの表現誌と表現史を模索する——　文芸と批評7-3、91年

凡例に代えて

一、本書は故・川平ひとし氏の遺稿を集め出版するものである。全体は冊子部分と付属のCD-ROM所収部分に分かれ、氏の前著『中世和歌論』（平15、笠間書院刊）に収録された諸編と合わせることで、川平氏の和歌関係の論考のほぼすべてをカバーすることになる。

二、川平氏自身は『中世和歌論』に漏れた諸編の刊行を企図しておられなかった。従って、今回刊行の冊子・CD-ROMの全体的構成（どれを冊子に入れるか等を含め）、付された章・節タイトル、配列の順序等はすべて編集委員の便宜的な判断によったものである。この編成については、川平氏自身ないしご遺族の意向に基くものではないことを十分ご理解のうえご利用いただきたい。

三、前項からも想像されるように、今回所収の諸編については川平氏自身による刊行のための補訂の書き込みなどは遺されていない。従って、初出そのままに再現することを重んじた。もし氏自身が関与しておられれば、訂正・追補がなされたはずの部分が数多くあるに違いない（例えば、冷泉家時雨亭文庫から公開された諸資料による補訂の必要については、生前に周囲に語っておられた）。しかし、故人の意図が知られないため、現在の研究状況に合わせて補筆する等の処置は行わなかった。書式・表記の統一も、最低限に留めている。年号と西暦が混在するなど、不統一な点はお許しいただきたい。歌番号は、新編国歌大観の番号に統合した場合がある。

なお、原論文の単純な誤植と思われるものは訂正した場合がある。

四、遺された論考は膨大であり、到底一冊の本にまとめることは不可能であった。そこで、笠間書院と協議の上、冊子は冊子で一応の独立性を保ちつつ、それ以外の多くの論考についてはCD-ROMに画像データとしてそのまま収録することにした。川平氏の論考はいずれも学界に寄与するところが大きく、捨てることができないうえ、ほとんどが相互に強く連関しており、互いに参照を要求しあっているため、このような形態を採るほかに方法がなかったのである。利用にはご不便をお掛けすることになるが、どうかお許し願いたい。

なお、全体の構成については巻末の「所収文献解説」で簡単に述べた。

五、末尾ながら、今回の出版をご許可下さり、年譜・著述一覧の資料をもご提供下さったご遺族に、また困難な出版状況の中で刊行を承諾して下さった笠間書院に、この場を借りて御礼申し上げる。なお、校正作業等で、小林大輔氏・和田琢磨氏・錺武彦氏・江草弥由起氏のお力添えを得たことを記しておきたい。

Ⅰ　定家テキストの思惟

1 『三代集之間事』読解

小稿は『三代集之間事』（以下『間事』と略称する）の内容を、定家の問題として読解する試みである。[1]

＊

最初にテキストに関連して一言しておきたい。『間事』の本文については、定家自筆本の原態を留めているとされる伝本に基づいて原態の復元が試みられた（野口元大氏）[2]ことにより、基礎的な課題の一つは既に解決されているように思われる。しかし幾つか現存している伝本を引き較べてみると、書誌をめぐる問題には——成立事情、執筆の目的や対象など、本書の基本的性格に関わる問題をも含めて——なお検討すべき余地が認められる。それゆえ書誌的な追究は依然として要請されているのであるが一方、先ほど述べたような本文復元の現段階を踏まえた上で、一歩進んで本書のもつ内在的な論理——言い換えれば定家の論理——そのものを探索することは今日ますます必要であり、積極的に読解を施す作業を通して、改めて書誌の問題を把え返すという視点もまた求められていると思う。

読解を進める上で常に顧慮しなければならないのは『間事』の位置である。そもそも本書は『顕註密勘』に続く著作であり、内容上はのちの『僻案抄』と密接に関連していることを思うなら、何より、老年期定家の註釈的営為の過程を見渡しながら本書の担っている位置を考えることが重要な課題となるだろう。『間事』の成立年次は、巻末に付された定家の奥書、(3)

貞応元年九月七日　非器重代哥人藤定家

によって明らかである。貞応元年（一二二二）は定家六十一歳。当然ながら、本文内容を右の時点と結び合わせて如何に読むかが問われるであろう。以上のような課題に留意しながら読解を進めたいと思う。

*

1　論理の枠組

一体『間事』に示されている定家の論理はどのようなものなのだろうか。最初に当の論理の大筋をおさえておきたい。但し『間事』の記載形式は、歌を掲げた後に逐一註文を付してゆくという通常の註書のそれとは異っている。一見すると断片的、未整理であり、一首全体の解釈が集中的になされているのではなく、一定の見説や思念が演繹的に説述されているのでもない（――こうした性格を如何に位置づけるかは一つの課題であるが）。極言すれば註書の体裁を成していない。従ってそれら断片的とも見られる言説を綴り合わせて論理を再構成してみる必要があることになる。

さて『間事』の内容は後撰集の註（以下、後撰註と呼ぶ）拾遺集の註（拾遺註と呼ぶ）の、前後二段に分れる。いま特に、各々の段の冒頭に着目してみる。それらの部分においてすでに定家の論理の要点を窺いうるように思われる。

Ａ　古今哥事、大略去年事次勘注、／後撰集之中、自他之説不同事

Ｂ　拾遺集

　　於此集は未受一部之説

Ａの前半「古今哥事……勘注」は『顕註密勘』における註釈作業を指していると解される。従って「去年」は『間事』の成った貞応元年の前年、承久三年を指していよう。これを『顕註密勘』の定家跋文[4]に照らして解すると、顕昭の古今集註書に接して、同書を直接の媒介として一々勘注を施したという事情を、この時点で定家は「事次勘注」と記したことになる。「事次」とはいかにもさりげ無い物言いであるが結果として成った『顕註密勘』自体は、顕昭註をも包み込んだものであるゆえに、定家の手になる三代集註釈書類の中では量の上で最も大きなものである。いま注意しておきたいのはＡの、右に見た一文から、『間事』を著すに際して定家は、前年みずから行なった註釈作業を充分に意識していることが知られるという点である。

　さて右の一文のあとＡの、続く後半の一文には「後撰集之中」云々として以下「一　作者事」「一　詞事」「一　和歌事」の三項に分けて後撰註が置かれ、そのあと前掲Ｂの如く「拾遺集」と端書した上で拾遺註が付されているのである。こうして冒頭の文辞に注意しながら『間事』の構成を辿ると、ここに定家の意識の連なり、或いは認識の形というべきものを抽出しうる。すなわち定家の認識の中では、『顕註密勘』の作業を引き継ぎ、但し既に註解を施した古今集を除外して、本書においては新たに後撰・拾遺について註するのであること、言い換えれば『顕註密勘』を承けて『間事』と合わせて〈三代集〉について勘註するのであるという見通しが、一つの課題としてこの時点で明確に自覚されていたことを知りうるのではなかろうか。

このように見ると、本書の名称そのものの持つ意味もまた決して小さくないであろう。書名は伝本によって次の三通り存する。

(1) 三代集之間事　島原松平文庫本・北岡文庫本・九州大細川文庫本・広島大国文研究室本

(2) 三代集間事　野口元大氏蔵本・彰考館本・彰考館一本・神宮文庫本

(3) 三代集間之事　陽明文庫本・書陵部蔵御所本

但し以上は外題について見た場合である。内題はと言えば、諸本等しく(1)の形で、いずれも前掲Aの直前に「三代集之間事」の端書をもっている。本来の形はこれであろう。更に言うなら、例えば定家自筆本の臨模本と目される野口氏蔵本も例外ではないのだから、(5)「三代集之間事」は定家じしんの命名になるものと積極的に推定してよいと思う。(6)こう考えるとき、後撰・拾遺の註解書である本書の冒頭に、先掲Aの如く、ことさら古今の註解作業を引き合いに出して記していた理由も納得されよう。即ち、冒頭部の記載は書名と相補うものなのである。重要なのは、書名そのものの中に、〈三代集〉を視野に収めて自己の営為を把えていた、定家じしんの見通し或いは展望を確認できることである。この展望こそ、『間事』の論理に見られる第一の軸として先ずおさえておきたい点である。

さて、このような展望のもとに定家が記すのは、後撰註の場合で言えば、Aの後半に云う

後撰集之中、自他之説不同事

である。ここで注意されるのは、註解を施す上での定家の主要な関心事は、飽くまで〈説〉にかかわっていることである。『間事』全体を通覧してよく知られるように、定家は後撰・拾遺をめぐる様々の〈説〉を掲げているが、引用の形式は概して直接話法的であり、〈説〉そのものが露わに例示・並列されているというのに近い。ち

なみに特定の説を直接的に引用している箇所の末尾に見える「云々」、「云」（……ト云フ）、「者」（トイヘリ）の語を数え上げると、

	云々	云	者
後撰註	8	0	1
拾遺註	2	1	1

の如くであって、分量のみからすると零細な書と見做すべき『間事』の中に、目に立つ程多く用いられている。これを一つの目安とすることができよう。あたかも註解と〈説〉の記述とが同価のものとして把えられているかのような在り方を示しているのである。これは、無意識のうちにそうなったと云うよりは、冒頭に「自他之説不同事」と記したことによって予め方向づけられていたものであり、むしろ意図的に選択された形態であったとすべきであろう。ともあれ関心事としての〈説〉あるいは〈説〉への傾斜が著しいという特徴を見ておきたい。

重要なのは当の〈説〉の内実である。「自他之説不同事」とある通り、自らの説と他に属する説との相違点を示すことが意図されているのは明らかであるが、論理の必然としてその背後に、自説・他説は互いに異った内容と価値とを備えて現存しているという認識のあることもまた自ら明らかであろう。そして定家の根拠は無論「自」らの説、自説であるはずだ。ではその自説の内実は何か。

この点は眼を拾遺註の冒頭に転ずることにより、一層限定して把えることができる。すなわち先掲Bには（書下して示すと）[7]「未だ一部の説を受けず」とある。「一部」はこの場合、一部分の意ではなくひと纏まりという程の意に解しておく。つまり拾遺については、後撰の場合とは事情を異にしていて、纏まった一揃いの説を受けて

いないことを断わっている――ことさら強調している――のである。これを裏返して読めば、記すべきは〈説〉であり、それも他とは異なる自らの説であるが、当の〈説〉の基盤となるのは「受」けたところの説であることが予め前提とされていることを知りうるはずである。「受」けた説という概念は、これ以前にも古今・後撰の校訂作業を通じて、定家じしん何度か用いてきたところであるが、(8) この度は「受」けた説を註書の形式で明示しようとするのである。

以上、定家の論理を大づかみにしてみた。要点をとり纏めると次のようになろう。

(1) 〈三代集〉註釈作業という課題が一つの展望の中で把握されていること。
(2) 註解する際の最大関心事は〈説〉を提示するところにあること。
(3) 自説・他説の区別が自明のものとして把えられていること。
(4) 拠るべき自説の基盤にあるのは「受」けた説であること。

これらは『間事』を構成している幾つかの軸であり、これらの軸の交差するところに定家の論理の枠組を想定することができるだろう。では当の枠組を繋ぎとめているものは何だろうか。右の諸点を結び合わせて敢えて抽出してみると、それは自らの――そして自家の――三代集の説を確認しようとする定家の指向、或いは目的意識であるとすることができよう。では更に、そうした定家の指向性の根底にあってそれを支えているものは何か。『間事』の記事そのものをもとにすることによって、もう一歩定家の情況に立入って右の問いを尋ねてみたいと思う。

2　定家の情況

次に引くのは後撰註の末尾の部分である。(9)

C　古今後撰両集、雖具受師説、近代称和哥／中興之時、尊卑多徧柿本山辺之詞、／群賢満朝、和哥盛興、皆誇其能又長其道、／於不肖之末生無一言之諮問、仍視聴之／所及未出口外、*已(己)過六十算、今依為旦／暮之身、愆所注秘奥之説也

著述の趣旨を包括的に述べており、一見『間事』全体の末尾に据えられてもよいような内容を備えている。[10]それゆえ定家の志向を統一的に摑むことができると思われる。趣旨は大きく三つに分かれている。言い替えて示すと次のようになろう。

(1)　古今・後撰の二集についてはつぶさに師説を受けたこと。

(2)　近代、和歌の隆盛に際会して歌壇には多数の才能を恃む歌人らが輩出したこと。不肖の末生たる自分などは諮問に与るような余地もなく、従ってこれ迄自己の知見を口外することもなかったこと。

(3)　齢六十を過ぎて明日をも知れぬ今、こうしてなまじいに秘奥の説を注《しる》すのであること。

(1)は自らの説の拠り所を示した部分である。師説を受けたとして古今・後撰を挙げているが、拾遺の名の見えないのは、前節で見た拾遺註冒頭（B）の記載を裏付けるものであろう。いま定家の情況を窺うという当面の立場にとって重要なのは、続く執筆以前の事情を述べた(2)と、執筆の動機を述べた(3)とである。

先ず(2)は、従来なぜ自己の見解を披瀝しなかったのかという理由を述べている。書かれているところを論理立ててみると、その理由には二つの側面があることになる。一つは「近代」の歌壇状況、もう一つはその中にあって特に意見を徴されることも無かった[11]という定家の側の状況である。勿論「不肖之末生」等に色濃く現れている通り、これらの文辞の中に謙退の表現を見るべきであるが、更に進んでそのような文彩《あや》の中に、外なる状況[12]——この場合歌壇の状況——をよくよく観察しながら自己の認識の水準を見定めようとしていた定家の姿勢を読みと

りうるのではなかろうか。

ところで定家にそのような判断と姿勢とをもたらした「近代」とは何時を指しているのか。『間事』にいま一箇所ある例[13]を併せ考えると、必ずしも時期を厳しく限定して用いているのではないようにも見える。「群賢満朝、和哥盛興」というような歌壇の活況期を指している点や、語られている貞応元年という時点を考慮しながら仮りに「近代」を狭くとれば、順徳院歌壇期を、やや広くとれば後鳥羽院歌壇期をそれぞれ想定しうるだろう。或いは右の両期を含めた幅広い時期――広義の新古今時代――を指しているのかも知れない[14]。ともあれ定家は「近代」を経験したわけだが、当の時期をくぐり抜けながら、そして同時に「近代」の状況をやや対象化する眼差しを保ちながら、註釈的な作業に関する自らの認識が徐々に発酵するのを慎重に待っていたのであろう。定家の内なる過程と呼ぶべきものを、これらの行文の中に窺うことができるのではないか。従って(2)は、口外しなかった事情を述べる反面で、ようやく此処《ここ》に至って何がしか自己の知見を開陳すべき時を迎えたと云っているのだとも読めよう。

さてこうして至り着いた所はと言えば、其処は(3)に云われているように、最も個的な領域である。即ち、不可避的に訪れてくる老いと死の自覚とが語られている。その自覚こそが『間事』の著作を促した主体の側の動機だというわけである。

こうして読むと(2)と(3)はいずれも、註釈的営為へと踏み出させた促しは何であったかを、二つの面から述べているのだと解される。当の促しを、(2)の場合は外なる状況から把えて状況論風に――直接には敢えて自己の識見を口外しなかった理由として――述べており、(3)は、内なる状況の側から、今こうして著作する主体的な契機として述べていると理解することができよう。

こうしてCを読むことにより、内・外の状況に目を配りながら、自己の内発的な成熟を熟視している定家の情況を朧げながら推測しうる。今そのような情況のおもむきを強いて図式化すると、共同の場もしくは公的な領域から、個的な世界もしくは私的な領域へと向う精神のヴェクトルというように把えることができるのではなかろうか。このような理解を許すような根拠が幾分かは存在するように思われるのである。即ち、こうした精神の境位は特に『間事』執筆の頃、定家によって強く意識されていたもののようである。この間の消息を伝えるものに次の言葉がある。

貞応元年九月初三日戊申書之。依老病去官職帰田里之秋也。
頽齢六十一。同四日校了。

戸部尚書藤定家

これは後撰集貞応元年書写本に見られる定家識語の最末部分である。定家は右の日付の約半月前の八月一六日、参議を辞している（公卿補任。但し同時に従三位から正三位に叙せられている。民部卿はもとのまま）。傍線部はその頃の定家の心境を窺わせるものであり、先程述べた、個的な世界への傾斜と言うべき情況をよく示していよう。日付の九月三日、四日は『間事』成立のほんの数日前である。『間事』もまた右に書きつけられているような心境のさ中で執筆されたのだとしてよいであろう。

ここでやや粗く視野を拡大すれば、こうした精神的な方位の移りゆきといった事態は、承久の乱後の情況、新古今歌壇の解体直後の、拠るべき共同の場を失った定家の情況そのものとも重なり合うはずである。思えば『間事』奥書の署名

非器重代哥人藤定家

にしてすでに私的な発語の響きを持っていた。遡って前年の、三代集に関する註釈的作業への踏出しに当る『顕註密勘』の跋文末尾にも又、

承久三年三月廿八日雨中注二付之一

八座沈老在判

の如くあって、(15)同じく個的な世界での発語と言うべき気分を漂わせている。(16)これらの響きを増幅して聞くと、定家にあっては註釈的な営為そのものが、共同の場を離れて個的な領域へと収斂してゆくという精神のヴェクトルに支えられて存立していたのではなかろうか、とも想像されるのである。(17)

以上の論理展開を前節における論述と結び合わせて言えば、見てきたような定家の情況こそは、先に指摘した『間事』の論理の枠組をもたらしたものであり、同時にそれは、定家の指向そのものを根底において支えていたものと密接に通底しているということになるであろう。では、こうした様相を含みもつ定家の内的過程とも言うべきものは『間事』の中にどのように現れているのか。次の課題は、（見て来たような）情況に発して、定家の認識はどのような形をとるに至るかを具体的に尋ねることであろう。即ち『間事』の註文そのものに分け入ってみたいと思う。

3　〈説〉の諸相

先に指摘した通り、註解を付す際の、定家の最大関心事は〈説〉であったと考えられる。多くの様々の説の中で、最も記されるべきは、定家自身の説、自説であったはずである。自説に相当する概念は、後撰註の末尾近くに見える「視聴之所及」（前節所引C）であろう。拾遺註の終りにも又全く同様に「視聴之所及粗注之」云々とあ

る。いずれも両註の結末辺りに見えるのは注意される。この言回しは、いま記す両註の内容そのものは、自らが見聞し理解しえたところに他ならないことを、定家じしん充分に意識していたことを示すものであろう。従って私たちは直ちに定家の「視聴之所及」を読めばよい。しかしながら『問事』には、定家の知見が直接的に一義的に説述されているのではない。当の知見は実は種々の説に媒介されているのである。従って定家の認識の形を尋ねる為には、参照・引用されている諸説を、説毎に腑分けしながら、定家の各説への対し方を辿ってみる必要があろう。

(i)　**清輔説**

定家の知見にとって重要な媒介となっているのは、まず第一に清輔とその説である。最初に後撰註について見てみよう。予め言えば、問題の内容に応じて、定家の対応も次の二種類の場合に類別できる。

(a)　清輔本の本文を参照し、自家のそれとの相違を示す場合。

(b)　文字通り清輔説をとり上げて、清輔の解釈を問題にする場合。

(a)の例は一つのみで、後撰註冒頭の「一　作者事」に次の如くあるのがそれである。（以下註文の引用に１２…の通し番号を付す）

１おほつふね　清輔朝臣本　大津少将

家説　おほつふね

師説　前左衛門佐基俊（以下略）

後撰恋二（六三四・六五九・六九六）に見える「おほつふね」の作者名表記の問題である。定家は清輔本を参照しつつ、同本の表記「大津少将」を採らず「家説」である「おほつふね」に依拠する。続いて「師説」と断った上で「おほつふね」を採る理由を記述している。当の理由は結局それが「此集之習」(此ノ集ノ習ヒ)であるとするものである。ここで対-清輔説という相で見ておきたいのは、清輔本の本文を「家説」と対立するものとして掲げている点、言換えれば清輔説に対応せしめて「家説」を確認している点である。このような〈対置〉という側面を先ずおさえておきたい。

次に(b)の類に属する例を見る。清輔説を取り上げるのであるが、これにも二つの経路が存在する。一つは、俊成の「庭訓」を通じて清輔説を問題にしているもの。もう一つは、おそらく定家自ら『奥義抄』を直接参照して清輔説をあげつらうものである。より集中的に見られるのは後者であるが、一例だけ存する前者の例を先に見ておこう。

第三項目に「一　和歌事」として九首採り上げている内の五首目、

伊勢の海のあまのまてかたいとまなみなからへにける身をそうらむる　(後撰・恋五・九一六)

に見える(但し歌本文としては第三句までのみを掲出)歌句「あまのまてかた」の本文と解釈をめぐる問題である。註の記載は、先ず「家説」は「海人の蛤《まて》かた」であり、これは「金吾所授」(即ち基俊より伝えられた説)に基づいていることを云う。その後に「庭訓」を添えており、清輔説への言及はその中に見られる。この「庭訓」の記事は『奥義抄』の成立過程を伝える一資料として注意されるものであるが、いま必要なのは清輔説への対応如何を見ておくことである。

かつて崇徳院より(俊成に対して)、「清輔所献之和哥雑抄」の「得失如何」を申すよう求められた際に(俊成の)奏した見解を引用しているが、中に清輔に対する批判が見られる。即ち、当初「和哥雑抄」には右の歌について

「あまのまくかたと書て未勘と注作」（清輔は「あまのまくかた」の本文を採り、その釈義等については「未勘」と注しなしてあった）という事実があった。のち二条院の時、清輔は「蒔潟」（まくかた）説の証拠を書出し、しかもこれは「重代之家」（自家を指していよう）に「相伝之説」だと銘打った。先年「不可注、未勘」としておきながら後日由緒ある説が存するかの如く云うのは矛盾であり、「頗無其謂事歟」――「庭訓」の趣旨を大把みにすると右のようになろう。俊成は、このように清輔の態度・手続きを論難しつつ「まくかた」説の根拠を疑うのであるがその反面で、「所習之説」（先掲の「金吾所授」と重なるだろう）である「まてかた」とその語義を強調するのである。「庭訓」を祖述している定家もまた俊成の清輔批判を受け容れ追認していたのであろう。こうした清輔説に対する〈批判〉という側面は「詞事」や「和歌事」の他の諸例において更に如実に現れている。例を通して見てみよう。

2こよひかくなかむる袖のかハかぬハ月の霜をや
　　秋と見つらむ
　釈云　月のしも　このゐたる所也
　家説　聊も深心なし
　　只月を霜と見て霜のをきたるハ秋にや
　　と思よし也

「和歌事」の一首目（掲出歌は夏・二一四）。「釈云」は『奥義抄』の記載を指していると考えられる。即ち同抄「中釈」の後撰歌を註した中に右の歌も見える。同抄掲出の歌本文は第三四句「つゆけきは月のかさをや」であり、釈義もこの本文に従ってなされているが（『日本歌学大系』一の解題に云う）「流布本」所見の註文に、

　裏書追勘、此義なほ心ゆかず思、処々数本を引みるに、月のしもをや秋とみつらむとあり。此心は夏のゝち

は秋なればこの月のしもは秋にてあるべけれども、この月そらの月にそへて月のしもとはこのいたる所をいへるにこそ。さてこゝろをあきとみつればつゆけきにやとよめるにこそ。

とあり、『間事』の先掲「釈云」以下は、右に傍線部を付した処と正に照応している。即ち、『奥義抄』の解釈と「家説」の解釈とを併記しているのである。[18] ここでも(1)で見たと同様、清輔説に家説を対置する様を見ることができる。そしてこの場合は、「聊も深心なし」(『奥義抄』のような複雑微妙な解釈を採るまでもない、の意か)に現れている如く、批判的対置とも言うべき形を示している。

「和歌事」所掲九首のうち、終り三首と先掲した「あまのまてかた」の例とを除く五首は全て右の2と同様の記載形式となっているのは注意される。いずれの場合も掲出歌の後に、「釈云」「……釈之」「……云〻」「……なと注之」の如く記して『奥義抄』の註文の要点を略記し、これに対して、「家説」「此説」(これに対する説、の意か)「此哥」の如く断って自家の説を併記しているのである。ちなみに「釈」云々の形で『奥義抄』を参照する例は『八雲御抄』などにも見られる。[19] しかし『間事』の右の諸例の場合特に注意されるのは、『奥義抄』の名を何ら示すことなく、「釈」云々が直ちに同抄の記載を指している点である。当然ながらこれは、特に『奥義抄』の所説を主たる対象にして、これに自家の説を対置しつつ検証することが自明の前提となっていたことを意味しているであろう。[20] そうなると、遡って『間事』冒頭近くに「自他之説不同事」とあった言葉が改めて想起される。即ち以上の諸例に基づくと、先の言葉に云う「自他之説」、即ち他説ないしは他之説の主たる対象として想定されているのは、もっぱら『奥義抄』所載の清輔説であり、同説を自らの説に対するものとして定家は把握していたのではないか、と考えられるのである。

以上の検討を通して、清輔説への対応に見られる〈対置〉〈批判〉という側面を指摘したが、ところで定家の対応は、清輔説を単純に否定する一方でもないことに留意しなければならない。例えば拾遺註の最末に次の如くある。

3かの見ゆる池辺ニたてるそかきくの
しけみさえたの色のてこらさ

清輔朝臣説
仁明天皇好黄菊給、仍号承*（知）和菊云、／是常説也
（中略）
聖代明時之年号、自大宝以来幾多／天平延暦末為植物之名、以近代／承和改和字為加字用菊事、／尤短才之所称出歟、是又雖非彼朝臣／之所為、其源出於人今案歟

定家は先ず、そかきく—承和菊説を清輔説と明記しつつ掲げる。先々の例と同様、同説は『奥義抄』の註文に見えるところでもある。[21] 更に同説を、一般に支持され流布している説、「常説」と見做すのであるが、結局定家はこうした解釈を斥ける。その限りで清輔説を批判していることになろう。但し末尾二行に見られる通り、定家は清輔に対して言わば弁護的である。承和菊説はもとより清輔が言い立てた説ではないとし、清輔の認識を「短才之所称」「人今案」の水準とは一線を画して区別していることは興味深い。こうした好意的とも見られる評価がより一層親密になされて、清輔説への共感から、進んで同説を援用するに至る例も見られる。例は遡ることになるが、後撰註の最末、「さくさめのとし」をめぐる説の条で、「清輔朝臣所注追考と書之中ニ」見える説[22]と、自家に長く継承されて来た「秘説」とが暗合することを「可謂有興」と評しているのはそうした例である（この条については後述する）。

先に見た対置・批判の側面と、右に見るような親和的な側面とを共々含み持っているのだとすれば、定家の清輔説への対応は、決して一義的ではないことになるであろう。顧みると、こうした態度は『顕註密勘』における顕昭説への対応にも夙に見られたところであり、(23) 更に此の先、清輔説以外の説々への対応を検討する際にも、しばしば眼にすることになるはずである。或はこうした、対応における非一義性〈補註〉とも呼ぶべき在り方は、定家の内的過程を探る上で、意外に肝腎な点の一つであるかも知れない。

(ii) **師説**

冒頭「作者事」に既に見られたように（先引1の例）〈師説〉とは、基俊の説を指すこと、基俊から俊成へと継承された説であること、他家の説に対置すべき説の根拠・母胎となっていること、師説―庭訓―家説の経路で昇華されていること――これらの諸点はここに至るまでの検討や掲出した記事からも明瞭に察知されるはずである。この先の課題は、この〈師説〉概念の性格を更に追究してみることであり、特に〈師説〉に対する定家の対応をここでも探ってみるべきであろう（その際、俊成の対応をも併せて吟味する必要がある）。『間事』中に「師説」の概念は四度用いられている（後撰註に三、拾遺註に一）。この他に類概念として、

金吾所授・金吾説・彼人説・金吾之説・所習之説

を挙げることができる。さてこれらを仔細に読んでみて、改めて注意すべきことがあるとすれば、それは如何なる点だろうか。

第一に、拾遺註に「師説」の見えるのは注意される。同註に「御撰証拠等略而注之」（拾遺集は花山院御撰たることの証拠等を略記するの意）として歌を掲げた中の五首目に、

4又師説云

あさまたき嵐の山のさむけれは／もみちの錦きぬ人そなき（秋・二一〇）

法皇令書此集給哥如斯、／作者公任卿成憤鬱、殊有存旨、／ちるもみちはをと詠了、更推而不可被改、／企抄出之意趣大略発自此哥云々、

の如く見える（傍線部）。この「師説」は即ち基俊説と見做すべきだろう。しかし先に見た通り、拾遺については「未受一部之説」という事情があったはずである。いま右の二点に折合いをつけて理解するなら、定家は拾遺の説を、確かに一纏りの形では受けなかったが、部分的には基俊説を聞き及ぶことはあった、右はそのような例である、ということになろう。このような推測は先引の「御撰証拠」云々の少し前にある次の記載によっても一定の裏付けを得られるのではなかろうか。

微臣幼少之昔、初／提携古集古哥之日、披見此集、忽抽／感懐、愚意独慕之、窃雖握翫之、／①於亡父之眼前未読之、②但僅聞其説／事等

右は拾遺集に対する好尚を開陳している部分である。②は拾遺について部分的ながらも説を聞く折のあったことを示す言葉として読みうるのではないか。①は俊成の眼を避け、陰で独り（集を）読んでいた、と云っているのではあるまい。上に「独リ之レヲ慕フ」「窃カニ之レヲ握翫ス」云々の如き文辞が在るにせよ、ここの「読」は、講読により、清濁・アクセント等の知識をも含めて本文を授受することを意味しているのではないか。[24]①は、（集について）俊成の面前でそのような折が直接には存在しなかったと云うのであろう。テキストの継承に関わる事柄を述べていると解される。それゆえ②も又、説の継承に関わらせて読み解くべきだと思われるのである。僅かに聞き得たという「其説事等」の中に或は「師説」も含まれていたのかも知れない。

第二に、俊成の、師説或いは基俊説に対する信頼の程は、約んど絶対的であったように見える点に注意したい。例えば（先掲した）「あまのまてかた」をめぐる条では、「所習之説」は「まてかた」であり、「金吾所授」にも「不及両説」とあって、間違いなく「まてかた」であるとする確信が俊成には存したのであろう。それゆえ清輔の態度をも厳しく批難しえたのだと思われる。より端的な例は後撰註最末歌（雑四・一二五九）「さくさめのとし」をめぐる註に見られる。

5今こむといひし許ヲいのちにて／待にけぬへしさくさめのとし

金吾説　さくさめの刀自ハ姑《シウトメ》之名也、／作者自称也者、

庭訓　古今後撰両集已受彼人説、偏信／仰之、至于此事不可背彼命、仍用之、

（中略）

先人此説ヲ或説として猶随金吾之説了

俊成は（「庭訓」の部分に見られる如く）基俊説を受け、かつ信仰する以上、事此処に至って同説に背く訳には行かぬとして、同説を採用した。但し「少年之昔」聞いた説として、（右に中略した部分において）

弁乳母—讃岐入道顕綱—伊予三位兼子（俊成の外祖母、俊忠室の母）

の如く延々と保存されてきた説(25)「早草女《サクサメ》の年」——「極秘説」「後撰第一秘事」とある——を特に参照しながらも結局（定家の記す通り）俊成は同説を「或説」として紹介するのみで、先程の立場に固執して基俊説に随ってしまったというのである。基俊説絶対視とも言うべき対応が露わに見られるであろう。

一方、定家の師説・基俊説への対し方は自ずと俊成とも又相違している。以下定家の対応について留意すべき諸点を列記してみよう。

(イ)　定家の対応は、もとより(ii)の最初に取り纒めておいた基本的な認識の枠を逸脱するものではない。むしろ当の枠を依拠すべき規範として整備・補強しているのは定家自身である。

(ロ)　しかし俊成の如き絶対的依拠は、定家には見られない。例えば先程の「さくさめのとし」の引用5の末尾の直後に、定家は次のように記しつけている。

下愚聞此説、一向帰伏、雖祖師之訓／難用妻母之名、且説ゝ事只可随人所好歟

見られるようにここには絶対視ならぬ相対視の眼差しがはたらいている。その際の根拠は、説に対する当人の主体的な判断と好みにあるのだとされているようである。それは傍線部にもよく現れていよう。

(ハ)　師説の相対化ないしは師説のもつ限界の指摘と見られる発言も存することは特に注意される。即ち「和歌事」の七首目、

かへるさの道にそけさはまとふらむ／これになすらふ花なきものを（雑三・一二二一）

に対して、先ず註文を直接引用の形で「……云ゝ」の如く掲げ、後に「師説不分明」とのみ記しているのがそれである。

(ニ)　定家の用いる「師説」概念には、『間事』におけるような限定した使われ方以外にも、なお例が存在する。〈師説〉概念に関連して一二、付言しておきたい。

・伊予少将昨日借送元暦式、写取了返之（中略）家絶心愚、万事只惘然、臨期問諸方、又無後世之人、適尋得事、是万々一歟、雖然又不可有不励営、雖九牛之一毛、猶師説大切之故也（『明月記』建久九年一二月二九日条）

・書一首之時三行三字（中略）師説如レ此

（『僻案』[26]（下官集）冒頭「書哥事」に見える）

・右此事ハ非師説、只発自愚意（同書）

これらは必ずしも師説＝基俊説と固定して用いられている例ではあるまい。つまり定家の「師説」には、広く師の説を指す一般的な用語法があり、古今・後撰等の説（受けた説）を示す際には、特に分節化した用い方——基俊説を指すことを明示する——がなされるのである。

(ホ) 例えば『後撰集正義』[27]には「師説」概念が頻出するがそれらは主として『僻案抄』の記載内容を祖述する際に用いられており、今見つつある『間事』における概念内容とは明らかに相違している（『間事』と『僻案抄』とに見える「師説」は同一次元にあると考えられる）。『正義』には、

師説云、とも〴〵は、共にと云心歟。歌にもあり。そむかれぬといふ心も、おぼつかなし。此歌、中〳〵に難儀ともいはれねど、師説もなし。了簡も不ㇾ及。

（後撰・離別・一三二〇の註文）

の如き場合もあって、同一概念の混在といった事態すら見られる（右の場合は『僻案抄』の記事を直接的に転載したことによるもの）。こうした例を考え併せると、定家における用法、言換えれば当概念の担っている歴史性を更に厳密におさえて行くことが必要になるであろう。

(iii) **庭訓**

俊成説を意味する当概念は『間事』中に二つ、いずれも後撰註に見える。但し双方とも既に引いたところであり、一つは「あまのまてかた」に、一つは「さくさめのとし」（先引5）の条に各々掲げられていた。改めて次の諸点を指摘しておきたい。

(イ)　右二例のうち前者は、「庭訓」として「先年参崇徳院之時」以下「頗無其謂事歟」迄を載せるが、この部分は『僻案抄』に「此哥先人命云……庭訓如レ此」として引用されている記事とほぼ完全に一致する。『僻案抄』には右の後に若干の言葉が添えられているものの『間事』ではもとよりその種の記事は無い。即ち『間事』の記事は、全文俊成説そのままの引用に他ならない。定家の対応に見られる祖述性という側面を先ずおさえておきたい。

(ロ)　後者「さくさめのとし」の場合は、右と全く逆の対応が見られる。先にも触れた通り、定家は積極的に自らの判断を提示する。この場合「秘説」「秘事」の価値を認めて採用するのであるが、その限りで基俊説をも、また同説に拘泥して自説を呈示しない俊成の態度をも、共々相対化するのである。

(ハ)　右の(イ)・(ロ)は際やかに相反する態度であるが無論、定家の認識の中では、二つの態度は分裂することなく統合されつつ共在していたのであろう。先の(i)清輔説の場合と同様、ここにも非一義的な対応を認めてよいかも知れない。

(iv)　**家説**

「家説」と明記して説を掲げているのは三例。後撰註にのみあり拾遺註には存在しない。

(イ)　拾遺註に見られない点は重要なのではないだろうか。なぜなら拾遺註の場合、説の継承という面でやや条件を欠いていたからである。つまり「家説」は、師説―庭訓―家説の経路で正しく位置づけるのに適わしい、確実な由緒・根拠を有する場合にのみ用いられているのではないかと推測される。

(ロ)　三例のうち、(i)清輔説を検討した際例示した1「おほつふね」の項、そして「あまのまてかた」の項の場合に特に著しく現れているが、「家説」は基本的には、如何なる本文に依拠するかという観点に発していると見られる。その上で取捨した本文の形に即した解釈が立てられているのだと理解される。従って「家説」とは云っても、解釈をめぐる説一般を意味しているのではなく、その内実は、従うべき本文に基づいた説という範疇にひとまずは限定されているものと考えられる。例えば天福本後撰集の勘註にしばしば見られる「家説」も又、こうした範疇の中で用いられているのであろう（勘註の表示型式参照）。定家の「家説」の用例は他にも見出すことができる。また周知の通り中世「家説」概念は一種の通俗化を伴って広く用いられて行く。それらを振り分けて行く為にも、先の「師説」概念と同様、用例の厳密な位置づけが求められるはずである。差し当り右に述べたような範疇が存すると推測されることに留意したいと思う。

(ハ)　(ロ)で述べた通り、「家説」は本来書誌的な次元の問題であったものに、説の継承という要請が結びついて徐々に昇華された概念である、というように大雑把には理解されよう。ところでこうした概念枠組の成立を促したのは俊成であったと思われる。それは定家の次の如き発言（『顕註密勘』）によって明らかであろう。

先年前金吾基俊の説を(俊成ガ)受て書たりしかば、本の説をうしなはず、是此取レ要て我家の説とすと申されしを、むかし(定家ハ)きゝ侍しに[28]

定家は『間事』において、俊成の設定した枠組を更に後撰・拾遺にまで拡張して確認・整備したということになろう。

　以上、定家の認識の媒介となった諸説を個々に眺め、合わせて定家の対応の様相を見てきた。それらの対応の様相を結び合わせることによって定家自身の見解、即ち「視聴之所及」を知りうるはずである。述べて来たところを強いて要約しながら定家の認識像を素描してみよう。

(イ) 祖述性

師説・庭訓・家説に依拠し、自らの説をそれらと重ね合わせて記載するという性格を先ず指摘しうるだろう。例えば「あまのまてかた」の項のように、清輔説に対置・批判の姿勢を示すのではあるが論拠自体は、ことごとく庭訓に依存している場合もあった。ここで改めて、受けた説を記すというのが『間事』の論理に見られる一つの軸であったことを想起すべきであろう。『間事』の記載は(特に後撰註において顕著であるが)基本的にはこうした祖述という性格に還元しうると思う。

(ロ) 私性

(イ)の性格に強く傾く一方で、定家自身の私的な判断を積極的に加えるという性格も色濃く現れている。その結果、師説・庭訓を相対化するに至る場合もあることは既に見た通りである。先には触れなかったが、継承した説に、私的な知見を組み入れながら解釈を充実させている場合も見られる。後撰註「詞事」の「みな月はらへ」(夏・二一五についての註と考えられる)の項で、註文の終りにやや下げて小ぶりの字で「長元之比或人記」云々と書き添えているのは[29]、この種の例である。自己の私的な関心を打出すという姿勢は、説の継承性のやや稀薄な拾遺註の場合、より鮮やかに見られる。拾遺集(抄ではなく)に対する好みを強調している点はそうした現れである。

なお今挙げた拾遺集好みに関連して付言すると、定家は「建暦之比」「上皇綸言曰」として後鳥羽院の見解を援用しているのは注意される。院の説の趣旨は――抄の歌は「平懐」を先としていて「甚深妖艶之風情」を多く洩らし棄てている。抄を捨てて集を用いるのが「道之本意」である、とするもので、新古今時代語とも呼ぶべき言葉を交えながら、集好みを語っている。拾遺註の最末に殊更[30]こうした院の言説を引用している理由は何か。一つには、集好みは単に定家一人の私的な嗜好ではなく、時代の歌壇を主導した後鳥羽院の好尚にも叶っていたことを強調する――暗黙の内に、院との鑑識眼や価値観の共有意識を伴っている[31]――意図によるものではなかろうか。ここにもまた私性の発現を認めうると思う。

さて右に述べた(イ)・(ロ)二つの性格は一見相反するようであるが定家の認識の内側においては、矛盾なく補い合いながら共存していたと考えられる。このような定家的統合とも呼ぶべき在り方を含み持ちながら定家の註釈的営為が展開せしめられたのだとするなら、この在り方は定家の〈学〉[32]に独自な相貌を与える要因として作用することになったはずである。

ここで、先に述べたところを想起しよう。私たちは、定家の註釈的営為を支えるものとして、共同の場から個的な領域へと至る精神的ヴェクトルの移り行きを想像してみた（2節）。仮りにそのような過程が存在していたとして、結果として提示されている「視聴之所及」が右で見たような「定家的統合」を呈しているのだとすれば、二つの様相を突き合わせて考えられるのは次のような事柄であろう。即ち、問題は個的な領域の内実にある。定家の求めたのは純粋に「個」あるいは「私」の夢想や観念のみを根拠とする領域ではなかった。むしろ個・私の認識がよって立つ根拠を、師から門弟へ（道統）父から子へ（家系）の二つの系譜に支えられた伝承性・継承性という原理に求めたのである。定家の赴いたのは、そうした原理を包み込んでいる領域であり、定家も又自らが赴く領域のそのような在り方を異和なく受け容れていたに違いない。

4 〈学〉の形成

前節では、諸説の媒介性を探りながら定家の認識の在り方を見た。言い換えれば採り上げられている〈説〉の諸相をおさえながら、定家の論理の構成を辿ってみたのである。次に、そのような構成は、定家自身の〈三代集学〉形成の過程においてどのような位置を担っているのか、更に動態的に追ってみるべきであろう。差し当り次のような課題を立てることができる。

(1) 定家の認識の背後あるいは基盤には三代集校訂作業の過程が存在する。両者はどのように関連し合っているのかを追究すること。

(2) 〈学〉の形成過程には、『間事』の前後に言わば前史と後史がある。先ず前史で、『顕註密勘』から『間事』へという過程をどのようにおさえるか。

(3) 続いて後史。『間事』から『僻案抄』への過程をどのようにおさえるか。

今(1)・(2)を割愛して(3)のみについて少し触れておきたい。(なぜならば、(1)については既に先学の緻密な研究があり[33]、(2)については『間事』には見られない古今集註の問題も絡まるゆえ、事は複雑であって別途の考察を要すると考えられるからである)従ってここでは〈学〉の形成史の一部分のみを眺めるに止まる。

小論の最初にも述べたように、『間事』は内容上のちの『僻案抄』と緊密な関係にある。従って『僻案抄』への展開を辿ることにより、同書の側から『間事』の姿を逆照射することになるはずである。

さて『間事』から『僻案抄』への展開を手短かに言い表すなら、それは註釈書への整序化の過程であるとすることができる。例えば記載形式について見ると、『間事』に存した幾つかの特徴は全て整序されている。事書の形式は解消され、「……云々」の形で直接的に引用されることの多かった諸言説も概ね整頓され、一部の歌句を省いて引用されていた掲出歌も全形の引用に改められ、書写型式の不揃いも全て統一される、という具合であ

後撰註	作者事			敦敏―宮少将	○
後撰註	作者事			右近父季縄	×
後撰註	作者事			おほつふね	○
後撰註	詞事	夏	二一五	みな月はらへ	×
後撰註	詞事	雑一	一一一一 一一一二	右大臣・庶明朝臣の贈答	○
後撰註	和歌事	夏	二一四	月の霜	○
後撰註	和歌事	秋上	二四一	そこゐ／そよみ	○
後撰註	和歌事	〃	二六二	こゑのあや	○
後撰註	和歌事	恋五	九〇三	はちすは	○
後撰註	和歌事	〃	九一六	あまのまてかた	○
後撰註	和歌事	雑二	一一三三	みこしをか	○
後撰註	和歌事	雑三	一二二一	かへるさの	×
後撰註	和歌事	雑二	一一五六	うつろはぬ	○
後撰註	和歌事	雑四	一二五九	さくさめのとし	○
拾遺註		賀	二六四	はしめて平野祭に	×
拾遺註		冬	二一六	寛和二年	×
拾遺註		雑春	一〇七〇	左大臣むすめの	×
拾遺註		雑賀	一一六五	冷泉院の五六のみこ	×
拾遺註		秋	二一〇	あさまたき・公任歌	×
拾遺註		雑秋	一一二〇	そかきく	○

る。また排列についてみると、後撰註の冒頭に在った「作者事」は『僻案抄』では註歌の後に一括して置かれている。「詞事」も別立てされることなく歌の註と共に取扱われている。結果『僻案抄』は掲出歌のもと逐一註文が付されて行く、通常の註書の体裁を備えることになる。逆に言えば『間事』は註書としては未整理である。或はより非註書的性格を見せているとも言える。こうした過渡的とも見られる性格もまた『間事』の一面であり、定家によってよしとされたものだと見るべきであろう。

更に検討を加える為に、次に両書の関連を表示してみる。(下段の○×は僻案抄における記事の有無を示す)

まず目につくのは拾遺註の歌は多く『僻案抄』で姿を消していることである。一般に『僻案抄』では『間事』より数多くの歌を採り上げているのだから、右の事実はやや奇異である。改めて五首を見ると、これらはいずれも「御撰証拠等略而注之」、即ち拾遺集は花山院撰であることの根拠を例示する為に掲げられていることが知られる。五首に付された註の内容も右の趣意と照応している。定家はこれらを捨てて結局最末の一首のみを『僻案抄』に摂取したのである。してみると『間事』にあっては特定の目的に沿ってこれら五首を掲出しているのであり、差し当り歌の註解そのものを意図してはいないと考えられる。五首の排列順が不同であることも右の推定を裏づけるものであろう。当の目的とは註文(前掲一文の直前)に、

此集法皇御自撰之由、愚者或生疑、/猶称公任卿撰之輩有之云〻、雖不足/言事

とある通りである。即ち、花山院撰を疑い公任撰とする説を斥ける為である。而して『僻案抄』では右の目的を敢えて取沙汰する必要を定家は認めず、結果これら五首は登載されなかったという次第なのであろう。逆に『間事』段階では、拾遺註冒頭部分の記載に示されている通り、集・抄の成立事情、名義、自身の集体験と呼ぶべきもの、(右で見た)集は花山院撰たること、集の価値――これらテキストをめぐる基礎的な諸事実についての知見

を確認しておくことが必要とされていたのであろう。私たちはここでも又『間事』の、整備された註書に至る以前の過渡的な性格を目にすることになる。

次に、後撰註「和歌事」の内、唯一『僻案抄』に保存されなかった例（雑三・一二二一）にはどのような事情がはたらいていたのか。

6かへるさの道にそけさはまとふらむ／これになすらふ花なきものを

此哥尤可書題、而題しらすと書、／可謂不審、貫之集又無此哥、／仮令、見無比類花之人、余味深之余ニ／迷帰路之心歟云〻　　師説不分明

右は前節で師説を検討した際に既に参照したが（ⅱ・八）当面の問題に即して読み直してみよう。「師説」はこの歌の詞書に不審を呈する。詠作事情を示す詞書が在って然るべきなのに、題しらずとのみあるのを疑問視しているのであろう。やや解釈し難い点を把えてそのように云うのであろう。「貫之集」云々は、拾遺の前の歌の作者名から此の歌（一二二一）も貫之歌ということになるものの、貫之集に見えない点を指摘していると解される（ちなみに此の歌、伊勢集（Ⅱ・四七三）にあり。但し「かへりくる道にや」の形）[34]。ともあれ見られるような解釈が一先ず提出される（「仮令」以下）。さて定家は以上の「師説」をただ一言「不分明」と評するのである。師説もまた充分に明確な解釈たりえていないことを云っているのであろう。（先に私たちは、これを師説の相対化と呼んだ。）結果として定家は『僻案抄』の註歌の中から、右の歌を除棄している。この例から次の点を知りうると思う。

・『僻案抄』段階では、説々について、註書中に採録するに足る実質を備えているか否か、一定の取捨選択がなされていただろうこと。

・と同時に『間事』には、そうした説の見極めに達する以前において、定家はいかなる判断を持っていたかが

示されていること（即ち認識の過程が保存されていること）。

こうして、『僻案抄』において除かれることになる註を参照することによって、『間事』から『僻案抄』へ至る間の、定家の認識の移り行きを垣間見ることになり、併せて『間事』の性格の一端に改めて触れることにもなるのである。視点を変えて、『間事』に在り『僻案抄』にも註の見える場合はどうだろうか。言うまでもなく両者を容易に比較できるのだから、認識の推移を一層端的に知りうるはずである。

先の表に○印を付した歌々に対する両書の註文を対照してみると、『僻案抄』では註書として形式的な整序化が図られるのに応じて、註文内容にも又、例証の増化、新しい論点の導入、書誌的な事実の厳密化(35)などの変化が認められる。私たちは、正に〈学〉の形成過程に、しかも当の〈学〉が徐々に深化せしめられて行く過程に立ち合うことになるのである。而してこのような過程の行く方を見届ける為には、『僻案抄』の本文内容を更に細かく検討する必要があろう。今は大筋を想定しておくだけに止めたい。

【註】

（1）『間事』を後撰集・拾遺集の享受史あるいは註釈史という見通しの中で把えうることは言うまでもないが小稿では、より定家論の次元に引き寄せて考えてみたい。

（2）野口元大「定家自筆本『三代集之間事』について」（『国語国文学研究』5　昭44・12）、並びに右を吸収・補訂した同「三代集之間事（翻刻・解説）」（小沢正夫編『三代集の研究』（昭56　明治書院）所収）参照。以下野口説を引く場合は後者に拠る。

（3）『間事』本文の引用は註（2）の翻刻に拠り、必要に応じて他本を参酌する。また私に読点を付す。

（4）その冒頭に「三帖の注、はからざるほどにつたへ見侍ぬ」云々とある。（日本歌学大系・別巻五による。以下の引用も同じ。）

（5）註（2）の翻刻所収書の口絵の写真版参照。

（6）その場合、「間事」とは何か。普通には「アヒダノコト」とよみ、（三代集に）ついての事という程の意に解されていると思う。しかし「間事」は「カンジ」で、事書の形式で記述する際に用いられ、秘事、転じて故実の意をもつと解しうる、との御教示を田中裕氏より得た。本書は、後撰註については将に事書の体裁である点や、同註に「秘説」「秘事」「秘奥之説」への言及の見られる点を考慮すると、田中氏の言われる意での「カンジ」と読む可能性を改めて検討してみるべきだと思う。以下少し私見を付してみる。

(1)「……間」については、峰岸明「今昔物語集に於ける変体漢文の影響について――「間」の用法をめぐって――」（『国語学』36 昭34・3）丸山諒男「接続助詞的な「間（あひだ）」について」（『大東文化大学紀要』3 昭40・1）によって理解を得ることができる。後者には「……之間」への論及があり『明月記』の用例も示されているが、当面の問題は「……之間事」の形で用いられる際の「間事」の意味である。

(2)「……之間事」の用例は『明月記』から数多く拾い得る。例えば「定成中将談事等多、本府之間事也」（建久九年二月一九日条）「参籠伺候之間事、只左右可随大殿仰之由也」（正治二年七月一七日条）「宗基来相示、庄之間事乎」（同二〇日条）「詩歌合之間事有内々仰、愚息両人之歌可染筆之由也」（建暦二年四月二七日条）「阿闍梨来談、灌頂之間事也」（同九月二四日条）「被仰大嘗会之間事等」（同二七日条）「参室町殿、先是長清朝臣来臨、臨時祭彼之間事云々」（嘉禄元年一一月五日条）「大炊御門中将来臨清談…五節之間事少々聞之」（安貞元年一一月二七日条）等は、内容とかみ合わせて読むと、いずれも「……ノ間《あひだ》ノ事」乃至「……ノ間《かん》ノ事」と訓むのが適わしいのではなかろうか。

(3) 定家勘物の見える『四条中納言集』（尊経閣叢刊の複製本による。池田亀鑑解題参照）／つらからむ方こそあらめ……／（定頼Ⅰ・186）の詞書「ゑちこの弁にかれ〳〵になり給けるころ、菊の花をたてまつるとて」に頭書されている定家の勘物に次の如く或る。「為時弁也／紫式部没後／祖父存／生之間事歟」これは大弐三位が「ゑちこの弁」と呼ばれた理由を註したもので、紫式部の没後も賢子の祖父為時が存生していた故にそう呼ばれたのであろうか、の意と読める。この用例なども「…ノ間ノ事」であろう。

(4) 小山登久「公家日記に見える「之」の字の用法について――平安時代の資料を対象に――」（『語文』32 昭49・9）によれば、「之」の下接語すなわち「之」の字を伴なう語のうち、「事」は他に比して「之」との結びつきの度合が極く低く、この傾向は、小山氏の用いた資料に関する限り、平安初中末を通じて一貫している由である。これを定家の用例についても援用しうるものとすれば、「間事」は「間之事」（間ノ事）であるが「之」字の一般的な用字法に促されて同字を欠いて表記された形である、と説明しうる。（小山論文には「之間」についても注意すべき指摘が見られるが今は省略する。なお同論は、「之」字が修飾―連体修飾の関係を示す場合、さらに、「之」の下接語が一字の名詞または形式名詞の類である場合という前提に基づいて立論されていることに留意したい。）

(5) 先記の如く『間事』の記事内容に照らすと、或いは、定家じしん「三代集之間事」の名のもと、自らの知見を秘事・故実として筆録することを意図していたかも知れない。しかし「極秘説」「秘事」「極秘事」等の「秘説」的な口吻は全て後撰註末の「さくさめのとし」の項に集中しており他に広く認められるわけではない。同註最末尾に「秘奥之説」の語句が見えるがこれは直前に在る「さくさめのとし」の項の（右掲の如き）「秘説」的諸表現に引かれたものと思われる。又この最末部は全体の趣旨を約説した識語（ないしは奥書）であると直ちに見做しえない。『間事』全体から受ける印象では、秘事・故事を提示あるいは確認することが主要な目的となっているようには見えない。それゆえ「間事」は秘事・故実を意味すると解するのに一定の留保を付したいと考える。

(6) 「間事」の用例は更に集められるべきであるが、以上の諸点に依拠して今は、（結論のみを言えば）「アヒダノコト」のよみを採り、その意味も一般的な理解に近いところで見ておきたい。

（7）用例は多い。「是日清大外史、於禁裏被講申左伝、令終一部功給、被下宸筆御奥書、後日予拝見了（中略）春秋左氏伝一部受説畢」（『康富記』嘉吉三年六月二二日条）などは同一の例ではなく時代も下るが参考になるか。

（8）「但件本、依二不審事多一以二先年受レ説本一用捨書出之由、先人命也」（古今集貞応元年六月一日本定家識語。飛鳥井雅縁『諸雑記』所載）『国語国文』（昭24・10）所載翻刻（浜口博章）、「作者名字等、家々本多相替、随二所レ受之説一書レ之」（後撰集・貞応元年九月三日書写本定家識語）『後撰和歌集総索引』（昭40　大阪女子大学）に各々より点等を付す。

（9）＊は他本により改めた部分。括弧内は底本の形。以下同じ。

（10）しかし註（6）・(5)に記した通り、これを奥書・識語の類と見てよいかどうかは疑問。この点は伝本の問題とも関わる。別途に考えたい。

（11）「諮問」した主体として歌壇の主宰者を想定しうるか。

（12）慎重な態度の中に、歌壇状況を対象化して把える眼、並びに「視聴之所及」を述べれば何がしか公的な意味を帯びざるをえないという自覚を、各々読みとりうる。

（13）「天平延暦未為植物名以近代／承和改和字為加字用菊事」云々とある。

（14）少くとも承久三年の動乱とそれ以後――定家にとっては極く近しい時代――を指してはいない。

（15）掲げた奥書の字句には、本により、廿八―廿一、沈老―陸沈遺老・陸沈老などの異同がある。

（16）署名の在り方にも微妙に情況の反映が見られるかも知れない。ちなみに貞応元年に注目して定家の三代集書写本奥書に記された署名を見ると、次の通りである。（『古今和歌集成立論　研究編』『拾遺和歌集の研究　伝本研究篇校本篇』、後撰は註（8）所掲書による）。

（古今）六月一日書写本―戸部尚書、六月十日書写本―八座陸沈遺老藤定家、九月二二日書写本―戸部尚書藤、一一月二〇日書写本―戸部尚書藤　（後撰）七月一三日書写本―戸部尚書藤、九月三日書写本―戸部尚書藤定家　（拾遺）七月八日書写本―戸部尚書藤

おおむね類型的だが中にあって傍線部の例は注目される。定家の三代集関係書に限っていうと、このような個的とも私的とも思われる響きの窺えるのは承久三年から貞応元年にかけてで、前後には見られない。無論、染筆の対象に規制されたものとも解しうるが、むしろ時期の問題を重視したい。この点は野口氏の読みと異なることになる。

(17) 背後には承久三年の動乱という状況がある。惣じて政治・社会などの外的状況は定家の註釈的営為とどのように関わっていたかは興味深い問題であるが、臆測以上のことを言うだけの材料は今のところ存在していないのではなかろうか。

(18) その際、定家の用いた『奥義抄』のテキスト如何という問題がある。『問事』の記事も右の問いを考える材料となろう。定家自筆の「下巻餘」（天理図書館善本叢書『平安時代歌論集』（昭52 八木書店）所収）をも引き入れながら細かに検討するべきだと思う。

(19) 同抄第四、言語部（世俗言）中に、

身にいたづき　（いたづがはし〔き〕也。労字也。おもひいたづきてなどいへるも、同心也。清輔抄にも釈レ之）

とある。傍線部は『奥義抄』下巻余・問答の「十二　いたづき」項を指していると思われる。但し御抄の例は「清輔抄」と明記している点で『問事』の場合と異なる。

(20) 例として主に「和歌事」の記載を挙げたが「詞事」に掲げる二例のうち少なくとも一例は、これも『奥義抄』の言説を直接指して註している部分を含むと思われる。即ち「庶《モロ》明卿任中納言之時大臣被送袍事」（雑一・一一一一・一一一二の贈答歌）の註文末尾の「不可有除名之疑」は、『奥義抄』に「もし除名の人にてありけるが中納言になれるにや」云々と釈しているのを指していよう。

(21) 「そがぎくは黄菊なり。承和のみかどはよろづの物きなる色をめでたまひて、菊もきなるを愛し給ひけるなり。されば承和の黄なる菊をいふなり」云々とある。

(22) 歌学大系本『奥義抄』には相当する記事不見。

(23) 「密勘」における顕昭説への対置・批判の論理と、跋文における顕昭の博覧に対する讃嘆――但しこれとて手放しの褒め詞ではないが――を想起すべきだと思う。

(24) 古今集・貞応二年七月二二日書写本奥書に「同廿八日令二読合一畢。書二入落字一畢」、後撰集・貞応元年七月一三日書写本奥書に「同十五日以子息令読合直付落字訖」とあるのは直接には書写の誤りを訂正する為のものであるが「読」の意味を考える材料となろう。なお久松潜一「日本文学研究と古典講読史」(『鶴見女子大学紀要』1　昭38・11)〔著作集1　(昭43　至文堂)所収〕等参照。

(25) 犬養廉「藤原顕綱の系譜」(『国語国文研究』14　昭34・10)参照。

(26) 大野晋「藤原定家の仮名遣について」(『国語学』72　昭43・3)、同『日本語の成立』日本語の世界1　(昭55　中央公論社)第十四章参照。

(27) 日本歌学大系・別巻五解題参照。

(28) 『顕註密勘』定家跋文中の一節。

(29) この記未詳。春記あたりか。同記長元頃の記事(同四年の極く一部の佚文を除いて現存しないが)に拠ったものでもあろうか。なお『資房卿記』の引用は『僻案抄』に見えるほか『明月記』にも同記を参照・書写した旨の記事が見える。

(30) 前段よりやや字を高く記す書写型式、前段の「そかきく」の註文内容と別種の記事である点等は、ことさらな印象を与える。その理由の一つは下述する如くだが、更にここから、拾遺註の主要な関心は集の価値や集に関する基本的な認識を示すことにあったことを確かめうる(この点は少しのちでも触れる)。

(31) 谷山茂「千載和歌集」(笠間影印叢刊49)解題(昭48 笠間書院)94頁。
(32) 近代的な学、の意ではなく、定家なりの学という程の意に用いている。
(33) 西下経一『古今集の伝本の研究』(昭29 明治書院)、岸上慎二『後撰和歌集の研究と資料』(昭41 新生社)、杉谷寿郎『後撰和歌集諸本の研究』(昭46 笠間書院)、註(16)所掲書など。
(34) 掲出歌の本文は定家本とも他の後撰集諸本とも異なる特異なものである(同様の例が他にも一つある)。定家の本文校訂過程における一つの姿だとも考えられるのだが、本稿の趣旨を口頭発表した折(和歌文学会大会 昭56・10 於徳島文理大)片桐洋一氏より、単純に扱えないこと、定家の他の註釈書(例えば顕註密勘)の掲出本文の傾向なども慎重に考え合わせるべき旨の御教示を得た。更に考えたい。
(35) 例えば行成本の本文を重要な資料として援用する点など。『間事』に行成本の影が薄いことは早く岸上慎二氏に指摘がある。註(33)所掲書63頁。

*

〈補註〉 岸上氏によって「定家の柔軟な態度」(先掲書153頁)として強調されている点を、概念化して言い表した。

*

小稿を成すにあたって昭和57年度科学研究費補助金(奨励研究A)の援助を得た。

2 『僻案抄』書誌稿㈠

要旨

藤原定家の多岐に亘る古典校勘作業のうち、和歌の古典とも言うべき〈三代集〉についてみると、一方に各集の書写校訂があり、他方に註解書の執筆がある。採り上げる『僻案抄』は定家の三代集理解の到り着いたところを示す著作だと見ることもできる。同書の研究は徐々に進んでいるものの、今日なお基礎的な研究を必要としているように思われる。論文では第一に、定家による長文の識語を仔細に読みつつ成立過程の概略を押さえる。第二に、伝本分類の試みを、特に「一類本」について行ない、同時に今後の追究への展望を得ようとする。その際、テキストの〈過程的〉とも言うべき様相が浮上してくる。それを承けて第三に、一類本のうち草稿形態を保存していると思われる伝本に即して、テキストの初源の姿を尋ね、それを通じて知られる書誌的な諸問題を考える。

1

藤原定家は、特に老年期に至って、倦むことなく古典校勘の作業に従事している。それらの営為のうち、和歌の古典であり、定家歌論にとっても重要な意味を持つことになる〈三代集〉についてみると、再三に亘る書写・校訂の作業と並んで、『顕註密勘』(古今の註)に始まり『三代集之間事』(後撰・拾遺の註)『僻案抄』(古今・後撰・拾遺の註)へと続く、一連の註解作業が存在する。いま採り上げる『僻案抄』は、定家における三代集理解の言わば到達点を示すものであり、一方また、後代の三代集註釈書に与えた影響も決して小さくない。以上のような側面を考え合わせる時、『僻案抄』をもって、

概して言へば、内容も豊ならず、さほど重きを置くべき名著とは為し難し。(1)

というように評価して済ませるわけには最早ゆくまい。むしろ本書の個別研究を徹底し、定家の古典読解の仕方を仔細に吟味することこそが私たちの課題でなければならないだろう。その作業はやがて、老年期定家の思惟像の一端に触れることに通ずるばかりでなく、本書の註釈史的ないしは和歌史的な位置づけへの展望をももたらしてくれるはずである。

＊

従来『僻案抄』の記載は、定家本三代集の本文研究との関連で有力な傍証としてしばしば援用されてきたが、(2)それらは大むね間接的に参照されるに止るものであって、直接本書を対象に据えた論は少なかったと言えよう。しかし近年、影印・翻刻の形で伝本の紹介や書誌についての見解が幾つか示されており、(3)個別研究への道は徐々に切り開かれつつある。それらの諸論を参照しながら、拠るべきテキストを求めて改めて伝本を調査してみる

と、結論を言えば、今日なおテキストをめぐる基礎的な問題の検討を要すると判断される。そこで小稿では、前述した課題を念頭に置きながら、本書の含み持つ書誌的な諸問題を掘り起こしときほぐしてみたいと思う。差し当り、

(1)定家識語の検討　(2)伝本分類の為の予備作業　(3)草稿形態の吟味

の具体的な課題を設けて論述してゆきたい。

2

最初に定家の識語を検討したい。諸本とも巻末にやや長文の識語を持つ。その内容を検討することによって、定家の執筆意図や本書の成立事情の大枠を知りうるだろうことは言うまでもない。

あらかじめ注意しておきたいのは、第一に、当の識語は一時に記された単一のものなのではなく、三つの時点、あるいは三段階を経て記されたものであること、第二に、識語の出方——今述べた三段階がどのように現れているか——は、伝本によって幾通りかの型に分かれており、この現象はやがて伝本を分類する際の目安の一つともなるように思われること、この二点である。つまり内容・形態の両面において注意されるのである。

識語の文面を参照してみよう。伝本の詳細は後述することにして、ここでは、類従本や板本等の、普通流布している系統（のちに言う二類本）の一本で、定家自筆本の模写本と目される書陵部蔵鷹司本(4)に拠り本文を掲げる。先程述べた三段階を、仮にABCとする。

A往年治承之比、古今後撰両／集受庭訓之口伝、年序／已久、雖恐忽忘、先達古賢／之所注猶非無其失、況依／恥管見謬説、故不載紙筆、／今迫耄及之期、顧餘喘之／盡、至于愚老之没後、為散／遺孤之蒙昧、抽最要

而／密〻所染筆也、／更莫令他／見

嘉禄二年八月日

戸部尚書（花押）

Ｂ　此草注付之後、拾遺相公一人之外、／更不他見、至于嘉禎四年、恭依承／舊好之　綸言、遙付嚮北雁足

Ｃ前員外典廐、染心於和語之詞、深／成師弟之契約、常依被訪閑寂／之蓬戸、不顧狼籍之草、所許／彼一見也、努力〻〻莫他見

複合した三つの段階を順に追いながら、やや細かく読んでみよう。

Ａには、執筆をめぐる経緯が簡潔に述べられている。この部分は、年記にある嘉禄二年（一二二六）八月、本書が成立した際に記されたものと考えてよいであろう。署名の「戸部尚書」はもとより当時の定家の官職（同年、定家は前参議従二位・民部卿）に合致する。Ａは、特異な例外（後掲）を除けば、諸本に見えるものであり、本書の根幹の識語と見做しうる。

ところで嘉禄二年という年次を重視し、Ａの文辞を、同時点における定家の情況を照らし出すものとして把えるとすれば、更にどのように読めるだろうか。改めて文面を辿ると、Ａの内容は大きく二つに分かれるとしてよい。冒頭から「……故不載紙筆」までの前半では、古今・後撰等についての説に対して、定家自身どのような態度で接してきたかを回想的に述べており、「今迫耄及之期」以降の後半では、執筆の対象ならびに目的を明示している。前半部分で注意されるのは、「庭訓之口伝」「先達古賢之所注」そして「管見謬説」（すなわち自説）の三者を混同せず、各々別次元のものとして語っていると見られる点である。

その三者の内、第一に、定家の認識の基底部にあるのは「庭訓之口伝」すなわち父俊成より継承した説の次元

である。基俊―俊成と伝えられた説を受けたことは既に『顕註密勘』の記載に見え、又その際受けたのは古今・後撰の両集についてであったことは『三代集之間事』に見える。それらの事情をここで確認できるのであるが、更に、当の説を受けた時点は「治承之比」すなわち、おおよそ定家十代の後半、ようやく歌人として歩み始めようとする頃のこと（『顕註密勘』に云う「少年時」（春上・四・密勘）本書古今註（離別・三六六）の「少年の昔古今の説うけ侍し時」）であったことを知りうる。その際、嘉禄二年段階での言葉として特に見ておくべきなのは、説を受けてのち「年序已久、雖恐忽忘」としている点である。この文言を裏返せば、「庭訓之口伝」は、これを忘失せずに保存・継承すべきであるという思念が長く定家の意識の中に在ったこと、そして嘉禄二年の時点においても切実な課題として自覚されていたことを読み取りうるであろう。

　右で見た基底部の次にあるのが「先達古賢之所注」の次元である。「先達古賢」とは誰を指すか。上との繋がりから、俊成をも含むととれなくもない。しかし「所注」は、具体的に註されたもの、書かれたものを想定していると解するのが順当であり、上段に云う「庭訓之口伝」と直接には重ならないと考えられるから、俊成を除外すべきであろう。すなわち定家じしん具体的な註書に接してその見解を知りえた人物達を指すことになろう。さて彼等の見解に対する定家の認識は「猶非無其失」であって、その失錯・失考を批判し対象化する観点が明確であることを――二重否定による婉曲的な物言いの中に――窺いうる。

　そして第一第二の次元とは別に在るのが定家自身の説の次元である。以上を図式化して言えば、「庭訓之口伝」を継承し、「先達古賢之所注」を否定的な媒介として得られたものが、自己の説であるということになる。而して書き記されるべきは当の自説であるはずだが、識語ではむしろ「管見謬説」たることを恥じる故に、従来著述しなかったのだという次第が述べられる。つまり「故不載紙筆」である。「故」の字は、上にある「況依……」

との意味の重複を避けて、「ゆえに」ではなく「ことさらに」と訓んでおくべきか。ともあれこれまで自説を筆録せずにいたことを強調するのである。

ところで定家は本書を著す以前に『顕註密勘』『三代集之間事』の二著を実際に物しているのだから、右の言葉は一見事実に反するようにも思われる。しかしここは、虚言を用いているとか、前著の価値を自ら否定しているとかと解する必要はあるまい。「故不載紙筆」は上の「況依恥管見謬説」という謙辞に続くものであることに改めて注意すれば、ここもまた謙退の表現と見做しうる。例えば『三代集之間事』の後撰の註の末尾に見える

古今後撰両集雖具受師説……於不肖之末生無一言之諮問、仍視聴之所及未出口外

も全く同様に読みうる文脈である。実際には以前に『顕註密勘』を著述していながら、なおかつ傍線部の如く記しているのである。(5) この記載を例証とすれば、いま問題の「故不載紙筆」には、自説を開陳するに当たっての、定家のスタイル、表現上の身振りを見ておけば足りるように思われる。

Aの後半部分については、贅言を要しない。定家もまた辿らねばならない自然の過程、すなわち、老いと死とがこの時点で強く自覚されていること、それは同時に、本書の著述を促したものでもあったこと、更に、直系の「遺孤」に伝える為に筆を染めることを明言する等、惣じて定家の執筆意図が明示されていることは先に指摘した通りである。

次に識語の第二の部分Bに着目しよう。Bは、今参照しつつある自筆模写本と目される本では、一字下げて書かれており、右で見たAとも後続のCとも別のものとして示されていることに先ず注意したい。この書写型式は、鷹司本と同じく定家自筆本の形を保存していると思われる伝本(後述)に共通して見られる。これは定家染

筆時の型式を示すものなのではなかろうか。さてBの内容は、第一に、本書註付の後、「拾遺相公」以外の者には披見せしめなかったこと、第二に、執筆より一二年後に当たる嘉禎四年（一二三八）に、天皇或いは院の許に本書を送ったことの二点に要約できる。前半部に見える「拾遺相公」は息子の為家を指すであろう。為家は嘉禄二年四月一九日参議に任ぜられ（左中将）、同日侍従を兼ねているから、右の日付以降「拾遺相公」と呼ばれえたはずで、この名称を与えられた人物に為家を比定することに支障は無い。

Bの後半部は少し問題を含む。定家は一体誰に送付したのか。然るべき対象としては直ちに、隠岐の後鳥羽院、佐渡の順徳院の名が想起される。従来この点は曖昧なままであったと思われるが、(6)ここは石田吉貞説の如く、順徳院に上ったと解するのが妥当であろう。理由は、「遙付嚮北雁足」を現実的にかつ厳しく解釈すれば、都より西に当る隠岐ではなく、むしろ「北」の佐渡へ向けて送付したとするのが自然だからである。又、前年嘉禎三年に、定家は順徳院の百首に合点・付評して呈上しており、この間、順徳院と定家との間に和歌を繞る直接的な交渉のあったことも一つの傍証となろう。(7)更に送付の時期についても少しばかり限定しうると思われる。「嘉禎四年」は一一月二三日に改元（暦仁元年）されているから、院への送付は勿論同年の右の日付以前でなければなるまい。一方「嚮北雁足」を和歌的景物と結びつけて読めば直ちに、春・帰雁の意味を見出しうる。結局、送付の時期は嘉禎四年の春のこと、という所まで推測しうるのではなかろうか。(8)

Bについてなお敢えて問題を引き出すとすれば、定家がこの部分を記したのは何時かという疑問が残るであろう。単純に考えれば、嘉禎四年（順徳院に）送付した折のものということになるが、そうとのみ断ずることはできない。又、先述したこの部分の書写型式を考慮すると、後に続くCの部分が記された時点で併せて書かれたとも言い切れない。この点は伝本分類の問題と深く関連しており、後段で再び採り上げてみたい。

続いて識語の終りの部分Cを見よう。「前員外典厩」は老年期の定家と交流のあった藤原長綱（忠綱男）であろうことは、谷山茂氏・石田吉貞氏の諸論稿[9]によって動かないところである。長綱の家集『前権典厩集』に「入道中納言家にまうてゝ、古今つたへたまはりて、かしこまり申けるついてに」として載る、長綱・定家の贈答（長綱Ⅰ一二七・一二八）は、Cの内容を補足する有力な資料であるが、これをも含めて両者の交渉については先学の論考に詳しい。ここではCに「深成師弟之契約」とあって、定家じしん長綱を門弟として把えている点や、本書の披見を許した相手は、A・B・Cと時を追うにつれて、息子為家一人から、院、そして門弟長綱へと広がっている点――逆に言えば以上の範囲に限られていること――に特に注意しておきたい。なお引用した鷹司本はCの後に年記を欠いている。しかし同系統の諸本はこぞって

延応二年六月日　桑門明静

の日付並びに署名を有している。[10]恐らく鷹司本は何らかの事情でこれを脱したものであり、原態は右の形なのではなかろうか。

こうして識語A・B・Cを併せ読む時、私たちは改めて三つの時点に留意すべきであろう。すなわち嘉禄二年六五歳の執筆時から、嘉禎四年七七歳の時点を経て、延応二年（＝仁治元年／一二四〇、没する前の年）七九歳に至るまで、定家は実に晩年の一四年間に亘って『僻案抄』に関与したことになる。少し視野を広げてみれば、承久三年六〇歳の折の『顕註密勘』から、翌貞応元年の『三代集之間事』を経て、右に見た『僻案抄』への最終的関与を示す延応二年に至る期間は、通算すると一九年の長きに亘っている。三代集註解の作業は、言わば老年期定

家の軌跡を貫く一つの基軸であったとも言えよう。その中にあって『僻案抄』への関与は、他の二著には見られない長期間に及ぶものであった。識語A・B・Cは、そのような持続的とも言うべき過程の節目節目における、定家の関心や認識の形を映し出すものに他ならないであろう。

さて、当の定家の認識を問うのなら直ちに、私たちは本書の註文内容そのものを逐一吟味するという課題へと進むべきであるが、その作業は一旦留保しておいて、今は、検討した識語のもつ形態面での問題をおさえておきたい。

あらかじめ示唆しておいた通り、諸伝本を寄せ集めてみると、識語A・B・Cの出方には幾通りかの型があり、それを目安として伝本を分類しうるのではないかとみられる。そして識語の形態と照応するかのように諸本の本文内容にもまた出入りがあり、その異同の状況から、伝本を幾つかのグループに類別しうると思われるのである。しかも異同の内容は、字句の微細な違いだけに止まらず、所によっては記事の精粗、概念や認識の相違となって現れており、単に転々と書写される間に生じたものとは認められない態のものである。考えてみれば、定家が本書に関与した（先述のような）長い歳月の隔りの中で、果してテキストは単一なままだっただろうか、改変・増補の契機は存在しなかったのかというような憶測も自ずとなされるはずである。而して、この臆測と右に述べた本文に見られる現象を重ね合わせて考えると、ここに本書は幾つかの階段を踏んで成立したのではないか、言い換えれば、生成・展開の過程として本書の本文を把えうるのではないかという推測がなされるであろう。仮りにその通りなのだとすれば、識語によって概略辿りえた定家の情況を、更に本文自体の生成・展開の過程と結び合わせて把えうることになろう。あたかも定家本三代集の展開に現れている、決して一様ではない校訂の過程に相応ずるかのように、註解書の領域においても又、定家の複雑な〈内的過程〉が存在したのかも知れないのである。さて以上を見届ける為には、『僻案抄』本文の、動態的とも言える様相をまずもって見定めておく必要があるだろう。その要請に応えるべく次に、伝本の分類整理を試みるという小稿の第二の課題に進みたい。

3

伝本についての見解として、現段階で最も重要なのは、久曽神昇説[11]である。同説を要約すると次の六点になると思う。

(1)伝本は二大別できる。
(2)うち甲本は嘉禄二年の定家識語（先引のA）のみを持つもの、乙本は上記の後に延応二年の識語（先引のB・Cを併せたもの）のつけ加わったものである。
(3)甲乙両本には記事内容に出入りがあり（主な十数箇所を例示）、些細な異同は枚挙できない程である。
(4)甲本は初稿本、乙本は再稿本である。
(5)再稿本成立の際、増補が行なわれたと考えられる。
(6)初稿本には、後に「かはやしろ」の付加されたものがある。

これらを更に絞り上げてみると、久曽神説は、伝本を甲乙に二分類し、各々を初稿本・再稿本と認めた上で、甲本＝草稿本から乙本＝再稿本へという展開過程を想定する説ということになろう。従来、伝本の分類整理を試みた論の無い中にあって、久曽神説は最も注意されるものである。但し、改めて伝本を見較べてみると、同説にもなお検討すべき余地が存在するように思われる。例えば右に纏めた所についてみても、大きく二種類の伝本群に分けうることは確かであるが、少なくとも更にもう一類、二種類いずれにも還元しきれない類を想定しうる。

また甲乙両類を「初稿本」「再稿本」と断定しうるかどうか、従って甲から乙への展開という見方についてもなお問題が含まれているように見える。それゆえ改めて諸伝本を細かく吟味し直す必要があるのではないかと思われるのである。以下、類別を試みながら伝本を掲げてみたい。その際、伝本に差し当り、二種の類を認めうることは久曽神説に云う通りであるから、まずもって最も確実なこの二種に属する伝本を、本文の性格や伝来に留意しつつ、各々取り纏めておきたい。但しこの二種を新たに一類本・二類本と呼ぶことにする。

4

最初に一類本を採り上げる。ここに言う一類本は久曽神説に云う甲本と同じである。この類の特徴は何より本文内容そのものにある。後述する二類本とは別であり、それとは分立せしめて一類と見做すべきであることは既に久曽神説(先記した(3))により明らかであろう。更に、巻末に追註「かはやしろ」を持たないこと、そして奥に定家識語のうち先掲のAの部分のみを有することもこの類の徴標となる。但し識語で注意すべきなのは、

①　二類本に見えるAと較べると少異のあること。

②　識語の後に「戸部尚書」の署名(並びに書き判)を持つものの「嘉禄二年八月日」の年記を欠いていること。

の二点である。これらは一類本の生成を考える上で重要な点になると思う。これについてはのちにも再び触れることにして、以上の諸特徴を兼ね備えている伝本を次に列挙する。

1　高松宮蔵有栖川宮旧蔵本　一冊　江戸初期写(写真版による)

2　京都大学附属図書館蔵中院本(中院Ⅵ・一五四)　一冊　中院通茂写

3　天理図書館蔵本(九一一・二−イ・一六五)　一冊　鎌倉写　伝為家筆(註(3)の影印本による)

4　内閣文庫蔵本A（二〇二・一一九）一冊　享保一六年　仁木充長写

5　国会図書館蔵本（二二一・四九六）一冊　文化四年　源直純写

これらの内、特に目に立つのは1・2である。双方とも定家自筆本を忠実に模写したものと思われる。定家様の筆跡を再現しているばかりでなく、元の本に存したと思われる墨滅・除棄符号・訂正・補入・書入等をもそっくりそのまま保存していると認められる。しかも1・2は互いに寸法・体裁を始め、改丁・改行・字配り・字形等、書写型式の隅ずみに至るまで酷似している。

1の高松宮本を納めた箱の蓋裏には貼紙があり（本文とは別筆。これも写真版による）[12]、この本の伝来について次のように記してある。

拝借照高院宮御本自筆之本御似写也、／令臨写了、定家卿自筆本／法皇御所尓有之、万治四年／回禄之時、令焼失、可惜ミミ、／照門御本ノ裏紙／御本形／横四寸九分／竪五寸三分／僻案抄写壱ノクヽリ十枚ノ分表裏二十枚

この記載を信ずれば定家自筆本は法皇（後水尾）御所に在ったが万治四年（＝寛文元年／一六六一）の火災に罹って焼失した[13]。しかし自筆本を似写した本が照高院道晃法親王の許にあって（割註に御似写とあり、或は道晃筆本であったか）それを拝借して臨写したのが高松宮本だということになろう。この記載は、江戸初期における定家自筆本の伝来状況を知りうるものとして貴重である。但し1には定家識語以外の書写奥書等は無い。右の貼紙の記載は有るものの、この本の筆写者が誰であるかは今のところ不明である。なお早く『大日本歌書綜覧』に紹介されている（上・720頁）のは此の本のことであろう。

2の京大中院本は、同じ中院本の『為家古今序抄』『拾遺和歌集』と同様、中院通茂の筆になるという（片桐洋一氏）[14]。通茂による『為家古今序抄』の書写年次は、奥書に見える寛文十三年（＝延宝元年／一六七三）仲秋初五、

拾遺集の方は、延宝五年仲秋下浣であるとすれば、此の本の書写作業も又、右の前後頃のことであろうか。ついでに言えば、1の高松宮本は道晃法親王本を借りて写したと云うのだから(仮りにその時点は同法親王存生中のことと考えれば)、書写の時期は、万治四年の罹災ののち法親王の薨ずる延宝七年(一六七九)六月一八日以前であると、おおまかには推測されよう。とすれば1の書写と2の中院本の書写とは互いに近接した時期になされたことになろう。1・2の関係については、書写年次の先後如何、或いは直接の転写関係の有無などなお問われるべきであるが、何より両本によって、いま検討しつつある一類本の、定家段階における原態を推定しうることは貴重である。当の原態をどのように把えるべきかについては、後段でより具体的に考えてみたい。

先に列挙した伝本の紹介を続けよう。3の天理本[15]は鎌倉期写しかも伝為家筆とされる。現存伝本の中ではとりわけ書写時期の早いものということになる。為家筆が確かだとすれば、当然ながら為家の許には今検討している一類本のテキストが伝存していたことになる。本書の定家以後の伝流を知る為にも、「為家筆」の実否の程は重要である。なお為家の許に実際に『僻案抄』が在ったらしい事は、のちに触れる京大中院本一本(先程の2とは別)や早大図書館蔵三条西家旧蔵本に見える奥書の記載によって知りうる(但し右に挙げた二本はいずれも一類本には含めえないテキストである)。

ところで、天理本の本文の形態は、1・2には見られたような「原態」を忠実に再現するというものではなく、言わば整序された形になっている。例えば、1・2で除棄符号を付してある部分の本文は、天理本では割愛されている。同様に1・2で、線を引いて抹消した上で訂正した語句を傍記してあるような箇所は、天理本では、訂正された傍記のみを本文中に組入れて書写しているという具合である。1・2にある補入や行間の書入れも、3では大むね本文中に移し入れられている。こうした整序化とも呼ぶべき傾向は、この天理本のみでなく、

1・2を除く一類本に等しく見られる。従って本文の形態から見ると、一類本の伝本は次の二色に分けることもできる。

(a)　除棄・補正・書加などが施された自筆の草稿・草案の形態（原態）を忠実に保存しているもの（1・2）。

(b)　草稿・草案の形態を整序した形で伝存しているもの（3以下）。

(b)では、整序化が施されるのに応じて、削除・訂正される以前の本文――(a)では当の本文を（完全にではないが）知りうる――は消去されることになる。つまり定家の執筆過程の一面がそぎ落されることになるのである。逆に言えば、草稿形態を保存していると目される1・2の伝本には、定家の認識が微妙に推移している様が痕跡として残されているのだから、註付時における定家の〈内的過程〉と言うべきものを把える上で、ますます貴重であることになる。但し「整序化」と呼びうる形態を示しているからといって、鎌倉期に遡りうる天理本や、以下に掲げる伝本の価値を過少に評価することは無論できない。じじつ一類本の各伝本の細部を見較べてみると、全て同質という訳でもなく、無視できない変差を含みもっていることが知られるのである（後述）。

次の4・5はいずれも冷泉家関係の奥書をもつ点で注目される。その内4の内閣文庫本Aは近時、翻刻紹介された。[16] 同翻刻では、底本と3の天理本との校異も載せられている。いま着目したいのは4の巻末の書写奥書である。すなわち定家識語Aの後に次の如くある。

三代秘書一冊、後代称僻案抄、以冷泉家／伝書写校合之本而謹写之、呈上之

享保十六年五月　　沙弥充長

「以冷泉家伝書写校合之本」とあるのは特に注意される。これによって江戸中期、冷泉家に一類本が伝わっていたことを知りうる。4の書写者は冷泉門の仁木省二充長である。

ところで同じ内閣文庫に『河社注』と外題された一本を蔵する（二〇二・一二〇）。その内容は『僻案抄』の二類本等に見える追註「かはやしろ」の部分のみを書写したものである。同本の体裁・筆跡はいま参照している4と同一であり、（内閣文庫では別々の函架番号を与えられているが）本来これらは一揃いのものであったと思われる。この『河社注』にも充長の奥書がある。

此本以京極入道中納言定家卿自筆本透写畢

康暦二年八月書写了

参議藤原判

為重卿也

本云

右一冊延宝九歳六月十八日令書写畢

前中納言為綱卿奥書也

右一冊以冷泉家伝書写之本而謹写之、呈上之

享保十六年五月　沙弥充長

見られる通り、充長の書写奥書は4のそれと似る。と言うより、両者は同じ折のものと考えて誤りないであろう。右に見える康暦二年（一三八〇）の為重奥書は、『僻案抄』二類本の幾つかの伝本にある奥書であり（内閣文庫三本や三手文庫本[17]）同類の『僻案抄』は巻末に「かはやしろ」を付載している。右の内閣本『河社注』並びにその奥書と、いま検討しつつある4とを照らし合わせると、次のような事情を想定しうると思う。

延宝九年（一六八一）冷泉為綱は為重奥書のある『僻案抄』を書写した（当の本は二類本であり、「かはやしろ」を

付載していたはずである。その段階で既に「かはやしろ」のみを別立てにして書写していたという場合もありうるが、恐らくは否か)。その本が冷泉家に伝存していた。充長は該本を基として(4を書写したと同じ折に、4とは別に、4には欠けている)「かはやしろ」の部分のみを書写し、4と一揃いのものに仕立てた。

というように。内閣文庫に蔵するこれらの一連の本は、一類本『僻案抄』は本来「かはやしろ」を付載していなかったのではないかという推測を補強してくれるものでもある。

ついでに4の筆写者である充長について少し付言しておきたい。充長は、同じく内閣文庫蔵の『顕註密勘』(二冊　二〇〇・五五)にも筆跡を留めている。その書写奥書に、

顕註密勘全部二冊、享保十四年十一／月、以冷泉家伝本而謹写之、呈上之／沙弥充長

とあり、「冷泉家伝本」をもって書写したことが知られる。4の二年前の事蹟である。更に遡って享保七年(一七二二)充長は冷泉為久より為綱手沢本の『顕註密勘』両冊を賜り、仰によって冷泉家伝本と校合したこともあったようである。この折の経緯は鶴舞中央図書館蔵の板本(明暦三年刊)『顕註密勘』(河ケ・三八)の巻末朱書入(充長の筆ではないが)によって知りうる。同朱書入の署名には「冷泉家門生／仁木省二沙弥充長」とある。充長と冷泉家との深いつながりを示すものとして更に、冷泉為久の口述を充長が筆録した『洞隠随筆』[18]を挙げるべきだろう。同書に「三代秘書云」として、『僻案抄』の、拾遺・物名の一部を引用している(／久堅の月のきぬをば……／拾遺四二二に対する註文)のも注意される。「三代秘書」の呼称は先に引いた4の充長奥書の記載と符合する。当時冷泉家ではそのように称していたのであろう。但し、本来は「三代秘書」であって、「後代称僻案抄」(先引奥書)、すなわち「僻案抄」というのは後代の呼び名であると断じてよいかどうかは少し問題である。[19]

一類本として列挙した五本の内、最後の5国会本もまた冷泉家に関わる奥書をもつ。例の定家識語Aの後に二種の奥書があり、前者には次の如く記されている。

一帖以家本加校合、執心之門徒田嶌藤原広武懇望／之故、令独校、尤禁他見、可秘〻〻／僻案之号不可然、称秘抄、深可為秘蔵候

宝暦二年五月廿日（花押）

花押（似せ書）の主は冷泉為村と思われる。[20] 右は為村が門人の田島広武（宗永）に「家本」で校ぜしめた際の加証奥書ということになろう。後半部で、「僻案」の書名を斥け「秘抄」と称すべきことを云うが、「三代秘書」を採用していた先程の4、すなわち為村より一世代前の、為久のあたりの呼び名ともまた異っている。このように（近世）冷泉家内においてすら本書の呼び名が流動的なのは、むしろ単一に固定した書名が無かったことを裏づけるのかも知れない。

こうして4・5を併せ見ると、江戸中期、享保、宝暦の頃、冷泉家には『僻案抄』の一類本が確かに伝存していたようだ。但し一類本のみでなく、先程見たように為綱段階では非一類本を書写して蔵書に加えたりもしていたらしい。江戸中期以前はどうだったのだろうか。現存伝本の書写奥書等の中に、冷泉家関係の流伝を示すものは乏しい。但し一挙に時代を遡ることになるが、次の奥書には為相の署名が見える点で極めて注意される。

本第二伝本云

以相伝秘本、不違一字具書写校点了、寧非証本哉

正応三年九月三日　左近少将藤原朝臣為相判

これは先にも例示した京大中院本一本の奥に、校合本の奥書として記されている中にあるものである。正応二

年（一二八九）の時点で為相（二七歳）の許に「相伝秘本」とされる本のあったことは注目される。中院本一本には薄墨によって校異が示されている。しかし奥書の肩註に「第二伝本」とある通り、用いられている校合本自体、既に純一ではなく複合した本文である可能性も考えられるから、今ある校異の跡に拠って「為相本」の実体を復元するのは容易でない。従って「為相本」と先程参照した4・5との関係如何といった問題も現在のところは未詳である。(21)

以上、一類本に属する五つの伝本を眺めてみた。これらを並べて見渡すことによって知りえたところを、改めて摘記すると、

(1)書写の形態から、草稿の原態を伝える本と、原態に整序化を施した本との二種が存在すると見られる。
(2)流伝の上から、近世、冷泉家には一類本が伝存していたことが知られる。
付随して
(3)一類本は追註「かはやしろ」を持たないことを確かめうる。
(4)書名は江戸中期においても流動的である。
「僻案抄」は必ずしも絶対的でなく、本来一定の書名が無かったとも推測される。

但し、採り上げた五本はいずれも、言わば典型的な伝本であった。ところがこれらの周辺には、本文は明らかに一類本に属しながら、同時に、典型的な伝本からするとやや変則的とも見られる点を併せ持っていて、伝本分類上吟味を要する伝本が幾つか存在する。それらを参看することによって、これまで一類本の特徴としてきたも

のを把え返すことになるが、むしろその作業は一類本の性格を一層見定めることに通ずるものと思われる。

5

更に検討を加えるべき伝本は次の四本である。

6　慶応大学図書館斯道文庫蔵本A（〇九二・ト三二・一）一冊　室町写　伝二条政嗣筆
7　穂久邇文庫蔵本（二・一・三）一冊　文政二年、中川長員写
8　志香須賀文庫蔵本（未見。久曽神昇編『日本歌学大系』別巻五に翻刻。同書による）
9　中野幸一氏蔵本　一冊　室町写　伝足利義尚筆

6は既出の1・2に類似した形態を示す。定家風の筆は最早見られないものの、除棄の指示、墨滅、訂正等を保存しており、それらの箇所は大むね1・2と一致する。それゆえ6は、1・2と並んで、一類本の原態を追究する際の有力な資料ということになる。しかし一方で6には、先に整序化と呼んだ現象も散見される。3以下の伝本に見られたと同様に、訂正・傍記の形を残さずに、訂正された文辞のみを本文中に組入れて書写している例が決して多くはないが存在する。また折々「……」と示して本文を略している場合もある。これは基にした本に既に在った省略なのか、或は筆写者の恣意によるものなのか定かでない。問題は巻末である。一見、一類本とは相容れない形を示している。次のような次第である。

①本文の後に識語Aがある（嘉禄二年云々の年記なし。従ってこの部分は一類本の特徴を示す）。
②万葉歌を補記（拾遺一一二〇「そか菊」の解釈の為の例歌。他の一類本には不見）。
③追註「かはやしろ」。

④再び識語A（「嘉禄二年八月」の年記あり）。
⑤識語B（Cは見えない）。
⑥最末に奥書二種。次の通り。

本奥書云

貞治三年三月十八日書写之　鵜首武衛藤在判

此本不足之所在之間、申出室町殿御本書加之畢

宝徳元年十月九日

確かに②③④⑤はいずれも一類本の性格になじまない。しかし①に識語Aが在るのにも拘らず④で繰り返してAを置いている事に露呈している通り、②から⑤までは、一類本とは別系統の本によって書加えられたものであることは明らかであろう。この間の事情は⑥の奥書によって確認される。すなわち、一旦①で終っている一類本のテキストには「かはやしろ」等を欠いている為、「不足分」を「室町殿御本」（足利義政本か）をもって書加えた。その際、同本の巻末部分（②〜⑤）をも忠実に転載したという訳だろう。6の本文には非一類本系のテキストによる校異が施されており、右に想定した事情と符合する。

結局6の巻末の形態は変則的であるが、かえって逆に、一類本とは異なるテキストの存在を浮かび上がらせてくれる。見通しを先取りして言えば、当のテキストは、目安として先程の②③④⑤を併せ持つテキストであり、後に私たちが三類本と呼ぶことになる類である。

次の7穂久邇文庫本は左の書写奥書をもつ。

文政二年閏四月九日／未／半刻筆ヲ取はしめ、申半ニいたり／同十日／酉刻より戌刻ニいたり／同十一日／

申ノ刻より酉半刻ニいたりて写畢／右之ことく筆を走、落字誤字狼籍／無限者也、但し一校、誤字落字改畢／右／僻案抄一冊／高松公祐卿以御本書写之畢／前議部少輔長員

書写者は中川長員（自休）か。7に見える定家識語（右の奥書の前）は極めて変則的である。先に特異な例外と呼んだのがこれで、根本の識語と目されるAを欠いている。しかも識語B・Cの部分を持つ。「かはやしろ」は見えない。本文はもとより一類本の特性を有するが、他の一類本と比べると所々独自の異文をもつ。「イ」と明記して校異を多く傍記してあり、時にそれらが本文に混入したかと思われるものもある。但しそればかりでは片付かない独自異文がなお残る点には注意しなければならない。

8の日本歌学大系所収本と9の中野幸一氏蔵本とは互いに近い関係に立つ伝本である。両本とも文明十年（一四七八）黄門藤（中御門宣胤カ）の書写奥書、続いて宣胤の校合奥書を持っており、元の本が同じ流れに立つ本であったことを思わせる。但し右の奥書の後には、8では同本が宣胤の筆であることを云う永禄元年（一五五八）称名野釋（三条西公条カ）の加証奥書があり（翻刻参照）、9には、足利義尚中書《なかがき》の本たることを云う天文九年（一五四〇）の「卜部朝臣」による加証奥書が見える。[22] 両本は、一類本の性格につき更に追究が必要であることを示唆する、二三の注意すべき点を備えている。掻い摘んで記すと、

(1) 巻末に定家識語Aを持つが、それには署名と共に「嘉禄二年八月日」の年記も見える。これは先に見た一類本諸本の形と異なる。

(2) 識語Aの後に「かはやしろ」を付載している。これも一類本の傾向になじまない。(1)と合わせてその理由が問われるべきである。

(3) 特に注意されるのは、両本は定家自筆本に結びつくものであるらしいことである。すなわち先程みた奥書

中に、書写に用いた本（「妙法院前座主准后教覚本」）は「端至二古今之末程一定家卿自筆也」とあり、更に校合に用いた本についても「以二中将基綱朝臣本一定家卿自筆之草案本ヲ透写本也重加二校合一了。少々有二書入事一」云々とある。前者の記載に対応して本文中の、古今・八五一／色もかも／の註文の中途には「是以前定家自筆也」という註記（朱）が見られる（以上の引用は歌学大系本による）。

そこで、8・9と自筆本の模写本1・2の本文とをつき合わせてみると、両者はもとより一致するが、僅かな点で相違している。そしてその相違は軽視しえないものであり、結論を言えば、少なくとも8・9ないしは両者の元の本は、1・2と直接には結びつかないと思われる。双方ともに定家自筆本につながるテキストでありながら、なおかつ互いに直接には結びつかないのである。とすれば必然的に私たちは、

(イ)一類本に属するテキストの内、定家自筆本に連なるのは、唯一1・2のみなのではないこと。

(ロ)積極的に言えば、1・2の元になった本（＝自筆本そのもの）以外にも定家自筆本が存在していたこと。

(ハ)より積極的に言えば、定家は一類本に属する形のテキストを一度ならず、少なくとも二度書き遺したこと。

のような想定をせざるをえなくなるだろう。言換えれば、一類本諸本は全て単一の、一系列的な書写関係に立つものと安易に見做してはならないことになろう。さて、1・2とは別途の自筆本の在った可能性を考えるとして、では当の自筆本はどのような位置に立つものなのか。それを、一類本中の別稿本・次案本などと直ちに臆測することは慎まなければならない。差し当り8・9相互の関係、8・9と他の一類本諸本との関係を明らかにする必要があろう（別途に考察したい）。

こうして一類本のいわば境界線あたりに位置する伝本を尋ねることによって、他類本との関係や一類本内部に

見られる無視しえない相違に留意すべきことが明らかになってきたと思う。それらの実態を追究するのは今後の課題であるが、類相互の比較を徹底する為にも、こうした差異性を問うと同時に、ひとまずは同質的な一類本の本文そのものを、より精確に見定めておく必要があるだろう。ここに到るまでの検討は主として諸伝本の外形的ないしは形態的な面での現れに眼を向けるものであったが、もう一歩テキストの内部に踏み入って検討してみたい。

6

一類本の本文を見定めるという課題を、ここでは（冒頭に示しておいた第三の）草稿形態を吟味するという課題を通して考えてみたい。

幸い一類本には、1・2の如く定家の自筆草稿の原態を忠実に写し取ったと思われる伝本が存在している。それらを参照することで私たちは、一類本の初源の姿[23]に接することになるはずである。しかも重視したいのは、当の「姿」には、定家によると思われる様々な手入れの跡が残されていることである。すなわち墨滅・除棄符号・訂正・補入・書入等の跡であり、それらを単純に数え上げると約六〇箇所に及ぶ。その跡々を辿ることによって、定家の思考が微妙に揺れ、推移・変動していた様、すなわち定家の〈認識の過程〉に立合うことが可能であるかも知れない。ただし今ある1・2の形を全て信じてよいかどうか一旦は疑われてよいであろう。しかし先掲6の如き伝本も存していて1・2の形が本来のものであったこと[24]を裏づけていることや、他書の例でも証明されている中院通茂（2の筆写者）の模写態度の厳密さ・徹底ぶりを考慮すれば、右の疑いを一応解くことができる。すなわち、事は享受や書写態度の問題に関わるものでなく、定家の認識の在り様そのものに関わるものと考えられるのである。

さて「手入れの跡」も多岐に亘っている。その内、字の高さや歌の排列順の訂正など、書写型式の問題に関わるもの、或は漢字の音・訓の表示などは比較的単純であり、これらは定家の認識の過程そのものに深くは関わらない類だと言ってよい。数の上では先程示したものの約三分の一に当る。重要なのは右を除いたもので、概括して示すと次のような系列がそれである。

a　削除　(イ)墨滅による場合、(ロ)除棄符号「━」「━」「、」等による場合の二通りがある。ほとんど(ロ)であるが、その場合、下の削除されている文字を判読しうることがある。

b　訂正　多くの場合「━」「、」等を付し、右傍に訂正した字句を書く。下の訂正される以前の字句を大むね判読しうる。

c　書入　二種ある。(イ)補入の場合、「。」印を付し（付さないこともある）、該当箇所の右（或は左）傍に不足の━━言換えれば補入追加すべき━━字句を書く。(ロ)補記の場合、行間や註文の末尾に、更に付加えて細註を施すか、或は頭書の形で幾分かの註文を書加えている。

このように手が入れられるのに応じて、何がどのように変化しているか。そこにどのような〈認識の過程〉を見出しうるだろうか。三つの系列に留意しながら読み解いてみたいと思う。

最初はaの削除の系列である。うち(イ)に属するのは次の一例のみである。(25)

(1)　玉たれのこかめやいつらこよるきのいその浪わけおきにいてにけり　　（古今・雑上・八七四）

玉たれのかめをなかにをきてといふこと、風俗のうたとかや、かめのたまたれは、かめに玉の」たれたるかたあるをいふなとあまたかきたり、哥にはたまたれとてかめによみつゝけたる事この哥のほかにな

し、たまたれのみすとのみよめ《り》（以上を書き、行の後半並びに続く四行を墨滅する）」風俗の哥につきてよめる
にこそ

註文の論旨は特に屈曲した所もなく明快である。注目すべきなのは後半部分の四行半程、黒々と抹消されている箇所である。原状から知られるように、「たまたれのみすとのみよめ」の下に更に文脈は続いて何がしかの論旨が語られていたはずである。事実墨滅の線の左右には、消された元の字の偏・旁の端々が痕跡として残されている。この抹消に応じて文脈を整えるべく「……とのみよめ」の後、墨滅部分の頭の右傍に「り」と記入し「……よめり」と文を終止させている。一類本のうち先に見た整序本とも呼ぶべき系列の伝本では、もとより右の墨滅は除去されており、「……とのみよめり、風俗の哥に」云々の如く続けて書かれている。さて、定家の記した原文を後人がこのように墨太々と大胆に抹消したとは考え難い。むしろ本来あったものを忠実に模写した結果だと考えるべきである。とすれば、定家は一旦記した（墨滅部分の）論旨を不要なものとして削除した上で前後の脈絡を整えたことになろう。消却された註文の趣旨は如何なるものであったか、少なくとも今ある一類本からは知りえない（この点についてはさらに後述する）。従って定家の思考の移り行きといったものも直接具体的には窺えない。しかしこの例から、註の言葉を敢えて削り取る（この場合、註文の量について見ると全体の三分の一程）ことをよしとするような契機が定家の認識の中に存在したことを知りうる。言換えれば一類本のテキストは、定家の認識の動きという契機を含み持ちながら過程的な様相を呈して在ることを、改めて確認しうるのである。

次にａ削除の系列中の(ロ)、除棄符合を付して文辞を切除している場合を見よう。

(2)　わか門にいなおほせとりのなくなへにけさふく風にかりはきにけり　（古今・秋上・二〇八）

此鳥さま〳〵に清輔朝臣等の人〳〵説〻をかきて事きらさるへし

（中略）

つねの人の門庭などになれこぬ鳥をとをくもとめいたさて、めのまへにみゆる事に」つくへしと思給也、いはむとおもはむ人は心にまかせていひなすへし、たかひにしるへからす（後略）

削除されているのは、いま私意に傍線を付した部分である。実際にはこの部分の二行半程に二箇所、「――の除棄符号を掛けてある。言うまでもなく整序本諸本は右の部分を欠く。先の例とは異りこの例では、定家はどういう記事を捨てたのかが如実に知られる。註文の論点は「いなおほせとり」とは何鳥かの詮義に尽きる。結局定家は「にはたゝき」説をとる。その根拠は、「時の景気秋風すゝしくなりゆくころ」、「にはたゝき」と「はつかり」とのとり合わせは「当時ある事」――現在も現実にありうる事（以上中略した中の言葉）――だからだとし、ことさら疎遠な鳥を擬定せずに、現実に実見しうる事柄で解すべきだと云う。定家は「……と思給也」の如く謙退表現を用いつつ自説を示しているのであるが、ここには、諸々の説を列挙しながら、結局これと明確な解を示さない清輔らの所説（顕昭説をも強く意識していよう）を斥ける意図が働いているものと思われる。かつて定家は顕昭説に対置して自説を次のように記していた（『顕註密勘』この歌の密勘部分。日本歌学大系・別巻五による）

いなおほせ鳥、先人説これに同。愚意今案にぞなほ庭たゝきにやと思侍れど、無二指証一。同二清輔朝臣一。

両者を見較べると相違は明らかであって、『僻案抄』では、既に定形した一つの見解があり、これを自説として積極的に提示する姿勢が色濃く現れている。承久三年以降、定家において〈説〉の成熟と呼ぶべきものがあったということになろう。

ところで先引の除棄部分は、

この「いなおほせとり」について説を立てたいと思う人は思う様言い立てるがよかろう、相互に関知する必

要もないことだから

という程の意か。一言でいえば、自説を立てるという行為を相対化する発言だと読めるのではなかろうか。これを厳しく解すれば、絶対的な価値をもつ説などあり得ないという意になり、緩く解すれば、どの説も一定の価値を有するはずだ、の意ともなろう。これらの文辞が存在することによって、前段の自説を明示する姿勢は余程和らげられて、自説も又相対的な説の一つに過ぎないという口吻が付け加わることになろう。

さて右の部分を欠く場合、今見たような口吻は消えて、自説そのものが際立つことになる。後略の部分では、「後年追注付」として伝聞の説をも交えながら「にはたゝき」説が補強されているから（その末尾には「但可依人ゝ所好」の一文が添えられているにしても）、右の部分が除かれることでますます自説の相対化という契機は稀薄となり、逆に自説への傾斜と呼ぶべき色彩が強まることになろう。ここに一つの認識の推移を読みとってよいのではなかろうか。

a削除の系列に属する例は(1)・(2)の他に九例程見出せるが、いずれも字句の省略、文辞の簡素化を図ったものに止まるようであり、論旨の変更を来たすことはないと思われる。

次にb訂正の系列を参照しよう。この系列は通算すると一五例に上る。訂正して新たに記入されている字句は、少いもので一・二字、おおむね数字程度であり、多いものでも一五字を越えることはない。従って元の字句と微妙にニュアンスが異なる程度に止まっており、論旨の変動に到るものは二三を除いてほとんど見られないと言ってよい。そこで、最初に微細な相違とはどのような体のものなのか見ておき、次いで注意すべき二三の例をやや細かく検討することにする。

訂正箇所のみを摘出して一覧すると次のようになる（訂正部分を示す線を、今は当該字句の右傍に付しておくが実際には、字句の中央に直接引かれている。それゆえ当該字句は線の下に判断される字を掲げたものである。訂正した字句は右傍記されているが、これも便宜的に↓の下に示した）。

①古今・春上・二八・もゝち鳥（初句のみ掲げる。以下同じ）
うくひすはなるへしとはきこえぬにや↓す

②同・春下・七〇・まてといふに
しはしまてといふ心也↓事

③同・春下・七七・いさゝくら
文字かきたかへたる本につきて↓を見（つ）け（て）

④同・秋上・一九一・白雲に
月のあかき心にかなふへけれは↓くまな

⑤同・秋上・二〇八・わか門に
をして」いはむよりはもちゐるへくや、人の心にしたかふへし↓（へ）し但可依人ゝ所好

⑥（後掲）

⑦同・恋五・七六一・暁の
昔よりふたつの説ならへる事は↓ある

⑧（右の歌に同じ）
そねむともから↓み思ふ

⑨同・雑上・九〇三・おいぬとて
　この詞つねに人のいひならへる事ならねは↓哥なとにもよみ
⑩同・雑下・九五四・世中の
　おく山へ行やけなましとよめる也↓きえ
⑪同・雑下・九八九・風のうへに
　古今には作者をあらはさゝりけり↓す（「けり」の部分、除棄指示無し。あるべきか）
⑫同・雑体・一〇〇一
　かくなわに思みたれて（歌本文）↓は
⑬同・物名・一一〇三・をかたまの木（詞書）
　かゝる哥そふるくきこゆる↓この（哥）（ふるくきこゆ）
⑭・⑮（後掲）

これらの移行の様に、強いて意味を求めてみると、①・②・⑪・⑬の如く、元の言葉をより単純化してやや断定的な口吻に変えているもの、⑩・⑫の如く、語形や仮名遣を整備しているもの、⑧・⑨の如く、やや具体的な言い回しに改めているもの等に気がつく。但し③・④・⑤・⑦の如く、変移の程をしかと明示し難い例も存する。以上は微細な相違を生じている例である。

次に特に見ておくべき例を採り上げる。

(3)　後撰・雑二・一一四五・宮少将（作者名についての註。右に列挙した中の⑭⑮）
　これを家本には藤原敦敏とかきて、少将敦敏哥と被申き、佐国目録にも宮少将とかきたるⓐを僻事とみしか

と、大納言本にもⓑかくかゝれたれは、たゝふるからむ説にこそつかめ（後略）

ⓐの右傍には「りし」の如く記されている。この場合少し考えてみるべき点が存する。論点は、「宮少将とあれはこれにこそつかめ」とある。この場合少し考えてみるべき点が存する。論点は、「家本」の作者表記を採らず、大納言本、即ち行成筆本の形に従うべきだとする所にある。定家が証本としての行成本にほとんど絶対的な価値を認めていたことは『僻案抄』の端々からも知られる。この立場はⓑから右に記した訂正へと変えられる際にも、もとより揺らぐことはない。ただし一点「たゝふるからむ説に」の要素だけは切除されている。つまり佐国目録や特に行成本に従う際の根拠――「ふるからむ説」であるという故に――を一言するという契機が抜け落ちることになるのである。その限りで、訂正された文辞には、どの説に依拠して自己の説とすべきか、即ち何に〈つく〉かが強調されることになろう。これもまた定家の関心の赴く方向によって自ずともたらされたものなのではなかろうか。

(4)　もう一つ訂正の例（先の⑥）を見ておきたい。

あさなけにみへきゝみとしたのまねは思たちぬる草まくら也　（古今・離別・三七六）

あさなけ、あさにけ、おなし事也、先人説あさゆふにといふおなし心也とそ侍し（後略）

傍線部に対する訂正は「庭訓」である。「あさなけ」の語義を繞る註文である。後段には、後撰・万葉の例歌が示される。いま問題にしたいのは、「先人説」と「庭訓」の対応関係如何である。先人説は無論、俊成の説を指す。『古来風体抄』を通じて得た知見なのではなく（風躰抄にこの歌不載）、「とそ侍し」とある通り、「少年の昔」（既述）に俊成より親しく聞き取った説であったのだろう。一方の「庭訓」も又、父の教えであり、定家からすれば俊成説に他ならない。さて両概念を比較すると直ちに知られるように、「先人説」には現実の父子関係（俊成・

定家）を背景として語られた見解という響きがあるのに対して、「庭訓」は一歩抽象的な親子関係へと進み出た所で成立する概念であろう。従ってその訓説の内容も個人性・一回性に支えられたものであるよりは、むしろ〈家の訓説〉として後々まで継承して行くことが期待されているようなものとなるであろう。「先人説」が捨てられ「庭訓」と名づけられるとき、当の説そのものは何がしか教義化、制度化へと到る契機を付与されたことになるのではなかろうか。定家は字句を訂正し、両概念を差し替えることによって、述べたような契機を選びとったのだとも言えよう。

草稿形態に見られる手入れの跡のうち、第三番目C、書入の系列については、今は多くを例示せずにおきたいと思う。無論この系列の意義が小さいということではない。一八例程見られる補入・補記の類には、記述を整備し更に敷衍・展開しようとする定家の意図を読み取ることができるように思われる。細かな検討は他日に譲りたいと思う。

こうして自筆模写本に残された生々しい変移の跡を辿りながら、そこに含まれている意味を探ってみたのであるが、結局、定家の〈認識の過程〉とは何であったのか、とり纏めて考えてみるべきであろう。

7

〈認識の過程〉を単に理念的に説述するのでなく、当の〈過程〉が最も象徴的に現れていると思われる概念を抽出して、その行方を追いながら考えてみたい。

当の概念とは〈先人〉の概念である。最前検討を加えたところを更に集約的に考えてみたい。

『僻案抄』に先人＝俊成の影が色濃く滲んでいることは繰り返すまでもなかろう。先に見た識語の記載をはじめ、例えば古今註の冒頭から拾ってみるだけでも、

……とそいましめられし（古今2註文末尾）

……とそ申されし（同7註文末尾）

の如く、俊成説を暗黙の前提としていることが確かめられる。その証は広く本書の端々に見出されるところである。

しかしながら、草稿形態の含みもつ過程的な様相を解きほぐしながら眺めると、先程みたように、〈先人説〉から〈庭訓〉へという移行が見られる。言換えれば〈先人〉概念そのものの影は稀薄になって行くかに見えるのである。と言うより一類本ではこの概念が捨て去られてしまうのである。先程はこの移り行きの中に教条化・制度化の予兆を読みとったのであった。ところで、『僻案抄』一類本には他に三箇所「先人」の語が書き込まれている。一つは後撰の註のうち、恋五・九一六

伊勢の海のあまのまてかたいとまなみ
なからへにける身をそうらむる

の註文冒頭に、「此哥先人命云」云々とあるのがそれである。難義「あまのまてかた」を繞るやや長文の註となっている。清輔批判の意を含めて綴られている註の大部分は「先人命」である。全体で三十四行ある内三十三行は俊成の「命」であり、末尾に「庭訓如此」とある。定家の発言は実際には最末一行「此大納言本文まて分明也」のみということになる。即ち、俊成説の正当さが行成筆本によっても証明されることを云う部分である。

ところで右に例示した「先人」もまた、先に消却された「先人説」の様相に応じて、既に素朴な相貌を失って

いるのではなかろうか。注意して見ると、第一に、先の「先人説」とは異なり、ここでは「先人命」であって、やや規範化された響きを持っている。第二に、長々と引用されているこの部分の文体は漢文脈であることも注意される。つまりことさらに形式的である。この点は、概して自己の説として消化して自在に註付しているかに見える他の部分とは異相を呈しているように思われる。第三に、この部分の「先人命」は『三代集之間事』にもほぼ同じ形で摂り入れられており、極めて祖述性が濃厚である。定家の記述が一行に過ぎない点も思い合わされる。結局、〈庭訓〉と照応せしめられた（「庭訓如此」）この〈先人命〉は言わば既にナイーヴなままではなく、先に見たと同様、より教義化され制度化された次元へと変容しているように思われるのである。

　実は〈先人〉概念は更にもう一箇所存在していたかも知れない。ここで、前章に削除の系列の(1)として挙げた註文を見直してみることにしたい。同註の後半部には、下に字の痕跡を見せつつも墨滅された数行が存在していた。眼を二類本に転じて、先に識語を参照した折に用いた自筆の模写本と照らし合わせると、意外にも、この墨滅部分に相当すると思われる註文を見出しうるのである。即ち同本では（前半部は一類本の先引と同文）問題の墨滅箇所の前後は次の如くである。

　たまたれのみすとのみよめれは、先人かめのたまたるゝ事にくし、たゝ玉たれの鈎といはむとて、こかめとよめるにてありなんと申されしかと」それも髣髴也、風俗哥につきてよめるにこそ

文脈の続き具合から判断して、一類本には、墨滅される以前に右の傍線部分が存在していたのだと考えてほぼ誤りないものと思われる。この事態は、後述するように、新たな問題を提起する。但しここでは右の引用中に見える〈先人〉に注意したい。「たまたれのこかめ」についての俊成の所説が示されているのだが、定家はこれを「髣髴」、不明確として斥けている。仮りに右の推定が正しいのなら、定家は〈先人〉説に関わる部分を不要とし

て黒々と墨滅したことになるだろう。ここでもまた〈先人〉の概念の影が薄くなって行き、逆に新たな原理に置き換えられて行くという現象を見届けることができるのである。

その新たな原理とは、つき詰めて言えば定家によって整理されつつある自家の説であろう。すなわち定家は俊成の言説をすらやや距離を置いて把え、時には取捨選択を加えながら、自らの手で自家の説を整備・統合しつつあるのである。こうした言わば自在な境位こそ『僻案抄』の達成点であり、定家なりの三代集学の辿り着いた地点だとも言えるであろう。こうして自筆本模写本に残存している生々しい手入れの跡を見ることにより、定家の認識の初源へと遡り、さらにその姿が移り行く様相を知りうるのである。逆に言えば一類本のテキストにはこうした過程が内包されていたのであった。

ところでここまで進めてきた、定家の認識の過程を尋ねるという課題を、再び書誌的な次元へと引き戻してとらえ返すと、ここに最前「新たな問題」と呼んだ問が立ち現れてくるに違いない。すなわち右の「先人」概念を繞って挙げた幾つかの例に端的に現れている通り、定家が手を入れる前の段階の本文は、或るものは今ある二類本の本文と重っており、一・二類両者の間に興味深い照応関係が見られるのである。更に、手入れの跡のうちb「訂正」の系列に含めた諸例を一々点検してみると、驚くべきことに先掲①〜⑮（うち⑤⑭⑮は註文を具体的に例示して述べた）の場合、手の入れられる以前の形、―除棄指示した線の下に判読しうる―は一つの漏れもなく現存二類本の本文と一致する。これらの事象から、（少なくとも右の諸例について言えば）、むしろ二類本の形の方が先出であり、定家はこれに除棄指示を加えつつ訂正を施したのではないかという推測が生じてくるのではなかろうか。こうして先に3節にとり纏めて提出しておいた伝本分類論上の疑い（の一つ）が一定の形をとって浮上してくるように思われる。而して次に試みるべきなのは、二類本について細かな検討を進めながら二類本と、以上のような在り方を示している一類本との関係を、詳細に把え直すことであろうと思う。定家の認識の過程は更に微細な波動を呈しながら動態的に存在していたように思われる。

【註】

（1）野村八郎『国文学研究史』（大15　原広書店）159頁。

（2）西下経一『古今集の伝本の研究』（昭29　明治書院）、岸上慎二『後撰和歌集の研究と資料』（昭41　新生社）、杉谷寿郎『後撰和歌集諸本の研究』（昭46　笠間書院）など。

（3）久曽神昇『平安時代歌論集』（天理図書館善本叢書和書之部35）（昭52　八木書店）天理本を影印、「解題」参照。瓜生安代「僻案抄（解説・翻刻）」小沢正夫編『三代集の研究』（昭56　明治書院）所収。久曽神昇編『日本歌学大系』別巻五（昭56　風間書房）志香須賀文庫本を翻刻、解題（前記善本叢書の解題を吸収）参照。

（4）鷹六四五『図書寮典籍解題　文学篇』（昭23　国立書院）42頁に掲出。

（5）野口元大氏は両奥書を採り上げて、筆者とは逆に、双方は全く別の意識に貫かれており、それは両書の執筆対象の相違によるものだと解する。野口元大「定家自筆本『三代集之間事』について」（『国語国文学研究』5　昭44・12）「三代集之間事（翻刻・解説）」『三代集の研究』（註3　掲出）に吸収。野口氏の読みは、『三代集之間事』は宇都宮「蓮生あたりに伝授されたもの」とする見解と結びついてなされていると思われる。私見では存疑。それゆえここも本文中で示した理解に従っておきたい。

（6）たとえば『群書解題』9（昭35　続群書類従完成会）は後鳥羽院説をとる。

（7）ちなみに佐賀大学附属図書館蔵小城鍋島文庫本『僻案抄』（〇九五二・六）は、奥書の「遙付嚮北之雁足」の右肩に「順徳院遠所」の朱註あり。

(8) 更に言えば、『順徳院百首』の定家奥書

丁酉歳応鐘月以盲染老筆候　沙弥明静上

によると、同百首への付評の時点は「丁酉」（嘉禎三年と考えられる）の応鐘月、一〇月であったことになるから、嘉禎三年冬から翌年春にかけての、定家と順徳院の交渉の子細を少し知りうることにもなる。

(9) 谷山茂「先達物語と前権典厩集の作者は藤原長綱なり」（『帚木』昭17・8 9）、石田吉貞『藤原定家の研究』（昭44改訂版　文雅堂銀行研究社）498—502頁。

(10) 署名「桑門明—」と表記する本あり。

(11) 註（3）掲出書参照。

(12) 国文学研究資料館に紙焼版あり（C・939）。

(13) この火災は同年正月一五日のことで、「禁中・仙洞・新院・女院之御蔵一宇亦不残、皆炎上、前代未聞、絶言語事、不過此時也」（『隔蓂記』同日条）「禁裏仙洞御文庫焼亡、累代古（宝）物悉滅了」（『皇年代私記』同日条の頭書）等と諸書に記されている。

(14) 片桐洋一『中世古今集註釈書解題(一)』（昭46　赤尾照文堂）112頁以降。同『拾遺和歌集の研究 校本篇 伝本研究篇』（昭45 大学堂書店）650頁。

(15) 註（3）参照。

(16) 瓜生安代氏による。註（3）掲出論考。

(17) 内閣二〇二・一五一、二〇二・一五〇、二〇二・一五二。三手　歌・以。なお同奥書（為重の書き判あり）をもつ一本の写真が『一誠堂古書目録』56（昭56・12）に見える。

(18) 書陵部蔵『片玉集』続集三（四五八・一）。

(19) 書名をはじめ、形態的諸特徴については稿を改めて考えてみたい。

(20) 為村は宝暦二年(一七五二)四月二九日権中納言を辞している。五月二〇日当時は散位・従二位、四一歳。なお続くもう一種の奥書は次の通り。

三代集秘抄上下二巻、芙蓉楼之秘本をかし/給ひければ、小春の日かけあたゝかなる窓の中に、つゝしんてうつし畢ぬ

文化四年丁卯十月　　源　直純(花押)

(21) もとより為相本そのものの出現が望まれる。ちなみに椿山荘第三十七回名品展・文学古筆展(椿山荘美術館所蔵)(昭50・2)に「伝為相　古今集註切」として展示されていた断簡一葉は『僻案抄』の一部(古今の註、一五二の註・一六〇の歌と註・一六三の歌のみ、都合一〇行)であった。一部(一六〇の註に約一行分)脱文を存しているが、「為相卿」とする琴山の鑑定は或いは信ずべきであろうか。なお同断簡のみからは『僻案抄』の系統の別を判断しえない。

(22) 極札に、この奥書を「卜部大副兼倶」とするが「天文九年五月五日」の日付から考えると否。兼倶はこれ以前の永正八年(一五一一)二月一九日に卒している(公卿補任)。

(23) 前節の検討を踏まえれば厳密には、初源の姿の一つと言うべきである。

(24) 但し両本とも古今・恋五・八〇五の歌ならびに註を欠く。何らかの事情による誤脱か。

(25) 以下の本文引用は1の高松宮本による。但し私意に読点・丁の表裏(」)括弧中の註記を加えた。なお声点を除いてある。

〈付記〉

小稿の成る過程で昭和55年度跡見学園特別研究助成費の援助を受けた。その成果は二つの口頭発表――「藤原定家『僻案抄』について――歌人における〈学〉と〈歌〉――」(学内研究発表会　昭55・6)、「『僻案抄』――伝本と成立

――」（早大国文学会大会　昭55・11）において報告した。更に、広く定家の三代集註解書を調査する課題により昭和57年度科学研究費補助金（奨励研究A）を受けており、小稿はその成果の一部でもある。

3　『僻案抄』書誌稿㈡
──追註『かはやしろ』の問題──

要旨

前稿を承けて、『僻案抄』の書誌的考察を行なう。伝本論を進めて行く上での一つの鍵になるものとして、追註『かはやしろ』の問題がある。今回はこの『かはやしろ』につき、とり纏めて考えたいと思う。具体的には、第一に、『かはやしろ』の伝本にあたってみる。単独で伝わる本と『僻案抄』に付載されて伝わる本の二形態あることに留意しながら、本文内容を吟味する。結果、本文に二系統あることを言う。第二に、書誌の成果を参照しつつ、所収三項目を読む。眼目となるのは「かはやしろ」の項。記事は大むね定家録するところの俊成説であるから、読解を通して自ずと、論者俊成の認識と編者定家の対応に触れ、かつ双方を見較べることになる。最終的には定家の思惟像に接近したい。以上を踏まえて第三に、改めて書誌に立ち戻り、『かはやしろ』の『僻案抄』伝本論への寄与を考える。これにも論点は二つある。一つは、「追註付」のもつ意味を検討すること、他の一つは、『かはやしろ』の本文異同と『僻案抄』の三系統とを突き合わせて相互の関連を探ることである。

前稿において『僻案抄』の伝本の分類を部分的に試みた。実際には「一類本」と名づけた系統の諸伝本の性格を素描したのであるが、この先の分類論・系統論を進めるためには、なお明らかにすべき課題が幾つか残されている。それらのうち、巻末に付載されている追註『かはやしろ』の問題は特に重要だと考えられる。前稿においても若干触れたところであるが改めてこの『かはやしろ』の提起する書誌的な問題につき、とり纏めて検討を加えたいと思う。その際、先に示した通り、テキストには自ずと定家の認識の波動する様が映じていると見られるから、本稿では、書誌的な記述と併せて、追註の記載内容を本文の変動に注意しながら細かく読解することが求められるであろう。

追註『かはやしろ』には、書誌的な次元での問題が三点存在すると思われる。すなわち、

(1)『僻案抄』に付載されることなく単独で伝わる本があり、形態上注意される。この種の本の存在することから自ずと、『僻案抄』付載という形態は果して本来のものなのかどうかという、『かはやしろ』の基本的な性格に関わる疑問が生じるであろう。

(2)『かはやしろ』を持つ諸伝本の本文をつき合わせると、大巾な相違は見られないものの、中に微少ながらも無視しえない異同が含まれている。異同の意味するもの、ひいてはいずれの形をもって原形と認めるべきかが問われる。

(3)『かはやしろ』は『僻案抄』伝本の分類論にどのような示唆を提供するか。

右の三点である。本稿では最初に(1)・(2)を検討し、次に註の含み持つ問題性――最終的には定家の思惟像を追究するという課題に結びつく――を具体的に記載内容を読むことにより尋ね、以上に基づいて右に示した(3)の問いを吟味するという手順で論述して行きたい。

1　単独本

最初に(1)の問題を検討したい。

『僻案抄』に付載されていない本、すなわち『かはやしろ』単独本とも呼ぶべき伝本として、今のところ次の三本を知りうる。

A　国立公文書館蔵内閣文庫本（202・120）享保一六年（一七三一）沙弥充長（仁木省二）書写、一冊本。外題（題簽）は「河社注」とある。

B　彰考館蔵本（巳11・07158）江戸末期写。「芳野記」に合写されている。(1) 題簽剝落した痕の上に「芳野記　かはやしろ　全」と打付書。

C　彰考館蔵本（巳13・07306）江戸末期写。一冊本。外題（題簽）「河やしろ」。

うちAは前稿で紹介し、その位置についても聊か触れた。同本についていま必要な点を確認しておく。Aに見える奥書類から以下の事を推測しうる。

(1)Aは享保一六年、仁木充長が「冷泉家伝書之本」をもって書写した本である。

(2)当の冷泉家本は延宝九年（一六八一）冷泉為綱が書写した本である。

(3)為綱が基にしたのは、『僻案抄』第二類本のうち、康暦二年（一三八〇）為重書写奥書のある本である。為綱は、為重本に付載されていたはずの『かはやしろ』の部分（以下単独本と区別して「付載本」と呼ぶ）を特立せしめて書写したと考えられる。

以上のようにA本成立の事情は比較的明らかである。すなわちAは江戸期、為綱の段階で付載本から生じた本であって、単独本の形態を示してはいるものの、本来単独本として伝流していた本とは見做せないことになろう。

しかしB・Cは、Aとは性格が異って、純粋の単独本と目され、述べるように重要な問題を提起する伝本である。（B・Cはごく近しい関係にあり、本文はBの方がすぐれる。CはあるいはBの転写本か。[2]）

さてB・Cで注意されるのは第一に、次の奥書を持つことである。

右以京極黄門真筆透写本重而加／挍合、無一字之違、尤可謂証本也

延徳二年五月中旬記之

この記載を信ずると、B・Cは、遡れば定家自筆本に至りつく本であることになる。ちなみに、これまで調査しえた『僻案抄』の伝本――「かはやしろ」の有無を問わず――に見られる書写奥書類の中に、右の奥書と一致するものは存在しない。むろん今後これと同じ奥書を持つ付載本が出現しないとは断じられない。つまりB・Cもまた単に付載本が切り取られて単独で伝わった本であるに過ぎないかもしれないという可能性はなお留保しなければならない。しかし現在までの知見に基づき、単独本の形態ならびに右の記載を考え合わせると、本来、定家自筆の単独本が存在した可能性は高いとしてよいであろう。B・Cは当の自筆本の流れに立つ本であり、付載本から派生したAの場合とは異なるものなのではなかろうか。

このような予測を裏づけるものとして、第二に、B・Cは付載本には無い注意すべき特徴を備えている点を指摘しうる。

すなわちそれはB・Cの端作りである。通常、付載本の端作りには「かはやしろ」とある他に、必ず「追注付」「三代集無之」という註記的な語句が見られる（但しこれらの語句の出方に微妙な問題が含まれている点については後

述する）。この語句を伴うことによって「かはやしろ」部分は『僻案抄』部分の註釈に付された追註であること、その内容は三代集に無い事柄に関わっていること、従って「かはやしろ」部分は三代集の註釈書である『僻案抄』に付載されるものであることがそれぞれ示されるのである。この註記的語句を定家以外の後人が付したと考えるのは当らない。たとえば付載本のうち定家筆本の模写本である書陵部蔵鷹司本（鷹・645）[3]にもこの語句は明記されており、定家の自記になるものと認めてよい。

ところがB・Cには問題の語句が存在せず、単に「かはやしろ」とのみ端書きされているのである。当然ながら、この語句を欠くことにより、B・Cにあっては、「かはやしろ」は『僻案抄』に付載された追註であるという意味づけが失われる。言い換えれば、単独本の形態を備えていることと端作りの記載とは符合していることになるのである。すなわちB・Cの端作りは、奥書の記載と相俟って、単独本が定家段階で物されたことを示す有力な証左となるはずである[4]。

但しここでも慎重に、B・Cは物理的にか恣意的にか、何らかの理由により端作りの註記的語句を脱したのではないかと考えることはできよう。しかし「京極黄門真筆」の本に本来存した記載が事情はどうであれたやすく脱落したとは考え難い。結局、B・Cの記載を重視すると、「かはやしろ」は定家の手によって単独本として編録される折があり、同時にまた、定家の手により『僻案抄』の後に追註として――その旨註記を施されて――付載される折もあった、という二つの段階を想定しうるであろう。となると直ちに、両段階の先後、単独本・付載本の相互関係の如何が問われるはずである。しかしこれらの問いに対する答えをすぐさま求める前に、いま少し細かに「かはやしろ」の性格を見定めておくべきであろう。さし当り、述べた通り二つの段階が存したであろうことを考慮に入れながらも、一旦は単独本・付載本ともども一つの平面に並べて、本文を見較べてみるべきだと思われる。そこで次に、先述した課題(2)の、本文異同に含まれる問題を検討してみたい。

2　本文の二系統

『かはやしろ』の本文異同には、先に述べた通り転写の間の誤伝には帰しえないもの、すなわち無視しえない異同が含まれている。あらかじめ言えば、それらの異同は伝本により大まかには二つの形に分離、対立していると見られる。異同の二傾向を明らかにするために、いま、付載本の一つである先にも触れた書陵部蔵鷹司本と、同じく付載本の一つ慶應義塾大学附属研究所斯道文庫蔵一本（091・ト36・1）とを対校し、相互の異同箇所を摘出、対照してみよう。便宜的に、前者の特徴を甲、後者のそれを乙と呼ぶことにする。(5)（括弧内の註記、川平）

固有の誤写と思しき部分を除き、注目したいのは傍線部の異同である。一重線を付した箇所は相互の字句の違い、二重線部は片方に有って他方に無い異文をそれぞれ意味している。これらのうち①は、語句の要素は共通で書写型式のみ相違する。細かく言えば、甲は追註の内容を「かはやしろ」で代表させていることになり、乙は追って注し付けたものであることを強調、「かはやしろ」もそれら追註の一項目であることを表示した形になっている。実態に即していて合理的なのは乙である。しかし、いずれにせよ異文を生じているわけではなく、甲のみを斥けるのも当らないだろう。⑥・⑨は助詞「の」の有無の別であって意味に違いを来す異同ではない。③は敬語表現をもつか否かの違い。④・⑧はテニヲハ一字の相違に過ぎない。もっとも一字とは言え、④は『六百番歌合』本文の流伝の問題に波及し、(6)⑧は『江帥集』の享受の問題に関わるものではある。(7)しかし以上の諸例はいずれも著しく意味の違いをもたらすものではなく、無視しうる異同として処理することは可能かもしれない。

残る②・⑤・⑦はやや問題を含む。全て註記的な語であり、かつ下段の乙のみに見られる独自異文である。②

	鷹司本／甲	斯道文庫蔵一本／乙
①	(端作り) かはやしろ追注付三代集無之	追注付三代集無之 かはやしろ
②	(頭中将資盛朝臣歌合、一番右の作者名) 入道	入道釈本阿歟(朱)
③	(同歌合の判詞中の語句) 又おもふ所あるにもやあらん	又おもふ所あるにもや侍らん
④	(六百番歌合の引用中) 右方申云、しのおりはへてといふ本哥いかに了見してよみたるにか	右方申云、しのにおりはへ(にの誤写カ)といふ本哥如何了見したる本ノマヽしてよみたる事か
⑤	(同右) 判　左恋衣ヲ河社によせてよめり	判入道　左恋衣を河社によせてよめり
⑥	(同右) これは天暦御時御屛風の月次の哥也	これは天暦御時○月次御屛風の哥也
⑦	(同判詞の引用に続く部分) 密★ミ攸申含しは	庭訓密★ミ仪申含は(し脱カ、他本あり)
⑧	(同右) 江帥匡房卿　かはやしろ秋はあすそとおもへはや(略)	江帥匡房卿　かはやしろ秋をあすそとおもへはや(略)
⑨	郭公哥二四八事	郭公哥二四八の事

は当該歌が「釈」（阿）のものであること、⑤は、引用している判詞は「入道」によるものであること、すなわちいずれも俊成のものであることを特に指示する語であり、⑦は以下に引く言説が「庭訓」である旨を註するものである。

さて以上の註記的本文を繋ぎ合わせ、同時に、特に「庭訓」なる語が『僻案抄』を含む定家による三代集註釈書類で用いられる時の意味を考え合わせると、これらの筆記者として最も適わしいのは、やはり定家を措いてないであろう。すなわち乙に見られる異文は、後人の所為ではなく、定家段階で既に記されていたもの、すなわち原態を留めるものと考えられるのである。

この点を裏づける傍証として二つ指摘しうる。一つは、斯道文庫本に付されている頭書の記事である。『かはやしろ』所引の六百番歌合判詞に、次に引く条りが見られる。河社のことが「夏神楽の譜」に見える由をいう陳弁に応えて、俊成じしんの知見を対置している部分である。

又この事かくらつたへたる家の人に尋侍しも、夏神楽といふ事あるよし申つたへたるへし、されと譜なと分明にみえたる事なしとそ答し侍し

斯道文庫本は右の部分の頭に「刑部卿教兼／朝臣也亡父／外舅也」という註記をもっている。俊成の尋ねに返答した相手が誰であるかを示した註と判断される。「亡父」の語は『かはやしろ』に二箇所、「亡父所詠哥」「亡父説」の如く見え、いずれも俊成を指しているが、右の「亡父」を俊成と取る場合、やや意味不明瞭である。しかしここで「教」字を「敦」の誤写と見做し、「外舅」に妻の兄弟の意を認めうるものとして改めて読めば、この頭書は、俊成の父・俊忠の妻（＝敦家女）の兄弟である刑部卿敦兼について註したものであるという解釈が成り立つ。(8) その場合、俊成と敦兼とが直接交渉をもちえたのは俊成若年の頃であるから、(9) 河社をめぐる問答も自ず

と『六百番歌合』の頃を遙かに遡る昔の事としなければならない。この点をも含め事実性に関して疑点は残るものの、近親者であり篳篥の逸話の伝わる敦兼に対して、俊成が神楽をめぐる（難解な歌語に関わる）疑問を質す折は大いにありえたであろう。以上のように読むと、斯道文庫本に見える頭書は、定家が父俊成の言をそっくり引用し、註記の形で関連部分に書入れたという次第を伝えるものと推測されるのである。[10][11]とすればこの頭書の記事は先程みた乙の註記的本文と次元を一にするものであり、これらは共に定家自ら記したものと考えられるのではなかろうか。

今の点と密接に関わるが傍証の第二として斯道文庫本の最末の奥書に、

弘安元年十一月廿二日夜以故京極中納言／入道殿御自筆本於持明院舊宅書／写了
為兼

とあることを挙げたい。これは為兼の『僻案抄』への関与を伝える興味深い記事である。[12]右の記載を信ずれば、斯道文庫本は定家自筆本に由来する本であり、ひいてはその「かはやしろ」部分もまた定家自筆本の形を伝えるものとして尊重されねばならないことになる。

以上の二つの傍証を考え合わせると、先に挙げた乙の註記的本文は、後人による加筆ではなく、むしろ定家段階に遡原しうるものである可能性を強くもつとしてよい。

一方、乙に対立する甲の特徴を持つ鷹司本は、定家自筆本の形を忠実に臨模した本に他ならないから、甲の本文もまた同様に原態を保存しているものとして重んぜられなければなるまい。こうして一定の対立関係にある甲・乙双方の本文——異同の二傾向——は、いずれか一方を採り他を斥けるという処置を施しえないものであることを示唆しているが、同時に、定家段階において二様のテキストが存在したことをも証示していると見られる。言い換えれば定家は細部において微妙な差異をもつ二つの『かはやしろ』を編録したと考えられるのである。

ここで、採り上げた鷹司本・斯道文庫本は共に付載本であることを想起しよう。付載本の本文も単一ではなく、実は甲・乙二つの流れに分かれることを知りうるのである。

ちなみに先に検討した単独本三本を、右で得られた知見に照らしてみると、Aは、一部例外を存していて検討を要する側面（後述）を含むものの、大枠では甲に属する。B・Cは、端作りにおいて他に見られない性格を示している点は先に注意した通りだが、内部の本文自体は乙に属すると認められる。これらの深い対応関係を証する細かな事実については、いま述べた問題点と併せて後段で再び触れることにしたい。但し一例だけ、先程の傍証を補強する意味で示せば、斯道文庫本の頭書と同文の内容がB・Cにも存在する事実はことに注意される。すなわち先引の箇所に、

……とかきて侍めり、刑部卿敦景朝臣、亡父外舅也、また此事かくら伝たる家の人に尋侍しも……

とあるのがそれである。「敦景」の「景」字は新たな不審をもたらすが、「敦兼」と解する先程の説の傍証となろう。やや座りの悪い前後の続きから考えて、傍線部は恐らく傍記の本文化したものと推測される。この型式は反って斯道文庫本の註記が本来存在したものであることを裏づけるのではなかろうか。右の記載によってB・Cは乙の特徴を持つことを知りうると同時に、改めてB・Cそして乙は定家段階の姿と深く結びつくことを確認しうると思う。(13)

以上のように、単独本・付載本の形態だけでは本文の質を判別しえないのである。先に両形態の別を一旦相対化して、共通の次元に並べて本文を見較べるべきだとした理由もまたここに存する。

論点を整理するために、これまでに得られた知見を図示してみよう。

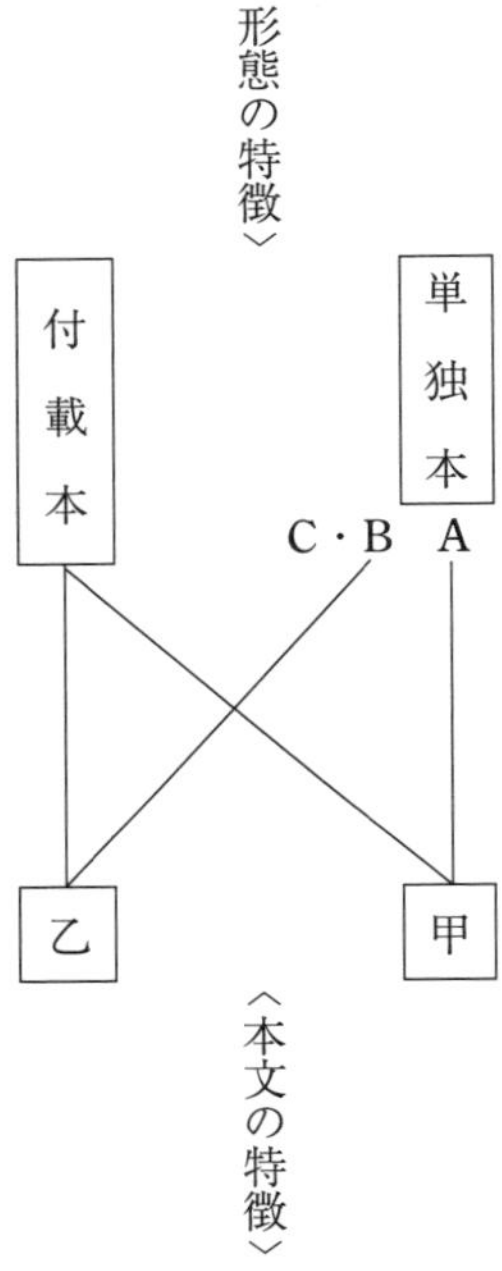

四角《すみ》のテキスト全てに、何らかの形で〈定家自筆本〉の痕跡が認められる。定家はそれらの成立に何がしか関与しているのである。要約して言えば、単独本のうち（Aは後代の成立と考えられるから除くとして）、定家は乙の特徴をもつB・Cを編録し、同じ乙の本文を『僻案抄』に付載することがあった。また甲の特徴をもつ本文を付載することもあった、ということになる。こうして「かはやしろ」の形態と本文との相互関係は大まかながら明らかになったと思われる。特に単独本の位置はほぼ見定めえたとしてよい(14)。次に問うべきなのは、少なからず伝本が存在する付載本の場合である。しかし付載本の諸伝本も、当ってみると、むろん例外的な異同を包み持ってはいるものの、ほぼ甲・乙いずれかの形に分けうるのである。すなわち、右に想定したモデルを裏切ることはない。『かはやしろ』の本文には二系統存する、と積極的に言ってよいであろう。

ここで得られた小結論は二つの意義をもつ。一つは、『僻案抄』伝本を整理する上で有益な視点を提供すると予測されることである。もう一つは、見てきたような性格を含む本文異同の状況を、『かはやしろ』の読解に組み入れることが可能となる点である。小稿の目的の一つである書誌的な課題の追究にとって必要なのは前者であるが、『かはやしろ』の、一見精彩を欠く説の記述の中に、定家の認識の様を窺おうとする、もう一つの目的にとっては、後者はひとしお重要な視点となる。章を改め、まず後者の視点に則して考えてみたい。

3　内容読解

『かはやしろ』の記載形式は、歌を掲げ註を付すという、通常の註釈書のそれとは異なる。『僻案抄』に対する追註として見た場合、双方の違いは明らかである。『僻案抄』の歌註に加えて、掲出歌と註を増補するという形で追註がなされているのではないのである。むろん歌を問題にするのであるが、その内容は難解な歌語や歌句、いわゆる〈難義〉をめぐるもので、「かはやしろ」「かひやか下のかはつ」「郭公歌二四八事」の三項目から成っている。分量から言えば、零細なものとしてよい。このうち最も多く取り扱われているのは最初の「かはやしろ」であり、後の二項目はあたかも「かはやしろ」部分に添えられているかの如く、量の上ではごく僅少である。ちなみに、先に見た甲の系統本の端作りに「かはやしろ」とあって、全体を統括する名の役を果していたのも故なしとしない。

さて、量はともかく、果して載せられている記事の内質はどうなのか。以下、記されている所とは逆の順序に、一々読んでみたい。その際、各項目に収められている言説の次元と、それらの言説を編録した定家の認識の次元とを相互に見通しながら吟味しなければならないだろう。

(1)　郭公歌二四八事

郭公の歌に「二四八」の語をよみ入れた例があることについての問題である。

「二四八」を難義として最初に採り上げたのは『奥義抄』であろう（同抄「下巻餘　問答」の五）。「古歌に二四八とよめるは何事ぞ」の問いに答えて清輔は「二四八ははつねと云ふ事也」という見解を示し、その理由を、二四は八、八は声、二四八は八つの声、やつのこゑははつね、と語義を追って説く。さらに例歌として二首、

万葉云、

ならさかをきなきとよます郭公二四八とこそをちかへりなけ

三条大納言の歌にも、

をちかへり庵になけどもほとゝぎす二四八ともにめづらしきかな

を挙げ、二首に見られる歌句「をちかへり」「庵になく」の句意についても説述している。清輔の言説は一つの定説的な見解として継承されたもののようである。たとえば『和歌色葉』は右二首を掲げ、独自の敷衍を行なってもいるが、『奥義抄』の名は見えないものの清輔説を参照したと推測される。また『八雲御抄』言語部・由緒言「にしはつ」の項に「見二清輔抄物一」とあり、同抄も『奥義抄』を踏まえていることが知られる。一方、清輔説を俎上にのぼせているのは顕昭で、のち程触れるように独自の説が見られ、注意される。

さて『かはやしろ』に載せられている「二四八」についての記事は次の通りである。

亡父説、此哥在万葉集之由雖有説、已以無実也、所詮無証拠哥也、不可用、中古の虚言作出事歟云々

これは俊成の言説そのものに他ならない。従って問題は定家ではなく、俊成の認識に関わる。

俊成は二四八の歌——具体的には清輔も挙げている「ならさかを」の歌を指すのであろう——が万葉集にあるとする説を批判する。

清輔はと言えば、「万葉云」として「ならさかを」を示したのち、歌中の語句につき「をちかへりとは万葉には百千返とぞかける」と記しており、万葉所載歌たることを疑っていない。なるほど万葉に、「をちかへり」と訓ぜられている「若反」（十一・二六八九　十二・三〇四三）「変著（若）反」（六・一〇四六）の語は存するものの、「ならさかを」の歌自体は見えない。清輔の思い違いとすべきだろうか。ところで、この種の説は独り清輔だけのものではなく、顕昭によれば「皆人」の云う所でもあったようだ。従って俊成の云う「雖有説」の「説」は、直接には清輔説を指しているのかも知れないが、結果的に当代の通説に対して云われているものと解される。ともあれ俊成はそれらの説を「無実」として厳しく斥けるのである。用例の状況が示しているように、俊成の見解は正当である。

但し俊成の主張は、典拠の問題、万葉に載るか否かの事実をめぐる次元での問題から、今一つ踏み出した視点を含んでいる。それは先引の言説の後半部分に現れていると思われる。字句を追ってみよう。

「無証拠哥」とは、正しく万葉集の古歌であるという証拠を持たぬ歌、という意味であろう。従ってこの箇所の意味は、明確な証跡のない説、後代的なものに過ぎない歌を万葉歌と誤認する説は用いるべきではない（＝「不可用」）というのであろう。

「中古の虚言作出事歟」とは「ならさかを」の歌が「中古」に万葉の古歌として創作されたものであるとの推測を云うのだと思われる。たとえば、「ならさかを」に並べて清輔の挙げている「三条大納言」歌は、堀河院百首「郭公」公実歌の「異伝歌」(15)であるが、既に「二四八」をめぐってはこうした亜流——言わば、万葉の古歌ならざる「中古」の創作になる擬似古歌に依拠した歌——も存することを深く認識しつつ俊成は「中古の虚言」云々と述べているのだと思われる。

さらに言えば、清輔は、先程触れた通り、「ならさかを」「をちかへり」両歌につき「或書云」として他者の見解をも参照しながら歌句の釈義を行なっているが、俊成の立場にとって右のような詮義はすでに不必要であって、それらの依拠する「説」そのものを「不可用」として斥ければ足りたのであろう。

「二四八」の項に引かれた俊成の言説には、以上のように、万葉歌と擬似万葉歌とを峻別する態度が見られる。こうした態度の意味を考えることは当然ながら俊成の万葉集認識の問題に関わろう。のちにも知るように、「二四八」の項のみでなく「かはやしろ」所収の他の二項においても、〈難義〉の問題と俊成における万葉集理解の問題とが密接に結びついているのは注意される。

さて定家は右のような俊成説を「亡父説……云〻」として引用している。定家の姿はこの引用の語のみに見られる。つまりここでの定家は徹底して編録者の立場、言い換えれば聞書編者の立場に立っているのである。俊成説に何ら付加を施さず直接引用することにより、俊成の言説を引きうけ追認するのであるが、定家にとっては俊成説を継承し記述することがここでの課題だったのであろう。

考えてみると俊成は「二四八」歌に関する通説を排するものの、当の難義に関して新たな見解や事実を提示することはない。むしろ〈説〉として採るか否かという次元で語っている。その言説を追認する定家もまた俊成の設定した次元を引き受けていると言えるであろう。

ここで「二四八」をめぐり顕昭もまた見解を提出していたことを想起したい。顕昭は『顕秘抄』第二、『袖中抄』第七において説を展開するが（両書は「二四八」の件に関する限りほぼ同文である）、「ならさかを」につき、

顕昭云、此哥は万葉にありと皆人申めれど、随分に見及本にまたくみえず。（『顕秘抄』）

と云っているように、書誌的あるいは考証的な調査を通じて、万葉集に載るとする「皆人」の説を否定している点は注意される。もう一点見ておくべきなのは、『奥義抄』の当該註全文を引いたあと、「私云」として清輔の論拠に反証を挙げつつこれを批判している点である。清輔説をも含む通説に疑問を呈し、さらにこれを批判している点では俊成と同じ立場に立っていたことになる。顕昭もまた、両者の態度を強いて比較して言えば、顕昭は俊成の知りえない幾つもの情報に基づいて豊富な考証の過程を披瀝しているが、自説の主張に関しては（ここでは）やや淡白である。一方俊成は、事実や例証を多く示さないが〈説〉の採否には厳格であるということになろう。

ところで定家は、『かはやしろ』編録時に、こうした顕昭の見解を熟知していたと推測される。なぜなら『顕秘抄』には定家自筆本が存在していたらしく(16)、定家じしん顕昭の見解に、その本文を通して直かに接していたはずだからである。しかし「かはやしろ」所収の「二四八」項では、顕昭の所説に一切触れていない。存在していたはずの接点はむしろ空白になっているのである。さらに重要なのは、いま述べた『顕秘抄』第二「二四八」の項の末尾に、

今注、付㆓二四八㆒、庭訓不㆑触㆑耳。惣不㆑及㆑加㆑詞。

の如く付記されていることである。久曽神昇氏によれば、この付記は定家の「加注」と推定される由であり、共々考え合わせると、この註記は極めて重要である。「今注」の趣旨は、「二四八については庭訓を直かに聞いていない。それゆえ見解を加えるまでもない。」というように解される。とすれば『かはやしろ』の「二四八事」との関連が問われるであろう。すなわち、後者においては「亡父説」としてまさに俊成の「庭訓」が引用されていたのであるから、両者は矛盾することになる。いま両書の記事の信憑性を認め、久曽神氏の推定に依拠しつつ、事実を合理的に解釈するなら、

定家は『顕秘抄』への「加注」時点では未だ「庭訓」に接しておらず、のち俊成の没する以前に俊成説を直かに聞き、『かはやしろ』編録の段階でこれを引用した。

という次第が推測される。仮りに右のようないきさつが事実存在したとするなら、なおさらのこと定家は顕昭の説の水準を十分に弁えていたはずである。なおかつ『かはやしろ』に顕昭説の影が何ら見出されないのは、定家じしんが意志的に選びとった態度によるものと解する他ない。推測をも含む以上の知見を踏まえて言えば、「二四八事」を録するにあたって定家は、顕昭説はもとより、自らの知見を交えることもなく、ひたすら俊成説の継承という枠組の中に厳しく踏み止まったということになるであろう。

(2)　かひやか下のかはつ

この項の註はただ一文、

　此事悉見六百番哥合

とのみある。この短い註について考えるための前提を確認しておこう。

標目にある語句のうち「かひや」の語を直接よみ込んでいる歌としては、早く万葉集に次の二首が見られる。

・朝霞　鹿火屋之下尓　鳴蝦　声谷聞者　吾将恋八方　（十・二二六五　秋相聞、寄レ蝦）

・朝霞　香火屋之下乃　鳴川津　之努比管有常　将告児毛欲得　（十六・三八一八　有二由縁一并雑歌）

のち『六百番歌合』に二首見られる。すなわち、

・春下・二十二番・蛙・左負・顕昭

　山吹の艶《にほ》ふ井出をば外《よそ》に見てかひやが下も蛙鳴くなり

・恋六・三十番・寄煙恋・右持・寂蓮（左、顕昭）

山田守るかひやが下の煙こそ焦がれもやらぬたぐひ成りけれ

である。周知のようにこれらをめぐって、方人の難陳、俊成の判詞、『顕昭陳状』における顕昭の反論、『古来風躰抄』における俊成説の展開、等の論争の過程、言わば論争史が存在したのであった。(17)

さて先引の通り、定家の註は極めて短い。その上、先の「二四八事」同様、定家じしんの知見は一切示されていない。それゆえこの註自体には、論争史への新たな寄与という契機はほとんど存在していないと言ってよい。では、なおかつここから読みとりうることはあるだろうか。忠実な編録者たる定家の意図をもう少し追ってみよう。

まず標目の意味を問い直してみたい。「かひやか下のかはつ」は直接には何を指しているのか。先程引いた「かひや」を含む歌句は、万葉の場合（訓ずれば）「かひやが下に鳴くかはづ」（二二六五）「かひやが下の鳴くかはづ」（三八一八）であり、六百番歌合の例は「かひやが下も蛙鳴くなり」（顕昭）「かひやが下の煙こそ」（寂蓮）であって、標目と完全に一致するものはない。やや不正確な標示だと言わなければならない。「かひやか下」と「かはつ」の語を含む歌という意味なのだとすれば、少くとも六百番の寂蓮歌は対象から除かねばならない。従って標目を厳格に読みとれば、「かひやか下のかはつ」によって定家が想定している対象は、六百番歌合の歌なのではなく、直接には万葉歌二首、(18)並びにそれらに見える「かひやか下――かはつ」を摂取した六百番の顕昭詠を指すと解される。それゆえ問題は、主として万葉集歌に見られる語句をいかに解釈するか、それらを摂取して詠む上でも、原拠に対する知識はいかにあるべきか、すなわち万葉語認識のあり方に関わっているのだと考えられる。これは、たとえば『古来風躰抄』において万葉抄出歌の連なりの中で、難解語としての「かひや」の論がなされていたのと軌を一にするものであろう。

次に、註の意味を読み直してみよう。「此事」とは、右に述べた標目の趣意を承けていると解したい。次に

「悉く六百番哥合に見ゆ」と云われているのであるが、これは、事は六百番歌合の俊成判詞に説き尽されており、すべからくその所説に依拠すべきであるという意味であろう。

しかし右の言説はやや問題を含む。なぜなら俊成の見解は六百番の判詞に尽きているのではないからである。細かく言えば、俊成には六百番から風躰抄へと至る認識の過程が存在していた。六百番のみに代表させるのは、必ずしも俊成の認識の全体を把える姿勢ではないことになる。定家の註記には右のような一面――強いて言えば俊成の認識のある面を削り落とすという一面――を指摘しうる。のちに見る「かはやしろ」の場合も同様であるが特に『古来風躰抄』への言及の見られない点は注意される。

またなおさらのこと定家は、俊成と顕昭の間で交された論争の過程にも全く触れることがない。顕昭はと言えば、論争史を通じて以下に見るような見地にまで達していた。すなわち、『顕昭陳状』の、二つの番いにおける「かひや」について弁じたあとの言葉に、次の如くある。

> 如レ此まで委しく申すべきにも侍らぬを、左右両方に此のかひやを詠じて、人々の異義も水火也。判者も殊に力を入れて沙汰し侍れば、存ずる事を申立之間、筆跡極めて見苦しく侍る歟。所詮、柴漬《ふしづ》けのかひやと、秋の山田の鹿の火の屋とを、慥かに尋ね明らめ可レ侍也。異義相論は、末代ともなく、和歌の興隆以っての外に侍り。尤有レ興事也。

ここに見られる〈異義相論〉のもつ可能性への明るい信頼、あるいは実証への楽観主義とも言うべき態度の意味を、俊成の態度との比較をも通じて明らかにすることは一つの課題であろう。しかし差し当り見ておくべきなのは、俊成‐顕昭の論争の側面を切り捨てることによって、定家は、顕昭の言説に生き生きと示されている一つの視点を埋もれさせたことになる点である。ここでも定家は俊成説そのものに深く同一化しようとする姿勢を崩さないのである。

ここで「かひや」をめぐる論の行方を辿ってみよう。清輔以降、『和歌色葉』中、『八雲御抄』第三枝葉部・虫部、同第四言語部・料簡言、『色葉和難集』巻四などには清輔の説が色濃く映じている。『正徹物語』は顕昭説を俊成説に対するものとして把え、

かびや・かひやは両説也。俊成は鹿火屋也。顕昭は、飼屋と申しける也。六百番の訴陳に見え侍る也。

の如く「両説」として共々価値を認めており、清輔・顕昭らの説は命脈をなお保っている。

一方『歌林良材集』下には、

古来風體抄にも此事くはしく侍り。又顕昭法師は蚕をかふやといふ説を申侍り。俊成定家は是を用侍らす。
（続群書類従巻469　17輯上による）

とあり、定家の択びとった道筋はようやく定着するかに見える。さらに後代、「かひや」を特に取り上げて考証を試みた土肥経平は、その著『かひやかした』（内題による）[19] 巻末識語の中に、全幅の信頼を置いて依拠すべき説として、

とにかくに俊成定家卿の注したまへる説こそ何れにもかなひて上なき説といふへき、たく〳〵（マヽ）に仰而可信者也

のように記しつけており、定家の敷いた道筋は遠く近世にまで続いていることになる。

定家による短い註記は、以上のような展望の中で見るとき、その位置が明らかになってくると思われる。

(3)　かはやしろ

〈かはやしろ〉は、俊成段階においては極めて論争的な話題に満ちた〈難義〉であった。当の論争史については、松野陽一氏による詳細な整理がある。ところで私たちの目にしている「かはやしろ」は、論争の季節の遙か

のち、定家によって一定の編集意図のもとに録されたテキストである。いまこのテキストを読む上での課題は、一つに、かつての論争史に、当該記事をどのように参与せしめるかであり、もう一つは、編録者－定家じしんの認識の様をいかに窺うかである。

「かはやしろ」部分は仔細に見ると、さらに四つの部分に分かれている。順次ときほぐしてみたい。

①「頭中将資盛朝臣歌合」の俊成詠と判詞

四つのうち第一の部分は、最初に「亡父所詠哥」とある。むろん定家の記したものである。次いで「頭中将資盛朝臣歌合」「題五月雨」、一番の歌、左・左大将（実定。林下集・夏・五月雨・七六）、右・入道（俊成。家集不見歌）ならびに俊成の判詞を載せている。これは全貌の知られていない同歌合の残存資料として重要で、特に同歌合の判者が俊成であったことや、冒頭の番いの全形を確認しうるのは貴重である。(20) いま必要なのは、「河社」は具体的な作品の中でどのように用いられているか、そして自詠への批評を通して俊成は「河社」をどのように理解しているかを見ることである。俊成歌は次の通り。

さみたれはくもまもなきを河社いかに衣をしのにほすらん

これは「河社」論争の発端とも言うべき貫之歌、

河やしろしのにをりはへほす衣いかにほせはかなぬかひさらん　（貫之Ｉ四〇六、新古今集・神祇一九一五）

を摂取している。「さみだれは」の歌は、趣向においては、踏まえている貫之歌と同様、滝を衣に見立てるもので、五月雨の空のもと、盛んに滝が流れ落ちている様を、日の差すはずもないのにどうして衣を干しているのかと、もどいた歌である。

俊成の判は終始「河社」に関わっている。「河社」の意味は定かでないこと、夏神楽説もあるが、今の歌の場合、夏神楽をよんだものとも見えないことを云い、

但これ愚老所詠に侍けり、さためてひか事にも侍らん、又おもふ所あるにもやあらん、たとひこの事いかに侍にても、河柳哥かつに侍へし

と、一番左でもある実定詠に勝を与えている。もとより判詞では語義そのものを釈するのが主目的ではないから、俊成は自己の「河社」説を具体的に明示していない。と言うより、右に引いた部分はやや意味深長で、「河社」について未だ定見を持ちえていないので慎重に断定を避けているとも、自説の程を婉曲的におぼめかしているとも取れる。確かに「おもふ所」は明言されていないのである。しかし論旨を辿ると、「河社」は必ずしも夏神楽と同一ではないとする認識が実作をもって示されているという点は指摘しうると思う。この認識は後年『六百番歌合』の判詞で示される俊成の見解と符合するものであり、それがこの時点——寿永元年を下らない段階[21]——で既に見られることは注意される。

②「六百番歌合」の「河社」と俊成判詞

定家は「河社」にまつわる、恋九・十九番寄衣恋、左顕昭、右家隆（勝）の番、難陳、判詞の全文を直接引用している。①と合わせて俊成の見解に接することになる。もとより定家の意図もまた、「河社」に関する俊成の二つの言説を並べ置くところにあったであろう。さて①から建久四年（一一九三）のこの時点まで、約十年経過したことになる。この度は難陳の媒介もあって、「河社」説は一段と詳細かつ積極的に展開されている。俊成説の内容については既に松野陽一氏により、『古来風躰抄』[22]との関連、顕昭説との対比、論争の経緯を含めて綿密に整理されており、問題の在りかを知ることができる。

いま読んでおきたいのは、①の言説を考慮に入れながら、一つは「河社」の語義の面、もう一つは「河社」の語と具体的な表現との関わりの面が、それぞれどのように説かれているかである。まず第一の面。眼目は次の部分であろう。

先河社ヲをして夏神楽といふ事、夏も神楽をせん事かたかるへからす、但、河社のまへにて夏神楽をしけるなるへし

「河社」すなわち夏神楽、とする陳弁（顕昭の）に対する批判の言葉である。趣意は、夏に神楽をする事もないことではないはずだ。しかしそれは（「河社」とは別であり）、「河社」の前で夏神楽をしたということなのであろう、というものか。先に見た①の言説に較べると一歩進んで断言的である。

ついでに言えば、現行の『六百番歌合』の本文と右の条りのそれとには注意すべき違いがある。すなわち右の「夏神楽といふ事」と「夏も神楽をせん事」の間に、現行六百番の本文では次のように字句が加わっている。

夏神楽と云ふ事は、僻事也。夏神楽と云ふ事、可レ然。夏も神楽せん事……

傍線部をもつことにより、この部分の断言的な響きは一層強まることになる。『かはやしろ』諸本は右の部分を欠いており、明らかに現行六百番の形と対立している。むろん『かはやしろ』における単純な誤脱と考えられぬでもないが、むしろこれは、両本文の対立、ひいては俊成段階における二種の本文の存在、という可能性をも含む異同であり、軽視すべきではないと思う。先に少し触れた点（2節）とも合わせて注意しておきたい。(23)但し「響き」は微妙に異なるにしても論旨まで相違しているわけではない。従って先程読んだこの条りの論旨、ならびに当の論旨が①からやや進み出ている点に変わりはない。

では①と②との間に、論理の進展とも見られる推移が存在することをどのように評価すればよいか。素朴に考

えれば、①の段階では「河社」の語義に関して不確かな見解しかもちえていなかったが、②に至って認識は深化して一つの確信にまで達した、という解釈が成り立つ。しかし先程述べたように①の言説自体「意味深長」で、二様の読みが可能であったのに応じて、ここでも右の解釈に加えて、次の如き解釈も成り立つはずである。すなわち、①では自説――一定の理解の水準に達していた――を敢えて表現しなかったが②では婉曲的な装いを捨て去って明言するに至ったというように。俊成の認識の推移した様を如実に意味づけることは最早不可能かも知れない。真相はいずれであったにせよ――論者としては後者の解釈を採りたい、と思う――確認しておきたいのは②の時点において「河社」の語義に関して、一つの〈説〉と呼ぶにふさわしい内実を備えた見解が論証的な方法で明示されている点である。

ところでここで云う〈説〉は歌中に見える特定の歌語に関わるものなのだから、〈説〉はそれじしんで自足すべきものではなく、必然的に、〈説〉に基づいて当の歌語を表現の中でいかに取り用いるかという次元の問題と密接に結びついている。俊成は直接には顕昭の〈説〉を難ずるが、それ以上にいま述べた、〈説〉と表現の関連についての認識を厳しく論難している。以下、俊成の立場に近接した視点でその論理を追ってみよう。

まず、右方の「しのおりはへてといふ本哥いかに了見してよみたるにか」という難を承けて俊成は、「此事の」すなわち顕昭詠に見える「河社」の「本哥」として、貫之集歌二首を挙げる。うち特に問題になるのは、先にも掲げた「河社しのにおりはへ」の歌である。俊成によれば、顕昭詠は、この歌の「しのに」「おりはへ」「ほす衣なぬかかひ」（ず）という表現を誤解した〈説〉に依拠して作されており肯んじ難い、ということになる（個々の論点ならびに顕昭説との対立点については松野氏参照）。

すなわち「しのに」「おりはえ」は共に万葉語であり、作者の貫之じしん万葉的表現を意図的に摂取しているのだが、顕昭はそれを理解せず、たとえば「しの」の場合、夏神楽に用いる祭具という実体に直結させて理解している。これらは、作者の表現意図への無理解に基づくものである。のちに俊成は『古来風躰抄』において右の点を把えて、次の如く記しており、論点の在りかを知ることができる。

貫之は、万葉集の言葉に付きてよみて侍を、かやうに心得申なすを貫之見侍らば、いかにをかしくも奇恠にも思ひ侍らまし。

一方「ほす衣」は見立ての趣向であって、これについても、実体としての衣から、さらに進んで「ぬれきぬの心」すなわち暗喩的表現まで読み取るのは逸脱である。貫之的な比喩の方法とその位相を踏まえるべきである。また、「なぬかひ」(ず)は「ひさしくひぬ事をいはんため」の文彩《あや》であり、「ぬれきぬ」の語脈とは区別して一つの「哥の習」として理解すべきである。

このような「河社」歌についての在るべき理解——俊成の意図する——に照らすと、顕昭詠の表現は次のように批評されることになる。

但今恋衣ヲ河社にいのるよしを初てよみて、しるしも浪にと詠せるこそ遺恨に侍めれ

すなわち、もとの貫之歌には本来読みとるべくもない「恋衣」の意を詠み込み、当の濡れ衣を晴らす為に「河社」に祈るという全く新しい趣向を立てて、(もとより在るはずもない)験しが得られぬことを浪にかこつ、と続けているのは無念なことだというわけである。

以上のように読むとき、俊成の論難の眼目は、古歌を摂取する際の態度に関わるものであって、依拠すべき古歌が自ずと担っている表現上の特質——用語の歴史性、作者の意図、微細な文彩など——を正確に認識すべきことを説くところにあると理解される。「河社」の語をめぐる〈説〉の主張は、根柢において「河社」の歌につい

ての深い理解を求めるという態度に裏打ちされているのである。この場合の古歌は差し当り貫之歌であるが[24]、見てきたような俊成の言説は、万葉の古歌に対する厳密な理解を求めていた「二四八事」「かひや」における言説と態度において深く共通するものがあると思われる。

③今一首の俊成「河社」詠

小稿の底本に用いている定家筆本の模写本‐鷹司本によると、②の六百番歌合俊成判詞の引用部分の直後四行は、心持ち（半字程）高く書写されている。この部分は、前後と区別して一纏まりの記事と把えるべきだと思われる。内容は次の通り。

諸社に百首哥よみてたてまつりし時、五月雨哥、賀茂社、
さみたれはいはなみあそふきふね河　河社とはこれにそ有ける

載せられているのは、歌の前の記事にある通り、俊成『五社百首』中の一首であり、①に所引の歌と合わせて俊成の「河社」を詠み込んだ例歌である。[25]この歌の詠作年次を『五社百首』の序文に云う「文治六年春」（四月一一日、建久元年に改元）として考え、俊成の事蹟における先後関係を言えば、①の詠より約八年後、②の言説に先立つこと三年の詠であり、時間の上からは①・③・②の順ということになる。

『かはやしろ』のこの位置に右の詠を例示したのは、むろん定家であるが、時間の順序を違えてここに据えた理由は何であろうか。それを問う前に、この歌を読み直しておこう。

この歌は、左に示す貫之のもう一首の「河社」歌――六百番歌合の判詞中に並べて引かれていた片方の歌――を踏まえていると考えられる。

行水のうへにいはへる河やしろ　かは浪たかくあそふなるかな　（貫之Ⅰ四七三）

俊成歌の第二句「いはなみあそふ」は右に云う「かは浪たかくあそふ」に通い合っている。俊成歌の上句で提示されているのは、五月雨を受けて「いはなみ」も一段と高く「あそふ」貴船川の情景であるが、その様を見て「河社」とはこれであったかと、作品内主体は驚きの声をあげる。当の驚きと発見の声は同時にまた作者俊成のものでもあろう。俊成は作品の中で「河社」について一つの確信が得られたことをやや古風な身ぶり（「これにそ有ける」）で語っているとも言えよう。

さて先程の問いに戻ろう。右の歌は何故ここ③の位置に記されているのか。単に俊成の例歌が添えられているだけのこととして矛盾なく見過すことはできない。やはり定家の編録意図を考えるべきであろう。定家は①・②における俊成の河社〈説〉を踏まえ、敢えていま一首、俊成の「河社」歌を追加しているのである。しかも俊成歌の内容は、いま読んだ通り、「河社」の何たるかにつき新たな発見があったことを伝えている。③は自ずと④の記載とも関連していると思われる。

④「密〻」の説

鷹司本は、前項③を記したのち二行分程空白を置き、改丁して、「河社」に関する最後の記事④を書いている。つまり、④の部分を特別視するかのような書写型式をもっている。この型式もまた前々の場合と同様、原態の保存されたものと見ることができる。とすれば「密〻に」以下の記事は定家によって特別の意味を担うものとして意識されていたことになるであろう。その内容を読むと、

密〻に被申含しは、

河社、河のいはせにおちたきつをとたかく、しらなみゝなきりて、つゝ《鼓》みなとのやうにきこゆる所を河社といふ也

の如くあり、前段までの所説とは明らかに別種の趣を見せている。相違点を言えば、ここにおける「河社」は、水音の高く湧き立つ場所とされていることである。①の俊成歌の表現自体もそうだが、①・②の俊成説は惣じて「河社」に視覚的な映像を認めるものであった。しかし右の説ではむしろ聴覚的な映像をもつものとして云われている。「鼓」の譬えをも借りながら、「河社」とは水音が高く響き渡る場所であることを強調しているのである。ここには「河社」についての新たな解釈が示されていると言ってよい。

しかも、「河社」はすべからく右の見解をもって解釈しうると述べているかに見えるのは注目される。すなわち、先に一部参照した（2節）匡房歌を例示しつつ、

江帥匡房卿

かはやしろ秋はあすそとおもへはや浪のしめゆふ風のすゝしき

といへる、この心也

と述べている。白浪と風にも秋の気分が漂っていると云う右の歌に、「この心」つまり水音の響く場所の要素をも併せて読み取るのである。さらに続けて「彼貫之集二首も、この心さらにたかはすや」とも云っており、「河社」の原拠とも言うべき貫之集歌にして既に聴覚的映像を加味して読まれた歌と解すべきであることを説いている。

さらに、以上のような説を、秘説を語る際の口振りで提示している点にも注意したい。この点は、先程引いた④の冒頭部分の言葉「密〻に被申含しは」の中にすでに色濃く現れているが、さらに右の語句を承けて末尾に

此事、作本文の不善の物共ニ心つけてよしなかるへし、きかすましきよし被秘申し事也、更不可口外

と記していることによって、一層端的に知ることができる。先程見た説を、秘して洩らすまじきものとしている

のである。この秘説的口振りあるいは身振りは、必ずしも『かはやしろ』全体を覆う傾向ではない。むしろ他の箇所には見られず、ここ④にのみ特徴的に現れている。

以上の通り④には、「河社」に関する新解釈とも呼ぶべき内容と、秘説的な口吻との二側面が認められる。一体これらの側面は何に由来するのかを問うべきであるが、その前に、そもそもここに伝えられている説――密々の説(以下このように呼ぶ)――は誰のものなのかを考えてみたい。この問いは一見単純に見えるが、以下に述べる通り、少し丁寧に検討すべき点を含んでいると思われる。

①・②・③の連なりで順当に考えれば、密々の説は俊成のものということになる。たとえば夙く『歌林良材集』下「河やしろ事」に、貫之集の「河社しのにおりはへ」を掲げて、

右、河やしろといふは、俊成卿説に、かはの岩瀬に落瀧つおと高く白波みなきりて、大鼓なとの様にきこゆる所を云也、

と記している。これは明らかに先程見た④の記載を直接参照したものである。傍線部の通り、筆者一条兼良は当の説が俊成説であることを疑っていない。

ここで2節の本文異同の検討で得られた知見をも介在させつつ考えてみよう。既述の通り、「乙」の特徴を備える類のテキストには、④の冒頭「密〻に」の前に、「庭訓」という語が記されている。この語が加わることによって「密〻に」以下の言説は、俊成から定家に伝えられた〈庭訓〉である旨が示されることになる。この「庭訓」の語は、先に検討した通り、定家自ら記したものと考えられるから、定家にとっての庭訓の意味を考えるなら、当然ながらそれは俊成の訓えを指すはずである。従って密々の説は、俊成の口授したものであることはいよいよ動かないことになろう。

しかしながら、右のように考えた上でなお細かく問えば、直接定家に語り伝えたのは確かに俊成であったにしても、密々の説の内容自体は誰のものなのかについて、次の二つの場合を想定しうる。

(1) 語り手と同じく説の内容も俊成のものである。

(2) 語り手は俊成であるが、説の主は基俊である。

この二案を④の文体に則して敷衍すると、(1)の場合、冒頭に「密〻に被申含しは」、末尾に「……よし被秘申し事也」と語っているのは定家であり、間に記されているのは俊成の説となる。そして最末に「更不可口外」と記して秘説たることを確認しているのは定家じしんであることになる。一方、(2)を採れば、「被申含し」「被秘申し」と敬語を用いて語っているのは俊成。「申含」「申」の主体は基俊で、内容は基俊説。「更不可口外」は俊成による付加的な一文であり、秘説として口外を禁じているのは俊成である。定家は以上の如き「庭訓」を直接話法的に記述した、ということになろう。[26] さて(1)・(2)のいずれを採るべきだろうか。④を把える上での前提に関わる事柄であるゆえ、少し細かく考えてみよう。

(1)については、今しがたもっとも順当な説であるとして述べた。ところで(2)の可能性を夙く示唆しているのは契沖である。その著『河社』の冒頭条はまさに「河社」をめぐる考証であるが、当面の問題点に触れるものとして特に見ておきたいのは、『河社』の方ではなく、同書の記事と密接に関連している『契沖雑考』第三帖の、次の記事である。[27]

一河社の事、六百番顕昭哥の難陳、俊成卿の判詞に委し。俊成卿相伝の心を釋してよまれたる哥に
　五月雨はいは浪あらふきふね川かはやしろとはこれにそ有ける
されは夏神楽に決定せられたるを、ともに証哥とせる

かはやしろしのにをりはへほす衣いかにほせはかなぬかひさらん
といふ貫之の哥、六帖に冬神楽部に載たれは、金吾に伝られたる説もこと〳〵くは信しかたし

契沖は、河社すなわち夏神楽、とする解釈を俊成説と結びつけているが、この点は――先に吟味したような今日の理解に立脚すると――従えない。しかし注目したいのは傍線部の如く、俊成の説は基俊から相伝した説であると解している点である。契沖は、④の部分の解釈においては、まさに先程の(2)の読みを採っていることになる。関連して言えば、契沖の考証にはもう一つの示唆が含まれている。すなわち、③の「河社とはこれにそ有ける」と自己確認の身振りを詠み込んだ俊成歌を、「相伝の心を釋して」よんだ歌――基俊から相伝した説の趣意を実作品で解き明かした歌――と述べている点は重要である。これは、③の俊成の歌と④の論旨とは相互補完の関係にあることを指摘するものであって、③の位置に俊成詠が特に置かれている――先程述べた通り、敢えて時間の順序に拘らずに据えられていると見える――ことの理由をも説明するものとして興味深い。(1)・(2)いずれの場合が正しいにせよ、右の指摘は認められるべきであろう。

さて契沖の示唆を容れて、再度④を読むと、『かはやしろ』中の他の箇所とは異質とも見られる諸点、すなわち、秘すべき説である旨の強調、敬語表現(28)（そして鷹司本のやや特殊な書写型式をこれらに加えてもよい）などに、④の語り手ないしは筆録者による特別な配慮を窺うことができる。これらの諸点は、④に伝えられている密々の説こそは格別の由緒を持つ説であるとする（俊成・定家の）意識の反映であると解されるであろう。そしてこれらは密々の説が基俊の説であることに由来するものであると考えると、もっともよく了解・納得されるのではなかろうか。言い換えれば、右の諸点は密々の説を基俊説と見做す案、すなわち先の(2)を採る上での有力な傍証となるのである。

こうして基俊説である可能性は確かに存在するのだが、一方、先述した通り、最も順当であるかに思われ、かつ夙く兼良らも認めている俊成説を、果して否定しうるだろうか。ちなみに、基俊説への有力な示唆を提供していた契沖においてすでに微妙な説の揺れが見られる。すなわち『河社』においては、『契沖雑記』と同様に③の俊成歌を掲げるものの、論点は異っており、

彼卿の河社をこゝろへたまへるやうを釋し定められたる哥なり

の如く、基俊説なのではなく、むしろ俊成じしんの見解であるかのように記しているのである。そこで改めて批判を加えてみると、テキストの内部にはなお問題にすべき箇所が存在しているようであり、それらを繋ぎ合わせると、俊成説あるいは(2)の文脈に従った読みは必ずしも決定的ではなく、むしろ幾つかの疑点すら見出しうる。以下、問題点を列挙してみよう。

(イ)密々の説が基俊説であるのなら、テキスト中にその旨を指示する何らかの記事が存在してよいのではないか。強いて言えば、たとえば定家が基俊説を指す場合に用いる「師説」などの指示が見られてよいのではないか。その種の明徴の無い点は(2)を疑う根拠の一つとなろう。

(ロ)先引の一文「彼貫之集二首も、この心さらにたかはすや」のうち、「彼」字に着目したい。「彼《か》」(の)二首とは、②に見られる貫之集歌を指しており、当然ながら『六百番歌合』をめぐる論争の経緯をも踏まえた意識で用いていると考えられる。基俊がこうした用い方をするのは不自然であり、むしろこれは俊成の言辞と見るべきではないか。

(ハ)「作本文の不善の物共ニ」「きかすましきよし」を云うが、特定の対象(人物)を想定して基俊自らがこのような口つきで語るのは不自然か。「河社」の問題と結び合わせて、「作本文」「不善」などの非難を含んだ言葉をも

って呼ばれる対象を考えるなら、直ちに六百番歌合における顕昭が想起される。「夏神楽の譜」の存在することを主張する顕昭に対して俊成は、その「証拠」の程に深く疑念を呈したのであったが、この場合の「作本文」「不善」なる言辞も六百番歌合における俊成の論点と重ね合わせて読むことができるのではなかろうか。その際「物共」とは直接には顕昭を、ひいては（既に『奥義抄』において「夏神楽譜」に触れている）清輔を指すことになる。ともあれ俊成の、他家‐六条家に対する強い対抗意識の反映した言葉として読むことができると思う。

㈡『かはやしろ』中の他の二項には、何らかの形で記載者‐定家の影が見られる。仮りに⑵であった場合、本項（①〜④）は全文引用から成ることになり、定家の関与を伝える痕跡は消失する。それは形式上、文体上、他の二項と比べて異例であり、『かはやしろ』中の記事としてはやや不安定になるのではなかろうか。従って、何がしか定家の影を読みとることになる⑴の案を採るべきではないか。

　こうして、密々の説＝基俊説に対する疑点、さらに進んでむしろ俊成説を採るべきかと思われる理由を少なからず見出しうるのである。結局、密々の説は差し当り俊成によって語られた説ではあるが、その出所、すなわち本来基俊説に基づくものなのか、それとも俊成じしん唱え出した説なのかは、今のところ——取り上げた諸点を無視せず、それらの含み持つ可能性を勘案する限り——決着をつけ難いということになる。

　但し一点だけ銘記すべきことがある。それは、仮りに基俊に発する説であったにしても、④の記載そのものがすでに伝えているように、密々の説の趣旨を、俊成じしんは、依るべき自説として採用し重んじていた点である。右の如き意味でなら、密々の説はまさに俊成説に他ならないと言えよう。この点を重視するなら、次に要請されるのは、密々の説の出所やその持主に関する蓋然性を詮索する所から一歩進み出て、新解釈とも見られる密々の説の内実そのものを、俊成の認識と緊密に結び合わせて読み直すことでなければならないであろう。

そもそも問題の説は「河社」に聴覚的映像の要素を強く読み取る説であった。契沖の示唆している通り、③の俊成歌――文治六年（＝建久元年）時点ですでに詠出されていた――には早くもこの説の趣意が意識されているかに見える点は重要である。この点と合わせてさらに俊成の「河社」認識を追うと、六百番歌合から『古来風躰抄』へ至る過程に一つ問題点を見出しうるのではないかと思う。

ここで松野陽一氏の重要な指摘を参照しよう。問題点を明確にするために、当面の件に関わる同氏の指摘をやや具体的に辿ってみると、次の通りである。(29)

『古来風躰抄』には六百番歌合の判詞段階には見られない新たな要素が書き添えられている。「瀧」をめぐる記載はその例である。風躰抄における貫之集歌に関する記事を見ると、六百番判詞に比して「屛風歌との関係がより明確にされ、『瀧落ちたるところにて夏神楽したる』ありさまを歌にしたのだ」と解釈されている。これは顕昭陳状が『瀧』のことを指摘しているのに対して「以前からこう考えていたという態度の提示の仕方」で応えたものである。この点は俊成の姿勢に関わるものであり、俊成じしん顕昭陳状を「実は見ていながら見ぬふりをし、顕昭の反論を無視する態度にでた」ことの現れと考えられる。

松野説の鍵になるのは「瀧」の要素であり、当の要素が風躰抄の「河社」説の中で特に強調されるに至るという点である。先回りして見通しを言えば、右の要素に関連して松野氏が説く俊成の姿勢と、いま検討しつつある密々の説にみられる俊成の「河社」認識とは深く関連しているのではないだろうか。

問題点を敷衍してみよう。松野説を検証してみると、確かに風躰抄では「河社」説に関連して「瀧」の要素を強調している箇所が幾つか見える。すなわち、万葉抄出歌群中、「秋の穂をしのに押し靡み置く露の」の歌の「しのに」に関連して「河社」説を展開している中に、

(イ)かの「布引の瀧」などいふやうに、瀧の水の常に落ちたるを、「いかに干せばか七日干ざらん」といへるなり。

(ロ)かの四季の御屏風に〔夏〕瀧落ちたるところにて夏神楽したるを、そのありさまをかくよめるなるべし。

とあり、さらにもう一箇所、

(ハ)如レ神聞ゆる瀧の白浪のおもしろく君が見えぬこのごろ

瀧をば、かくこの集にも「神の如」などよみたれば、河社も瀧ある川上にてするなるべし。

の如く見える。これら「瀧」の強調とも見える言説は、一面で「布」の喩をも引き出すところの、滝の視覚的な映像を指摘したものと考えられる。しかしそれと同時に、――たとえば(ハ)の例に特に示されているように――瀧の水音・響き、すなわち聴覚的映像の側面に着目し、これを強く読み取ろうとする言説である、と理解される。そうだとすれば、これらの言説は④の密々の説と認識の上で極めて近しい関係にあることになるだろう。松野説と結び合わせて言えば、俊成は六百番歌合の判詞、さらに風躰抄の著述へと至る過程で「河社」と「瀧」の要素とのつながりに関して微妙なニュアンスの相違を含む言説を提示しているが、そうした姿勢の背後には、④に見られるような「河社」認識が介在していたということになる。言い換えれば、密々の説は「河社」論争史の過程と深く関連していたと考えられるのである。

但し注意しておきたいのは、密々の説は単に論争上の戦術あるいは方便として、たとえば風躰抄の時点で案出された「秘説」であるとは断じられないという点である。なぜなら、述べたように、密々の説は旧く基俊へも遡りうる説である可能性を依然として含んでいて、その出所についてはなお検討を要するからであり、同時にまた、俊成じしん実際の表現行為を通じて、比較的早く当の説の内実について自覚するところがあった（③の歌）

とも考えられるからである。

さて④をめぐる以上の検討はすべて俊成の認識、俊成の状況に関わるものであった。ここで視点を変えて、定家の問題として考えてみよう。その際、問題はほとんど次の短い一文に絞られる。

　更不可口外

この言辞は俊成のものとも、定家自ら付記したものとも解釈しうること、そしてなおいずれとも決しきれないことは述べた通りである。しかしいずれであったにせよ、右の字句を書きつけることによって定家は、④に語られている解釈を、単なる一つの言説以上の価値を担った〈秘説〉として、確認し受け継いだのである。ここでも定家は寡黙であって、〈秘説〉を記述するという枠を越えて私見を露わに敷衍・展開することをしない。

ちなみに定家自筆になる天理図書館蔵本『奥義抄下巻餘』の「河社」の項、清輔の「答云」の頭には、

　河社ニ／有秘蔵／事／不注

と註記が施されている。[30] もとより同本の書写者である定家自ら書きつけたものであるが、これは定家じしんの見解に基づくものか、或いは他者の勘註を保存したものに過ぎないのかは、同本の他にも見える頭書類と併せてなお検討すべきである。しかし、ことさら秘蔵の事すなわち秘説に類する所見の有ることを云い、しかも敢えて注《しる》さないと註している言辞の中に、先程の④に見られた定家の記述態度と同質のものを読み取りたくなる気持を抑えるのは難しい。仮りにこれを定家の自記になる勘註と見做して、さらに臆測を拡げると、この勘註の記されている箇所が、清輔の「答」の中に引用されている貫之集歌「行水のうへにいはへるかはやしろ／河なみたかくあそふこゐかな」を書いた二行の頭である事実は、特に意味深長であるように思われる。すなわち、密々の説に従

えば、貫之集歌二首にもすでに聴覚的映像の要素が含まれていると解さねばならないのであるが、二首のうち就中下句に「河なみたかくあそふこゑ」と詠んでいる右の歌は、密々の説にとっては有力な論拠であったはずである。このように考えると、右の歌と勘註の施されている位置とは深く結びついていたことが推測され、ひいては「秘蔵事」とは、④に云う密々の説そのものを指しているのではないかとすら想像されるのである。

ともあれ定家は自らは多くを記さず、ひたすら〈密々の説〉を忠実に継承する方法を選んだのである。

4 俊成の認識・定家の対応

「かはやしろ」部分を中心に、「かひやか下のかはつ」「郭公歌二四八事」と、項目毎に――実際には記載の順序とは逆に――内容読解を試みた。この間、それぞれの〈難義〉に関する俊成の認識の様を――たとえば「かはやしろ」では、四つの部分を追いながら、「河社」説の展開の様をも――窺うことができた。あわせて、俊成説に対する定家の対応の様にも触れえたと思う。但し、所収三項目の記事はむしろ断片的で、それぞれ相対的に独立しており、一貫した論理展開がなされているのではない。従ってここから直ちに俊成・定家の認識像とも言うべきものを抽出することはできない。しかし述べたところに基づきながら、〈難義〉に対する両者の姿勢、特に、〈難義〉と実際の詠作との関係をめぐる両者の姿勢について、少し考えてみよう。

俊成にとって〈難義〉に関する知識は実際の詠作や批評と直接結びつくものであった。「二四八事」の説では、取り用うべき古歌についての正確な知識が問題であった。「かひや」「河社」は具体的に作品に詠み込まれた〈難義〉をめぐる論争であり、それらについての認識の深さが問われていた。特に「河社」では、自詠二首の背景に多くの思慮と判断が介在していた。つまり俊成は実際の表現行為や作品を通してこれらの難義に深く執着しなければならなかったのである。その意味では、俊成とたとえば顕昭とは同じ次元に立っていたとも言える。両者の間で論争が成り立ちえたのも、〈難義〉と実際の詠作とが無縁のものと把えられてはいなかったことに因るのだと言えよう。

一方、定家の場合はどうか。たとえば「河社」自体の用例を定家の作品中に見出すことはできない。問題の多い〈難義〉を実際の表現行為や作品に介入させず、別途の次元のものとして把えていたようにも思われる。ちなみに契沖は『河社』の中で定家詠、

大井河かはらぬゐせきおのれさへ夏きにけりと衣ほすなり　（内裏名所百首・夏／拾遺愚草上一二二一）

を例示して、

これも持統天皇の御哥を取たまへる上に、衣ほすとは浪をのたまへるは、父の卿の心なるへし。

と記している。白浪を衣ほす様に見立てる喩を認める点や、それが先に見た俊成説――この場合、視覚的映像に力点を置いて読むことになる――と背馳しないと解している点はよいとしても、果して定家じしん、特に「河社」を詠み入れているわけではない右の歌に、どれだけ俊成の河社説を意識していたか、不確かである。むしろ河社説とは区別して読まれるべきではなかろうか。(31)

但し「河社」の語は無いにしても、先掲の貫之集二首に関連するかと思われる例を見出すことはできる。(32)また定家においても、難義についての知見と詠作とが微妙な接点をもつ例（「河社」ではなく「稲負鳥」の場合）のあることについては久保田淳氏に指摘がある。(33)従ってこの問題はなお細かく検討すべきであり、(34)性急な一般化は控えなければならないが、今は『かはやしろ』に見られる定家の関与の在り方を通して、次のように言うことはできるのではなかろうか。

『かはやしろ』における定家は、ひたすら引用し記述する者として姿を見せる。言わば律義な筆録者の立場に自らを限定しているのであるが、そのような関与の姿勢をとることによって定家は明確に一つの道を選択していることになる。すなわち俊成の言説を詠作の次元からやや引き離して、〈説〉の次元で受容し継承して行く道である。見方を変えればそれは、詠作の現場との関連をやや失いながら〈説〉の側面が独り立ちして次第に〈説〉として自己純化して行く過程と把えることもできよう。こうした〈説〉への傾斜という事態は、先に指摘した通り（3節(1)）すでに俊成段階において現れていたと思われるが、定家はそれに明確な形と方向を与えたと言うことができる。

さて以上のような編録態度で濾過されることによって、結果的に『かはやしろ』は顕昭の語っていた「異義相論」の「興」をやや喪失して一段と〈説〉とその継承という性格を色濃く帯びるものとなる。一面で『かはやしろ』は精彩を欠く記述の様相を示すことになるが、逆に言えば、基俊・俊成・定家における〈説〉の継承の問題、〈秘説〉的なるものの形成の問題を深く包み持ちながら私たちの前に存在しているのである。

5 「追注付」の意味

以上の読解を踏まえて、再び書誌の問題に立ち戻ってみよう。

差し当り問題は二つ存在する。一つは、検討してきたような内容を備える『かはやしろ』が、付載本の形で『僻案抄』に添えられた理由は何か。もう一つは、『かはやしろ』は『僻案抄』伝本の分類論・系統論にどのような示唆をもたらすかである。本節では第一の問題を考えてみたい。

『かはやしろ』に単独本・付載本の二形態あること、そしていずれも定家の手を経たものであろうことはすでに述べた。では定家はなぜ『かはやしろ』を付載したのだろうか。むろん本質的な理由は、述べてきたような『かはやしろ』の記載内容と定家の編録態度そのものにあるが、ここで言うのは、付載させるに至った具体的な契機であり、それを書誌的に明らかにできないだろうかという問いである。

手懸りを『かはやしろ』の端作りの註記に求めてみよう。先にも触れた通り、付載本の端作りには、「かはやしろ」とある他に、「追注付」「三代集無之」の註記が見られる。その意味は、『僻案抄』で扱う三代集についての註釈とは別に、三代集に所見の無い事項につき、追って注《しる》し付ける、というものであろう。註記の趣旨と『かはやしろ』の内容とはまさしく照応しており矛盾は無い。問題は、追って注付したという時点は何時か、その際『かはやしろ』が結びつけられる必然性はどこにあったのかである。前者の疑問に答えるためには『僻案抄』自体の成立に関する明確な解答を示す必要がある。しかしそのためにはなお多くの論証を要するであろう。ここでは専ら後者の問いに絞って考えておきたい。

『僻案抄』の後に『かはやしろ』が付載された理由を、『僻案抄』内部に探ってみよう。

最初に、問題解決の直接的な徴証となるものではないが、注意すべき記載に触れておきたい。それは、右に述べた註記「追注付」に類似する註記が『僻案抄』にも見られることである。すなわち、前稿で取り上げた一類本の古今集の註のうち、

わが門にいなおほせとりのなくなへに／けさふく風にかりはきにけり　（秋上・二〇八）

の「いなおほせとり」をめぐる註の中に見られる。[35] 註文はやや長文で、前半・後半に分かれている。前半で定家は、「いなおほせとり」すなわち「にはたゝき」とする自説を述べるが、後半では安芸国へ下向した好士の実談

をも交えながら自説を敷衍している。その後半の始まりの部分に「後年追注付」（同類本の他本には「後年に追注付」とも）の註記が見える。この註記は他類本の本文には見えない。(36) これによって後半部分はのちに付加された追註であること、言い換えれば、少くともこの註においては付註作業に二段階あったこと（もっとも後半部分の末尾には行間書入もあって必ずしも二段階に止まるものとも言えない）を知りうる。もとよりこの註記と『かはやしろ』の端作り註記と同一時点に成るものと、直ちに言い立てることはできないが、互いに同一の字句を含んでいる点は注意される。すでに一類本に即して検証したように、『僻案抄』のテキストは単一、一様ではなく、複雑に定家の手が加わっていて過程的とも言うべき様相を呈している。いまの例「後年追注付」以下の註、ならびにこの註記自体にもそうした様相を見ることができる。一方、付載本『かはやしろ』の「追注付」の註記にもまた定家の一連の営為の一齣を読み取ることができるのである。

端作り註記以外に、『かはやしろ』内部の記事と『僻案抄』の註文とをさらに照らし合わせてみると、一つ極めて注意すべき記事に出合う。『僻案抄』中に「河社」の語を見出しうるのである。もとよりこの語は三代集には所見の無い語であり、先に詳しく見た通り『かはやしろ』の中で専ら問題にされている。「河社」の語の見える『僻案抄』の註文と『かはやしろ』との関連如何が問われるはずである。問題の語は、すでに知られている一類本・二類本には見えず、のちに三類本と呼ぶことになる伝本の類にのみ見える。陽明文庫蔵本（近・243・22）により本文を示す。

除③名之推量不足言事也

いにしへも契りてけりなうちはふきとひ立ぬへしあまの羽衣　（後撰・雑一・一一一二）

飛①立ぬへしとは、任納言悦喜自愛の由也、

②させる子細もなき事を不心得して、そのことなき除名人なと疑たる、いたつら事也、河社に空言をひたるてい也、

掲出歌は後撰集では、

庶明朝臣、中納言になり侍ける時、うへのきぬつかはすとて　右大臣

思きや君か衣をぬきかへてこき紫の色をきむとは

に対する返し（庶明朝臣）である。『僻案抄』はこの二首を掲出し、註を付している。註文のうち①は歌の趣意を記したものである。一見して明らかなように②は歌意そのものから遊離しており、要領を得ない。しかしこの不審は『奥義抄』の次の記載を参照することで氷解する。

これは庶明朝臣、中納言になれるとき、うへのきぬやるとて九条殿のよみたまへる歌なり。もし除名の人にてありけるが中納言になれるにや。官位をとくには、位にしたがひてころもをもぬがすることなれば、除名のときにはむらさききるべしとおもはざりしにとよみたまへるにや。（以下略）　（日本歌学大系本）

先程の②以下は『奥義抄』を直接参照して、同書に見える傍線部「もし」以下の説とそれに基づく解釈を批判したものであることは明らかである。ここで問題になるのは②の傍線部に見える「河社」云々の言葉である。『かはやしろ』を吟味した眼でこれを読めば、これが清輔・顕昭たちの見解を強く斥ける言葉であることは動かない。傍線部は、この種の解釈もまた「河社」における言立て同様、虚誕の説に過ぎない、という意味であろう。「作本文の不善の物共」と軌を一にする言辞ということになる。そうだとすれば、ここに「河社」に関連して右のように云う意識と『かはやしろ』に見られる意識とは同質のものであると解される。この点を重視する

と、いま参照している『僻案抄』三類本に『かはやしろ』が付載されていることは、互いの本文内部に一つの深い連関あるいは必然性が存することの証左になるであろう。

問題はさらに『僻案抄』伝本の系統の問題に波及して行く。一類本・二類本の右と対応する註を参照してみよう。

・一類本（高松宮本）

飛たちぬへしとは、任納言悦喜自愛のよし也

・二類本（鷹司本）

飛たちぬへしとは、任納言悦喜自愛のよし也

除名推量不足言事也

三者の関係を、右の場合について整理して言えば、互いに「飛たちぬへし」云々の一文を共有し、二類本は「除名推量」云々の一文がつけ加っており、三類本では二類本の形の上に（傍線部③は三類本の諸本すべて、示したように、掲出歌の右、前歌の註文の末尾にある）さらに②の「させる子細も」以下がつけ加わった形になっている。[37] 右の異同は伝本分類上の目安の一つともなるが、いま注意すべきなのは、「河社」の語を含む②の部分——すなわち強い批判的な言辞——は三類本特有のものであることである。この部分は三類本成立の段階で付加されたものであることは認められるであろう。とすれば、先程述べた点と合わせて積極的に次のように推測することが可能となる。すなわち、三類本成立段階で②の言辞が付加されると共に、②の趣旨と通い合い、かつそれを補足するものとして『かはやしろ』が付載されたのであろう。三類本と『かはやしろ』の結びつきを裏づけるように、三類本諸本は例外なく『かはやしろ』を付載している。『かはやしろ』の端作りに「追注付」とあることの書誌的な

意味は、以上の検討によって一部明らかになるとしてよいであろう。

但し、右の如く三類本に『かはやしろ』が付載された理由を推定しうるにしても、三類本成立と同時にあわせて『かはやしろ』自体も筆録された、と断ずるのはなお早計である。なぜなら『かはやしろ』には単独本があり、その初源的な成立が何時であるかは未だ明らかにされていないからである。その上、『かはやしろ』の付載は三類本のみに見られるのではなく、一類本・二類本の一部の伝本にも同様に見られるからである。そこでこれらの次第を明らかにするために次に、『かはやしろ』の付載状況を『僻案抄』伝本の系統に留意しながら検討してみよう。右の作業は、伝本論への一つの示唆をもたらすはずである。

6 『僻案抄』伝本分類論への示唆

『僻案抄』の伝本には、すでに知られている二つの類の他に、さらにもう一類、他の二類には還元しえない類が存在すると思われる。この点については前稿で少し触れ、さらに小稿の前節では当の類を判別する際の目安の一つを示した。但し、三類を立てうるものの、各類の性格、各類相互の関係についてはなお検討すべきことが多い。そこで、いま検討を加えつつある『かはやしろ』は伝本論にどのような示唆を提供するか考えてみたい。

前節末に記した通り、手懸りは『かはやしろ』の付載状況と、『僻案抄』伝本の三類との相互関係にあると思われる。その際「付載状況」にも二つの着眼点を必要とする。一つは、文字通り付載しているかいないか、すなわち『かはやしろ』の有無を見ることである。もう一つは、付載している場合、その本文は、先に検討した（2節）二系統のうち、甲・乙いずれの類に属するかを見ることである。この二つの点に留意しながら付載状況と『僻案抄』伝本に見られる三類との関係を調べてみよう。

まず『僻案抄』の各類毎に、『かはやしろ』の有無を具体的に確認してみよう。前節で述べたように三類本は、いずれも『かはやしろ』を付載している。問題は主として一・二の二類の場合である。うち、一類本の伝本については前稿でひと渡り触れた。改めて『かはやしろ』の側から眺めてみる。この類に属する（今のところ知りうる）九本のうち付載するのは、慶応大学斯道文庫本一本（伝二条政嗣筆本）、志香須賀文庫蔵本（日本歌学大系別巻五所収本の底本。大系本による）、中野幸一氏蔵本（伝足利義尚筆）の三本のみである。一類本のうち最も信頼すべき本は、定家筆の模写本である高松宮本、同じく京都大学附属図書館蔵中院本であるが、両本とも付載していないことから知られるように、一類本は本来『かはやしろ』を付載していなかったと考えられる。

二類本の場合を見よう。この類に属する伝本として知りえたのは一五本。うち以下の本は付載していない（付載する本はのちに示す）。すなわち、東山御文庫蔵本（63―3・1・18）、慶応大学斯道文庫蔵本（092・ト26・1）、岡山大学附属図書館蔵池田家文庫本（P911・35）、板本、刈谷市立図書館蔵村上文庫本（6299）、群書類従本（巻288）、島原公民館蔵松平文庫本（120・9）の七本である。このうち松平本は後半部分を欠く残欠本であるから、例外とすべきである。これら決して少なくない数の本が『かはやしろ』を欠いているのは注意される。二類本で最も注意すべきなのは定家筆本の模写本である鷹司本であるが、すでに引用しているように同本は『かはやしろ』を付載している。同本のもとになったと思われる定家自筆本には正しく『かはやしろ』が存在したと思われる。しかし右の七本のうち、斯道文庫本・東山御文庫本は共に鷹司本に近く、特に前者は書体をも自筆本に近づけようとした跡を窺うことができる。それでいて両本とも『かはやしろ』を付載していないのは注意される。もとより鷹司本は尊重されなければならないにしても、右の二本の存在を重視するならば、二類本と『かはやしろ』は必ずしも親密に結びつくものではないとも言える。この点は二類本内部の問題としてさらに考えられるべきである。

従って『かはやしろ』と密接に結びついているのは三類本である。

次に、視点を変えて、付載されている本文は甲・乙いずれの特徴を備えているかを調べてみよう。2節において、甲・乙を分ける際、目安になるものとして挙げた①から⑨までの異同箇所を再び取り上げる。いま、知りうる限りの付載本と先に見た単独本とを、分類した上で列挙し、①〜⑨の箇所について、甲・乙の別を確認して表示すると、次頁のようになる。

①〜⑨の異同は大むね決定的に意味の違いを来すものではなく、むしろ微細な差異に限られていたが、それでいて——例外は見られるものの——甲・乙の別はほぼ規則的に現れている。この表によって知りうるところを略記してみよう。

(1)付載本のうち、甲類は『僻案抄』の二類本に、乙類は三類本にほぼ収斂している。

(2)先述した通り、一類本は本来『かはやしろ』を持っていなかったと考えられる。従ってこれを持つ三本は何らかの形で他本により『かはやしろ』を補ったと推定される。三本のうち斯道文庫本は三類本によったものと思われる。前稿でも触れたように、同本に見られる奥書、全体に施されている校異の本文によっても右の点を確めることができる。

(3)一類本の他の二本、志香須賀本・中野本は、甲の特徴を示す二類本によって補ったと考えられる。但し両本の、表に×印を付した箇所は六百番歌合の判詞の部分であるが、「両方難陳判詞今略之」として省略されている。この省略はむろん本来のものではなく、何時の時点でのものかは不明だが、後人の所為である。

(4)二類本のうち神宮文庫本のみやや不安定である。同本の性格を検討する上での重要な材料となる。取り合わせ本の可能性をもつか。

形態	僻案抄の類別	伝本	①	②	③	④	⑤	⑥	⑦	⑧	⑨	備考
付載本	一類本	慶応大学斯道文庫蔵本（092・ト32・1）	乙	乙	乙	乙	乙	乙	乙	乙	乙	
		志香須賀文庫蔵本（日本歌学大系本）	甲	甲	乙	×	×	×	甲	甲	甲	×この前後省略して書写
		中野幸一氏蔵本	甲	甲	乙	×	×	×	甲	甲	甲	×この前後省略して書写
	二類本	書陵部蔵鷹司本（鷹・645）	甲	甲	甲	甲	甲	甲	甲	甲	甲	
		慶応大学斯道文庫蔵本（092・ト25・1）	甲	甲	甲	甲	甲	甲	甲	甲	甲	
		秋月郷土館黒田文庫本（秋月・別・18）	甲	甲	甲	甲	甲	甲	甲	甲	甲	
		内閣文庫本（202・151）	甲	甲	甲	甲	甲	甲	甲	乙	甲	
		内閣文庫本（202・150）	甲	甲	甲	甲	甲	甲	甲	乙	甲	
		内閣文庫本（202・152）	甲	甲	甲	甲	甲	甲	甲	乙	甲	
		三手文庫本（歌・以）	甲	×	甲	甲	甲	甲	甲	乙	甲	×この部分記載なし
		神宮文庫蔵本（三・376）	甲*	乙	甲	乙	甲	乙	甲	甲	乙	＊位置訂正して示す
	三類本	慶応大学斯道文庫蔵本（091・ト36・1）	乙	乙	乙	乙	乙	乙	乙	乙	乙	
		田村柳壱氏蔵本	乙	乙	乙	乙	乙	乙	乙	甲	甲	
		陽明文庫蔵本（近・243・22）	乙	乙	乙	乙	×	乙	乙	乙	乙	×この前後欠脱（空白）
		佐賀大学附属図書館蔵小城鍋島文庫本（0952・6）	乙	乙	乙	乙	乙*	乙	乙	乙	乙	＊朱補
		慶応大学斯道文庫蔵本（091・ト37・1）	甲	甲	甲	×	×	×	甲	甲	甲	×この前後省略して書写
		京都大学附属図書館蔵中院本（中院・VI・153）	乙	乙	乙	乙	乙	乙	乙	乙	乙	
		早稲田大学図書館蔵三条西家旧蔵本（特へ2・4867・3）	乙	乙	乙	乙	乙	乙	乙	乙	乙	
単独本		内閣文庫本『河社注』（202・120）	甲	甲	甲	甲	甲	甲	乙	甲	甲	
		彰考館蔵本（巳11・07158）	＊	乙	乙	乙	乙	乙	乙	甲	甲	＊註記なし
		彰考館蔵本（巳13・07306）	＊	乙	乙	乙	乙	乙	乙	甲	甲	＊註記なし

(5)三類本のうち、特に斯道文庫本一本のみ孤立している。同本の本文はもとより三類本に属するが『かはやしろ』部分のみ、他の三類本諸本とは別で、異例だと言ってよい。しかし次に掲げる奥書（定家奥書の後の奥書）により、事情は了解される。

文明第二暦南呂仲旬之比／於閑窓不日以証本馳筆了

右大将（花押）

文明十二年南呂之《ヒヒヒ》仲秋之天於周防国／勝音寺以定家卿御自筆本、重而令／挍合直付之、右奥書之奥猶有注事／少々書写之者也、

従一位《前右大臣》（花押）

署名の人物は同一で、三条公敦と考えられる。この奥書、ならびに公敦の動向については井上宗雄氏の論考に詳しい(39)。公敦は、文明二年（一四七〇）八月、一旦書写した本を、同一一年四月（同年三月右大臣を辞す）大内氏を頼って周防へ下向したのち、翌一二年八月、定家自筆本をもって「挍合直付」の作業を行ったことになる。その際、両奥書の後に『かはやしろ』を書写したのであろう。文明二年奥書以前と、十二年奥書以降とは墨の色は異なるものの、同筆で、公敦その人の書写か。さて『かはやしろ』部分の本文は、表の如く甲類であるから、二類本系のテキストに拠り補写したのだと推測される。中に筆写者による次の二種の書入が見られる。

・六百番哥合判詞○《同》有之、省略、今度不写之、
・六百○《番》判詞貫之哥二首書入也

前者から、文明二年の書写本にも『かはやしろ』は存在したのだが、今度の校合本にも同じく有り、それにより以前のものと差し替えて書写するが、六百番の判詞の部分は省略する、という事情を知りうる。この次第は本文

の現状と符合する。なお最末に次の奥書がある。筆跡と花押から、これも公敦のものかと判断される。

除六百番判詞其外皆令書写畢／可為後代証本而已（花押）

以上の事情を踏まえて確認しておきたいのは、公敦が校合に用いたという「定家卿自筆本」は『かはやしろ』を付載した二類本であっただろうこと、そして、文明一二年段階でその種の定家自筆本が確かに存在していたらしいことである。

(6)単独本についても幾つか知見を得ることができる。先に内閣文庫本『河社注』は純粋の単独本ではなかろうと述べたが、その点は本文の比較によって確かめられる。純粋の単独本と目される彰考館二本の本文とは、やはり対立しており、むしろ内閣本は、甲の系統、『僻案抄』で言えば二類本系のテキストに拠っているのである。但し、内閣本の異同のうち⑦のみ乙の形になっているのは注意される。⑦は「庭訓」の有無に関わる。概して些細な違いしか見られない中にあって、この⑦のみは甲乙を分かつ最も本質的な異同であった。内閣本においてここのみ乙を示しているのは異例である。（1節で述べた通り）同本は為重奥書本により書写したかと思われる。しかし同じ為重奥書の見える二類本の内閣本三本と三手本の場合、この箇所の本文はすべて甲の形である。内閣本はこの個所については他本との接触によって摂り入れられた可能性をもつ。なお為重自筆本が存在するらしい。同本を検討することによって右の件に解答を出せるかも知れない（前稿、註（17）参照）。

(7)単独本は、一部違いを存するが基本的には乙、すなわち『僻案抄』三類本系の本文と一致する。そして甲―二類本と対立しており、互いに相容れない。先述の如く、三類本は『かはやしろ』との結びつきが濃密であった。また、定家段階のものかと思われる注意すべき奥書と勘註をもっていた斯道文庫本一本は三類本の一つであり、かつ同本の勘註は単独本の中にも吸収されていた。これらに、さらに5節の論旨をも考え合わせ、一歩進んで言えば、原-『かはやしろ』と呼ぶべきものに二種あり、うち一種は当初から単独本として作製され、『僻案抄』三類本の成立段階で同本に付載されたのではなかろうか。もう一種は二類本の、鷹司本に見える形のものと考えればよいだろう。その場合、原-『かはやしろ』なるもの二種の先後関係はなお不確かであるが、一つの仮説として右のように把えておきたい。

以上のように、『かはやしろ』の書誌的な検討を媒介として、『僻案抄』伝本の三つの系統の位置がおぼろげながら浮かび上ってくるように思われる。それぞれの輪郭を一層明確にしながら本文を読むのは今後の課題であり、そのための道しるべを一つだけつけ加えることができたと思う。

【註】

(1) この本は後述する奥書の他に書写奥書の類を持たない。「芳野記」末尾には文政一一年の書写奥書がある。『かはやしろ』もまた右と同じ折の書写か。

(2) 以下B・Cを一纏めにして扱う。本文引用はBによる。

(3) 『図書寮典籍解題　文学篇』(昭23　国立書院)42頁に掲出。本文は久保田淳『新古今歌人の研究』(昭48　東京大学出版会)「附篇」に翻刻。

(4) Aは問題の註記的語句を持っている。この事実からも、Aは純粋の単独本と見做しえないことを知りうる。

(5) 縦25・7㎝横16・8㎝の列帖装一冊本。表紙は鳥の子紙。天藍、地紫の打曇り、金銀泥で菊花(ヵ)を描く。同左上の題簽に「僻案抄」と書く。見返しは金色の鳥の子紙。料紙は鳥の子紙。紙数は五折六〇丁、墨付五一丁。一面五～一一行に書く。一丁裏に「古今」と端書、以下四五丁表まで僻案抄の本文。「かはやしろ」は四五丁裏以下。

『僻案抄』の伝本としての特徴については別途に考えたい。なお引用に当って通行字体に改め、適宜読点を付す。以下他の本を引く場合も同様の処理を施す。

(6) 小西甚一編『新校六百番歌合』(昭51 有精堂)の本文は「右方云。「(イ)篠折り(ロ)延へて乾す衣」と云ふ……」とある。校異によれば、(イ)には「しのにおり」、(ロ)に「はへ」の異文がある。これらの本文の揺れは(後段における小論の趣旨に基づくと)すでに定家段階に存した揺れであったことになる。なお『かはやしろ』所収の六百番歌合本文と現行本との相違は注意される(この点後述)。なお以下の六百番歌合・顕昭陳状の引用は右による。

(7) 甲の本文は『私家集大成』中古II所収『江帥集』の本文(匡房I77)と一致する。小論の立場で言えば、定家は甲の「秋はあすそと」、乙の「秋をあすそと」の二つの本文を記す折があったことになる。

(8) 成り立たないかも知れない。難点は「外舅」を妻の兄弟と取る所。「舅」の意を無理に拡張した。「刑部卿」には敦兼以外を想定し難いのではないか。なお敦兼については『明月記』正治二年一〇月一一日条、石田吉貞『藤原定家の研究』(昭44改訂版 文雅堂銀行研究社)第一章参照。＊補註参照

(9) 敦兼、保延四年(一一三八)三月一四日出家(六〇歳 尊卑分脈)。この年俊成二五歳。なお谷山茂『藤原俊成 人と作品』(谷山茂著作集2 昭57 角川書店)「第五章 俊成年譜」参照。

(10) 『古今著聞集』巻八・好色第一一

(11) 疑問は多い。敦兼の父敦家は「管弦得名、楽道之名匠」(尊卑分脈)と云われたにしても、敦家あるいはその子敦兼を俊成の言の如く「かくらつたへたる家の人」と呼びえただろうか。ここは「亡父之父外舅」あるいは「祖父外舅」なら適わしいところである。しかしテキストは掲げた通りの形である。

(12) 伊達本古今集為兼識語に云う「伝受三代集於故戸部禅門之時」は文永九年(1272)秋比であった由。弘安元年の六年前になる。『為兼卿記』乾元二年八月二八日条参照。この為兼奥書は田村柳壱氏蔵本にもあり、注意される。

(13) この註記は乙の類すべてに見えるわけではない。取り上げている本にのみ存する。

(14) 『千種』に「河やしろ」を収める。その末尾に「戸部尚書判」とある。この種の署名のみのある『かはやしろ』伝本は他に見出しえない。『千種』の性格から考えて（おそらく付載本から）抄出したものか。むろん単独本とは認められない。なお本文は甲の特徴を示す。

(15) 橋本不美男・滝沢貞夫『校本堀河院御時百首和歌とその研究本文研究篇』（昭51　笠間書院）451頁。なおこの歌のこと『袖中抄』にも詳しく見える。「堀河院百首和歌鈔四季」は『袖中抄』を引用する。橋本・滝沢上掲書の「古注索引篇」（昭52　笠間書院）。

(16) 『日本歌学大系』別巻5解題（久曽神昇）（昭56　風間書房）参照。本文、同大系本による。

(17) 日本古典文学大系『歌論集　能楽論集』（昭36　岩波書店）「正徹物語」補註27（久松潜一）、松野陽一「古来風躰抄」補註52（『歌論集㈠』昭46　三弥井書店）古来風躰抄の引用は同書による。

(18) 先掲二首、その他『古来風躰抄』で俊成じしん「古歌、先に「かひや」の事に申つる歌也。こゝには「蚊火」と書けるなり」として注意している／あし引の山田守る翁の置く蚊火の下焦れのみわが恋ひ居らく／（巻一一・二六四九）をもさすか。

(19) 岡山大学附属図書館蔵池田家文庫本（P・911・45）土肥遺書一八四　経平自筆か。引用部分の前には顕昭に触れて次のようにも記している。「猶ひそかに按するに、万葉集の朝霞かひやか下になく蛙とよめる二首の哥を、顕昭のこちたくも論してしるせる説は、よく叶へることく聞ゆるかたもあれと、足引の山田守男のをくかひといへる万葉の哥を会せ論せんには、さらに蚕飼の屋といふにかなはさる歟」

(20) 『平安朝歌合大成』8「四三五（寿永元年以前）右近中将資盛歌合雑載」参照。なお『僻案抄』の記事については8には見えず、9の「資料増補」で触れられている。本文の紹介は現在までのところ註（3）久保田翻刻のみ。

(21) 歌合大成8による。資盛の官職表記によれば寿永二年七月の平家都落ち以前となる。

(22) 松野註（17）掲出の補註49。

(23) 俊成判詞ではなく右方の難のうち、「……と云ふ本歌は、有レ説事と承りし。」の傍線部は『かはやしろ』の本文には見えない。

(24) 当の貫之歌自体、万葉の古歌を摂取しているのだから、俊成的な認識によって把えられた古歌摂取の問題でいえば、二重に問題を含む歌ということになる。なお当該歌は新古今集・神祇、巻軸歌。撰者名註記、有定。隠岐本合点歌。

(25) 松野陽一『藤原俊成の研究』(昭48　笠間書院)195―236頁。

(26) 定家にこうした記述態度の例が無いわけではない。たとえば『三代集之間事』で諸説を記す際の形式はこれと似る。なお拙稿「『三代集之間事』読解」(『跡見学園女子大学国文学科報』11　昭58・3)でこの点に触れる。

(27) 『契沖全集』14「随筆」(昭49　岩波書店)

(28) 『僻案抄』の本文から、基俊の所説を引いている箇所を抜き出すと、多くの箇所で敬語を用いていることがわかる。俊成に対する文体とは異っている。「金吾申されけるは」「金吾説とて……と申されき」「金吾は……とよまれければは」「金吾まさしく……と申されけり」「金吾も被申けれは」など。但し『かはやしろ』には単独本もあり、『僻案抄』から相対的に独立しているという面もある。それゆえ両者を直接同一次元で結びつけられないとも言える。

(29) 註(22)に同じ。

(30) 『平安時代歌論集』(天理図書館善本叢書和書之部35　昭52　八木書店)同解題(久曽神昇)参照。

(31) 夙く室町期に、この歌と「河社」歌との接点を認める説がある。経厚講『名所百首和歌聞書』に、「此衣ホスナリハ、河やしろしのにをりはへほす衣いかにほせはか七日ひさらむ、貫之カ読ル此心也、此衣トハ浪ノ白キヲ白キヌノナトイヘルニタトヘタル也、河社ノ事六百番ニ詳之」とある。ノートルダム清心女子大学古典叢書第三期8『西行上人談抄　経厚講名所百首和歌聞書』(昭58　福武書店)

(32) 夏衣たつた河らをきて見れはしのにおりはへ浪そほしける　(千五百番歌合百首・夏　拾遺愚草上・一〇三二)
つくるてふ初瀬をとめの夕まくれ河浪たかくかくる卯花　(夕卯花　三七六〇)
など。本文・番号は赤羽淑編『藤原定家全歌集全句索引本文篇』による。

(33) 久保田淳「稲負鳥を追う」(『しくれてい』5　昭58・5)

(34) 定家たちの言語状況の中で、〈難義〉はどのような意味を――特に実際の詠作との関係で――担っていたか。俊成たちの状況と如何に重なり如何に異なっていたかを考えてみるべきか。

(35) 高松宮本による。註(33)の論で直接取り上げられている。

(36) 校異が傍記された結果、この語句をもつ伝本もある。それらを除いて考える。

(37) 但し、①―②―③の順に増補された、従って成立は一類本―二類本―三類本の順だ。と単純に考えてはならないと思う。川平前稿参照。

(38) 井上宗雄『中世歌壇史の研究　室町前期』(昭36　風間書房)306―307頁。

〈付記〉

御所蔵本の閲覧をお許し下さった中野幸一氏・田村柳壱氏、ならびに諸文庫の各位に深く感謝申し上げます。


【補註】

註(8)に関しては、続稿「『僻案抄』書誌稿(三)」の註(31)において訂正がなされている。(編集委員会注)

4 『僻案抄』書誌稿 ㈢

要旨

藤原定家の手に成る三代集註解書『僻案抄』は、単一に固定されたテキストではない。現存伝本は三類に分かれており、それらの註文を見較べると、同一書でありながら、三類は各々独自な性格を含みもっていることが知られる。それらは後代の享受者の恣意によって生み出されたものではなく、著者定家の意図によるものと考えてよい。すなわち定家は自ら三つのヴァリアントを物したのである。この事実は、和歌の古典である三代集を註解する際の定家の過程は、単一かつ一様でなく、むしろ動的、過程的であったことを教えている。このような定家の〈内的過程〉を解き明かすべく、前々稿では一類本の検討を、前稿では追註『かはやしろ』の検討を試みた。本稿では、残された課題である二類本・三類本の問題を考える。各類毎に諸伝本の性格を一々吟味し、あわせて各類の相互関係に説き及ぶ。次いで、筆者なりの成立過程に関する説を「素案」として提出してみたい。このようにテキスト批判を試みてきて漸く『僻案抄』という、内部に波動する認識の過程を包み込んだテキストと、それを統括している主体である著者定家の思惟像の輪郭が浮び上ってくるように思われる。

前々稿において『僻案抄』一類本の伝本とその性格について述べ、前稿では追註『かはやしろ』の読解を通して、『僻案抄』の伝本は三類に亘って広がっていることを幾分の証左と共に示した。本稿においては、次に尋ねられるべき課題である二類本・三類本の伝本の様相につき検討してみたい。検討を通して、三類の相互関係さらに三類の成立過程を問うことが求められよう。本稿ではその為の条件と根拠をやや記述的に辿ってみたいと思う。いま、のちに示されるべき見通しを先廻りして言えば、現存する三類は、後代、享受の道筋を経ることによって派生したものではなく、著者である定家じしんに淵源するものであると考えられる。従って書誌の細部に分け入りながらも、論述の照準は、テキストの分岐を統括している主体である定家の〈思惟像〉に絶えず当てられなければならないと思う。

1　二類本

(1) 伝本

一類本と区別して二類本を立てうることについては、その根拠と合わせて既に述べた。更に進んで細かく見ると、二類本の伝本は形態上二種に分かたれる。区分する上での目安は追註『かはやしろ』であり、これを付載するもの（「付載本」）と、付載せぬもの（「非付載本」）とが存在する。その際『かはやしろ』の本文も、甲乙二色あるうち、二類本に付載されているのは原則的に乙の方であること、さらに、付載・非付載は伝本により区々であることから、必ずしも二類本の成立した段階で同時に『かはやしろ』もまた付載されたと考える訳には行かないことなどは、既に前稿で述べた。差し当り『かはやしろ』のみを目安とすれば、二類本は付載本・非付載本の二種に分かれ、それぞれに少なからず伝本が現存している。但し例外的な伝本として、本文の後半部分を欠いているゆえに付載・非付載の別を判断しえない島原公民館蔵松平文庫本（後掲）のような伝本もある。そしてこの松平本の存在が直ちに要請するように、二類本内部に下位区分を立てる為には、形態の別のみでなく、本文の様相そのものを目安として組み入れなければならない。

而して『かはやしろ』の部分を除外して、『僻案抄』部分のみの本文を見較べると、諸本とも極めてよく一致しており、形態の相違にもかかわらず、根幹部分の本文について言えば、二類本は単一の系統を成していることを確認しうるのである。無論のこと、流伝の経路は様々に枝分れしている。いま、形態、本文の親近度、ならびに奥書から知りうる流伝状況を勘合しながら伝本を並べてみると、次のように一覧される。頭に付した○は付載本を、×は非付載本を、＊はいずれとも確定しえない例外を、それぞれ示している。


1○書陵部蔵鷹司本（鷹645）二冊。外題「僻案抄」。室町末期写。

2○慶応大学斯道文庫蔵本（092・ト25・1）一冊。外題なし。室町末期写。伝飛鳥井雅康筆。

3○秋月郷土館蔵黒田文庫本（秋月・別・18）一冊。外題「僻案抄」。江戸初期写。

4×慶応大学斯道文庫蔵本（290・ト26・1）一冊。外題なし。江戸初期写。伝飛鳥井雅章筆。

5×東山御文庫蔵本（63―3、1、18）一冊。外題「辟案抄」。寛文三年、何待菴知足写。

6○内閣文庫蔵本（202・151）一冊。外題「僻案抄」。江戸初期写。

7○三手文庫蔵本（歌・以）一冊。外題「古今集注」。江戸中期写。「毎月抄」を合写。

8○内閣文庫蔵本（202・150）一冊。外題「僻案抄」。江戸初期写。

9○内閣文庫蔵本（202・152）一冊。外題「僻案抄」。江戸中期写。

10○書陵部蔵鷹司本一本（鷹291）一冊。外題「三代歌詞尺」。江戸末期写。

11×板本
12×市立刈谷図書館蔵村上文庫本（6299）一冊。外題「壁案集」。江戸末期写。「天竜開山御歌」を合写。

13×群書類従本　巻二八八。

14×岡山大学附属図書館蔵池田家文庫本（P911・35）「詞学叢書一」所収。外題「和哥三秘集」。江戸末期写。

「和哥三秘集」「懐紙短冊詠草書法伝授」「詠歌一躰」に合写。

15○神宮文庫蔵本（三・376）一冊。外題「僻案抄」。江戸初期写。林崎文庫本。

16＊島原公民館蔵松平文庫本（120・9）一冊。外題「僻案抄」。室町末期写。「万葉集草木異名」「知連集」を合写。


各本の性格を略記しておく。

1は定家自筆本の模写本と思われる。詳細は『図書寮典籍解題　文学篇』（昭23　国立書院）によって知られる。室町から江戸期にかけて定家筆本として重んぜられたもののようであり、添状に「僻案抄／二冊共　定家卿筆／外題、堯孝ニ而も可有御座哉／即刻治定申上かね候／白紙はさみ置候加筆凡一条殿兼良公ト奉存候／右之通奉存候以上」(1)とある。また1の納められている黒塗箱の蓋表に「京極黄門真筆／僻案抄　二冊」、同蓋裏に「安政四年八月十四日／得之（花押）」といずれも朱で記されている。(2)花押は鷹司政通のものである。1はもとより自筆本そのものとは認められないけれども、原本の筆蹟を、墨滅・訂正・書入等に至るまで忠実に臨模しているらしく、自筆本の原態を保存していると思われる伝本として、二類本の中では最も重視されなければならないであろう。

2は、1と同様自筆本に基づく本と認められる。但し1の転写本ではない。仮りに1を範型的な伝本として想定し、この2を眺めると、書体に微かに定家様を漂わせているものの、字配り・改行の仕方などは既に異っており、訂正・傍記の類も或るものは本行に組み入れられているというように、書写型式に至るまで克明に元の本を模したというのではなさそうである。2は『かはやしろ』の後に次の書写奥書を持つ。

　文明十三年二月書之／（花押）

花押は『花押藪』に伝えられている飛鳥井雅康のそれと似ており、2の極札の「飛鳥井殿廃流二楽軒（琴山）」という認定と照応している。但し真に雅康筆か否か、右の花押も似せ書きではないか否かの判断は留保しておきたい。

3[3]は、もはや定家様の筆蹟を残していないが、次の奥書を持つ点で注意される。

　此抄以定家卿自筆本令書／為訖（ママ）尤可謂証本

　延徳二年二月日　宋世判

　所授申安冨右兵衛尉元家也

右の記載を信じた上で、2と照らし合わせると、雅康は在俗時の文明一三年（一四八一）二月『僻案抄』を書写し、翌一四年二月四日俄かに出家したのち、程経て延徳二年（一四九〇）再び書写して「幕府の吏僚たち」の好士の一人[4]に授ける折のあったことが知られる。3の書体は原態を厳密に写し取ったものではなく、また本文にやや劣る点もあって（書写態度によるものであろう）、雅康（宋世）が二度の書写作業の際に用いた本は同一であったか否かは、2・3の現状を見較べただけでは確言し難い。しかし3の奥書によって、室町中期、二類本の定家自筆本が確かに伝存していたことを知りうる点は貴重である。なお早く飛鳥井雅有は『僻案抄』を所持していたらしい（『春能深山路』六月一一日条）。但し当の雅有手沢本と雅康の用いた本との関係までは審かでない。

4は、書体はやや異るものの、1と字配り、改行の様、用字など大方一致しており、訂正・書入等も部分的に存している。定家自筆本の流れに立つ伝本と見られる。巻末に次の奥書を持つ。

明徳二年二月一日相伝早／不可及外見随分之秘抄也

右近大将藤原（花押）

年次と官職表記から、花押の人物は花山院通定か（同年、権大納言、右大将）と思われる。「相伝」とあるのは誰からの相伝を意味しているのか興味深いが、具体的な事情は知りえない。

5は4と同系統に立つ。共に『かはやしろ』を持たず、右に引いた明徳二年（一三九一）の奥書（花押に至るまで同一のもの）を持つ。本文の書写型式は4とほぼ同一、ひいては1とも近似している。本書独自の書写奥書が次の如くある。

此一冊者世間流布之本／雖有判形誤多矣、故予／所持之本吉田殿兼好法師之以筆跡本柄行文／字少不違書写之早不／可及他見也

寛文三年（1663）七月日／何待菴知足

6・7・8・9・10の五本は共に次の奥書を持つ（いま6の形で示す）。

此本云以京極入道中納言定家卿自筆／本透写了

康暦二年（1380）八月之比書写之了

参木藤原判為重也

8・9・10は「云」字を欠き、10には「書写之」の「之」字、8・9に「書写之了」の「了」字が見えず、また8・9の署名は「参木藤原為重判」とのみあるなどの細部の出入りはあるが、右の奥書を共有するこれら五本

は、為重本系統とも呼びうる同一の流伝系統に立つ伝本群としてよいであろう。本文の状況も右の推定を裏切らない。特に8・9は直接の転写関係にあると思われる。但し五本のうち10（掌中に納まる程の小本である）のみは「三代歌詞尺」なる類例の無い外題を持つほか、奥書に二類本の目安となる嘉禄二年・延応二年の両奥書を脱したかと思われ、代りに（右に引いた）為重奥書の後に別筆で両奥書を追補している（但し「延応」を「正応」としており、やや不正確）という独自の形態を示しており、(5)注意される。

重要なのは、為重奥書の記載によって、ここでも二類本の定家自筆本が早くより存在したことを知りうることである。しかしながらこれら為重本系統は、1・2・4・5などとは異なり、もはや自筆本の原形態を留めていない。原態には存したいと思われる訂正・書入等は全て本行化しており、先に一類本で見たと同様の整序化が施されている。これら五本に限らず、7以下の諸伝本は惣じてこうした性格を備えており、これらを二類本のうちの整序本と呼ぶこともできるであろう。

11の板本は諸文庫に伝存している。『江戸時代書林出版書籍目録集成』（昭39井上書房）に拠ると、『寛文無刊記書籍目録』に「四冊／辟案集」、『寛文十年刊書籍目録』に「二冊／壁案集古今後撰拾遺三代集之抜書抄也」と見え、寛文年間以来刊行されていたらしい。また『倭板書籍考』（巻八・倭歌之部）には「僻案集／二巻アリ、古今後撰拾遺三代集ノ略抄ナリ、定家卿ノ作ト聞ヘタリ」とあって、板本はおおよそ元禄頃には広く流布していたものと思われる。現在、神宮文庫に、古今註を上下に分け、後撰・拾遺を各一冊とするという形態の無刊記四冊本（三・375）を蔵している。但し現存本の多くは、上冊に古今註、下冊に後撰註・拾遺註を収める無刊記二冊本で、刷題簽の書名に「壁案集」（「譬」字の場合も）とある。中に、

京堀川通本国寺前金屋半右衛門　求板

とある本が散見される。静嘉堂文庫蔵松井本（519・6・22095）、書陵部蔵鷹司本（266・35）、慶応義塾図書館蔵本（115・23・2）、国会図書館蔵本（141・81　二冊本を一冊に綴じ合わせている）などはその種の伝本である。なお弘文荘「古典籍逸品稀書展示即売会」（昭46・1）の目録に「僻案抄大坂野村長兵衛版 伴蒿蹊自筆校合書入 一冊」を掲出している。見られるような版も存したようだ。

先にも記した通り、板本の本文もまた整序本の類に属しているが、無視しえない特徴も見られる。例えば、1・2・4・5の拾遺註の後に一括して置かれている補記の類――内容から定家の手に成ったものと認められ、これらが後置されているのは二類本の元来の形であったと考えられる――は、板本にもまた同様の形式で見られる。他に、1に細註の形で記入されているものが板本にも保存されていたり、奥書に嘉禄二年・延応二年の定家奥書のみあって、以後の流伝を示すものの見えないことも注意される。板本の字句にはやや劣った箇所が少なくないけれども、その元となった本は決して粗放一方の本だったのではなく、右の諸例からも推測されるように定家自筆本そのものとも結ばれていることを知りうるのである。

12は恐らく板本の写しと思われる。

13は定家の二種の奥書のあとに「右壁案抄以屋代弘賢本挍合了」とある（板本に拠る）。

14・15・16の三本はやや特殊な性格を持つ。うち16については先述した。書写時期は早いものの、後撰註の最初の部分までの残欠本である。残存部分にも欠脱箇所が幾つかあるほか、註文を抄出・改変したかと推測される部分も認められる。

14の特殊性は、註文の増加・敷衍、あるいは書入れの類が所々に存する点によく現れている。例えば古今註・春上28の注文に続けて「もも千鳥」につき「尤三鳥之伝之内の鳥也」、同秋上191に同様に「いなおほせ鳥三鳥の伝之内の鳥也」とあったり、同春上41の註末に「香やハかくるゝとハ香ハかくれぬといふ事也」とあるのは後代のものであり、もとより定家の与り知らぬ記事であったはずである。14は奥書も変則的で、嘉禄二年奥書の後に、

後又受庭訓之口伝／延応二年六月日　　桑門明静

とある。同一年月を持つ定家奥書に二種あったとは考えられないから、右は延応二年奥書の本来の形を改竄したものと見てよいであろう。歌・註文に欠脱箇所が目立つのもこの本の価値を低からしめている点である。

15は取り合わせ本の可能性を含んでいる点で特殊である。逆に言えば、他類本と接触することによって、二類本と他類本との相違がこの本の内に露呈しているとも見られるから、当面の我々の課題にとってはむしろ重要な伝本ということにもなろう。少しくこの本の細部を問題にしてみたい。

15には写した元の本あるいは用いた校合本の様態を指示した註記の類が散見される。

・物語ノ歌詞付紙ニ本書ニアリ（後撰註・恋一・五一五）

・月のきぬの哥本にハこゝに書て〇してつゝけ侍り　私ニ注之（拾遺註・物名・四二二）

・此哥菊の哥に可書入トテコ、ニ丸アレハ書也　私ニ注之（同・雑秋・一一二〇）

などはそれである。右に云われている「本」の形態は実は1を始めとする自筆本形態を保存すると考えられる伝本のそれに他ならない。従って15は二類本のうち、1ないしはそれに近しい伝本に拠って本文を組み入れていることは明らかである。全体の本文状況から判断して、15を二類本に含めうることは認めてよいと思う。ところが15の本文を仔細に見ると、二類本とは相容れない、むしろ後述する三類本特有の異文をも同時に含み持っている。こうした現象は二類本の中では独り15にのみ見られる。15には何がしか本文の混態が生じているのではなか

ろうか。

15の奥書もまた二類本の中では――14とは別の意味において――特殊である。すなわち『かはやしろ』の後に定家奥書をもつ。二類本ではむしろ『かはやしろ』の前にあるのが通例である。その奥書も嘉禄二年奥書に、延応二年奥書の前半部、「嘉禎四年」の年次の見える部分のみ切離されて付属している。前々稿以来の呼び名で言えば、奥書A・Bをもっていることになる。そののち「此奥書等三代集ノ奥ニ可書入」という後人の註記のあったあと、次の二種の奥書が続いている。

康永二年（一三四三）三月十六日以少将殿御本令書写了

散位藤（花押）

此本未及校合而故禅閤在御一見落字等令書入給大概定無相違者歟仍殊所秘蔵之而已

貞治三年（一三六四）二月九日　　右羽林郎将（花押）

更に最末に延応二年奥書の、年記のある後半部分、すなわち奥書Cが書かれている。Cの部分はBとも分離されて記される場合のあることを示している点で特殊ではあるが貴重だと言わねばならない。15の奥書の複雑さは以上に留まらない。すなわちAの部分の右傍に細字で次のような奥書もまた書加えられている。

誂周嗣禅師以正本透写畢　頓阿在判

以上のように奥書の体裁は、二類本一般の形態を一旦分割して再接合し、更に別途の要素をも加えているかのような様相を示しており、他本に例を見ない。また校合本の奥書が取り込まれた形跡もある。こうした特殊な側面は先に述べた本文の混態現象とも深く関連しているものと思われる。結局15は二類本中の特殊な一本として位置づけられるであろう。

以上記述してきたところに基づいて、二類本の諸伝本から知りうるところを抽出してみよう。

まず本文の状況から考えると、

(1)いずれも一つの系統に属すると思われ、しかも遡れば幾つかの伝本の奥書に云う定家自筆本に行きつくものと判断される。

(2)それゆえ原態を保存していると思われる1・2・4・5は特に注意される。最も重視すべきは1だが、2・4・5は1の直接の転写本ではない証跡があり、かえって原態復元の為には無視しえない材料を提供する。

流伝状況からも幾つかの知見が得られる。

(3)冷泉家関係の奥書の見えないことは注意されよう。この点は、多くの伝本に何らかの形で冷泉家に関わる奥書の見えた一類本の傾向と対照的である。

(4)これに反して6〜10に為重、5に「兼好法師」、15に周嗣や頓阿など、二条家(派)に関わる者の名が見える。或いは二類本は二条家系統に伝わったのかも知れない[(6)]。

(5)但しこの類の本を享受した者に、2・3の飛鳥井雅康(宋世)も居たらしい。従って流伝系統を常識的な系譜理解で固定的に判断することはできない。のち程三類本において見るように、流伝の状況はむしろ流動的であったと考えられるからである。しかし呉々も(3)に挙げた点は重要である。得られた資料に基づく限り、二類本は冷泉流と結びつくことはなかったとまでは、今のところ言ってよいであろう。

(2) 本文の性格――一類本との相違・二類本の独自性

ではこれら二類本の本文は一体どのような性格をもっているのか。それを明らかにする為には一類本との相違を見ておくべきであろう。

二類本の本文と一類本のそれとが相違することはもはや繰り返すまでもなかろう。問題は相違の内実である。最初に一例を掲げて、相違の輪郭をおさえておこう。

『僻案抄』開巻一首目の歌註を二類本（1に拠る）で示してみる。

そてひちて結し水のこほれるをはるたつけふの風やとくらん　（古今・春上・二）

ひちてとはひたしてといふ心也、この詞むかしの人この《み》よみけるにや、古今にはおほくみゆ、後撰にハひとつ○《ふたつ》あるにや、いまの世のうたにはよむへからすとそいましめられし

一類本（高松宮本を用いる。以下同じ）との異同――表記の別を無視し、意味の違いを来たすもののみ――を見ると、ただ一箇所、右の傍線部に対して一類本には「（後撰に八）すくなし」とある。仮りに読めば、

(1)「すくなし」という漠然たる言い回しから、二類本の「ひとつふたつあるにや」と用例を具体的に見ようとする姿勢へと一歩進んでいる、とも解されようし、逆に、

(2)「ひとつふたつあるにや」の不確かな指摘を避けて、より簡明な「すくなし」に改めた、ともとれよう。ちなみに「ひつ」の用例は、古今に八例（二・一四九・一八二・五七四・五七七・六一七・六一八・七三二）、「ひちまさる」（六二二）を加えれば九例あり、確かに「おほくみゆ」は首肯されよう。一方後撰には四例のみ（九六四・一一七七・一二三五・一四一八）。なるほど「ひとつふたつ」は不正確、と言うより誤りであり、一方の「すくなし」は錯誤を免れている。しかしながら、ここまで読んでくると「ひとつふたつ」にせよ「すくなし」にせよ、用例の実

情に照らすと厳密さを欠く文辞であることに変りない。従って右の(1)・(2)いずれの解も明確な根拠をもちえていない。言い換えれば、右に示したような異同のみから一類本・二類本の先後関係を明示することはできないであろう。両本の異同状況は、この一例からも察知されるように、手易く先後を弁別しえないものであることを、まずおさえておきたい。

ところで久曽神昇氏は「初稿本」（私に言う一類本）と「再稿本」（同じく二類本）と——前者の天理図書館本、後者の群書類従本を用いて——の「主なる相違」として一四箇条を例示し、「その他にも些細な異同は枚挙できない程である」としている。(7) 同氏の例示するもののうち三例は天理本にあって類従本に見えない独自異文である。逆に六例は天理本に見えず類従本のみにある独自異文である。残りは、互いに同趣旨の記事をもちながらも記載の形式、字句、言い回しにおいて異なる、言わば中間領域にあるもの三例、その他二例(8)である。右の異同状況ならびに先程見た冒頭条をも考え合わせると、両類は、一方から他方が派生したという関係になく、むしろ互いに独立して独自の側面を成長させたものであると想定した方が適わしいであろう。この想定は同時に、「初稿本」（＝一類本）から「再稿本」（＝二類本）へという見方は疑わしいという次の想定を導く。

しかし「想定」は一旦は検証されなければならない。そこで、いま両類の独自異文と目されるもの、そして今し方中間領域にあるものと呼んだ例を各々一つずつ読解してみよう。

(1)古今註・恋三・六六九——一類本の独自異文

清輔朝臣、奥義、乍書出此哥不釈、以往人皆うみ邊たにと存歟

右の記載は高松宮本によると、註文の後半部分の頭に書入れられており、恐らくそれは定家の草稿本の形態を映していると思われる。一類本のうちの整序化された伝本（整序本）はいずれも右の記載を註文末尾に続けて記

している。

さて右の内容を読む為には『顕註密勘』を併せ見なければならない。(9) 問題は掲出歌の「世をうみへたに」の部分を如何に読むかに関わっている。「密勘」によれば定家は当初から「海邊た《だ》に」説に立っている。その論拠になっているのは俊成説である。『僻案抄』の註文に「うみ邊た《だ》に」「とよみてなにと申さるゝ事なかりしかは」とある通り、かつて俊成から説を伝えられた折、俊成は「うみ邊た《べだ》に」とのみ読んで説明を加えなかったらしい。定家も俊成のよみに従って一応の理解を得ていたものの「思わきまへ侍らざりつるに」（密勘）とある通り、不審を残していたらしい。のち「顕註」に云う「海のへた」―「海へ《べ》た」説とその論証に接して、定家は「ことはりかなひてさとりいたして侍けり」（僻案抄）と顕昭説に賛同した。密勘段階では賛同の念はより強く表明されており、「於二此説一者、もとより思よらず。尤可二信仰一。」とすら云っている。但し密勘の末尾に次の一文を添えていることに注意しよう。

但、をかしからず。女などのうみべたにと、ながめてたゝん（「いてたらん」の本文あり）はくちをしくや。

顕昭説の論理性を認めながらも、女が海辺で眺めつつ佇立している――あるいは宿の中から眺めやっている――という情景を、恐らく定家は不様とも無興とも見做していたのであろう。

『僻案抄』に到ると、顕昭説は明確に斥けられることになる。すなわち密勘段階から一歩進んで自己の見解――結局はかつて俊成より得た説――を次のように記すのである。

されとうたならぬ詞にも、へたといふ事つかはまうけれは、猶うみ邊た《だ》にとて侍なんや（一類本）

歌表現としてはもとより、歌以外の日常言語としても、「へた」（＝（海）べた）は用いたくもないとする定家じしんの語感に忠実に、始めからの説である「うみ邊た《だ》に」を採っているのである。眼を転じて、最初に引いた(1)

の註記（書入れ）は右の定家の見解部分の頭に位置していたことに注意したい。右の形態が示しているように、恐らくこの註記は自説の補強の為に加えられたものと考えられる。それゆえ(1)を読むと、

清輔は『奥義抄』にこの歌を掲出しながら何ら註を付していない。（それには理由があろう。）「以往」の人（清輔以前の人に解する）は皆「うみ邊だに」を自然なものとして理解していたからなのだろうか。

の如く敷衍されよう。清輔が釈していないことの背景に、或る種の明証事が介在していたと解し、俊成以来の「うみ邊だに」説を再確認しているのである。『奥義抄』の記載——註文の欠如——をむしろ自己の論拠としていると言ってもよいであろう。

ところで顕昭にとって『奥義抄』に註を欠いているということは極めて重大な事態であった。「顕註」の次のような記載からその心情の程は察せられる。

此歌は奥義抄に書いだしながら釈せられぬ歌也。さばかりの大才博覧の人のちからをつくしてつくらるゝ文に沙汰もなからん事を、かしこがほに申はたらかさむは、そらおそろしくも侍べし。又世の人もをこがましきとぞ、知もつかまつりてんとは思給ふれど、片端を申べし。

謙退の念を表しながらも、「へた」＝「(海) べた」とする自説を、「日本紀」「万葉」「三善道統申文」等を博く引証しつつ披瀝している。定家・顕昭の意図の違いは際やかである。定家はと云えば、一旦は顕昭の考証に共鳴したのだが、その折感じていた顕昭説の難点——「海べた」と解する時もたらされる悪しき表現効果、興醒めな映像——を、「をかしからず」「くちをしくや」と感覚的に評するのでなく、この度は一定の論拠をもった解釈として対置するところまで進み出ているのである。なるほど『僻案抄』においても「顕註」所引の万葉歌を再び参照しており、「へた」説を顧慮しているのだが、俊成以来の「海邊だに」説を、価値を置くべき説として主張する

という姿勢は一層明確に示されている。

而して(1)をもつ一類本と、これを欠く二類本との差異もまた際やかである。(1)が添えられることによって生まれる（述べたような）脈絡は、二類本においては失われる。それに応じて定家の意図も幾分和らげられて、むしろ素朴に示されることになるのである。

(2)後撰註・雑二・一一三二——二類本の独自異文

枇杷大臣舁御輿之由、不知物由有若亡之儀也

右の一文は、1では註文末尾に細註の形で加えられている。二類本の整序本系統の諸伝本は、細註の形式を残しているもの残さぬもの区々であるが、いずれもこれを具備していることに変りない。本来二類本に存したものと認めてよいであろう。さて問題は詞書の本文と一一三二の歌句「みこしをか」の解釈に関わる。定家説の詳細は早く『三代集之間事』に示されている。同書では『奥義抄』の所説を「註」として引用し、これに対する説として「此説」以下を記している。結局「みこしをか」と解すべきことを言うのだが、その記事の一部はのちに天福本後撰集の勘註にも生かされることになる。ところで『僻案抄』の註文は『三代集之間事』の記事から一定の展開を見せており、この間の変移は考えられるべき問題を含んでいる。(2)の註記もまた当の変移の一端を示すものである。云われているのは、一一三二を、北野行幸の折、枇杷大臣仲平自ら御輿を舁いたことに基づく歌、とする解釈に対する批判である。(2)の前段にも「みこしをかにて、みこしをかきてとかきたるに不審をなすは、そのことゝなき事也」とある通り、右に示した解釈は、詞書に「みこしをかきて」とある本文（非定家本の堀河本はこの形）から生ずる疑問を増幅して成った説であろう。定家は同説を「物由」を知らぬ「有若亡」[10]の説として強く斥けるのである。こうした峻厳な主張の背後には、定家本にあっては「みこしをかきて」は採られず一貫して

「みこしをかにて」であるという、本文批判における明確な選択が介在していたのである。而して(2)の文辞を欠くことによって、一類本においては他説批判[11]の筆鋒がやや鈍ることになる。二類本にのみ見られる(2)の一文もまた、両類の差異の一端を照らし出しているのである。

もう一例、中間領域に位置する異同の場合を取り上げてみよう。

(3)いて我を人なとかめそおほ舟のゆたのたゆたに物思ころそ　（古今註・恋一・五〇八）

万葉集、わか心ゆたのたゆたにうきぬなはへにもおきにもよりやかねまし、この哥の心も、うきぬなは浪にゆられてたゆたふ心ときこゆ、或は、舟にいる水をかくてのたゆきといふ説あれと、それはしらす、たゝとかくたゆたひて物思よしとそきゝ侍し（二類本1）

「ゆかく手のたゆき」と解する説は『顕註密勘』の顕註によって既に「おほ舟のゆたのたゆたとは、舟に入水をばゆと云、其ゆをかく手のたゆきによせて、物思事をもたゆしといふと、釈する人あり。僻事也」の如く斥けられている。密勘はこれを承けて「舟のゆかく手のたゆき事、聞および侍らず」としている。但し『袖中抄』によれば、問題の説は隆縁が唱えていたものらしいこと、そして顕昭は同説を決して一義的に難じているのではないことを知りうる。こうした顕昭説の論理的な巾を定家がどこまで意識していたかは考えるに価する問題であるが、記された言説を読む限りでは、『僻案抄』の註文は『顕註密勘』以来の論点を独自に大きく展開させることなく、再確認するのに留まっているように見える。さて(3)に掲出した二類本の本文に対して、一類本はほぼ同文で、ただ一箇所、傍線部のみ異っている。すなわち一類本には「それはもちゐす」とある。一類本では、当該説を採るか棄てるかという次元へと一歩進み出ていることは明らかである。直後の文辞「……よしとそきゝ侍し」の、俊成からの直接的伝聞を思わせる一文と結びつくことによって、一類本においては二類本以上に〈説〉の採否を明示するという姿勢が色濃く現れていることになるであろう。あたかも、かつて前々稿において、「たまたれのこかめ」（古今註・雑上・八七四）の条を始めとする幾つかの言説を通して見たところと同様に、一類本においては、或る価値づけられた言説への傾斜とも呼びうる様相が窺われるのである。

以上の読解から明らかなように、一類本・二類本は互いに異相を帯びながら併立している。言い換えれば、定家は自己の言説を単一のテキストへと収斂させることにのみ努めたのではなく、片方の類においては、或る種の思惟の形態への志向をすら示す形で、そして細部について見ると「枚挙できない程」の異同を含み持った形の二つの類のテキストを著していると考えられるのである。両者を併せ見ることによって定家の認識の非一義的な様相を垣間見ることになるのは言うまでもない。ここまで論じて来れば、もはや「初稿本」（＝一類本）から「再稿本」（＝二類本）へという単一系列の展開過程を想定することは極めて困難だと言わなければならないであろう。

(3) 草稿形態

(イ) 削除

一類本とは区別されるべき二類本の独自性を更に明らかにする為に、二類本の草稿形態を保存していると思われる1以下の伝本に着目してみよう。一類本の場合と同様、ここにおいても様々な手入れの痕跡が残されており、これらを精査することによって、細部の変動の中に幾分かの意味を読み取りうると思う。

多く存在する手入れ部分を振り分けると、a削除、b訂正、c書入れの三様態に纏められる。

うちcは最も明瞭に現れている類である。その多くが一類本に見られない独自の展開の様を見せているのだから、それらを読むことによって定家の意図を端的に知りうるはずであり、その一端は既に前節に示したところである。ここでは、書誌的にはやや入り組んだａ・ｂの類をときほぐしておきたい。まずａの系列を見よう。

１には、墨滅の痕をことさら温存してある部分が見られる。それらは単に数本ないしは一本のみの線に過ぎないが、当該部分にはもと何がしかの文章が存在したのであろう。すなわち定家は一旦注し付けた註文の一部を敢えて削除したのだと考えられる。１はそれらの失われた字句の跡のみを丁寧に写し取ったのであろう。整序本では大むねこれらは取り除かれた上で追い込んで書写されることになる。当の痕跡は、

・古今註・春下・七七の註文末尾の三行分
・同・秋上・二〇八の註文末尾の三行分
・拾遺註・物名・四三〇の註文末尾の一行分

の三箇所である。(12)

削除にはこれとは別の形式によるものもある。後撰註・春上・四〇の掲出歌の右傍行に「春事のついてありてよめる」とあって、全体に〳〵の除棄符号の掛けられているのがそれである。無論、右の字句は当該歌の詞書を意味している。その本文は定家本のうち天福本・貞応二年本に「春の日」云々、中院本に「春日」云々とあるのと少し異っているものの、堀河本の「春人の家にありて」などの非定家本系の本文とは明らかに相違しており、定家本系の特徴を持っているとしてよい。定家は拠るべきテキストに基づき詞書を記したものの、不必要と判断してこれを削除したのであろう。『僻案抄』の掲出歌には詞書まで併記されている訳ではないから――古今のうち特に詞書につき註した例（四七六・九三八）、古今・拾遺の物名の例（古今四三一・四四五、拾遺三六五・四二一・四二六・四三〇）を除く――、全体の体裁に合わせて右の例をも除棄したのであろうか。(13)ともあれこれらは草稿の姿を留めていると見ることができる。

(ロ) 訂正

次にbの訂正の系列を見よう。線あるいは点を付してミセケチにした上、右傍に訂正すべき字句を記入している。これらの類を、排列に従って挙げてみよう。いまミセケチ部分を傍線で示し、矢印の下に訂正記入された形を示す。さらに〈 〉の中に、1と共に草稿形態を保存する2・4・5の本文の状況を註す。×印はミセケチ無く、訂正された字句のみを本行に書いている場合を意味する。

①古今註・秋上・一八四

をのかよむ哥もき〻にく〻しな〻きことはすかたをこのむ物は、ふるき哥をさへをのかうたのさまにつくりなす也→「しな〻き」と「ことは」の間に「すかた」と書く。　〈2も同様。但しミセケチ部分無し。〉

②同・恋三・六一九

ちかきよに、もの〻よし〻らすふるき事をみさとらぬもの〻、源氏物語に、祭日《賀茂》よるへの水とよみたるは、社頭に神水とて瓶にいれたる水也なと思つけこと〻もをいひいてたるはいたつら事也→自由に　〈×〉

③後撰・恋一・五五九

（歌本文）ゆきやらぬゆめちをたのむたもとにハ→にまとふ　〈×〉

④同・恋二・六七九

きぬなとのすりには、おほくとを山をすれる物なれはよめるにや→こそ　〈×〉

⑤同・恋五・九〇三

（歌本文）はすなはのうへはつれなき→「は」と「す」の間に「ち」と書く。　〈×〉

⑥同右

はすなはとてかひをつくるもいはれあるへけれと↓に　〈×〉

⑦同右

うへつれなくうらある物やかなふへき↓からん　〈4も同様〉

⑧拾遺・春・五〇

愚者説花をたつぬる（空白）也↓にすくへからす　〈×〉

⑨同・秋・一四一

万葉集にはあれと三代集にはみえす↓古今後撰　〈×〉

⑩同・恋三・八一三

このうたきゝまうしとそ侍し↓まねひよむへからすとそ　〈×〉

⑪同・雑秋・一一二〇

大宝よりこのかた聖代賢王のこのみたまへるおほかれと↓治世に　〈×〉

⑫同右

○池のむかひ《カノアユルトイヘルニ》(14)にたてるすかひきくのいろのてりこくみゆると、あらはにきこゆる↓トキコユ提ニウヘタ

〈4・5も同様。但し5はミセケチ部分無く、傍記のみ残している。〉

下段の〈　〉中に×印で示したように、訂正は多くは1のみに見られる。従って果してこれらが本来原態において存したものか否か(15)は一旦は疑われてよい。そもそも1の書写時における固有の誤記訂正の場合をも考えねばならないからである。しかし他本にも同様に保存されている場合は確度が高いとしてよかろうし、また抹消され

た字句と新たに記入された字句とを見較べると、これらは書写時の単純な錯誤により生じたものではなく、むしろ著者の認識が何程か変移する様を映し出してすらいるのではないかと考えられる。整序本を始めとする多くの本では既に埋もれてしまっている、これらの細部の中に、定家の認識の過程を窺うことができるのではなかろうか。以下幾つかの例について読解してみよう。

　確かに④⑥⑦⑪⑫などの移り行きに深甚な意味を読み取るのは適切でないかも知れない。しかし例えば「ことはすかた」とあったものを「すかたことは」と改めたことになる①の例は、単なる語の倒置だろうか。むしろここには前者を避け後者を在るべき言い回しと見做す一定の機制が作用していたのではないか。このように問い直してみると、直ちに俊成の歌論書あるいは歌合判詞における〈姿詞《すがたことば》〉概念のもつ特有の意味合いが想起される。[16] 定家じしん俊成の用語法に無頓着であったとは考えられず、①において「すかたことは」の概念が選び取られていることに或る意味を認めうるのではなかろうか。

　③⑤はいずれも掲出歌の本文に関わる。うち③は当初他に例を見ない本文を記しつけたあと、天福本等の定家本の本文に訂している例。⑤の場合、歌註では「はすなは」の本文を考慮しつつも結局は「大納言」(行成本)の本文とも符合する「家本」の「はちすは」を採っている。しかし定家は一旦は「はすなは」と記したことになろう。これらの事情は当然ながら『僻案抄』掲出歌の本文の性格、ひいては『三代集之間事』、遡って『顕註密勘』において施註歌の歌本文をどのような形で掲出するかという、定家なりの原則の問題にも関わる。それゆえ③⑤の移り行きを無視してよいとは思われない。

⑩は、「……とそ侍し」と続く部分の訂正であり、上段の形にせよ下段の形にせよ、共に俊成より直接伝えら

れた説に基づいていることに変りない。しかし口吻の違いは自ずと現れている。元の形は享受者の立場で「ねるやねりそ」の語の響きを否定的に評価した発言であるのに対して、訂正形は、註文前半に見える「さる哥よまむと思ふかととかめられ侍き」とも呼応して、表現行為における抑制、あるいは具体的な古歌詞――『八雲御抄』は「ねりそ」を「由緒言」に含めている（巻四・言語部）――に対する禁制の姿勢を一歩進んで言い表したものとなっていよう。右の例から、俊成の見解を祖述する際にも、訂正によって微妙に論点が推移していることを知りうる。

②は、歌中の「よるへ」につき、古く「いひつたへたる」理解に異を立てて近代ことさら説を成すことを斥けている部分である。「自由に」の語句を本行に組み入れる伝本（4・5を含む）では、「……なと自由に」とあって「思」字も抹消されている。ところが整序本のうち為重本系統では「……なと思自由に」の如く表記されている。1に拠れば除棄を指示する線は「思」字にまで掛けられているわけではない。為重本系統の形は自筆本のミセケチ部分を忠実に写し取った結果であることを推測させると共に、かえって1の現状は自筆草稿本の原態に極めて近しいものであることを裏づけていると思われる。

問題の「よるへ」には根深い事情が絡みついている。早く嘉応二年住吉社歌合の清輔詠（社頭月・四番左勝）に「よるべの水」と見え、これには「おぼつかなき事」を指摘する俊成の判詞があり、更に『奥義抄』所説、『袖中抄』所説――左京兆顕輔にも一家言あったことを伝えている――があり、これらに源氏物語理解の問題[17]も結びついて、六条家の人々と俊成・定家らの一歌語に対する見解そして態度が、個々人の論点の相違を含みながらも極めて対照的に現れている。ところで『僻案抄』の定家の言説は直接には『奥義抄』を批判する形で示されている。その際の論拠は、「よるへ」は古くよりの歌語であること、源氏物語や後撰歌の用例[18]から古今歌の解釈も自ずと類推されることを云い、こうした用例の実情に対する理解を欠いた説を、先述のように批判しているのである。定家の側からすればそれら浅薄で恣な歌語理解と映る説を難ずるべく、「(思) つけことゝもを」は草稿段階で抹消され、代りに「自由に」の語が選び取られたのだと推定される。ここで「(思) つけことゝも」と「自由に」の意味合い、その文章心理上の軽重、深浅の差を論うことは可能だが、今は定家による修正の過程をひとまず押さえておくことにしたい。

残る⑧・⑨の二例は、何より掲出歌において注意される。すなわち前者は自筆本『近代秀歌』の秀歌例、『二四代集』「秀歌之躰大略」に、後者は『二四代集』「秀歌之躰大略」、『秀歌大体』にそれぞれ採られており、定家は古典的秀歌としてのこれらの作品に並々ならぬ関心を寄せていたと考えられる。では訂正の筆はどのように入れられているのか。

⑧の過程そのものに甚大な意味を読み取るべきではないかも知れない。一方⑨の場合はやや事情を異にする。

当初「三代集」と記しつけたものを何故「古今後撰」と改めたのだろうか。脈絡を辿ってみよう。

⑨に上接している一文「あさあけとかきて、五文字七文字にこのあ文字ヲクハエテよむことは、ちかくよりそきこゆる」は、「あさけ」はすなわち「あさあけの風」の意であるとする「ふるくより」の説に関連して、表現として用いられている「あさあけ」の語に触れたものと思われる。言われている通り「あさあけ」の語は八代集不見の語である。初句の例としては『為忠集』の／朝あけの露のみむすふ玉やなきかせにくたけてものやおもはん／(9「柳」)があり、例を見るのは平安末期あたりと察せられる。定家の云う「ちかくより」も平安末期以降を指していると思われる。

⑨の文辞自体はむしろ当該歌の例である「あさけ」について述べたものと解される。なぜなら「あさあけ」は

万葉集にすら一般の訓としては見られず[19]、註文の下接部分「万葉集にはあれと」（一類本は「万葉集にはをのつからあれと」）とも論理的に齟齬を来たすからである。また1とそれに近しい伝本では⑨の歌註の後に続くべき註文として、巻末に敢えて万葉集の「あさけ」の用例を追補していることからもそれは確認されよう。してみると⑨のように字句が改変された理由はある程度推測可能だと思う。すなわち「あさけ」は万葉ののち、古今・後撰に無く、拾遺に至って当該歌の如く用例を見る（拾遺集にこれ一例のみ）。定家はこの事実を踏まえて「三代集にはみえす」という、実状と矛盾する言い回しを避けて「古今後撰には」云々と変更したのではなかろうか。このように読むと、⑨の改変過程の背後に、一歌語をめぐる用例の史的展開、言い換えれば〈用例史〉への、定家の敏感な対応の現れを看取しうると思う。「ちかく」以降の「あさあけ」を斥け「あさけ」に拠るべきことを明確に主張する定家の姿勢は、恐らく「あさけ」は勅撰集で見る限りでは拾遺ののち再度途絶え、新古今に至って復活する——但し新古今の用例には匡房・季通の歌も含まれていることに注意したい——という用例史の当代的状況とも無縁ではなかったであろう。更に定家の状況に引き寄せて言えば、自らの歌表現において「あさあけ」ではなく一貫して「あさけ」を用いていることも右の次第と照応している。先述のように当該歌を繰り返し秀歌撰類に選び入れているのであってみれば、用例史と依拠すべき本文とに対して厳格な姿勢が示されるのもほとんど必然的であったと言えるかも知れない。以上のように、草稿形態に見られる微細な移り行きもまた、当然ながら定家の表現意識と緊密に結び合っているのだと言えよう[20]。

さて以上の検討に基づき、当座の我々の課題である書誌の問題に立ち戻って考えると、以下のような点が明らかとなる。

(i)これら一二例の訂正された本文は、⑧・⑨を除いて全て一類本のそれと一致する。すなわち一類本は手を加えられ改変されて成った新たな本文を有している。

(ii)しかし⑧・⑨の二例においては、逆に一類本は訂正される以前の本文をそのまま有している。

(iii)なおしかし各例の訂正部分以外の註文をも比較してみると、(i)・(ii)の状況を示しながらも、一類本の本文は、二類本において訂正される以前の本文とも完全には一致しておらず、むしろ独自の異文を有するところがある。

而して(i)(ii)(iii)を矛盾なく言い尽す説明を求めようとするとき、我々はもはや、一類本から二類本へと展開した、という見方を捨てざるをえない。同説は辛うじて(ii)のみを満たし、数の上では多くを占める(i)の事実と矛盾するからである。だが、事態はその逆であったと単純に見做してよいかと言えば、当の説もまた(ii)に背馳し同時に(iii)をよく説明しえない。

ここで前々稿において、一類本の草稿形態を吟味して得られた結果を想起したい。その要点は二つあった。一点は、一類本において定家により手の入れられた部分の、訂正以前の本文は、実は多くは現存二類本の本文と符合していること、もう一点は、一類本は、訂正されるのに応じて、〈説〉が整備され、むしろ規範化されすらして行くかに見える性格を帯びていることである。これらの結果と先程の諸点とを統括して眺めるなら、そして事実は一つでなければならないとするなら、自ずと次のような推定が導き出されると思う。

(1)一類本・二類本はいずれも共通の根幹的な本文に発するものであろう。

(2)のち互いに独自の成長・展開を遂げたものであろう。

(3)その際、二類本はより多く先出の形態＝原形を残存させていると考えられる。

(4)一方、一類本はより多く原形を越え出て、二類本には無い或る価値づけられた側面を獲得していると見られる。

以上述べたような側面においてこそ二類本は一類本と相違し、かつその独自性を主張しうるのだと思われる。

2　三類本

(1)　目安

一類本・二類本に還元しえない類として、両類と区別して「三類本」を想定すべきことについては、前稿・前々稿において少し触れた。ここで取り纏めて述べておきたい。もしこの「三類本」の性格を十全に解き明かすことができるなら、『僻案抄』における定家の思惟像には、一類本・二類本から窺いうる認識の過程のみでなく、更にもう一つの過程が包み込まれていたことを知ることになるであろう。

その三類本には、今のところ自筆本はもとより自筆本に直接遡りうる伝本も見出されない。草稿(手稿)形態を生々しく伝える伝本すら存在している一類本・二類本とは条件が異なるのである。それゆえ幾つかの伝本をつき合わせながら、この類のテキストの姿を求めなければならない。

三類本を他類と区別する目安は、形態ならびに本文内容の両面に認められる。まず形態について言えば、次の二点を備えている伝本はひとまず三類本の可能性をもつとしてよい。

(1)「嘉禄二年八月」の年記のある奥書、ならびに「嘉禎四年」の年次を含む奥書部分を併せ持つこと。
(2)奥書の前に追註『かはやしろ』を持つこと。但しその本文は原則として乙本であること。

少し敷衍しておこう。奥書の検討は既に前々稿で試みた。(1)に言うのは、同稿で二類本の本文によって奥書の三部分をＡＢＣで示したうちのＡならびにＢを二つながら持つということを意味している。「嘉禄二年八月」は無論『僻案抄』の初源的な成立の年次を指していよう。「嘉禎四年」云々とある奥書Bは、私見によれば、一旦執筆し終えて為家以外に見せないでいた本書を、後日嘉禎四年の恐らく春の頃に至って、佐渡の順徳院の許に呈上したという事情を伝えているのだと考えられる。このBの奥書は、二類本の諸伝本の奥書による限りでは、延応二年の年次のある後続部分Cと一具のものであるかに見えるけれども、すでに同類の1の書写型式——A・Cの間に一段下げてBを書いている——から窺われる通り、本来Cとは別途のものと考えられる。そして当のBが独立してAと結びつき、三類本特有の奥書の形態として現れているのは重要であろう。右に述べたBの内容と照らし合わせると、自ずとBの伝える事情は三類本の成立事情そのものとも無縁ではないであろうと推測されるからである。しかしこの点は今は推測としてのみ示しておいて後段で再び触れることにしたい。

形態上の目安(2)については前稿で細説した。『かはやしろ』は一類本・二類本にも伝本によっては付載されており、同時にまた付載されていない伝本も存するが、三類本の伝本はこぞって付載しており、(2)の点は三類本の必要条件ともなっているのである。のちにも再度取り上げるように、三類本に『かはやしろ』を付載していることの理由を、三類本の本文自体の中に見出しうることも既に述べたところである。

(2) 独自異文

三類本の目安として重要なのは、本文の特徴自体に認められるそれである。端的に言えば三類本の本文は二類本とほぼ重なり合っている。従って二類本が一類本と異なるのと同様に、三類本もまた一類本と異なっている。しかしながら三類本は二類本とも違いを見せている。その違いは現象的には、幾つかの註において二類本の註文の後に何がしかの註の増加が見られる点にある。これらの増加部分はもとより一類本にも存在せず、三類本特有の独自異文である。内容上これらの増加註は、後人の恣意による増益なのではなく、本来定家の手に成ったものと考えられる。

但し右に述べたような本文の状況からすぐさま三類本は現存二類本から派生したものと結論づけるのは無論早計であり、後段で問題にする通り、三類本の伝本の状況ならびに成立過程はそれほど単純ではないように見える。それゆえここで必要なのは性急な成立過程論ではなく、むしろ三類本の独自異文と目される註文を吟味して、それらが真に一類を立てることを促す根拠たりうるか否かを検証することでなければならないだろう。

独自異文は以下の三箇所に見られる。先程述べた通りいずれも当該歌註の末尾に付け加えられている（陽明文庫本で示す。伝本については後述）。

①後撰註・恋五・九一六

彼まくかた月の笠同事之字誤也

②同・雑一・一一一二

させる子細もなき事を不心得して、そのこと（他本「ことゝ」）なき除名人なと疑たるいたつら事也、河社に空言をひたるてい也

③拾遺註・物名・四二六

此哥ともすへて不尋常

まず①を読もう。「彼まくかた」と云っているのは歌註の前段に、「先人命」として、長々と引用している俊成の、清輔ならびに『奥義抄』に対する批判を承けていよう。すなわち①は『奥義抄』の採用している／伊勢の海

のあまのまくかた／の本文は所詮「字誤」であり、それに基づく所説もまた錯誤に発した徒事に過ぎないことを簡潔に述べているのだと解される。定家が右のように断じる際の根拠は、基俊説、同説を継承する俊成説ならびに①の直前に見える――そして一類本・二類本にも等しく見られる――「大納言本文まて分明也」という事実すなわち最も信頼すべき行成本の本文の形であったと考えられる。その際①において、事情は同様であるとして参酌されている「月の笠」とは、同じ後撰註の少し遡った次の註文を指していよう。

是は月の霜を書違へたる字の誤によりて月の笠と釈したるは僻事也、月照平沙夏夜霜といふ心をよめる也

（夏・二一四）

右に云う「釈」とは『奥義抄』所註に他ならない。同抄は／月のかさをや／の本文を掲げて次のように釈している。

月はかさきつれば、くらくなるは、月のかさをにくしとみる心をあきとみるとはよめる也。されば秋とみれば袖はつゆけきにやとよめり。（日本歌学大系本）

同抄には更に「裏書追勘」があって、「此義なほ心ゆかず思、処々数本を引みるに、月のしもをや秋とみつらむとあり」として「月のしも」の本文をも考慮しているが、その内容は、二一四に白氏文集の詩句（倭漢朗詠集・上・夏夜にも）の趣向を読み取る定家の関心とは相容れないものであったのだろう。[21] ところで①のように「まくかた」「月の笠」を結びつけて論ずるという思考の祖形は、恐らく『三代集之間事』に求められる。定家は同書の後撰註「和歌事」に当該歌を双方とも採り上げて『奥義抄』説を参照しつつ「海人の蛤《まて》かた」「月の霜」の所以を〈家説〉として既に記していた。正しい由緒をもった説として確認済みだったのである。翻って『僻案抄』三類本において①のように付加された背後にもまたこうした明確な価値意識が介在していたはずである。以上のよ

うな脈略で読むとき、敢えて①を定家以外の後人の手になるものと考える必要はないと思う。

②については前稿で触れた。その内容は『奥義抄』所説を批判したものであること、文中に見える「河社」云々は、追註『かはやしろ』と密接に関連していると考えられ、ひいては『かはやしろ』は三類本において付載されたことの証左とすらなると考えられることなどがその要点である。二類本の当該歌註には根幹部分（「飛たちぬへしとハ任納言悦喜自愛のよし也」）に「除名推量不足言事也」の一文がつけ加わっている。それは貞応元年『三代集之間事』において「不可有除名之疑」と記していたものを一歩進めて言い換えたものとなっている。三類本の②においては、見られるように『奥義抄』説を排する姿勢が一段と鮮明に示されているのである。

③は「此哥ともすへて」とある通り、前後の論点を統括する形で註されている一文である。③を含む部分が「物名」についての一連の歌註の中にあることに注意しよう。拾遺註では物名歌を四首（三六五・四二二・四二六・四三〇）採り上げているが、定家はそれらの冒頭に次の文辞を据えている。

物名部　隠したる物名哥のさま見くるしけなる事おほかり、求めいれらるましくや

右は一類本・二類本にも異文なく同様に見られるから、定家の拾遺「物名部」に対する一貫した原則を述べたものと解してよい。ここには特別の配慮が見られると言わなければならない。

そもそも『僻案抄』における「物名」の扱い方は他の部立の場合と異なっていた。古今註の場合で言えば、一旦集の排列に従って離別・三八八の後に「物名」と標示して――他の歌々については部立名を一々示していないから、[22]この扱い自体特殊である――四六五・四五四の歌註を付している。その上、巻二十までの歌註の後に、別途に（「序詞之中」の後）「物名部」を再び標示して「をかたまの木」（四三一）「めとにけつり花させりける」（四四五）の二条の、この度は主として物名そのものについての釈義を記しているのである。[23]

眼を転じて、先程掲げた拾遺註の場合もまた述べたような古今註に見られる扱い方と全く同様だと言ってよい。しかし語られている論旨とそこに窺われる態度は極めておもむきを異にしている。古今註では、否定しようもなく価値づけられてある古典の歌句・語句を一種対象化を施してあたかも淡々と註解しているのに対して、拾遺註においては、先程の冒頭の論旨に端的に現れている通り、積極的に自らの価値観を導き入れて、対象のもつ表現性に一歩踏み込みつつ読解していると言ってよい。冒頭部を承けて、次のように註していることからそれは知られる。

けにこしといふこと葉、歌によまねと隠題のならひ見苦敷とも（他本「事とも」）あれは、たゝの哥にはよむへからす　（三六五「けにこし」）

月の衣のうたおほかた心得す　（四二二「月のきぬをきて侍けるに」但し題の標示なし。）

此哥第二句よみとかす、横しつくれはとにや、つゝ（他本「き」）けても聞えす。　（四三〇「午未申酉戌亥」）

自己の表現意識の次元に引き寄せて把えるという姿勢は明らかであろう。而して③は四二二と四三〇の間、次の歌註の末尾に添えられている。

鹿皮のむかはき

かのかはのむかはきすきてふかゝらはわたらてたゝに帰るはかりそ

むかはきハ胻のむかひすねと凡人のいふ事をよめる歟

この註文自体には、差し当り定家の価値観は示されておらず、一連の中ではむしろ異質ですらある。しかし③が加えられることによって定家の思念と姿勢の程は明確に打ち出されることになり、前後の一連の口吻と補完し合うことになるであろう。(24)

以上のように①②③はいずれも歌註の展開と緊密に結び合いながら、論点を一段と際やかに指示するように機能している。このような様相は後人によってもたらされたとは考え難く、もとより定家じしんによって、ひとたび成った註文の端々に一貫した姿勢に基づいて付加されたものと考えるべきであろう。当の付加作業の結果は、ここに他類には解消しえない、或る相貌を帯びたテキストの生成を告げているように思われる。その種のテキストを三類本として位置づけたい。さて最も重要なのは、すでに垣間見られる定家のテキスト（＝古典）読解のあり方に更に間近く接することであるが、当座必要なのは、ひとまず想定される〈三類本〉の伝本とその性格を見ることである。

(3) 伝本

要約すれば、三類本を他と分かつ目安は、述べた通り、形態に見られる(1)・(2)の点、本文内容に見られる①・②・③の特徴に絞ることができる。これら以外にも、細かく見れば、他類とは異なる三類本特有の字句を、とりわけ後撰註・拾遺註の部分から拾いうるが、(25) それらについては省略に従っておきたい。

右の諸点を含みもつ伝本を幾つか見出すことができる。但し予め言えば、伝本の中には、これらの諸点のいずれかを欠いているものの、大観すれば三類本から除外して他類に位置づけえない伝本も存する。またこれらの諸条件を満たしながらも、その上に一類本あるいは二類本の要素がつけ加わったかと推定される伝本も見られる。一類本・二類本を二つの極として眺めると、それらには片寄せえない要素を備えているのがこれら三類本であるが、伝本の状況は単純でなく、従って素朴に分類して済ませるわけには行かないのである。以上の側面に注意しながら、この類の伝本を各々の性格と併せて掲げてみたい。

1　陽明文庫蔵本（近・243・22）

一冊。外題「僻案抄」。室町末期写。やや本文の脱落が目立つ。但し脱落にも二様あり、誤脱の他に、書写した元の本に既に存したものも含まれているらしい。折々一行ないしは数行の空白を設けているのはそれを示していよう。註文中のテニヲハや、註文冒頭の「……とは」として掲出すべき語句を、一部省くなどのおおらかな書写態度も窺われる。しかし例えば後撰註・恋四・八〇九の註文に、

　たのむ吉野とは、山のまに〱隠れなんなといふ古哥の心を、世のうけれは吉野に隠れなんと思ふ処に、君も入らは、おなしかさしさゝんと也（略）

とある傍線部は他本に見えず、これを欠く諸本においては下接部分と不自然なつながりになるという欠点を免れている。原態を残すものであるか否かは即断しえないが、此の本の書写状態における疵を補う、見るべき点の一つとして注意したい。奥書は、定家のA・Bのみをもつ。

2　佐賀大学附属図書館蔵本（小城鍋島文庫0952・6）

一冊。外題・内題「僻案抄」。江戸中期写か。極めて綿密な校合の跡を留めている。いずれも本文と同筆と思われるが、校合本は単一ではなかったらしく、「或本」とあるもの、「イ」と記すもの（この類に墨と朱の両方あり）が混在している。これらに、筆写後、書写時の誤脱を補訂したかと思われる数多の書入れも存している。歌註の脱落が数箇所見られる。A・Bの後に次の奥書をもつ。

　嘉元第二《（1304）》之暦仲春下旬之比書写同比以

京極黄門之定家卿自筆本挍合之輙不
可出囻（ママ）而已

柿本末学判

鎌倉末期の書写ならびに定家自筆本による校合を伝えている点で注意される。

3　慶応大学斯道文庫蔵本（091・ト・36・1）

一冊。外題「僻案抄」。室町初期写。元の本の体裁を変えて書写している点が見られる。その一つは掲出歌で、全形を示さず「そてひちて」「花とやみらむ」「折けれは」「とふひのゝもり」の如く、問題となる主な歌句を一句ないし二三句程掲げるのに留めている。もう一つは排列である。原態の排列は必ずしも集の排列通りになっていなかったと考えられるが、これを整序しようと試みた跡が見られる。諸本古今註の末尾辺りに別途に註されている（詞書の註）恋一・四七六「右近馬場ひをりの日」の条の位置を移しているのはその例。同条に「此事可在雲旗手之上、抄出之間次第錯乱也」と細註しているのは右の事情を裏づけている。しかし全体の本文に誤脱は無く、書写時の古さと相俟って本文はすぐれており、中に後段で特に採り上げる極めて注目される独自異文も含まれている。恐らく一類本あるいは同系統の本文と接触したと思われ、一類本特有の本文が所々細字によって補記されている（3本来の本文とは区別しうる）。奥書は例の如くA・Bをもつ。その後に次の奥書を有するのは重要である。前稿に引いたところであるが再度掲げる。

弘安元年（1278）十一月廿二日夜以故京極中納言／入道殿御自筆本於持明院舊宅書／写了　　為兼

単に他本より摂り込まれた奥書ではないとするなら、三類本の定家自筆本がかつて確かに存在し、同本を為兼は披見・書写しえたことになろう。2の最末奥書に見えるところと合わせて、三類本の確かな由緒を伝えるものとして重視したい。

4　田村柳壱氏蔵本

一冊。外題・扉題「三代集抄」。但しいずれも後補。江戸初期写。掲出歌の部立・詞書・作者名を朱によって詳細に註している。所々勘註を頭書する。更に墨による勘註も加わっている。先掲の目安をいずれも満たしているが、うち①のみは「或本」として本文よりやや小ぶりの字で行間に書入れている。仮りに本来4には①を欠いており、現状は他本をもって補入されたものに過ぎないのだとすれば、4は三類本の性格を持ち、同時に非三類本の側面をも見せていることになり、異例である。本文の細部を見ると、二類本・三類本の性格を共ども含みもっていることが知られ、取り合わせ本と目される。4に認められる三類本の側面を辿ってみると実は3に見られるところと極めて近しい。例えば3の項に記した「右近馬場日をりの日」の条は4においても移し置かれており、しかも「此事可存（3は「在」字）雲旗手之上」云々の細註も「本」と断った上で全く同様に存する。こうした本文の状況は奥書の形態とも照応している。奥書はAの後にB・Cの加わった形をもつ。すなわち二類本の特徴に他ならない。その上、後に「本云」として3と同一の弘安元年為兼奥書を載せている。以上から判断すると、[26]4は二類本系統に基づき、3あるいはそれとごく近しい本により三類本の要素を摂り入れた本であり、結果的に三類本の特徴を含みもっている、とひとまず想定される。従って4は二類本・三類本の中間的な位置に立つと言うこともできよう。[27]いま記述しつつある三類本には便宜的にこの種の伝本をも含めていることを断っておきたい。なお4の裏表紙見返しの左端に「安政四（1857）丁巳年表装　馬諳親成」とある。

以下の三本は互いに近しい関係に立つ。

5　慶応大学斯道文庫蔵本（091・ト・37・1）一冊。外題「和謌秘鈔」（右傍に「本銘僻案抄　古今　後撰　拾遺」の註記あり）。室町中期写。

6　京都大学附属図書館蔵中院本（中院・VI・153）一冊。外題「僻案抄」。長享元年（一四八七）仙源写。

7　早稲田大学図書館蔵三条西家旧蔵本（特へ2・4867・3）一冊。外題（後補）・扉題「僻案集」。室町末期写。

三本とも本文の目安①・②・③を兼ね備えている。しかもこれら三類本の特徴に絢い交ぜられるかのように、所々一類本と同文の本文が見られるのは極めて注意される。特色は形態にも現れている。『かはやしろ』を付載するのはよいとして、奥書を見ると、三本とも最初にAの奥書をもつものの、その後の記載はまちまちであって、必ずしも(1)に合致していない。各本に即してもう少し敷衍してみよう。

5については前稿で『かはやしろ』の付載状況に関連して触れた。奥書は、Aの後、文明二年（一四七〇）右大将、同十二年「従一位《前右大臣》」の奥書と続き、『かはやしろ』を置いていま一種の書写奥書が見える。三奥書はそれぞれ花押を伴っているが、いずれも三条公敦のものと目される(28)。記載内容から、公敦の二度に亘る書写作業と、その間の事情を知りうる。注意されるのは、後度の文明十二年の折は、「以定家卿自筆本重而令挍合直付之」とある通り定家自筆本を用いたとしている点、更に同本の形態にも触れて次のように記している点である。

右奥書之奥猶有注事少々書写之者也

5の形態を考え合わせながら右を読むと、恐らく次の二つの場合を想定しうる。

(イ)後度用いたのは定家自筆本であるが初度の本は別である。

(ロ)初度・後度とも同一の定家自筆本を用いた。

(イ)(ロ)の他に両度とも別の本を用いたが両本の内容形態は同じであった、という場合も考えうる。事実はいずれであったか定かでなく、また臆測も可能だが、ここでは、定家奥書Aの後に「注」(『かはやしろ』であろう)を付載した定家自筆本がかつて存在した可能性のあることを押さえておきたい。右のような事情のもとに成立した5が結果的に三類本の姿を示している——しかも一類本の要素を含みつつ——ことは重要である。なぜなら5の形態は三類本の形態上の目安と符合せず、改めて(1)の意味を再吟味すべきことが求められるからである。

6・7を参酌することによって右の問題に一つの示唆を得ることができる。6・7の奥書の形態は、まず拾遺註の後にAがあり、次いで『かはやしろ』を置いたあとに、Bを伴っている。Bの位置がAと切離されているところに不審は残るものの、6・7は目安であるA・Bの奥書を要素として具足していることになる。翻って6・7と極めて近しい関係にある5に奥書Bを欠いている理由は、本来存したものを脱した為ではなかろうか。[29]『かはやしろ』の書写状況に示されている通り5には「省略」して書写するという態度もはたらいていたらしく、右の臆測にも幾分の根拠は存する。

6・7は右のみに留まらず、更に以下の奥書を有する。

・文応元年(一二六〇)二月　法印大和尚良守(二種あり。いずれも加証奥書)
・正応二年(一二八九)九月廿九日　某人・書写奥書
・同十月八日　同右・校合奥書
・文明五年(一四七三)四月下旬　太忱・書写奥書
・長享元年(一四八七)八月下浣　仙源・書写校合奥書

7にはこの上に、文禄三年（一五九四）七月十一日の「右中将藤」による書写奥書も加わっている。いずれも『僻案抄』の流伝状況を具体的に伝えるものとして重要であるが、特に鎌倉期の奥書には細川荘をめぐる係争とも関わる記載も見られ興味深い。既にある翻字（7による）[30]に拠られたい。ここでは6に即して二三記しておきたい。長享元年奥書を記した仙源は『夜鶴庭訓抄』（群書類従、巻494）の明応三年（一四九四）奥書を誌した人物か。例えば同書の大和文華館蔵鈴鹿文庫本（8・6076）の同奥書に「百拙野僧仙源」の署名が見える。6は仙源自筆本、7はその転写本と考えられよう。6には

永正第二（1505）仲秋七日以或本見合之以朱相違之処同声等書加之。ノ声ハイ説也

とある通り、朱によって詳細に校異が施されており、これらは7にも保存されている。6には更に別本による校合もなされたことを、転載されている奥書から知ることができる（本文と同筆か否かはなお検討すべきだが、細字で施されており本文とは区別しうる）。既に紹介した通り（前々稿）為相の名の見える点は注意される。これらの丁寧な校異の跡を辿ると、6・7には三類本とは異なる要素（一類本に他ならない）の混在することを、既に先人は注意していたことが解る。

なお5と6・7は一類本の要素を吸収している点で近似しているが、当の一類本的要素のうち、一部6・7に在って5には存在しない箇所が見られ、両者を分かつ僅かな差異となっていることを指摘しておきたい。

(4) 類としての三類本

三類本として以上のような伝本を見出しうる。ここで、あらかじめ設定しておいた目安との関係を、改めて表示してみよう。

○印は当該条件を満たしていること、×は条件を欠いていることを意味している。＊は特殊な現れ方の見られるもので、そのありようについては前節の各本の項に述べた。ではどれを三類本の最も純粋な伝本と見ればよいのだろうか。結論を言えば、今のところ然るべき伝本を特定しえない。条件をこぞって満たしているという意味で、1・2・3をより純粋な形と考え、二類本の影の映じている4や、一類本の影の見られる5・6・7を不純な形とすることもできよう。しかし例えば鎌倉中期に既に流布していたことを知りうる5・6・7を一概に後代的なものと見做して斥けることはできないであろう。現状ではどの伝本に依拠すべきかについてはなお検討すべきであるということになろう。しかし一類本・二類本を単純に合成しただけでは得られない性格を三類本は備えており、その種のテキストが類として存在していることを改めて強調しなければならない。

目安＼伝本	形態 (1) 奥書 A・B	形態 (2) 『かはやしろ』の付載	内容 独自異文 ①	内容 独自異文 ②	内容 独自異文 ③
1	○	○	○	○	○
2	○	○	○	○	○
3	○	○	○	○	○
4	×	○	○＊	○	○
5	×	○	○	○	○
6	○＊	○	○	○	○
7	○＊	○	○	○	○

問題はその先にある。内部における伝本の相互関係や下位区分の問題を越えて一つに束ねられるものとして三類本が存在するのなら、次に、類としての三類本の性格を問うことが求められよう。その際、問題点は二つある。一つは、この類と他の類、特に二類本との関係、もう一つはこの類の原形如何の問題である。後者については節を改めることにして、先に前者の問題について考えておこう。

二類本との関係如何についての結論は、比較的容易に取り出しうると思う。答えは、三類本は二類本の元の形から――現存二類本の伝本から直接に、という意味ではない――先に検討した独自異文が付加されるとともに細部の字句・言回しが書き変えられて派生したものである、ということになる。理由は以下の通りである。

大観すると三類本は一類本から遠く、二類本に近しいが、その二類本の原態を思わせる1鷹司本の（先に見た）訂正・書入れ類の部分の状況と三類本の本文とを見較べると、三類本は、1の改変されて新たに成った本文とほぼ間違いなく一致している。それゆえ三類本から二類本へという径路は考え難く、むしろ二類本から三類本へという径路を辿って三類本は形成されたと想定されるのである。結果的に他類に還元しえない性格を含みもったテキストが成立したこと、そしてそののち被った他類との接触については、具体的な伝本に現れているところに即して述べた通りである。

(5) 原形の探索

差し当り自筆本そのものの出現などのない限り、〈三類本〉の措定は現存伝本の批判を通してなされなければならない。原形あるいは初原の姿を見定めることは容易でないが、実は現存本の中に、原形を考える上で重要な問題点を提起するのではないかと思われる伝本が存在する。それは3ならびに4である。

両本の性格、相互の関係については既に記した。いま3によって見ると、拾遺註の中に、先掲した三類本の独自異文とは異なり、しかも他類本にも全く見出しえない掲出歌ならびにその註文（あるいは註の断片）が五箇所に亘って見られる。それらを抽出、列挙してみよう。（該当する拾遺歌と3における現状を付記する。）

(1)さはへなすあらふる神

はへのやうなるちゐさき神うちゝりてさはりをなす也

（夏・一三四／さばへなすあらぶる神もおしなべてけふはなごしの祓なりけり／（長能）春・五〇と秋・一四一の間にあり。註文を改行せず書く。以下の例は全て改行する。いま便宜的に改行して示す。）

(2)ときはかきは

宣命のことは、祝心也、つねなる事

（賀・二七三／山しなの山のいはねに松をうゑてときはかきはにいのりつるかな／（兼盛）冬・二五二と「物名部」の一文の間にあり。）

(3)月の桂もおるはかり此哥可在上

郤詵折桂林一枝

（雑上・四七三／久方の月の桂もをるばかり家の風をもふかせてしかな／（道真母）恋三・八一三と雑春・一〇〇八の間にあり。八一三の右肩に○本として位置の訂正を指示する。）

(4)あらちを

あら男

（恋五・九五四／あらちをのかるやのさきに立つしかもいと我ばかり物はおもはじ／（人麿）(3)に続け

て書く。）

(5)はふりこ
社司はふり也
（雑秋・一一三五／はふりこがいはふ社のもみぢばもしめをばこえてちるといふものを／（よみ人しらず）
雑秋・一一二〇と雑賀・一一六八の間にあり。但し一一二〇の註文の中途に一旦記して除棄している。「本はふりこ　本はふり也社司」（「はふり也」にも線を付している）の如し。田村本には右の除棄部分なく(5)のみ正しい位置に書いている。）

これらはもとより本文と同筆で書かれている。後人による勘註・書入れの類ではなく、書写した元の本に早くより存したものと思われる。「本」の註記はそれを示していよう。掲出歌の全形を示していないのは、先に記したように3の書写方針であったらしく（田村本は全形掲出）、不備を疑う材料とはならない。むしろ特に(3)(5)の例に見られるように原状を忠実に写し取ったものと思われる。そもそも3には『かはやしろ』部分にも定家のものかと推測される注意すべき勘註(31)が保存されていた。殊に注意される奥書の「以京極中納言入道殿御自筆本」の記載を信ずるなら、これらの歌註は原態を留めるもの、すなわち定家の手になるものである可能性は極めて高いとしなければなるまい。それが認められるとするなら、定家は拾遺註に現存本よりもやや多く歌を掲げ註文を付したが、のち何らかの理由によりそれらの歌註を除棄したという次第を想定することができよう。(1)〜(5)は一旦は定家によって記された草案段階の歌註の姿を、片鱗のみ伝えているのではなかろうか。さてその先なお幾つかの場合を推測しうるであろう。例えば、(イ)これらの歌註は幾つかの類に分かれる以前の『僻案抄』の初源まで遡りうる本文である、(ロ)三類本成立段階で増補されたものであり、のち除棄されたもの、(ハ)のちに為兼にまで伝わることになる自筆本が存在し、当の本にのみ定家は増補を試みようとした、などを考えることができよう。即断や推測の拡大は控えなければならないけれども、[32] 現存三類本の一部の伝本には、差し当り三類本の、更には『僻案抄』の初源を探索する材料となるような歌註も包み込まれていることは興味深い。

見られるように紹介した註文はいずれも歌語の釈義を主としており、また簡略でもあって、註者の思念の程が如実に示されていないという意味で興趣に乏しいとも見られる。しかしこれらが真に定家の筆になったものなのだとするなら、我々は『僻案抄』における註釈的営為の、他本あるいは他類では知りえない部分に立ち会うことになり、同時に、定家の認識の過程と我々が呼んでいるものに、いまひとつ、断片的ではあるが考察の材料として導入されるべきものをつけ加えることができるのである。[33] 三類本の原形を探索する上で当座得られる本文に即して、以上のようなところまで考えておきたい。

3　成立過程素案

二類本・三類本の伝本とその性格を検討しながら、端々で各類相互の関係にも説き及んだ。先々の稿で述べたところをも考え合わせると、ここに至るまでの検討を踏まえながら我々なりの『僻案抄』成立過程に関する案を提出すべきであろう。但し論者はいま、知りうる全ての伝本の位置と相互関係をテキストの生成過程の上に十全に位置づけるような精細な展開図を用意しえていない。従って、そうした精度の高い図式を提示するよりむしろここでは、これまでの検討を概括するとき必然的に想定される成立過程についての眼目のみを略記しておくに留めておくべきであろう。のちに詳記されるべき「素案」として掲げておきたい。

二つの次元を分けることにしよう。

I　定家における註釈的営為の過程とそれに伴うテキストの生成過程。

II　定家以後の『僻案抄』享受者における読解・享受の過程とそれに伴う伝本の生成過程。

Iを支える時間軸に関して我々が知りえているのは、奥書の伝える三つの時点、すなわち

(a)嘉禄二年八月

(b)嘉禎四年（春）

(c)延応二年六月

である。私見を交えて要点のみ言えば、(a)は先々遺孤となるべき為家の為に定家が本書を執筆した時点、すなわち『僻案抄』の初源的な成立の時点を示している。(b)は佐渡の順徳院の許に本書を送付した時点を、(c)は老年期定家の門弟－藤原長綱に一見を許した時点をそれぞれ示していよう。IIの過程の結果、現存伝本は一類本・二類本・三類本の三類に分かれて伝存していることを知りうる。ここで単純にそして性急に結論を出すなら、(a)・(b)・(c)に一類本・二類本・三類本をそれぞれ平行的に結びつければよい。しかしここに至るまでに得られた知見は、右のような把え方が到底認められないことを教えている。

I・IIの過程を結びあわせ、現存伝本の状況を勘合しながら私見をとり纏めると以下のようになると思う。

まず前提に関わることとして、(a)・(b)・(c)の三時点にはそれぞれの段階でのテキストが存在したと考えたい。すなわち、(a)の折、最初に執筆したテキストがあり、(b)の折順徳院に送ったテキスト、(c)の折長綱に披見せしめたテキストがそれぞれあり、三者は別のテキストであったとひとまず想定したい。その上で以下のように把えたいと思う。

〈原‐『僻案抄』あるいは原形本〉

I (1)『僻案抄』は本源的には(a)の嘉禄二年八月の時点に執筆された（執筆作業が完了した）であろう。その折に成立したテキストを仮りに、原‐『僻案抄』あるいは原形本と呼ぶ。

(2)原形本は現存二類本系統に近い形のものだったのではないか。その種の原形本の定家自筆本が存在したはずである。

〈二類本系統〉

I (1)自筆原形本そのもの、あるいは同本とは別途に定家により筆写された本――後者だとすれば、その間に何がしかの部分的な手入れが施されたと考えてもよい――が二類本の元になった本、仮りに呼べば原‐二類本である。

(2)原‐二類本は浄書本というより草稿形態を呈している本であっただろう。定家は筆写しつつ所々、墨滅・除棄・訂正・書入れ等の手入れを行なったと思われる。

(3)(c)の延応二年六月に至って、定家は改めて筆写し、(a)(b)(c)の時点の状況を伝える奥書ＡＢＣを一括して記して、これを藤原長綱に披見せしめた。その際新たに本文に筆が入れられたこともありうる。Ｉの過程は以上で終る。

II (1)以後IIの過程が始まる。原‐二類本を直接間接に用いて多くの伝本が書写された。それらが二類本である。

(2) 1の鷹司本を一つの典型とする比較的よく原態を保存した伝本から整序本に至るまで存在する。

(3)主に二条家（派）系統で流布したと思われる。

(4)他類（三類本）と接触してその本文を摂り入れる伝本も生まれた。

(5)板本として刊行された。その写しもある。

〈三類本系統〉

Ⅰ(1)定家は原形本に基づき、新たに数箇所に註文を書加え、併せて若干の字句を改変し、同時に巻末に『かはやしろ』を付載したと思われる。原－三類本である。

(2)原－三類本は(b)の嘉禎四年（春）順徳院に送られた本そのものであっただろう。

(3)なお、原－三類本に既に存在していたか、のちに加えられたかは不明だが、自筆三類本の拾遺註部分に増補の施される折があったかも知れない。Ⅰの過程は以上まで。

Ⅱ(1)以後Ⅱの過程が始まる。転々と書写されるが、その過程で他類との接触により、特に一類本あるいは二類本の本文を摂り入れる本も生まれた。

〈一類本系統〉

Ⅰ(1)定家は原形本に基づき、新たに筆写したが、その際かなりの改変を施したと思われる。原－一類本が成立する。

(2)原－一類本の自筆本は二種存在したかも知れない。

(3)原－一類本の成立時点は明示し難い。嘉禄二年にこの本が成立したのではないと考えられる。

(4)原－一類本もまた一種の草稿形態を呈していたであろう。定家は同本を筆写しつつ、所々墨滅・除棄・訂正・書入れ等を施したと思われる。

(5)原－一類本に当初『かはやしろ』は付載されていなかったと思われる。Ⅰの過程は以上で終る。

II(1)以後IIの過程が始まる。自筆一類本は、原態を忠実に模写した本も含めて転々と書写される。なお自筆本そのものは、のちに万治四年(一六六一)火災により焼失したか。
(2)他類との接触もあった。三類本を用いて補写した本、二類本の本文を摂り入れた本も存在した。
(3)一類本は主に冷泉家系統に伝えられかつ尊重されたらしい。(34)
*なお『かはやしろ』には単独本があったと考えられる。本文には甲乙の二種ある。本来、原-三類本成立時に『僻案抄』部分に付載されたと推測される。自ずと嘉禎四年(春)には既に成立していたことになろう。のちに一類本・二類本にも付載される場合があった。

4 展望

このように辿ってくると、テキストとしての『僻案抄』はすでに単一ではなく、その内部に、波動する襞のような認識の過程を潜めていることが知られる。差し当り〈書誌〉にとって必要なのは拠るべき本文を見定めることであるが、その作業を通して、むしろ一つの固定した平面には収めきれない、極めて動的、過程的なテキストの姿に接することになるのである。こうした〈過程〉をもたらしたのは無論定家の註釈的営為である。それを定家の表現行為の領域における営為や、古典校勘作業、例えば三代集校訂作業の領域における弛みない営為などと類比して把えることもできるであろう。思えば「少年の昔、古今の説うけ侍し時」以来、定家は絶えることなく古今集を始めとする三代集に対して自らの知見と理解を累積してきたはずである。そして六五歳の嘉禄二年(一二二六)から歿する仁治二年の前年、延応二年(一二四〇)に至る足掛け一五年、飛び飛びにではあるがこの『僻案抄』の註解作業に関与し続けている。承久三年(一二二一)の『顕註密勘』から数えると老年期の実に足掛け二〇年もの歳月、三代集註解に携っているのである。

こうした営為の果てに定家が求めたのは単一の固定された註＝テキストではなかった。それは『僻案抄』のテキストのあり様そのものが証示していよう。いま素朴に、『僻案抄』はなぜ三類にも分かたれることになったのか、と問うなら、答えは、定家の三代集への接近は常に終止することのない作業であったから、と言うしかないかも知れない。このような営為に、〈家説〉確立への執念を読みとることもできよう。〈古典〉への果てしない挑戦を、また本文との無限の戯れを読みとってもよいだろう。いずれにせよ定家の記したテキストには、収まることなく波動する〈過程〉が刻みこまれているのである。それを、後代の享受者が一つの完成された説の体系として受用することになるにせよ[35]、定家じしんの認識の内側には、むしろ固定せしめられることのない動態が包み込まれていたと考えることができる。そうだとするなら、例えば美術史家が幾段階かの過程を潜めた版画の画像を、その都度の〈ステイト〉を追って理解するように、我々もまた定家の過程的な営為の襞を能う限り拾い上げ、かつ詳細に辿ってみなければならないだろう。

〈書誌稿〉を綴ってきて到り着いたのはそうした有り触れた知見であるが、得られた書誌の見通しに基づくと、内に波動を湛えた『僻案抄』のテキストが漸く一つのやや定かな輪郭をもった広がりとして把えられるように思われる。

【註】

（1）　大倉法橋の鑑定になる由。先掲典籍解題参照。「白紙」とは後撰註・恋一・五一五の 追記を云うのであろう。この部分の内容も定家の手になるものである。

（2）箱底には貼紙があり、料紙につき細かく記している。

（3）「秋月郷土館「黒田文庫」報告」（『語文研究』42　昭51・12）に紹介されている。

（4）井上宗雄『中世歌壇史の研究　室町前期』（昭36　風間書房　昭59改訂版）参照。この間の雅康の動向についても同書に詳しい。

（5）小池一行氏より教示を得た。

（6）但し『井蛙抄』巻三「ねるやねりそ」の項に引かれている「僻案抄」の本文は、微細な点まで言えば、二類本ではなく一類本と一致している。頓阿が依拠したのは二類本ではないかも知れない。しかし一例のみによる判断は危険である。なお考えたい。

（7）久曽神昇『平安時代歌論集』（天理図書館善本叢書35　昭52　八木書店）「解題」（『日本歌学大系』別巻五（昭56風間書房）「解題」に吸収）。

（8）「五」は相違の例から除外すべきであり、「十二」は「後の書入」ではなく相違の例に数えるべきである。

（9）日本歌学大系・別巻五に拠る。

（10）「物由」は『詠歌大概』にも「為知物由」と見える。定家歌論における意味を検討すべきであるが、「有若亡」（ウジヤクマウ）と共に『明月記』から用例を拾うことは難しくない。

（11）直接『奥義抄』所説を批判したものではないと思われる。

（12）1の原態性を深く信ずるなら、数多く見られる空白部分にも留意すべきか。これは一類本の高松宮本・中院本などにおいてもあてはまる問題である。

（13）二類本の諸本を検すると、「春事のついて」云々を、除棄符号を残したまま記している本、符号なく記している本、除棄の指示に従って抹消している本の三通りある。

（14）「アユル」は「見ユル」の誤写か。

（15）誤字と思しき箇所を幾つか見出しうる。数箇所に見える「…歟」「…イ本」も無論のちのものである。また訂正例のうち「を」→「こと」（後撰註・秋下・四〇六）「かの」→「又」（同・雑二・一一五六）などは明らかに書写者によるものである。

（16）「歳月の改まり変る花紅葉につけても、歌の姿詞は思ひよそへられ、その程、品々も見るやうに覚ゆるべきものなり」（『古来風躰抄』）などを参照。田村柳壱氏はかつて「俊成歌論の一特質――俊成歌論における「姿詞」「姿心」「心姿」の論を視点として――」（昭53・10　和歌文学会大会発表）において、この種の鍵となる用語の分析を試みている。なお田中裕『中世文学論研究』（昭44　塙書房）参照。

（17）『僻案抄』の記載は『河海抄』『花鳥余情』などに引用されている。

（18）源氏物語の用例について「おなし物語のかたはらの巻〱をたにみさりける、いふかひなき事也」と註しているのは、「よるへ」は、問題の幻巻のみでなく源氏に頻出するところであり、掲出歌（六一九）と同一初句「よるへなみ」の例にして既に行幸・真木柱に例をみることなどを踏まえて云っているのだと思われる。

（19）表記は「安佐気」「朝明」「朝開」「旦開」など。

（20）具体的な作品批評に見られる次のような例は少し問題を含む。『土御門院御百首』（群書類従巻三八六）春・立春

朝あけの霞の衣ほし初てはるたちなるゝあまのかくやま（続古今集・春上・四）

本歌の心をみるへく姿詞及かたし。真実殊勝目もくれ候。

定家的理解からすると「朝あけの」は何がしか注意されて然るべきである。別段の指摘が無いのは何故か。同百首の評の過度の褒詞とも見られる性格に関係しているか。定家の態度は決して一義的でなかったことの証と解される。

（21）但し『奥義抄』中釈・後拾遺の註（夏・二二四・長家歌）に同詩句を引いていることに注意したい。

（22）古今・雑躰の旋頭歌・長歌の部分は別。なお一部の伝本に「恋歌」と書くものあり。

(23) 物名歌の、作品性に注目する意識と題に注目する意識とを区別していたことによろう。別置して注している理由は、単に、物名の題には殊に問題を含むものがあるとして別扱いしたことによるのか、それともこれらの題についての〈説〉を示すことそのものに特段の意味を認めていた為か、なお考えてみるべきである。こうした扱い方が以後の中世の古今説へ続く道を開くものであったとは言えよう。この点『日本古典文学大辞典』5（昭59 岩波書店）「僻案抄」の項（新井栄蔵稿）に示唆を得た。

(24) ここで古今と拾遺とで何故観点が異っているのかと問うてみるべきだろう。拾遺歌に対する際には、註文にも見られる通り、実際の表現行為と近しいところで個々の語性が問題にされており、古今に対する場合と異なっている。先掲の物名部冒頭の文辞に「求めいれらるましくや」とあることの意味を深く考えるべきだと思う。

(25) 先掲の独自異文も後撰・拾遺の部分に限られていた。古今部分には変動が少いと言ってよい。その理由は問われるべきであろう。

(26) 3にある一類本の書入れも（全てではないが）見られ、同本と近しいことを確認しうる。

(27) 二類本の15神宮文庫本と同様の性格をもつことになる。ちなみに神宮本は目安の①②を満たし③を欠く。

(28) 真に公敦筆であるか否かを断じる力はないが、いずれ室町末期を下ることはないと見られる。なお『弘文荘待賈古書目』24掲出の本はこれか。また公敦については井上註（4）掲出書参照。

(29) 但し「除六百番判詞其外皆令写畢」と明記しており、これを信ずれば述べた臆測をすぐさま疑うことができる。更に考えたい。

(30) 井上宗雄・柴田光彦「早稲田大学図書館蔵 三条西家旧蔵文学書目録」（『国文学研究』32 昭40・10）所載。

(31) 「刑部卿教（「敦」の誤写か）兼朝臣也、亡父外舅也」。前稿では、「亡父」を俊忠、「外舅」を妻の兄弟、勘註全体を俊成の言かとしたが、誤読であろう。鍵は「外舅」だが、『明月記』治承四年十月八日条に、此の日他界した前但馬守親弘（定家の母親忠女の兄に当る）を「外舅也」と記しており、この定家の用例からすると、勘註に云う「亡父外舅」は俊成の母（敦家女）の兄、すなわち敦兼を指す、と解される。右のように読むことによって、同勘註は定家の付したものに他ならないことを確かめうる。前稿の訂正と合わせて註しておきたい。

(32) 一つだけ許されたい。仮りに掲げた(1)〜(5)の個々の歌註に相当する部分を二類本の1に照らし合わせてみると、奇妙なことに(1)・(3)・(4)の三つはいずれも1に墨滅の施された箇所と符合している。特に(1)の註文最末の「也」字が夏・五〇末の墨滅部分の下にも読み取られるのには驚かされる。あるいはそれらの墨滅部分に記されていたはずの文辞は(1)・(3)・(4)と関わりがあるのだろうか。但し(1)・(4)に対応する部分の墨滅は先に二類本の訂正部分として検討したところであり、傍には訂正された字句も記されていたのだから、ここに見る歌註とは無関係とすべきかも知れない。そうだとすれば(3)における符合のみ問題として残ることになる。仮りに暗合以上の深い結びつきが伏在しているのだとすれば、(3)は二類本1の元の形態を示していることになり、同時に三類本の一伝本たる3には一部、二類本より先出の本文も含まれていることにもなり、ひいては両類の先後関係の問題にも波及して行くことになる。

(33) 例えば『奥入』に「藤裏葉」の「かつらをおりし」（かざしてもかつたどらるる草の名はかつらを折りし人や知るらん）に関して、「晉書云」として「桂林一枝」の故事を引いている。先引(3)の註文と考え合わせると、定家の認識の「過程」は自ずと広がりをもっていることを知りうる。

(34) 定家自筆本の模写本の位置に立つ高松宮本・京都大学附属図書館蔵中院本に、冷泉為秀と関係の深い京極高秀の印記が見えるのは一つの証左となろう。池田亀鑑『古典の批判的処置に関する研究』第一部（昭16　岩波書店）・井上宗雄「冷泉家関係者の記した奥書を持つ歌書類について　付・歌壇史研究について」（『立教大学研究報告　人文科学』18　昭40・9）参照。この点、前々稿に補っておきたい。

(35) 伝本分類に関して得られた見通しに基づくと、後代の歌学書・註釈書類に、どの系統の『僻案抄』が用いられているか、大よそ判別可能である。その一端は本稿註（6）にも記した。本文を比較的忠実に引用している書の場合、判別は一層明瞭になされると思う。例えば京都大学附属図書館蔵平松本『古今集抄』(平松・第七門・コ―6京都大学国語国文資料叢書19『古今集抄　京都大学蔵』(昭55　臨川書店)参照。同書の新井栄蔵稿「解説」に云う「平松文庫本古今集抄・平松抄」)の註文所引の「御抄」は『僻案抄』であり、用いられているのは三類本であることを照合しうる。『僻案抄』の享受史については別途に考えたい。

〈付記〉

『僻案抄』をも視野に入れた論「定家の古典校勘の一基盤――詠歌とのかかはり――」(『研究と資料』7　昭57・7)のある武井和人氏より、伝阿仏尼筆「秋田切」(京都国立博物館『もしほ草』所収)と伝為相筆「古今集註切」(藤田美術館蔵佐佐木信綱旧蔵)は『僻案抄』の断簡である旨の教示を得た。うち後者は前々稿註(21)に示したものと同一資料と見られる。

石川透「宝徳元年本『僻案抄』翻刻」(『三田国文』2　昭59・3)からは、すぐれた一本を精査することによって新たな書誌の課題が提起されるという示唆を得た。また乾安代氏より私信により同氏の見解につき、更に日下幸男氏より一類本の自筆本の模写本に関与した道晃法親王・中院通茂の動向につき、それぞれ教示を得た。各氏に感謝したい。

5 『詠歌之大概』一本考
――定家自筆本探索のために――

1

『詠歌之大概』の注目すべき一本の検討に発して、同書の本文の問題を考えてみたい。

流布本『詠歌之大概』――その論述部が仮名文体に和らげられ、同時に例歌部を欠いている、異本としての〈仮名本〉と区別して、〈真名本〉と呼ぶことのできるテキスト――の伝本は、孰れを取っても内容に甚しい相違が認められず、とりたてて本文批判を試みるまでもないように見える。しかし一体どの本文に拠るべきか、言い換えれば定家の著したテキストに最も近しい本文はどれかという問いは依然として残されていると思う。とは言え、各地の文庫に夥しく伝存し、且つ諸家の篋底に幾本とも知れず蔵されているであろう流布本『大概』（以下略称）に思いを致すとき、当の流布本の特定の一本のみを採り上げて何がしか記そうとするのは、ほとんど狂事に類するとも言えよう。しかしながら、今注目する一本を契機として、定家段階の初源的なテキストの姿にかかわる幾つかの問題を改めて抽出しうるように思われるので、敢えて紹介かたがた検討を加えてみたい。

2

採り上げるのは東山御文庫蔵本（勅封七八・七・三・二）である。[1]

本書は巻子本一軸。一二紙を継いで本文を記していると見られる。外題は不明。端に「詠哥之大概」と書いて、真名文体の論述部と「秀哥之躰大略」の標目、同註記、例歌部一〇三首（上下句を二行書き）を型通りに書写している。江戸初期写本か（本稿末図版Ⅰ参照）。

何より注意されるのは本書の書風である。すなわちあの癖のある〈定家様〉を呈しているのである。ただし全巻に亘っているのではなく、冒頭から「大略」（以下略称）歌の初め六首目まで（通算四六行）を定家様で書き、七首目の上句にその名残りが認められるものの、同下句では変化を見せ、以下巻末まで前半とは別様の書風を用いている。書風の移る六・七首目の行間頭に、「以下」と細字で註記（本文と同筆か）されているのが目を引く。この註記「以下」の意味を、右に述べた書写の原状に照らして考えると、次のような様々な場合を想定しうるであろう。

- 冒頭部分を元の本通りに定家の筆跡を模して写したものの、当該註記の箇所より後は元の書体にこだわらず書写する、の意。
- 試みに定家様を用いて筆写し始めたが、以下は必ずしもそれに従わない、の意。
- 元の本ではこれより以下、前半とは異なる筆跡で書き継がれている、の意等々。

いずれにせよ筆写者自ら此の本の形状につき注し付けたものであると目されるが、「以下」という頭書の意味が右の内のどれに当るかを決するためには、当然ながら当該の東山本（以下このように称する）の基本的な性格を問

わねばなるまい。すなわち右の註記の問題は次の問いに包み込まれるであろう。改めて問い直せば、そもそも東山本は、

(1) 定家自筆本（あるいは定家の筆を交える本）を基としてその筆跡を忠実に写し留めた臨模本か

(2) 定家自筆本とは何らかかわりなく、筆跡のみを定家に擬し、ことさら定家様を用いて書写した偽筆本か

の孰れに該当する伝本として位置づければよいであろうか。

(2)である可能性は大いにあろう。例えば斯道文庫蔵一本[2]は近衛信尹あるいは信尋らの筆の面影を漂わせる定家様であり（図版II参照）、東洋文庫蔵岩崎文庫本[3]は里村玄陳筆の精巧な定家様を見せているが、両本とも『大概』のみでなく「未来抄」「雨中吟」をも一揃いのものとして合写する謂わゆる「三部抄」本系のテキストであって、本来(2)の類の伝本であっただろうことを推測させる。また非「三部抄」系の『大概』単独のテキストにおいても、この種の偽筆本が作製される機会は充分に存在したものと思う。例えば架蔵本はどことなく定家の筆跡を連想させる言わば擬似定家様の一本である（図版III参照）。では、東山本もまた(2)の偽筆本の類に含めるべきであろうか。逆に問えば、(2)でないと判断しうる目安はどこにあるのだろうか。当然右の問いは(1)の根拠にかかわる問い、すなわち、

自筆本あるいは自筆本の原形を直接伝える伝本であると認定するための、より積極的な根拠は何であろうかと問うことに他なるまい。

しかしながら現在のところ右の問いに対する明確な答え、言い換えれば(1)に含めうるテキストの具体的な徴標が何であるかは明示されていないと言うべきであろう。むしろ私たちは、定家における『大概』の原初のテキストの姿は如何なるものであったか、その本文上の徴標は何かを正面から問い且つ求めてみる必要があるのだと思

う。当面東山本を位置づけるためにも右の手続きを踏まねばなるまい。

3

『大概』の原初形、端的に言えば『大概』の〈定家自筆本〉に関して今日私たちの知りえているところを以下列記してみよう。

① 真に定家自筆になる『大概』伝本そのものは今のところ確認されていない。

② 無論、著者定家の自筆本は一旦実在したはずである。周知の通り、当の定家自筆本をもって書写・校合した旨の為秀奥書を有する本が伝存している。為秀自筆とされる久松家蔵本[4]、書陵部蔵桂宮本（桂・二四）[5]がそれである。奥書の記載を信ずれば、これらは定家の元のテキストに溯原しうる、信憑性の高い伝本として位置づけられる。

③ ただし右の久松本・桂宮本は奥書の字句に少異ある他、本文の字句も細かに較べると必ずしも同一ではない。定家自筆本の姿を伝えると想定される有力な伝本の間に、微少ながら差異を認めうるのである。

④ ①に記した如く自筆本自体は現存していないものの、江戸初期、その姿を伝える本の存在していたことが後水尾院の『詠歌大概御抄』に見える。〈仮名本〉について「冷泉所持」の本を直接披見し参酌している後水尾院は〈真名本〉の定家自筆本に関しても貴重な記述を遺しているのである。同抄を少し詳しく参照してみよう。[6]

此鈔の題号、定家卿自筆の写為秀卿筆之写 中院中納言所持には、詠歌大概と四字也。又以定家自筆似せがきに書きたる様の古筆の一巻あり。それには詠歌之大概と五字也。

後述する『大概』の書名の詮議にかかわる記載であるが、注意すべきなのは、「定家卿自筆の写」に相当する為秀本の転写本と、「以定家自筆似せがきに書きたる様の古筆の一巻」とが当時存在していたこと、と同時に両本間に違いのあったことをそれぞれ伝えている点である。

ちなみに、霊元院の元禄八年（一六九五）講釈聞書にかかわる霊元院自身の手控本かと推定される註書(7)——同抄は当該部分においては後水尾院抄の記載を祖述しているが——には、前者について、

定家卿自筆の写 此本中院所持、為秀卿筆云々 但先年焼失之由也

と註されている。(8)「為秀卿筆之写」としている先引後水尾院抄と「為秀卿筆」と伝聞体で記している右の註記とで食い違いを見せているが、今この点を留保して両抄を併せ理解すれば、後水尾院当時、中院通茂の所持になる定家自筆本の転写本が伝存していたが——のち恐らく中院家に蔵されていたであろう——当該本は元禄八年を溯る某年、火災で焼失した、という経緯を知りうる。

後者のテキストについての後水尾院抄の記述も興味深い。あたかも東山本の如く定家の筆跡を模したテキストが曾て伝存していたのである。ただし「似せがきに書きたる様の」と定家自筆本と直結させることを後水尾院自身やや躊躇している節が窺われる点に留意すべきであろうし、また今すぐさま東山本そのものを後水尾院抄の記すところの伝本であると断定することも無論控えなければなるまい。ともあれ後水尾院抄は江戸初期、定家自筆本にかかわる二種のテキストが実在したことを伝えている点で注目される。

一層重要なのは、後水尾院抄の中に先引の「定家卿自筆の写」の本文が次の四箇所に亘って引用されている点である。

(イ)近代之人所詠出之——

後度

此小書ニ以来と人との間ニ定家自筆の写と云本ニハ之ノ置字あり、逍遥院自筆の本ニハ之字無之

(ロ)(／かぎりあれば／の註文中)

定家自筆の写にはぬぎかへつとあり。

(ハ)(／なき人の／の註文中)

定家自筆写にはしぐるらむとあり。

(ニ)(／瀬を早み／の註文中)

定家卿自筆本に、われてすゑにもと、もの字下にあり。

(イ)は明暦四年(一六五八＝万治元年)・万治二年の講釈を共ども載せている両度併録本と呼びうる類のテキスト[9]に、(ロ)(ハ)(ニ)は明暦四年の先度の講釈のみを録したテキスト[10]に、それぞれ見られる。少数の箇所についてではあるが「定家卿自筆の写」の片鱗を窺いうるであろう。

4

さて以上の①〜④の諸点を取り集めるとき、私たちは幽かに〈定家自筆本〉の本文を垣間見ることができるように思われる。ただし既に②③④に示唆されている通り、自筆本のテキストは唯一つに限られているのではなく、むしろ若干の本文の揺れを含みもった複数のテキスト、言わば〈定家自筆本圏〉の幾つかのテキストが併存しているとする方が適わしいのではなかろうか。後水尾院抄の指摘する二種のテキスト、そして現存する久松本、桂宮本はいずれも〈定家自筆本〉に直接繋がる可能性をもつ〈定家自筆本圏〉のテキストであり、且つ互いに単一のテキストに還元しえない差異を内包しているように見える。而して、仮りにそれらの本文の揺れの様態

〈定家自筆本圏〉のテキストを中心とする本文異同表

差異点 ＼ テキスト	（後水尾院抄所引）定家卿自筆の写	（後水尾院抄所引）以定家自筆似せがきに書きたる様の古筆の一巻	（為秀奥書本）久松本	（為秀奥書本）桂宮本	東山御文庫本	擬似定家様一本（架蔵本）	尭孝筆本	（三条西実隆奥書本）享禄五年本	（三条西実隆奥書本）天文二年本	（三条西実隆奥書本）天文四年本
(1) 題号（内題）	詠歌大概	詠歌之大概	詠謌之大概	詠謌大概	詠哥之大概	詠歌大概	詠哥大概	詠歌之大概	詠歌之大概	詠歌大概
(2) 「雖為一句謹可除弃之」の後の註	「…以来之人…」とあり	—	七八十年以来所詠出之詞努〻不可取用之	七八十年以来之人哥所詠出之詞努〻不可取用之	七八十年以来之人哥所詠出之詞努力〻〻不可取用	七八十年以来之人所詠出之心詞努〻不可取用之	七八十年以来人之哥所詠出之詞努、、不可取用	七八十年以来人所詠出之詞努〻不可取用之	七八十年以来人所詠出之詞努〻不可取用之	七八十年以来人哥所詠出之詞努〻不可取用之
(3) 「如此類」	—	—	如此之類	如此之類	如此類	如此之類	如此類	如此之類	如此之類	如此之類
(4) 「白氏文集」	—	—	白氏文集	白氏文集之	白氏文集	白氏文集	白氏文集	白氏文集	白氏文集	白氏文集
(5) 「誰人不詠之哉」	—	—	誰人不詠之哉	誰人不詠之哉	誰人不詠之哉	誰人不詠之	誰人不詠之哉	誰人不詠之哉	誰人不詠之哉	誰人不詠之哉
(6) 「秀哥之躰大略」	—	—	秀哥之躰大畧	秀哥之躰大略	秀哥之躰大略	秀哥躰大畧	秀哥躰大略	秀歌之躰大略	秀哥之躰大略	秀歌之躰大略
(7) 「狼藉無極者歟」	—	—	狼藉無極歟	狼藉無極歟	狼藉無極者歟	狼藉無極者歟	狼藉無極者歟	狼藉無極歟	狼藉無極歟	狼藉無極歟
(8) 歌序（「百敷の」の位置）	—	—	七首目	七首目	十首目	十首目	十首目	十首目	七首目	七首目
（歌本文）(9) さくら花さきにけらしも	—	—	さきにけらしな	さきにけらしな	さきにけらしも	さきにけらしな	さきにけらしも	さきにけらしな	さきにけらしな	さきにけらしな
(10) 桜さく―したりおの	—	—	したりおの	したりおの	したりを《本》の	したりおの	したりおの	したり尾の	したり尾の	したり尾の

(11) 道のべの―立ちどまりつれ	―	―	立とまりつ れ	たちとまり つれ	たちとまり けれ	たちとまり つれ	たちとまり つれ	道のへに― 立とまりつ れ	道のへに― 立とまりつ れ	道のへに― 立とまりつ れ
(12) いつとても―夏の暮かな	―	―	夏のくれ哉	夏のくれか な	なつはらへ かな	夏のくれか な	夏のくれか な	夏の暮哉	夏のくれか な	夏の暮かな
(13) 秋立ちていくかもあらぬを	―	―	いくかもあ らねと	いくかもあ らねと	いくかもあ らぬを	いく日もあ らぬに	いくかもあ らねと	いくかもあ らねと	いくかもあ らねと	いくかもあ らねと
(14) 秋はきぬ―荻ふく風の	―	―	おきふく風 も	おきふくか せの	おきふく風 の	おきふく風 の	おきふくか せの	秋もきぬ― 荻吹風の	秋ハきぬ― 荻ふく風の	秋もきぬ― おきふく風 の
(15) 白雲を―門田の面に	―	―	門田のいも の	かとたのお もの	かとたのお もの	かと田のお もの	門田のおも の	門田の面の	門田のおも の	門田のおも の
(16) 故郷は吉野の山し	―	―	よしのゝ山 し	よしのゝ山 し	よしのゝ山 の	吉のゝ山し	よし野の山 し	芳野の山し	芳野の山し	芳野の山し
(17) 皆人は―なりぬ也	―	―	成ぬなり	なりぬなり	成にけり	なりぬなり	なりぬなり	成ぬ也	成ぬなり	なりぬなり
(18) 限りあればけふぬぎ捨てつ	ぬぎかへつ	―	けふぬきす てつ	けふぬきか へつ	けふぬきす てつ	けふぬきす てつ	けふぬきす てつ	けふぬき捨 つ	けふぬき捨 つ	けふぬき捨 つ
(19) なき人の―しほるらん	しぐるらむ	―	しくるらむ	しくるらむ	しくるらん	しほるらん	しほるらん	しほるらむ	しほるらむ	しほるらむ
(20) 夕暮は雲のはたてに	―	―	夕くれハ	ゆふくれハ	ゆふされハ	夕くれハ	ゆふされは	夕くれは	夕くれは	夕暮は
(21) 瀬を早み―われても末に	われてするにも	―	われて末に も	われてするにも	われてするにも	われても末にも	われてもすゐに	われても末に	われても末に	われても末に

＊表記の違いを無視し、異文のある場合のみを掲げる。
＊相互の独自異文も存するがそれらを網羅するのでなく、相対的な異同のみを掲げる。
＊一印は当該テキストに相当する記載の無い場合あるいは不明の場合を指す。
＊傍線部は異同のある箇所を、―は歌句の省略を指す。

を見定め、変差の範囲を区画することができるなら、自ずと私たちは〈『大概』の定家自筆本〉の本文の姿を捉えるための目安を得ることができるに違いない。

そこで〈定家自筆本圏〉に属するテキスト——曾て存在したテキスト、また現に伝存している諸テキスト——の差異点を並べ置いて、その状況を俯瞰してみよう。そのように眺め渡すときに得られるテキストの景観のもとで、東山本はどのような位置を占めることになるのかを確認してみたいと思う。

前の一覧表は、横列に、〈定家自筆本圏〉のテキスト間で何がしか異文のある部分を仮りに日本古典文学大系本によって列記し、縦の段に、後水尾院抄所引の二種のテキスト、為秀奥書をもつ久松本・桂宮本、そして東山御文庫本のそれぞれ対応する本文を掲出したものである。〈定家自筆本圏〉とその周辺にあるテキストに加えて、参考までに、定家様を僅かに備えている架蔵本、文安二年（一四四五）奥書をもつ堯孝筆本[11]、近世初期ことに用いられた三条西実隆の奥書を持つ三種の本文[12]を参照してみる。

右の表の彼処を見、此処を見て字句の重なりとズレを比較勘案すると、朧ろげながら〈定家自筆本圏〉の本文の境界を辿りうるように思われる。同時に、圏内にあるテキスト相互の異同にも注目せざるをえないであろう。そこで、大まかな観察を離れて、先の表に列記した差異点を個々に点検し、特記すべき点を抽出してみたい。

5

(1)の差異点は、『大概』の書名を「詠歌大概」の四字とするか、「之」字を加えて、「詠歌之大概」の五字で標示するかという旧くよりの難問にかかわっている。この「題号」の問題は周知の通り、多くの註釈者たちを悩ませてきたところであり、註説が累積されるのに応じて——この点だけについて一つの問題史的な記述を試みることすら可能な程に——実に様々な論点が提出されてきた。それはひとえに四字・五字の内題をもつ伝本が双方とも広く行なわれてきたことに因ろう。例えば江戸初期重用された三条西実隆奥書本にも、表示したように両様存在する。江戸初期の註釈者らにとって、四字・五字の孰れを採るべきかの問題は、実隆奥書本のような証本をもってしても決着しかねる難問であった。[13] 私たちの観点からすれば、この書名の問題については、そもそも定家自ら付したものと考えるか、後人の所為とするかの二つの場合に分けて根本から問い直すべきであろう。ただし今はこの点に深入りせずにおきたい。むしろここで見ておくべきなのは、早く後水尾院の指摘した二種の題号、そして現存本の久松本五字、桂宮本四字、東山本五字の異同に現れている通り、〈定家自筆本圏〉のテキストにおいても内題は一方に収斂せず両様存在しているという事実である。右のテキスト的事実に基づく限り、今のところ私たちは『大概』の本来の書名として「詠歌大概」「詠歌之大概」を共ども認めておくべきであり、片方を採り他を斥けるという処置をしばらく留保せざるをえないと思う。

(2)の相異の要点は(イ)「七八十年以来之人」の「之」の字の有無、(ロ)「七八十年以来之人歌」の「歌」字の有無の二点だと思われる。(イ)について見ると、後水尾院抄によれば「定家自筆の写」は「之」字をもっていたことになる。桂宮本・東山本両本は確かに「之」字を備えているものの、久松本は「之」字のみでなく「人」字も欠いている。久松本独自の欠脱とも考えうるが、異同状況に従えば「……之人」を原態であると直ちに断定できない。一方(ロ)の場合、三本こぞって「歌」字を有している。以下の相違点についても同様であるが、三本共通の本文の見られる際にはひとまず〈自筆本〉の原態に連なる可能性をもつものと見做しうるであろう。(ロ)の「歌」字はまさにその例だと考えられる。

問題はこれらの異同と論理内容との関連である。(イ)の場合、仮りに「之」字を含む形で読めば、「取用」うべきではない作品の時間的な範囲を単に指示したと言うより、七八十年以来の人、すなわち七八十年以来の近代・現代の歌人の作品という趣意がやや強調されることになる。「七八十年以来之人」は本行に云う「近代之人」と照応する文辞ともなるであろう。

(ロ)の場合、「歌」を初源の形と考えた上で、「歌」字の意味を緩く解すると、

(a)七八十年以来の人の、歌に詠じ出す所の詞、云々の如く訓ずることができ、また「歌」を重く解すれば、

(b)七八十年以来の人の歌、詠じ出す所の詞、云々

という訓読も可能である。(b)を採れば、七八十年以来の歌人の作品と一旦云い、更に細心に言葉を継いで、彼らが詠じ始めた「詞」＝表現と註していることになろう。こうした細註の文脈は、本行で「近代之人所詠出之心詞」ののちに「雖為一句」と続けられている行文と緊密に対応することになり、当該部分の論点である近代詠摂取批判に対する定家の深い配慮の程を改めて読み取ることにもなろう。ちなみに〈仮名本〉諸本は「歌」字の要素を略して大むね(a)に近い訓解を施している。自ずと〈仮名本〉の場合、(b)に従うことで可能となる（右に述べたような）理解の道は塞がれる。

(3)〜(7)は孰れも論理上甚大な違いを来すことのない「之」「哉」「者」各一字の有無にかかわる異同である。これらの内、久松本・桂宮本・東山本の一致する(5)・(6)に留意すべきか。(6)は「大略」歌の標目であるが、異同状況に基づけば「秀歌之躰」と「之」字を含む形を尊重しておくべきだと思われる。

(8)以下は「大略」歌の本文にかかわる。まず(8)の歌序すなわち「大略」歌の排列自体に問題を見出しうる。／百敷の大宮人は／が七首目に位置している久松本・桂宮本と、十首目に在る東山本とが対立し、他の主要な伝本

も同様の状況を呈しているのである。では両様の孰れを善しとすべきだろうか。私見を言えば、後者（十首目）は定家の認識に照らしてより多く整序性・妥当性をもち、一方前者（七首目）はより不自然さを多く含んでいる。関連歌の前後を、排列番号を付して掲げてみよう（引用は日本古典文学大系本。以下同じ）。

4　梅の花それともみえず久方の天ぎる雪のなべてふれゝば
5　人はいさ心もしらずふる郷は花ぞ昔の香ににほひける
6　さくら花さきにけらしも足曳の山のかひよりみゆる白雲
7　山ざくらさきそめしより久方の雲井にみゆる滝の白糸
8　桜さく遠山鳥のしだりおのなが〲し日もあかね（ママ）色哉
9　をしなべて花の盛に成りにけり山のはごとにかゝる白雲
10　百敷の大宮人はいとまあれや桜かざしてけふも暮らしつ
11　いざけふは春の山べにまじりなん暮れなばなげの花の影かは
12　桜がり雨は降りきぬおなじくはぬるとも花の陰にかくれん

今、これらの歌の出典・作者名、素材源である『定家八代抄』の排列状況（同抄の通し番号による）[14]、定家の他の秀歌撰類への所収状況を註すると次の如くである。

			『定家八代抄』	
4	拾遺・春・一二	人麿	43	
5	古今・春上・四二	貫之	53	百人秀歌・百人一首
6	古今・春上・五九	貫之	94	秀歌大体

7　金葉（二度本）・春・五〇　俊頼　95　百人秀歌
8　新古今・春下・九九　後鳥羽院　99
9　千載・春上・六九　西行　100
10　新古今・春下・一〇四　赤人　107
11　古今・春下・九五　素性　115
12　拾遺・春・五〇・よみ人しらず　116

／百敷の／歌が十首目に後置される形は、一見して明らかな通り、『定家八代抄』の排列と完全に照応している。逆に10が6に続いて七首目に位置するとなれば、素材源の並びを敢えて改変したという操作を想定することになる。しかしそれは不自然であろう。ことに新古今歌10（撰者名註に定家ひとりの名あり）を、同集同巻のしかも巻頭歌である8を飛び越え、且つ『定家八代抄』春下の巻頭・第二首目に並ぶ6 7を断ち割って挿入せしめる操作は考え難い。一方表現上の趣向の側から見てみよう。4 5の梅に続き、6以降は桜を歌材とするが、6〜9は孰れも山桜を遠く眺めやり、同時に「白雲」（6・9）「滝の白糸」（7）の如く見立てる趣向となっている。10 11 12は桜の下の遊宴的な場の情景であり、間近かの桜を愛で翫ぶ趣向で繋がる。10を当の繋がりから切り離して、6〜9の繋がりに裁ち入れ6に後続せしめる操作は、これらの趣向の連なりにむしろ混乱を導入しかねない。結局／百敷の／が10に後置される形を善しとすべきであろう。定家の認識もまた10後置のテキストと共に在ったと考えたい。ただし現に久松本・桂宮本は／百敷の／が6 7の間に入り込む前置型の形態をもっており、こうした排列上の相違は既に〈定家自筆本圏〉のテキストにおいて胚胎しているのである。[15]

次に(9)〜(21)の歌本文における差異のうち、後水尾院抄の引く(18)(19)(21)につき特に言及しておきたい。(18)は、

69限りあればけふぬぎ捨てつ藤衣はてなき物は涙なりけり　（拾遺・哀傷・一二九三　道信）

の第二句にかかわる。後水尾院抄が「定家自筆の写」にありとして引く「ぬぎかへつ」の本文は桂宮本と符合しているものの、久松本・東山本は他の諸本と同様「けふぬきすてつ」である。また『定家八代抄』、自筆本『近代秀歌』更に『拾遺集』の天福元年定家奥書本も共に「けふぬきすてつ」である。喪も明けて藤衣を去るという行為を表現するのに、「ぬぎ捨てつ」というやや意志の表立つ言い回しより、むしろ「ぬぎかへつ」という幾分抑えられた語句の方を択んだのが仮りに定家自身であったのだとすれば、定家は幾度も「ぬきすてつ」の本文を採用しながらも、「大略」歌において敢えて「ぬきかへつ」の本文を善しとする折があったという可能性も残ることになるであろう。(16)

(19)は、次の後鳥羽院詠にかかわる。

71なき人のかたみの雲やしほるらん夕の雨に色はみえねど　（新古今・哀傷・八〇三　後鳥羽院）

第三句「しほるらん」は新古今・『後鳥羽院御集』（一六八三）に「しをるらん」（ただし新古今の伝本に下記する異文あり）とある。しかし表示した通り、後水尾院抄所引本文、久松本・桂宮本・東山本はこぞって「しくるらむ《（ん）》」であり、且つ他の諸本の「しほるらん」と際やかに対立している。〈定家自筆本圏〉のテキストの姿の片鱗が特徴的に顕出している例と見做しうるのではなかろうか。同時に『定家八代抄』に「しぐ《ホ》るらむ」（朱、ぐヲ訂正）、自筆本『近代秀歌』に「しくるらん」とあるのを勘え合わせると、「しくるらん」は定家が秀歌撰類において一貫して採択し続けた本文であったと認められる。

眼を転じて新古今の排列を辿ると、「十月ばかり、みなせに侍りしころ、前大僧正慈円のもとへ、ぬれてしぐれのなど申しつかはして、つぎのとしの神無月に、無常の歌あまたよみてつかはし侍りし中に」（引用は新編国歌大観本）の詞書で後鳥羽院の

おもひいづるをりたくしばの夕煙むせぶもうれしわすれがたみに

があり（八〇一）、慈円の「返し」（八〇二）の後に「雨中無常といふ事を」として／なき人の／が載せられ、更に

枇杷皇太后宮かくれて後、十月ばかり、かの家の人人の中に、たれともなくてさしおかせける　相摸

神無月しぐるるころもいかなれや空にすぎにし秋の宮人（八〇四）

へと続いている。／なき人の／を含む此の並びには、初冬―神無月―悲しみを募らせる時雨、のイメージが連鎖している。定家は後鳥羽院の八〇一・八〇三を「大略」歌70・71として並べ置いたのであるが、その際／なき人の／の本文は時雨の映像を浮き立たせる「しくるらん」でなければならなかったのだと思われる。ちなみに宗養抄は「時雨らん《しほるらんイ》」の歌本文を立て、註文においては、

又しほるらんといふ本もあり、時雨らむも大かた同かるへき歟（略）時雨らむしほるらん両説なから、時雨らんを猶可用云ゝ

としている（書陵部蔵『三部抄』一五四・一八に拠る）。「両説」云々はもとより定家の与り知らぬところである。後代の取捨とかかわりなく、定家の本文選択に揺らぎの無かったことを、先掲の〈定家自筆本圏〉のテキストを始めとする諸資料は証示しているのだと思う。

(21)は著名な

87瀬を早み岩にせかるゝ瀧河のわれても末にあはんとぞ思ふ　（詞花・恋上・二二九　崇徳院）

の第四句の本文にかかわる。ここでも先程の(19)と全く同様に、後水尾院抄所引、久松本・桂宮本・東山本は共に「われてするゐ《(末)》にも」で、他の諸本の「われても末に」と対立している。当該歌を「大略」に採入するに当って定家が選んだ本文は〈自筆本圏〉のテキストに共通している右の「われてするゐにも」であったと、ひとまず推定し

うる。ところで、この歌をめぐる久安百首、詞花集伝本、後葉集の本文異同とそれに伴う表現性の相違についてはすでに既在の註釈が詳しく説くところである。[17]「われてするゐにも」の本文自体は久安百首（非部類本）に「ゆきなやみ岩にせかるる谷川のわれてするゐにもあはんとぞおもふ」（七六）の如く見える。定家はこの久安百首の本文（或いは同じ歌句をもつ詞花集の伝本）に依拠したのであろうか。

　ただし当該歌は『古来風躰抄』に「滝川のわれても末に」の形で抄出されており（久安百首部類本も同様）、定家自身、俊成の本文を踏襲して『定家八代抄』恋二の巻頭に此の歌を据えている。そして同抄の本文「たき河のわれてもするゐに」は周知のように『八代集秀逸』『百人秀歌』『百人一首』に引継がれている。「大略」の「われてするゐにも」が先程推定した通り定家の選択になるものなのだとするなら、定家は八代抄以来用いて来た本文に必ずしも従わず、敢えて別途の本文を併用したことになる。そうだとすればその理由はどこに求められるだろうか。滝川のように切迫する恋の奔流を際立たせるに適わしい歌句として、「われてするゐにも」と「われてもするゐに」の両様が共に用いられたのだとすれば、その背後にあったのは、或いは「も」一字のテニヲハが醸し出す表現性に対する定家の深い配慮であったかも知れない。

6

　以上の検討を通して、〈定家自筆本圏〉のテキストが互いに有している共通本文と異文とを具体的に点検して、それらの差異の範囲と幅を一定程度見定めうるように思われる。そのような〈自筆本圏〉のテキストの状況の中に東山本を置いて改めて眺めると、東山本の本文の特徴は以下のような諸点に要約しうるであろう。

(a)　独自の誤写と見られる部分を含んでいる。例えば⑿の俊成歌の「なつはらへかな」は表に見られる通り孤立した本文であり、久安百首・長秋詠藻・千載集にも拠り所を見出しえない。恐らく誤写であろう。また⑽（8後鳥羽院）の「したりを《本（傍記ママ）》の」は『下官集』の仮名遣いと相違しており、これも定家の原則とは相容れない。(18)

(b)　しかし久松本・桂宮本と共通して〈自筆本〉の元のテキストの一端を顕出させているかに見える本文を含んでいる。

(c)　一方、久松本・桂宮本の両本が共通するにもかかわらず、東山本のみ異なっている例も少くない。⑼⑾⒀⒃⒄⒇などはそうした独自異文の例である。ただし一見特異とも、また粗悪とも映るそれらの本文も、よく検すると一概に価値の低いものとして斥けられない面を含みもっている。例えば⑼（6貫之）の第二句「さきにけらしも」は『定家八代抄』『秀歌大体』とむしろ一致している。⒃（61よみ人しらず）の第二句「よしのゝ山の」は自筆本『近代秀歌』と一致、⒇（84よみ人しらず）の初句「ゆふされハ」は『定家八代抄』の本文と符合している。定家の択んだ本文は決して単一に固定せしめられてはいなかったように見えるのである。

(a)〜(c)の諸点を寄せ集めると、自ずから東山本の位置や価値を了解することができる。すなわち東山本もまた〈定家自筆本〉の元の姿を更に追究する上での有力な一本となるはずである。

7

東山本を位置づけるべく〈定家自筆本圏〉のテキストの差異性を吟味することによって、私たちは夥しく伝存している流布本『大概』を分類する目安を得ることができるように思われる。最も見易い徴標は⑻の歌序である。欠脱歌の存する伝本を除き、「大略」歌一〇三首を完備している『大概』伝本について見ると、諸伝本における歌序の異同はほぼ／百敷の大宮人は／の位置に収斂している。すなわち／百敷の／が七首目に位置する前置本と、十首目に位置する後置本との二様に分類することができる。右の徴標に、(1)の「題号」(内題)に見られる四字・五字の別というもう一つの徴標を組み合わせると――前置・後置の別と四字・五字の別とは単純に対応していない――理論的には

／百敷の／前置・四字本　同前置・五字本

／百敷の／後置・四字本　同後置・五字本

の四通りを立てうる。実際に『大概』伝本は大むね右の四類おのおの伝存している。うち後置・五字本は比較的少なく、東山本はその種の相対的に稀な伝本の一つである。[19]

ただし『大概』伝本の分類論は此処での主意ではない。重要なのは、東山本を一つの媒介として〈定家自筆本圏〉のテキストの様相を幾分か触知しうるかに見えることである。すでに記述したように〈定家自筆本圏〉のテキストは今のところ唯一の本文に還元することはできない。各本は相互に重なり合い、且つ若干の異なりを含みながら、しかし一定の幅の変差の枠内で一つの圏域を成しているのである。こうしたテキストの状況は惣じて後代の享受によって自ずと生み出された結果と言うより、むしろ著者定家の元のテキストの姿に根差すものではあるまいか。すなわち『大概』は定家によって一度ならず染筆された可能性を色濃く持っているように思われる。[20]

さて終りに、右の小推定を、前稿(本誌 前号掲載)【補註】において試みに立ててみた成立時期の説と架橋して、要点を絞って言えば、『大概』は嘉禎二年―定家七五歳の時点を中心とする前後各五年と距らない時期に、定家の手で複数次染筆されえたと考えたい。ただし当の作業は幾次に及ぶものであったか、各々の段階のテキストを伝えているのはどの伝本か、などの問いに即答するに足る明確な書誌的証跡を私たちは未だ持ちえていない。しかし〈定家自筆本圏のテキスト〉という範疇を一旦設定し、小稿で採り上げた東山本のような新たな材料を加えながら吟味することによって、右の問いに接近する道――それは同時に『大概』再読解の道に他ならない[21]――が開け

るものと思われる。

【註】

（1）宮内庁書陵部マイクロフィルムに拠る（以下に参照する同文庫本も同様）。

（2）慶應義塾大学付属研究所斯道文庫蔵『詠哥大概』（〇九二・ト三三・一）列帖装一冊。『大概』の後に、未来記・雨中吟を合写。

（3）東洋文庫蔵岩崎文庫本『三部書』（三F・a へ・二〇）。未来記・雨中吟・百人一首を合写。

（4）久松潜一・土田将雄『詠謌之大概』（一九六七　笠間書院）に拠る。奥書に、次の如くある。「以曽祖父卿自筆本令書写挍合畢、尤可為證本矣／左兵衛督為秀（花押）」

（5）列帖装一冊。奥書は次の通り。
「以相伝秘本曽祖父京極入道中納言定家卿筆具令書写校合訖、尤可為證本矣／左兵衛督藤原朝臣為秀」

（6）『列聖全集』御撰集第五巻（一九一六　列聖全集編纂会）に拠る。

（7）川平「『詠歌之大概』諸抄採拾（二）——霊元院抄——」（『跡見学園女子大学紀要』22　一九八九・三）。

（8）京都大学附属図書館蔵中院本『詠歌大概抄』（中院・VI・八）中院通躬筆に拠る。

（9）京都大学文学部史学閲覧室蔵『詠謌大概三卿聞書』（国史・せ五・三）に拠る。

（10）註（6）に拠る。

（11）書陵部蔵（五〇三・二三六）。百人一首を合写。田中裕編『影印本　定家歌論集』（一九六九　新典社）、樋口芳麻呂編『百人一首』笠間影印叢刊（一九七一　笠間書院）に拠る。

（12）伝実隆筆の無奥書本の類を除けば、実隆奥書をもつ現存伝本に三種存在すると見られる。今、享禄五年（一五三二）本を東山御文庫蔵本（勅封六八・七・四・六）に、天文二年（一五三三）本を尊経閣文庫蔵本（六・什上）に、天文四年（一五三五）本を書陵部蔵本（五〇三・六〇）にそれぞれ拠る。なお実隆と『大概』のかかわりについては、伝本の問題をも含め別途に取り纏めて考えたい。

(13) 例えば「兎角畢竟両様と心得て可然義也と後水尾院仰られし也」などの言説（註（8）の書）参照。

(14) 樋口芳麻呂『定家八代抄と研究』（一九五七　未刊国文資料刊行会）に拠る。

(15) この問題は後代の『大概』註釈書類にも一つの影を落している。なお早く歌序の異同に注目したのは『後陽成院抄』である。同抄は／百敷の／を七首目に掲げて釈するが、冒頭に「一本にハ此哥十首めにあめるもあり」と記している（東山御文庫蔵本　勅封六八・七・四・五に拠る）。

(16) 定家自身の表現と結び合わせてみるという視点があり得るだろう。家集中の用例に照らすと「ぬきかふ」は定家の表現に親しく「ぬきすつ」は疎いものか。

(17) 井上宗雄・片野達郎『詞花和歌集』（一九七〇　笠間書院）「校異および補注」、松野陽一『詞花和歌集』（一九八八　和泉書院）「補注」参照。

(18) ただし定家の用字の通例（特に「を」）としばしば一致するのは注意される。他に脱字と見られる一箇所がある。

(19) 他に単独本では書陵部蔵本（三五三・九四四）、三部抄本では東京国立博物館蔵本（和・二二四九）・多和文庫蔵本（一六・一四）などがある。

(20) 同様に複数の『大概』を考える湯浅忠夫「詠歌大概成立試論――仮名詠歌大概に祖本を想定する立場から――」（和歌文学会例会発表　一九八八・一二）の視点は重要だと思う。ただし湯浅の立脚点と論証過程には同じ難い。ここでは流布本テキスト自体から内在的に考えてみたい。

(21) 例えば家郷隆文「「詠歌之大概」論――その付載歌をめぐって――」（『藤女子大学国文学雑誌』5・6　一九六九・七）が精読を試みた例歌部についても、小稿で吟味した本文の問題を組み入れて更に考えたい。

〈翻刻〉東山御文庫蔵『詠哥之大概』（勅封六八・七・三・二）

詠哥之大概
情以新為先 求人未詠之心詠之 詞以舊
可用 詞不可出三代集先達之所用 新古今古人哥同可用之 風躰可
效堪能先達之秀哥 不論古今遠近見宜哥可效其躰
近代之人所詠出之心詞雖一句謹可
除弃之 七八十年以来之人哥所詠出之詞努力〻〻不可取用 於古
人哥者多以其同詞詠之已為流例
但取古哥詠新哥事五句之中及
三句者頗過分無珎氣二句之上
三四字免之猶案之以同事詠
古哥詞頗無念歟 以花詠花以月詠月 以四季哥」（第一紙）
詠戀雜哥以戀雜哥詠四季哥如此
之時無取古哥之難歟
あしひきの山ほとゝきす
みよしのゝよしのゝ山
ひさかたの月のかつら
ほとゝきすなくやさ月　玉桙道行人
　如此事全雖何度不憚之
としのうちに春はきにけり　月やあらぬ春や昔
さくらちるこのしたの風　ほの〴〵とあかしの浦
　如此類雖二句更不可詠之
常觀念古哥之景氣可染心
殊可見習者古今　伊勢物語　後撰
拾遺　三十六人集之内殊上手哥可懸
心 人麿　貫之　忠岑（行間補記、同筆）　伊勢　小町等之類
雖非和哥之先達時節之景氣世間
之盛衰為知物由白氏文集第一」（第二紙）
第二帙常可握翫 深通和哥之心

和哥無師匠只以舊哥為師染心
於古風習詞於先達者誰人不詠
之哉

秀哥之躰大略
　随耄昧之覺悟書連之
　古今相交狼藉無極者歟
春立といふはかりにやみよしのゝ
山もかすみてけさは見ゆらむ
きみかためはるのゝにいてゝわかなつむ
わか衣手に雪はふりつゝ
むめかえになきてうつろふうくひ(日)すの
はねしろたへにあはゆきそふる
梅花それとも見えすひさかたの
あまきる雪のなへてふれゝは」(第三紙)
ひとはいさ心もしらすふるさとは
花そむかしのかにゝほひける
さくらはなさきにけらしもあしひきの
山のかひより見ゆるしらくも
以下
やまさくらさきそめしよりひさかたの
くもゐにみゆる(越)たきのしらいと
さくらさくとをやまとりのしたり本を(越)の
なか〱しひもあかぬいろかな
をしなへて花のさかりになりにけり
山のは(葉)ことにかゝるしらくも
もゝしきのおほみや人ハいとまあれや
さくらかさしてけふもくらしつ
いさけふははるの山邊にましりなん
くれなハなけの花のかけかは
さくらかりあめハふりきぬおなしくハ
ぬるともはなのかけにかくれん
はなの色ハうつりにけりないたつらに
わか身世にふるなかめせしまに
またやみむかたのゝみ野のさくらかり
はなのゆきちるはるのあけほの」(第四紙)
ひさかたのひかりのとけきはるの日に

しつ心なくはなのちるらん
あすよりハしかのはなそのまれにたに
たれかハとはむはるのふるさと
はるすきてなつきにけらししろたへの
ころもほすてふあまのかくやま
見わたせハなみのしからみかけてけり
うのはなさけるたまかはのさと
さみたれハたくものけふりうちしめり
しほたれまさるすまのうら人
みちの邊のしみつなかるゝやなきかけ
しはしとてこそたちとまりけれ
をのつからすゝしくもあるかなつころも
ひもゆふくれの雨のなこりに
いつとてもお《(於)》しくやハあらぬとし月を
みそきにすつるなつはらへかな
あきたちていくかもあらぬをこのねぬる
あさけのかせハたもとすゝしも
やへむくらしけれるやとのさひしきに
人こそみえねあきハきにけり
あきハきぬとしもなかはにすきぬとや」(第五紙)
お《(於)》きふく風のおとろかすらん
あはれいかにくさ葉の露のこほるらん
あき風たちぬ宮きのゝはら
月みれはちゝに物こそかなしけれ
わか身ひとつのあきにハあらねと
ふるさとのもとあらのこはきさきしより
夜な〳〵にはのつきそうつろふ
あすもこむのちのたまかははきこえて
いろなるなみに月やとりけり
なかめつゝおもふもさひしひさかたの
月の宮このあけかたの空
あきの露やたもとにいたくむすふらん
なかき夜あかすやとる月かな
なきわたるかりのなみたやおちつらん
ものおもふやとのはきのうへの露
はきかはなちるらんをのゝつゆしもに

ぬれてをゆかむさよハふくとも
あきの田のかりほのいほのとまをあらみ
わかころもてハつゆにぬれつゝ
しらつゆに風のふきしくあきのゝハ
つらぬきとめぬたまそちりける」（第六紙）
たつたひめかさしのたまのをゝよはみ
みたれにけりとみゆるしら露
しらくもをつはさにかけてゆくかりの
かとたのおものともしたふなる
あきかせにさそはれわたるかりかねハ
ものおもふ人のやとをよかなん
ちたひうつきぬたのをとにゆめさめて
ものおもふそてのつゆそくたくる
はるかなるもろこしまてもゆくものは
あきのねさめのこゝろなりけり
ゆふされハかとたのいな葉をとつれて
あしのまろやにあき風そふく
さひしさハその色としもなかりけり
まきたつやまのあきのゆふくれ
それなからむかしにもあらぬあきかせに
いとゝなかめをしつのをたまき
ふくからにあきのくさきのしほるれは
むへ山かせをあらしといふらむ
さをしかのつまとふやまのをかへなる
わさたハからし霜ハをくとも
おくやまにもみちふみわけなくしかの
こゑきく時そあきハかなしき
あきかせのふきあけにたてるしらきくハ
はなかあらぬかなみのよするか」（第七紙）
こゝろあてにおらはやおらんはつしもの
をきまとはせるしらきくのはな
しらつゆもしくれもいたくもるやまハ
したはのこらすいろつきにけり
たつた河もみちはなかるかみなひの
みむろの山にしくれふるらし
あきハきぬもみちハやとにふりしきぬ

みちふみわけてとふ人ハなし
ちはやふる神よもきかすたつたかは
からくれなゐに水くゝるとハ
やまかはに風のかけたるしからみハ
なかれもやらぬもみちなりけり
ほの〳〵とありあけの月のつきかけに
もみちふきおろす山おろしのかせ
ふかみとりあらそひかねていかならむ
まなくしくれのふるの神すき
あきしのやとやまのさとやしくるらん
いこまのたけにくものかゝれる
冬かれのもりのくち葉の霜のうへに
おちたる月のかけのさむけさ
きみこすはひとりやねなむさゝの葉の
みやまもそよにさやくしも夜を
かたしきの袖のこほりもむすほゝれ
とけてねぬよのゆめそみしかき」(第八紙)
やたのゝにあさちいろつくあらちやま
みねのはつゆきさむくそあるらし
ふるさとハよしのゝ山のちかけれは
ひと日もみゆきふらぬひはなし
いまよりハつきてふらなんわかやとの
すゝきをしなみふれるしらゆき
あさほらけありあけの月とみるまてに
よしのゝさとにふれるしらゆき
いそのかみふるのゝをさゝしもをへて
ひとよはかりにのこるとしかな
きみか世はつきしとそおもふかみかせや
みもすそかはのすまむかきりハ
すゑのつゆもとのしつくやよのなかの
をくれさきたつためしなるらん
みな人はゝなのころもに成にけり
こけのたもとよかはきたにせよ
もろともにこけのしたにハくちすして
うつもれぬ名をみるそかなしき
かきりあれハけふぬきすてつふち衣

はてなきものはなみたなりけり
おもひいつるおりたくしはのゆふけふり
むせふもうれしわすれかたみに
なき人のかたみのくもやしくるらん
ゆふへのあめに色ハみえねと」（第九紙）
たちわかれいなはのやまのみねにおふる
まつとしきかハいまかへりこむ
しらくものやへにかさなるをちにても
おもはん人にこゝろへたつな
わくらはにとふ人あらハすまのうらに
もしほたれつゝわふとこたへよ
このたひハぬさもとりあへすたむけ山
もみちのにしき神のまに〱
なには人あしひたくやにやとかりて
すゝろにそてのしほたるゝかな
たちかへりまたもきてみむまつしまや
をしまのとまやなみにあらすな
あけハまたこゆへきやまのみねなれや

そらゆく月のすへ（遍）のしらくも
なにはえ（盈）のもにうつもるゝたまかしは
あらはれてたに人をこひはや
もらすなよくもゐるみねのはつしくれ
この葉ハしたに色かはるとも
あつまちのさのゝふなはしかけてのみ
おもひわたるをしる人のなき
あさちふのをのゝしのはらしのふれと
あまりてなとか人のこひしき
いかにせむゝろのやしまにやともかな
こひのけふりを空にまかへむ
ゆふされハくものはたてにものそおもふ
あまつそらなる人をこふとて」（第一〇紙）
なにはかたみしかきあしのふしのまも
あはてこの世をすくしてよとや
うかりける人をはつせのやまおろしよ
はけしかれとハいのらぬものを
せをはやみいはにせかるゝたきかはの

われてするゐにもあはむとそ思
おもひかはたえすなかるゝみつのあはの
うたかた人にあはてきえめや
なき名のみたつのいちとハさはけとも
いさまた人をうるよしもなし
かたいとをこなたかなたによりかけて
あはすハなにをたまのをにせん（此ノ一首、行間補記、同筆）
おもひくさ葉するゐにむすふしらつゆの
たま〳〵きてハてにもたまらす
思ひきやしちのはしかき〳〵つめて
もゝ夜もおなしまろねせんとハ
ありあけのつれなくみえしわかれより
あか月はかりうき物ハなし
なとりかはせゝのむもれきあらはれは
いかにせむとかあひみそめけん
今こむといひしはかりになかつきの
ありあけの月をまちいてつるかな
あふことハとをやまとりのかりころも
きてハかひなきねをのみそなく
あしひきのやまとりのおのしたりおの
なか〳〵し夜をひとりかもねむ
わひぬれハいまはたおなしなにはなる
身をつくしてもあはんとそ思」（第二紙）
わかこひハにはのむらはきうらかれて
人をも身をもあきのゆふくれ
袖のつゆもあらぬいろにそきえかへる
うつれハかはるなけきせしまに
おもひいつるときはのやまのいはつゝし
いはねハこそ（ママ「あれ」脱カ）こひしきものを
ちきりきなかたみにそてをしほりつゝ
するのまつ山なみこさしとは
なけゝとて月やはものをおもはする
かこちかほなるわかなみたかな」（第三紙）

（翻刻に際しては、底本の漢字の字体、仮名遣い、改行などの書写型式をなるべく保存した。（　）内は私の註記である。）

図版Ⅰ　底本・東山御文庫蔵本〈上段・第一紙冒頭　下段・第三紙末第四紙前半〉

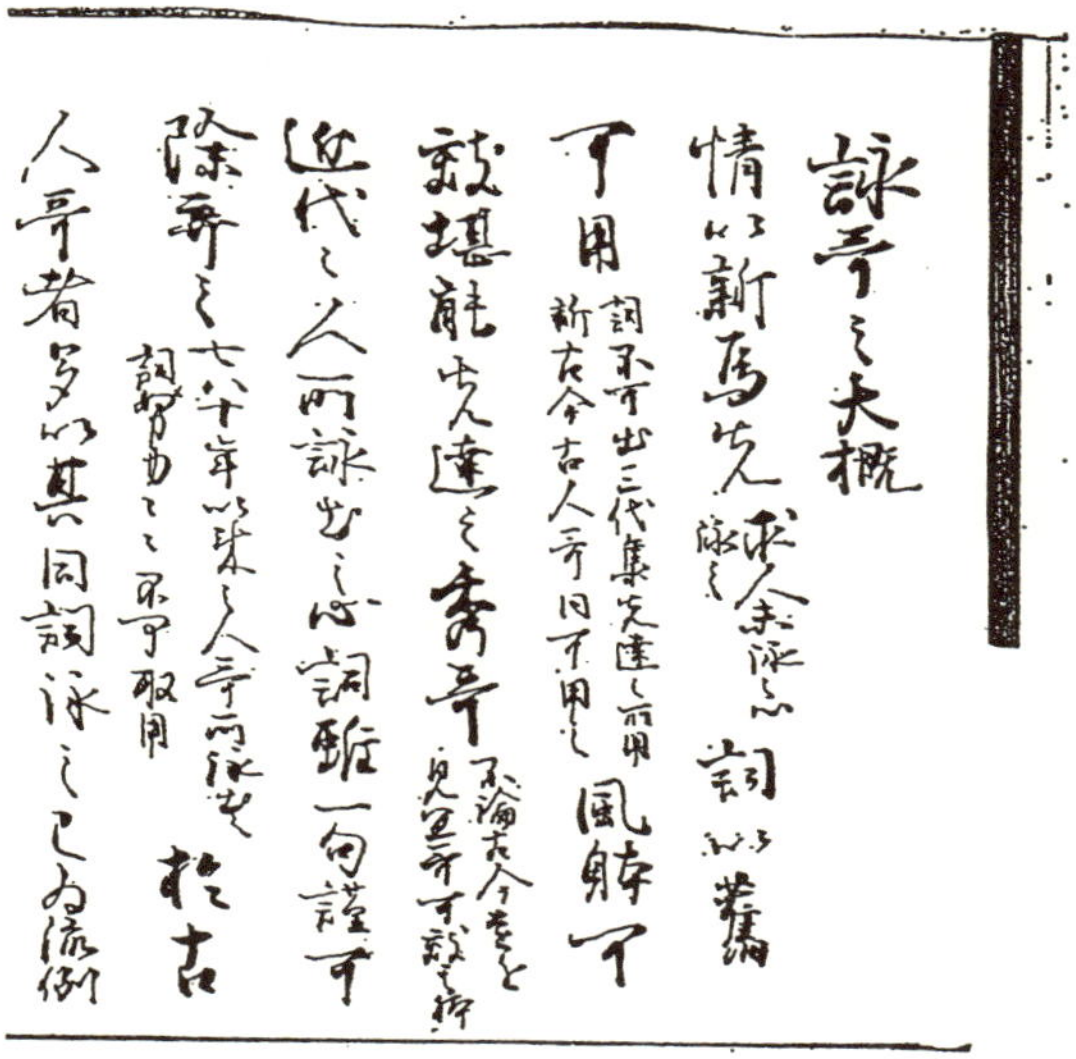

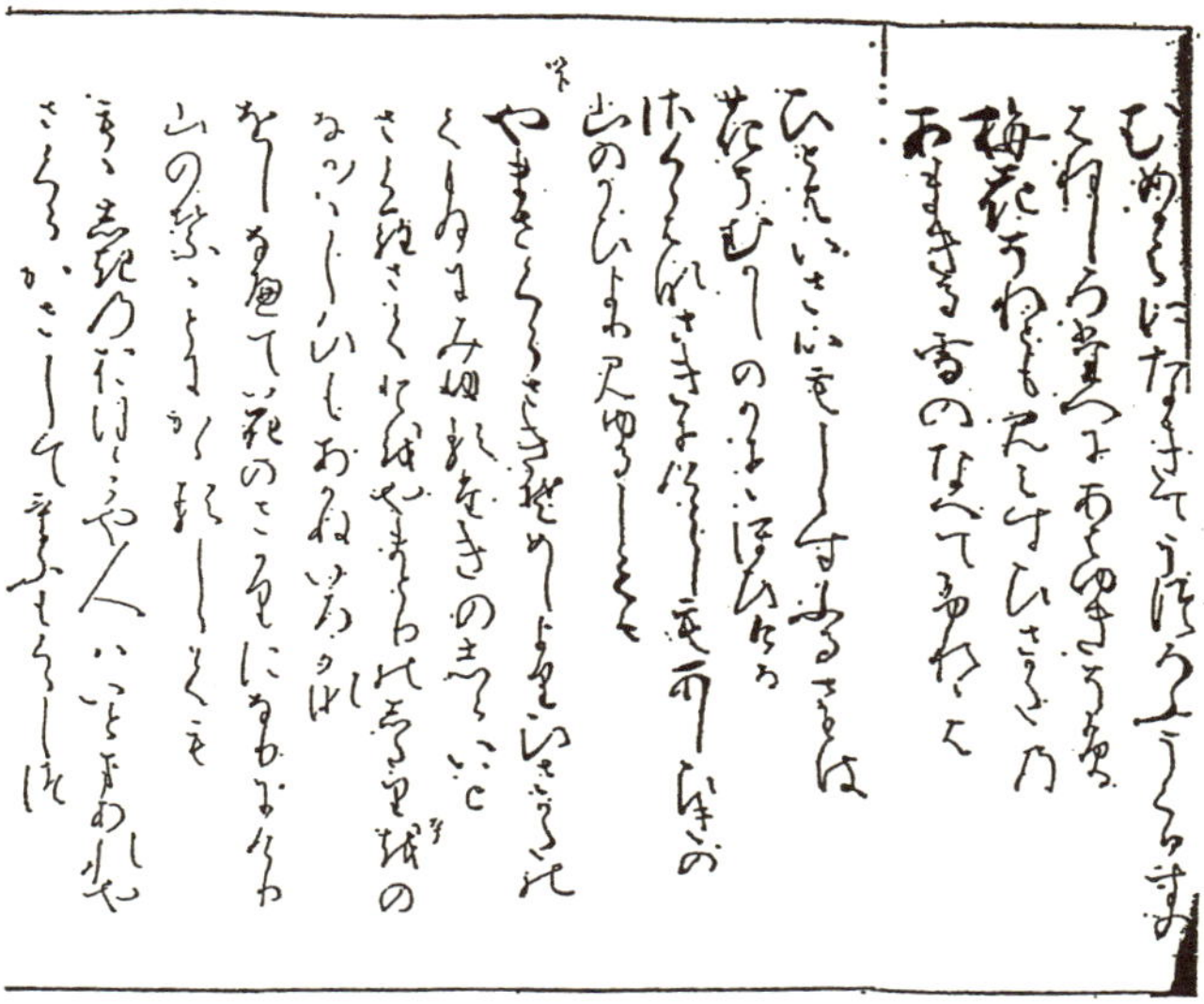

図版Ⅱ　慶応義塾大学付属研究所斯道文庫蔵『詠哥大概』（〇九二・ト三三・一）
〈右二丁表　左五丁面〉

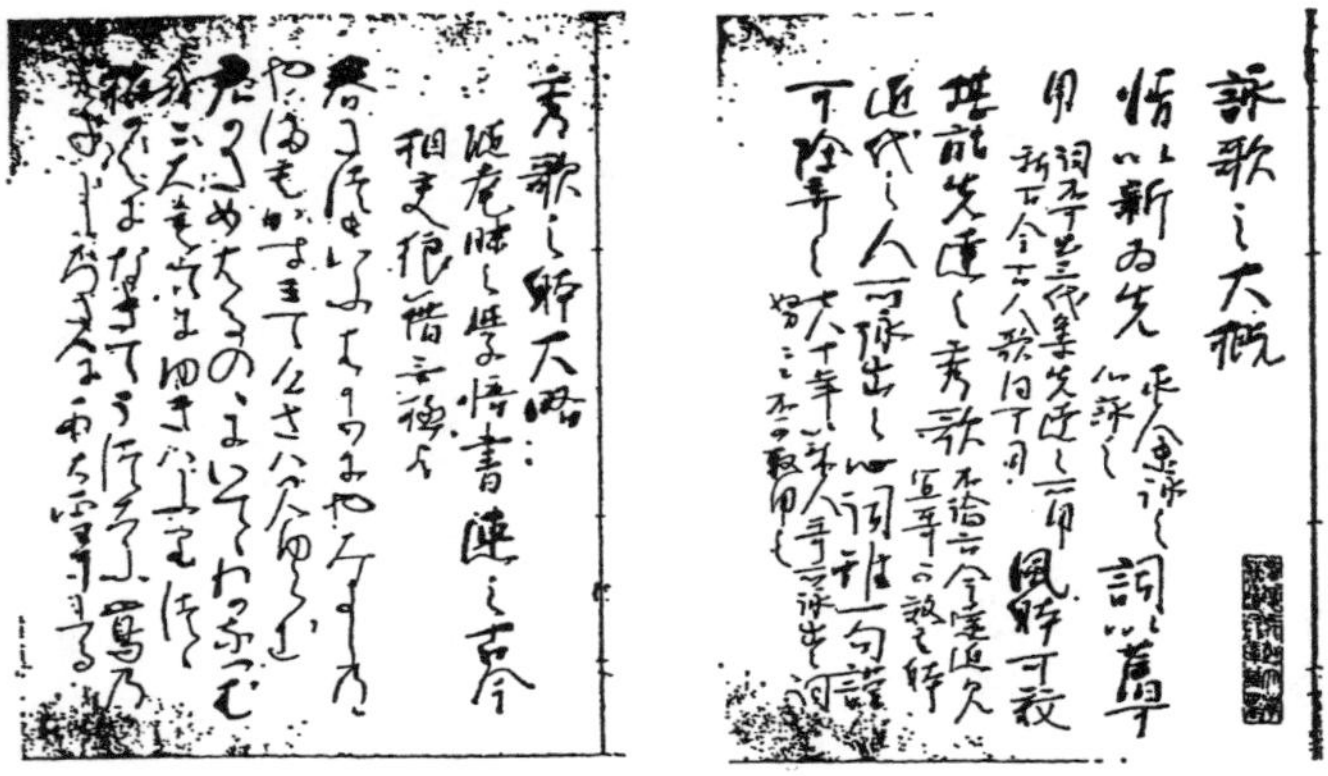

図版Ⅲ　擬似定家様一本（架蔵）
〈二丁裏三丁表〉

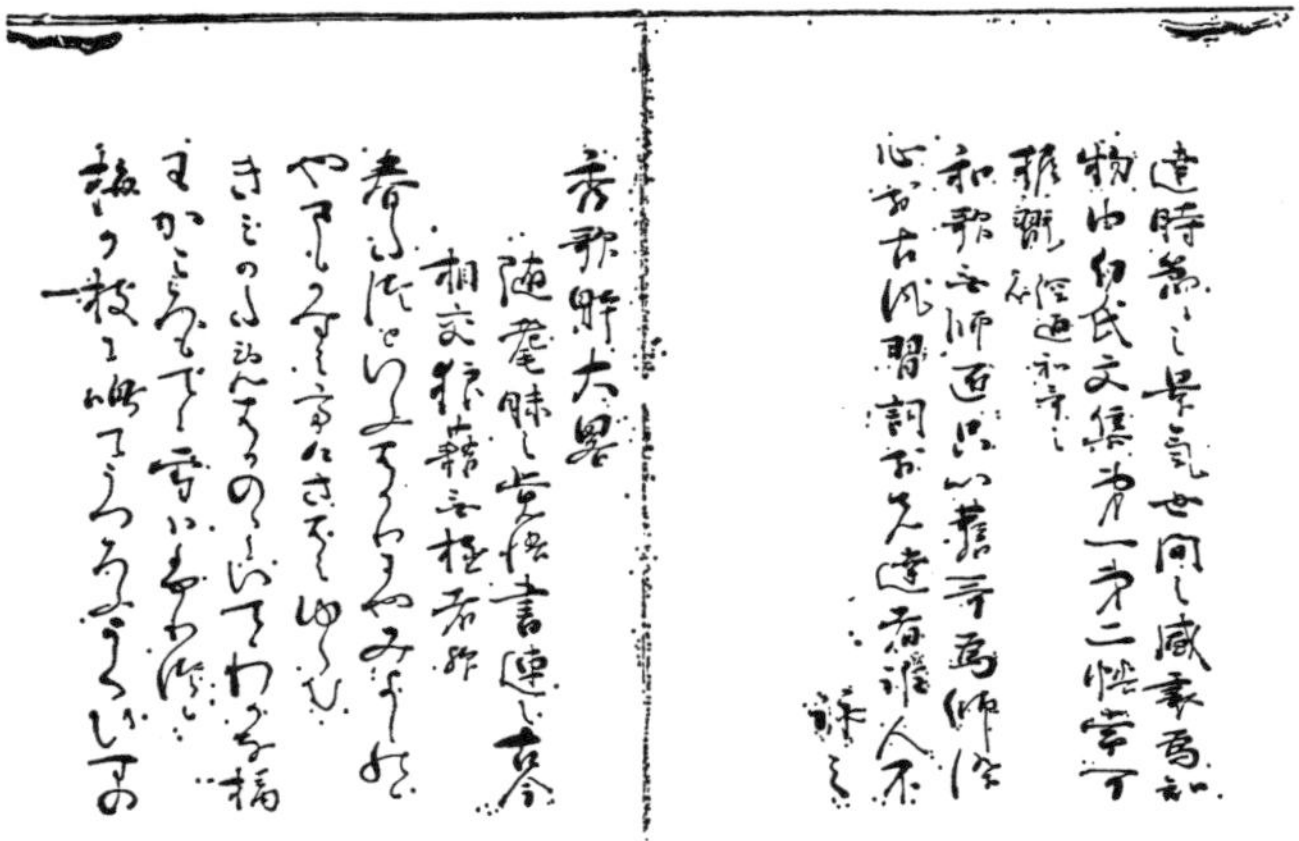

〈付記〉

翻刻並びに写真掲載を許可された宮内庁侍従職、参考図版の掲載を快諾された慶応義塾大学付属研究所斯道文庫、教示を賜った宮内庁書陵部　八嶌正治氏の各位に深謝申し上げる。

小稿は一九八九年一月成稿、その骨子を和歌文学会例会（同年一月一四日、早稲田大学）において口頭発表したのち、一部補訂を加えたものである。

なお調査の過程で、跡見学園女子大学特別研究助成費（昭和62年度）の援助を得た。

【補註】

「前稿（本誌前号掲載）」とあるのは、跡見学園女子大学国文学科報17号（平元・3）に掲載された「『詠歌之大概』の成立時期」を指す。『中世和歌論』V-1に所収。その際省略された「付」部分を含め本書のCD-ROMに収録。

6 定家における〈古典〉の基底小考

――『詠歌之大概』からの一照射――

今回の特集のテーマを中世の歌人、藤原定家の場合に即して考えてみたい。

定家にとって〈古典〉とは何であったかという問い、言い換えれば、定家はどのような〈古典〉認識を持ち、〈古典〉にどのように対しかつ関与したかを捉えるためには、定家の文学的活動の諸次元毎にその痕跡を子細にたどる必要があるだろう。すなわち、所与の詩的蓄積として存在し、定家にとっては素材であり源泉ともなる古典的諸書を〈読む〉という次元における活動、定家の撰した『新勅撰和歌集』やいくつものアンソロジー類のように、自己の批評眼・鑑識眼に従って古歌群をはじめとする詩歌の富を選別し新たな秩序を持ったテキストを編集する〈選ぶ〉あるいは〈編む〉という次元での活動、定家の主たる戦場と言うことのできる和歌を〈詠む〉という次元で、古歌の〈ことば〉と〈テキスト〉を援用し引用する活動、諸ジャンルに亘る夥しい数の古典籍・古記の類を筆写して襲蔵する〈写す〉という次元の活動、親炙する作品の本文とその内容を校勘し、加えて自己の理解を註釈書として〈注《しる》す〉という活動、さらには、和歌史の認識に基づいて、あるべき創作の方法と自己の指向・態度についての見解を理論的に説述する〈論ずる〉という次元での活動。こうした活動に密着しながら今日残されている諸資料を個別に精査し、それらの結果から抽出される諸相を束ねて、定家の〈古典〉へのかかわり方を検討しなければなるまい。

もとより課題は多いのであるが、ここでは大いに問題を簡素化し焦点を絞って、定家にとっての〈古典〉の基底にあってそれを支えているものは何かについて考えてみたい。その際の手掛かりを、定家の歌論書の一つ、すなわち上に掲げた〈論ずる〉という次元での活動の一足跡である『詠歌之大概』に求めてみる。

1 〈規範化〉と〈脱規範化〉

『詠歌之大概』はその名のとおり[1]、「詠歌」—和歌を詠む、という表現行為のための理論を約説した書である。中世歌論の多くがそうであるように、詩歌とは何かという本質論やその学的・体系的な理論構築ではなく、あくまでも歌を詠むという行為に即してその実践のための原理を略説する書であり、基本的な認識枠は創作論である。当の創作論の内実は、和歌をどのように詠むかという方法の論であるが、藤平春男が簡明に整理したように、中世歌論ひいては広く歌論の常として、〈方法〉は〈態度〉と相補的であり[2]、〈方法〉の論は常に〈態度〉の論によって裏打ちされている。『大概』(以下、この略称による)もまた同様の理論枠組のもとにあると言ってよい。

周知のように『大概』の冒頭は、「情以新為先」(情ハ新シキヲ以テ先トナシ)「詞以旧可用」(詞ハ旧キヲ以テ用ユベシ)の、詠歌の目標とも指針とも理念とも映る対句的な言辞で始められる。すなわち今一つの主要な定家の歌論書『近代秀歌』(自筆本)の、「ことばゝふるきをしたひ、こゝろはあたらしきをもとめ[3]」と通い合う論理である。「情」—「詞」「こころ」—「ことば」という王朝和歌以来の親しい二項を用いて説くのであるが、王朝の認識枠にとっては自然な「情」・「詞」の相兼と調和を称揚するのではなく、ここで提示されているのは、表現行為において「情」は「新」を「詞」は「旧」を、ともども追究するという、一面では背馳とも逆説とも取れる課題である。この難題とも言える詠歌の基本原理を実践するために、不可避的に要請される方法と態度が、以下の行文で、慎重に細註を交じえた叙述によって根拠付けられるのである。その根拠付けの方向は、要約すれば二つある。一つは〈規範化〉の方向である。たとえば、ただでさえ長大とは言えず、むしろ片簡とすら見なせるこのテキストの中に、何々すべきであると説く「可」（ベシ）の字が八箇所、否定形の「不可」（ベカラズ）が三箇所も含まれている。論理にも語調そのものにも、きわめて強く〈規範化〉の意識が働いていると言ってよいであろう。

〈規範化〉の方向はことに方法論の面において際やかである。用いるべき「詞」の範囲、効うべき「風躰」、「除棄」すべき「心詞」、取り用いるべきではない「歌」と「詞」の表現史的な範囲が限定され、最も中核となる〈本歌取〉的表現方法の説においては、取るべき「古歌之詞」の歌句・字数、主題・部立の転じ方、憚る必要のない慣用の歌句と逆に避けるべき著名な歌句、等が具体例を挙げて厳格なまでに規定され、さらに、殊に見習うべきテキスト、心に懸けるべき「上手ノ歌」、「握翫」すべきテキストが掲げられる。依拠すべき古典的な「心」「詞」「歌」そしてテキストが簡潔に記載されるのである。まさしく〈古典〉の〈規範化〉であろう。ただし、ここでの〈規範化〉はもとより無目的なそれではない。逆に、目的や指向が明示される。「常ニ古歌ノ景気ヲ観念シテ心ニ染ムベシ」として『古今集』以下の諸書を列挙し、「時節ノ景気、世間ノ盛衰、物ノ由ヲ知ラン為ニ」として『白氏文集』を挙げているように、親炙すべき古典的なテキストは、表現する〈主体〉の〈心的態勢〉を説くためにこそ掲げられているのである。

右の、主体の心的態勢と結びつけて〈規範〉が語られることに、すでに示唆されているように、定家には〈規範化〉された価値を説く方向とは逆に、権威化された外在的な規範を主体に引きつけて内在的な原理に照らして相対化するような方向、言い換えれば、非規範化あるいは〈脱規範化〉とも呼ぶべき指向が存在する。この〈脱規範化〉の方向は、後述する「和歌ニ師匠無シ」に特徴的に見られるような『大概』の態度論の面において顕著である。こうした〈規範化〉と〈脱規範化〉との（一種の逆説でもある）併存は、定家的と呼ぶ他ない回路によって乗り超えられるのであるが、当の回路が発動するときほとんど不可避的にもたらされる急進性は、定家が際会した表現史的状況の所どころの地点（あるいは時点）で、他者の認識との差異や齟齬となって現れる。

初期の定家に対する「新儀非拠達磨歌」の非難は、齟齬に伴う違和感が否定的な評価とともに示された例であろう。その種の悪評を付して嫉む人々の動向を熟知しつつ定家を推薦する父俊成の、慎重に配慮された文脈中に見える、

定家は、かつは姿をかへ、詞づかひいひちらし、古哥によみ合候はじ、とおもしろくつかまつり候を
（『正治二年俊成卿和字奏状』[4]）

には、規範となる「古哥」と格闘しながら自己の表現と詠法を探求しようとする定家がよく捉えられているとともに、父子の指向の差異も窺われる。また『後鳥羽院御口伝』の「定家は題の沙汰いたくせぬ者也」、「惣じて彼の卿が哥存知の趣、いさゝかも事により折によるといふ事なし」やそれに続く定家批判も、定家と院の認識の齟齬が鋭く露呈した事例であろう。〈規範〉をめぐる定家的なアムビヴァレンス（意識化されたアムビヴァレンスと呼ぶべきかも知れない）は、何より定家自身の発言に、

「中納言の哥、そのかみに変れるにや」と尋ね申しかば、「殊の外のことなり。此比の人に変らむと詠まるゝなり」
（『京極中納言相語』[5]）

のごとく、時流になずむことなく自己の方法を貫こうとする姿勢の表明として現れる。表現行為以外の領域にお

いても、『古今集』の本文の問題に触れて、

但如レ此用捨。只可レ随ニ其身之所一レ好。不レ可レ存ニ自他之差別一。志同者可レ随レ之。

の論理を幾度も識語に記しているのも同様であろう。まさしく〈古典〉である『古今集』の「証本」として留めるべく、本来、むしろ厳格に「用捨」すべき本文を、終極的には「其ノ身ノ好ム所」に随ってよいのだとする。外在的な原則を片方に置き、ときには厳しくその〈規範化〉を図り、一方では、常に自己の回路のもとで〈脱規範化〉の指向を保持しながら内在的な原理を提示しようとする姿勢は、定家の論理をしばしば捕捉し難いものとさせるのではなかろうか。そうした定家の論理を『大概』の先掲の箇所に立ち戻って読み直してみよう。

2 「師匠」と「先達」

前述したように〈脱規範化〉の指向を最もよく伝えているのは、『大概』論述部末尾の叙述である。鍵になると思われる「師匠」あるいは「師」と「先達」の語に特に留意してみたい。

まず定家は「和歌無師匠」（和歌ニ師匠無シ）という明快な命題を提示する。以後の中世そしてそれ以降にあっては、門流・門弟・師弟・弟子などの概念を伴って、制度化された場を背景とする関係性の中で用いられる「師匠」あるいは「宗匠」にむしろ重要な価値が付与されたことを思えば、権威ある師匠など不要とする定家の言はその系譜とは交わらず、非正統的もしくは異端的ですらある。同時代の良経が、自歌を判した俊成に敬意を籠めて「三品禅門、当世乃貴老、我道之師匠也」（『後京極殿御自歌合』識語）と記しているのも対照されよう。

師は不要とする定家は、続けて「只旧歌ヲ以テ師トナス」と言う。導き手は必要である、しかし実体としての人—歌人ではなく、「旧歌」すなわち作品こそが根拠であると言う。「旧」の概念はすでに冒頭で「詞ハ旧キヲ以

テ用ユベシ」という理念とともに、しかも割註で「詞ハ三代集ノ先達ノ用ユル所ヲ出ヅベカラズ、新古今ノ古人ノ歌ハ同ジクコレヲ用ユベシ」と「旧」の表現史的な範囲を限定して語られていた。それゆえここは、自己の想定する表現史的な区画に収まる古典的な「旧歌」を導きとする、と説くのであろう。

後続の、そして結びの「心ヲ古風ニ染メ、詞ヲ先達ニ習ハバ、誰人カコレヲ詠ゼザランヤ」は、詠歌の基本命題を提示したというべき冒頭の「情ハ新シキヲ以テ先トナシ」「詞ハ旧キヲ以テ用ユベシ」の対句と文脈上似る。首尾は照応し、論述部は円環し完結するかのごとくである。ただし子細に見れば、「情—新」「詞—旧」であった冒頭の対は、末尾のここでは「心—古風」「詞—先達」の対であって必ずしも相同ではない。ズレとも見られるこの箇所は、次のように解される。前接の「師匠」「師」にすでに示されているとおり、問題は場や関係性の次元ではなく、表現行為にかかわる主体の心的態勢の次元に即して語られている。当面の「染」「習」の動詞もそれをよく示している。したがって同じ「心—詞」論の認識枠の内にあるものの、「心—古風」の対で言われる「心」はより行為論的であり、より目標・指針・理念の色彩を色濃くもつ冒頭「情—新」の対の「情」とは質を異にしている。ここでの主眼は〈詩的主体〉をどのように見出すかにある。「古風」も「先達」もそのための媒介に他ならない。

「先達」に注意しよう。「先達」とは、導き手となるすぐれた先人の意。定家の時代の歌合の衆議や難陳に見られるように、「先達」が達成した和歌表現や「先達」の所見は、しばしば拠り所として援用される。ただしそれらは歌人たちの記憶の中で経験的に蓄積されて、暗黙裡に共同の知見や価値観として認識されたものであったから、「証歌」「本文」などの概念の場合と似て一面で無規定的であり、基準が不確定なまま恣意的に根拠とされかねないものでもあった。一方定家以後で見ると、為家の『詠歌一躰』のテキストが増殖してゆく過程で生成する

「先達加難詞」に象徴的なように、「先達」によってなにがしか難ぜらているがゆえに、斟酌して避けるべき対象に属する歌句群の「詞」を列記する中で語られる。すなわち「習」うべき「詞」ではなく、逆に依拠すべからざる「詞」を指示する——新たに権威化された〈ことば〉の囲い込み——〈領域化〉——という文脈の中で用いられる。「本歌に似過候歟、古歌句之在所及三句同所者、先達申無念之由候歟」（『宗尊親王三百首』春・三七・九条基家の評詞）などのごとくである。

すでに定家にも、「夢かす、非先達所詠、新儀歟」（『長綱百首』冬・旅宿落葉・五六）の評詞の例がある。若き門弟の詠歌に対する言辞という一面をもつが、論理自体は上述の系譜から逸脱するものではない。翻って『大概』における「先達」は、当該箇所と先引の「詞以旧可用」の割註部分とに見える他に、「風躰ハ堪能ノ先達ノ秀歌ニ效フベシ」「和歌ノ先達ニアラズト雖モ」のごとく都合四箇所で用いられている。後者の「和歌ノ先達ニアラズト雖モ」として挙げられているのが白楽天であることから知られるように、ここでの「先達」は広く詩歌史における卓越した先人を指すであろう。すなわち定家の「先達」の概念は中世和歌の趨勢に棹差しながら、同時に詩歌史の富へと開かれている。ここにも〈規範化〉と〈脱規範化〉の二方向の現れを見ることができる。

『大概』の側から定家における〈古典〉の基底にあるものをたどれば、それは、〈規範化〉と〈脱規範化〉という二つの指向のもとで、「古人歌」「古歌」「旧歌」「古歌之詞」と「古歌之景気」と「古風」、すなわち具体的な歌・詞・イメージ・様式として現れる〈古典〉とそれをもたらすテキスト群を媒介として、〈詩的主体〉を自己発見しようとする論理に行き着くのではなかろうか。

なおこの段の書写形式にも注意しておきたい。「和歌無師匠」以下を、前段に繋げて追い込んで書写する伝本の他に、「和歌無師匠」以下を敢えて改行する伝本がある。しかも改行した上に、本行から字高を下げて書く伝本（冷泉為秀筆の久松本もその一例）[6]も存在する。仮にこの書写形式が本来の形であったとして、定家自筆本もしくは定家筆本の改行（それは同時に紙上の余白の問題でもある）に見られる有意味的な一面をも考慮すれば、定家はこの箇所の論理に特段の意味を認めて記したことになる。逆にこの書写形式が後代の処理に起因するものであったならば、当然ながら「和歌無師匠」以下を定家の深甚な命題だと見なす後人の『大概』享受の一齣が反映していることになるだろう。[7]テキストの現状に、定家の真正性をめぐる分岐点が潜んでもいるのである。

3　〈古典化〉される定家と根拠としての個的な回路

述べたような定家の〈古典〉に対する姿勢とその言表は、皮肉なことに、後代〈古典化〉されるに至る。次にいくつか挙げる言辞は、『大概』がいかに依拠すべき正統的な書として権威化されたかを伝えている。

行住座臥、口にあるべきは詠歌大概、百人一首なり。（『聞書全集』）

この毎月抄をば、詠歌大概と両様かけあはせてとくとみるべし。文々句々金玉のごとし。（似雲『詞林拾葉』）

よみかたの教、また今更のぶるに及ばず。京極黄門詠歌大概にくはしくしるされたるをまもるのみなり。字々金玉、古今是を規矩とす。（烏丸光栄『内裏進上の一巻』）

〈脱規範化〉のヴェクトルを担い、個的な回路への還帰を主唱していたはずの定家の言説は、逆に規範として方向づけられ（すなわち〈規範化〉され）、権威を帯びた正統的な金言、古今不抜の規矩準縄として価値づけられるのである。こうした共同の認識に支えられて、おのずと『大概』のテキストはあまねく流布して、夥しい写本が生まれるばかりでなく、いくつもの註釈書が書かれ、また主として堂上圏においては講釈の対象となって数多くの聞書が作成され、さらには『大概』本文の字句にこと寄せて密やかなる説が相承され、ときには「切紙」の形で伝受（伝授）されたりもする。定家の言説自体が教条・教義となり〈古典〉となるのである。右に引いたのはいずれも近世の言辞であるが、これらをさらに遡る中世には、「定家」に自らを同一化して、語りかつ書く主体――プソイド（pseudo）定家（たち）――によって仮託書類が作成され、広く受容されるという歴史が存在していた。そうした定家仮託書の流布の底流にあるのは、定家の言説に対する「期待」[8]である。「期待」は〈テキスト幻想〉さらには〈テキスト伝説〉を生んで、定家仮託書の権威を高からしめ、より一層の流布を促すことになる。ここにも、〈規範化〉され〈古典化〉されてゆく定家を見ることができる。

こうした過程をたどってみると、単に〈古典〉は読み替えられてゆく、あるいは読み直されるという以上に、社会史的・文化史的な状況と種々の社会圏・共同性の場と担い手たちとの相互の連関と動態の中で、まさしく〈古典〉は作られるものであると言わねばなるまい[9]。『大概』享受史や定家仮託書の生成史にも、作られる〈古典〉の力学を窺うことができる。ただし定家その人における〈古典〉は、おそらくこれらの後史を反転させたところに存在していたであろう。

あらためて『大概』論述部の、ここで特に取り上げた末尾の文言を読み直してみよう。

和歌ニ師匠無シ、只旧歌ヲ以テ師トナス。心ヲ古風ニ染メ、詞ヲ先達ニ習ハバ、誰人カコレヲ詠ゼザランヤ。

既述した読解に従って右の段を敷衍すれば、定家は次のように語っているのだと考えられる。「和歌表現において帰依すべき「師匠」など必要ではない。「旧歌」こそ拠り所である。表現する主体の「心」を古歌の表現スタイルに親炙させ、発すべき「詞」を、すぐれた古人の〈ことば〉と〈テキスト〉に学ぶなら、誰しも和歌を詠むことができるはずだ。」と。これを〈古典〉とのかかわりでさらに敷衍すれば、「〈古典〉などというものがあらかじめ価値づけられて、主体から切り離されて存在している訳ではない。主体と無媒介的に〈古典〉が存在するのではない。あるのは、そして詩人がかかわるのは、ひたすら〈ことば〉と〈テキスト〉である。もし〈古典〉があるのだとすれば、それは、表現行為にかかわる主体によって実践を通して自得し再発見されるべきものである」、のごとく解されもしよう。さらに、定家の言説（と想定されるもの）を展開して、J・レノンの歌詩をもじって表せば、次のように言い換えられるかも知れない。

Imagine there's no Classic
Above us only words and texts

ただし、今日の私たちの時代のフィルターで濾過した認識によって、対象の像を恣に描くことには慎重であるべきだろう。幻の定家に余り多くを語らせまい。なぜなら、中世のものは中世へ、という命題は研究上の原則であるべきであり、定家の言説はそれが属しているコンテクストのもとで読解されるべきであるから。すでに述べたように、定家の言説は決して一次元的ではなく、右のような敷衍の前提となる〈脱規範化〉の一方で、定家は「古」「古歌」「古人歌」「古歌之詞」に厳格なまでに限定を加え、「古歌」を「取」る表現手法の方式をすら具体的に規定し、まさしく〈規範化〉を試みていた。そうした〈規範化〉と〈脱規範化〉の並立を超えて（あるいは、双方を統合して）、定家の理論と実践はどのように展開されているかを、定家の残したテキストに即してさらに吟味するという課題が私たちの前にある。したがって右の「もじり」にも多くの但し書きを付けなければならないのであるが、なおしかし、定家の言説には、詩歌史の先人たちが遺した筆の跡である〈古典〉と対話して、新たな〈ことば〉を紡ぎ出すときに、個的な回路の中でどのような悦び・昂ぶり・戦きが生起するのかを、意識化し方法化しようとする指向が基底において保たれており、そうした指向のあり方は広い意味の〈古典〉論に、一つの価値ある示唆を与えるものであるように見える。

さて、仮にそのように捉えてよいのだとすれば、中世の歌人・藤原定家の〈古典〉認識の基底にあるものは、わが「フォーラム」編集者の立案した小特集「新〈古典〉論」【補註】の基底にある（と想定される）問題設定とも著しく隔たっているのではなく、むしろいくつかの接点を持っており、少なくとも一点において通底しているのではなかろうか。当の一点を強いて命題化すれば、次のようになるだろうか。

〈古典〉は、確かに〈衆〉によって作られるが、同時にいつも〈個〉によって再発見される。

【註】

（1）このように言うためには「詠歌之大概」の名を書名として付したのは定家その人であるということが前提となる。本書の伝本に漏れなくと言ってよいほどに当該の内題が見られることは根拠となろう。比較的小規模の著述に、端作りのように表題を掲げて叙述を始めている例は、定家に少なくない。よく知られた例に、「僻案」（下官集）、「三代集之間事」（事書きの形式を持っている）など。『明月記』の別記としての「熊野道之間愚記」も同様であろう。なおこの書名は、後述する『大概』註釈史の中では「題号」の問題というトピックの一つであった。「之」の字の有無をめぐり、本来の書名は四字・五字のいずれであったか（両様のテキストが伝存している）も註釈史上の一争点であるが、ここでは細部に立ち入らない。『大概』の本文は、日本古典文学大系65『歌論集　能楽論集』所収による。ただし、漢字・カタカナ交じりの書き下しで掲げる（仮名本『大概』と区別する意図も含める。通行の字体に改めるなど、一部手を加える）。その際、日本古典文学全集50（新編87）『歌論集』所収（藤平春男校注）の本文を参酌する。

（2）藤平春男『新古今歌風の形成』（一九六九　明治書院）第二章・態度と方法、『藤平春男著作集』第1巻（一九九七　笠間書院）所収。

（3）影印本（一九五九　武蔵野書院）により、濁点・読点を付す。
（4）『歌論集㈠』（一九七一　三弥井書店）所収、井上宗雄校注による。
（5）家隆の言談の聞書中に見える。同右所収、久保田淳校注による。
（6）影印本『詠謌之大概』（一九六七　笠間書院）参照。
（7）ちなみに貞門俳諧の手引書『毛吹草』（正保二年（一六四五）刊）巻二「世話　付　古語」に、「天子に父母なし／聖人に夢なし／和哥に師匠なし」とある。新村出校閲・竹内若校訂（岩波文庫、昭和一八年（一九四三）岩波書店）による。ここに俚諺として伝えられている「和哥に師匠なし」は『大概』の所説に他なるまい。直接『大概』本文に当たって引用したか、それとも間接的な引用であったかは定かでないが、定家の「和哥に師匠なし」という言は、俳諧師たちはもとより広く時代の教養として定着していたのだと解される。重要なのは、「なし」尽くしの中で掲げられている「和哥に師匠なし」が、他に依存や束縛の対象を持たず、拠り所は自己自身にあることを言う文脈の中にあること、言い換えれば、個人の主体的営為を説く言として記されていると見える点である。天子や聖人の道と同じく、和歌詠作の道もまた個の孤独な営みだという訳である。この文脈を直ちに定家のそれに同一化することはできないが、近世初期における『大概』理解の一齣を伝えるものとして興味深い。
（8）田中裕『中世文学論研究』（一九六九　塙書房）二〇六頁参照。初出は一九五三・一〇。川平ひとし『中世和歌論』（二〇〇三　笠間書院）Ｖ・2、七三七―七三八頁参照。
（9）主として日本近代における事例については、ハルオ・シラネ、鈴木登美編『創造された古典―カノン形成・国民国家・日本文学』（一九九九　新曜社）参照。

【補註】本稿が、『跡見学園女子大学人文学フォーラム』第2号の「特集　新「古典」の研究」のために寄稿されたことによる。

II 定家テキストへの参与

1　真名本から仮名本へ

――〈『詠歌之大概』享受史〉措定のために――

要旨

藤原定家の作歌方法の原理を伝えるテキストの中で、『詠歌之大概』は最も主要なものの一つと言ってよい。同書は真名文だが、後人の手でそれを和らげたかと思われる〈仮名本〉が伝存している。仮名本の孕んでいる問題については夙くより論じられていた。しかし近時、同本に関する書誌的批判の進展は著しく、それに応じて、仮名本をいかに位置づけるべきかという根底的な問いかけもまた改めて求められていると判断される。右の見通しに基づいて、本論文では、最初に伝本論の課題を批判的に抽出したのち、素朴に「真名本と仮名本の差異は何か」と問うてみる。差異性の根幹を、(1)真名文から仮名文への文体の変移、(2)論述部に付載されている例歌部「秀歌之躰大略」の除棄の二側面に認め、各々の様相を具体的に辿る。(1)については、田中宗清願文を援用しつつ、やや記述的に吟味する。(2)では秀歌例の意味を内在的に、そして前段論述部との関連性を探りつつ位置づける。結局、テキストの転化につれて、真名本における定家の文体・認識、広く言えば定家の思惟像が言わば亜-定家のそれへと転化して行く様を把えようとする。以上の検討を通して得られる『詠歌之大概』享受史とも言うべき展望を素描するところまで論じたい。

近時、仮名本『詠歌之大概』の書誌的批判の進展は著しい。テキストの性格が次第に明らかにされつつあることに伴って、この〈仮名本〉をいかに位置づけるべきかという問いをめぐる課題も又、一層尖鋭化せざるを得ないであろう。右のような判断に基づいて幾分かの考察を試みたいと思う。そのために在りうべき課題を直ちに言い立てる前に、まず仮名本伝本論の問題点を見定めておきたい。

1 伝本論――批判と課題

夙く、仮名本の伝本ならびに本文と、その含みもつ問題性を明示したのは田中裕の論であった。(1)そののち久保田淳による校註・解題(2)を経て、近年、今井明による新出伝本の紹介を含む一連の論考、(3)湯浅忠夫の立論(4)をみることによって、仮名本の書誌については、かつて田中裕の行なった問題提起の段階以上に多くの条件の下で再吟味されなければならなくなったと言えよう。(5)ところで私は小論において、伝本論自体や、関連して問われる『毎月抄』真偽問題に相渉ることを意図していない。それゆえここでは、従来の研究に立って考えうる伝本論の課題を、若干の私見を交えつつ摘記しておくに止めたいと思う。

(1)　仮名本の伝本は今後とも博捜されるべきであろう。すでに確認済みの伝本に加えて、もう一本、大阪市立大学附属図書館蔵森文庫本（911・104・REN・森文庫）の存在を知りうる。同本は「西行上人談抄」の後に合写されている（江戸期写）。同抄奥書末に「此一帖了俊相傳了　判」とある事や、仮名本自体の本文の特徴ならびに左に掲げる全体の奥書、

元禄五霜月中旬

内大臣家煕公以御自筆書之

から判断すると、森本は「了俊本」系統の一本であり、しかも既知の京都女子大学図書館蔵吉沢文庫本（YK911・2-K）に近しい本と考えられる。吉沢本は元禄三年（一六九〇）近衛家煕書写本と目されるから、右の記載を信ずるなら、森本は吉沢本からの直接の転写本（あるいは再転写本）と考えられよう。[6]ただし吉沢本は「西行談抄」「詠歌大概」の後に「十躰」「和歌秘ゝ」「草子書様」「文字仕」の諸書（書名はいずれも扉題に拠る）を合写しているから、あるいは森本の筆写者は、吉沢本に基づきながらも「詠歌大概」の部分までを書写し「十躰」以降を省くという操作を加えたのかも知れない。今井の分類を適用すると、森本は「乙類」「第一種」に含めることができ、本文上も既知の伝本の枠を逸脱する特徴を持つものではないが、仮名本伝本の出現はなお在りうることを示唆するものとして注意されよう。

(2) (1)に今しがた記したところを考え合わせると、仮名本伝本の分類論・系統論はこの先も更新され緻密化されて行くはずであるが、その際、諸本の合写状況に現れている通り、『西行上人談抄』『定家十体』『近代秀歌』『下官集』等の流伝史と密接に関連させながら問うべきであることは言うまでもない。たとえば、仮名本自体の奥書に記された、早い時期の流布を伝えるものとして注意される東京大学文学部国語研究室蔵本奥の記載、

端入道右大弁筆　光俊
奥霊山法印定円筆

に着目してみよう。久保田校註に従えば、右に云う「端」は端作りを、「奥」は本奥書を各々意味していると解される。あるいは強いて読めば、「端」は端作りや本文冒頭部分を、「奥」は本文の後続部分以下を指すとも解される。すなわち、光俊・定円両筆の仮名本と認定したものとも把えられよう。ところで、『下官集』の伝本には

定円筆本の存在したことを伝える奥書を有するものが見えるから、右に云う「奥」はあるいは仮名本に合写されている「一　書始草子事」以下の『下官集』部分を指すとも理解される。すなわち右の記載は、仮名本光俊筆、下官集定円筆たることを加証したものとも取れよう。[7] 以上のように幾つかの解釈を立てうるが、ともあれ右の東大本をも含めて、仮名本流伝時期の比定の問題は『下官集』流伝史と切り離して考える訳には行かないであろう。他の合綴書との関わりも又同様である。仮名本流伝史は、各書の流伝史の束の中に撚り合わせられるように存在しているのである。[8]

(3)　伝本論は最終的に、仮名本成立時点そして仮名本流布の始発点は何時かという問いと不可分であり、伝本の分類論・系統論も右の問いと密接に結びつくことは言うまでもない。ところで、近来の成果により、仮名本にも流伝系統を複数立てうることが明らかとなったが、それらの系統相互の関係については問題が残ろう。今井は相互関係につき、これを明確にするに足る「根拠はまだ乏しい」と慎重に判断を留保している。一方、湯浅は系統論を進めて、積極的に諸本の基になった一つの「祖本」――真名書きの文辞をより多く残存させた形の――を想定する説を提出している。この問題につき暫く触れてみたい。

私見を結論のみ言えば、「祖本」想定説には同じえない。確かに現存伝本の異同状況を比較・類推して、異文を生む以前の初源の本文の姿を想定することは可能である。しかしそうした観点は結局のところ、諸伝本の本文上の相違を全て吸収した混態本文を、現存してはいないがかつて存在した原型（祖本）と見做し、理念的な像を描くことに帰着するのではなかろうか。湯浅の挙げる根拠のみからは、「祖本」推定について充分な説得力が得られるとは言い難い。仮りに単一の「祖本」が実在したとして、仮名本は当の源から派生したとするには、現存各系統は余りに字句・文脈の相違を来しているのではないか。苟も定家の著作の面影を伝える書の文辞が、中世、これ程まで「祖本」に捉われず異文を生みつつ享受されたとは考え難い。仮りに「祖本」が存したのなら、「祖本」の享受者たちは必ずや自在な改変を許されぬまで、その字句に厳しく規制されたのではなかろうか。

これを別の観点から考えてみよう。

たとえば『正徹物語』に次の記載が見える。(9)

定家の書に、「歌に師匠なし、古きを以て師とす云々。心を古風に染めて詞を先達にならはゞ、誰か哥を読まざらん云々」。

「定家の書」とある事と記載内容とから判断して、右は『詠歌之大概』本文を直接引用する意識で記されていることは誤りあるまい(書物を参照せず記憶のまま引いたとも考えられるが、いま採らない)。してみると右の本文は——成書としての仮名本に依ったか、正徹自身の真名本訓読になるものであったのかは暫く措くとして——当代における『詠歌之大概』訓読例の一つとして把えられる。然して、当の引用文と完全に一致するものを現存仮名本の中に見出せない。仮りに正徹が仮名本に拠ったのだとするなら、今日知りうるものとは別途に一つの仮名本本文が流布していたことになる。では我々は新たに「正徹本」を立てねばならないのだろうか。恐らくそう考えるべきではないであろう。『正徹物語』に見る右の事態は、中世、真名本『詠歌之大概』には幾通りもの訓読例がありえたこと、極端に言えば、享受者の真名文訓読の際の用語意識や癖に応じて多様な訓読例が生み出されただろうことを示すものではなかろうか。(10)

ここで我々は素朴に次のように問うてみるべきだと思う。

仮名本にはなぜ幾つもの系統が存在するのか。そしてなぜ各系統の関係を明瞭に位置づけえないのか。

というように。その答えは、真名本は享受されるにつれて種々に訓読され、現存仮名本の諸系統を含む、幾つもの仮名文体のヴァリアントを生むこととなった、という事情に求められるのではなかろうか。このように考える時、もはや唯一の「祖本」を想定することを躊躇せざるをえない。また、現存仮名本の系統相互の関係性を追求することはもとより可能であるが、あらかじめ「相互関係」の存在を前提として考察を進めることも控えねばならないはずである。結局、仮名本に「祖本」が存在したとするなら、当の「祖本」は仮名本の形態を示すテキストではなく、実は定家の手に成った真名本そのものに外ならなかったであろう。仮名本は真名本『詠歌之大概』の享受史における一つの存在形態を示すものであり、当の享受の過程、言い換えれば享受者の意識と認識こそが、本文の形態に幾種かの——今井に拠れば、甲乙丙三類、下位区分を含めると五種の——各々独自の異相を派生せしめたのだと言えよう。仮名本諸伝本の含みもつ問題性は述べたような問題領域の内にひとまず定位されるものと考えたい。

(4) 当の真名本を訓読したテキストの成立は何時なのかを歴史的に解明することは（(3)でも触れた通り）ひとつの課題であるが、逆に後代、その種のテキストが存在することへの関心がどのように現れているかを押えておく必要もあろう。無論、仮名本の存在そのものが、それを証示しているけれども、ここで言うのは書誌的な関心に基づいて仮名本に言及している例である。

今日の我々の関心より早く、すでに後水尾院抄『詠歌大概併勅抄』において仮名本に関する記述が見られる（田中裕紹介[11]）。改めてこの種の享受例の意味について考えてみたい。問題の要点は二つあろう。一つは、こうした関心は何時の頃から形成されたかであり、他の一つは、その際参照されていたテキストは如何なるものであったかである。

第一の点について検討すると、事の始発は後水尾院よりやや早く、恐らく紹巴あたりに求められると思う。紹

巴の『詠歌大概抄』（書陵部蔵本501・490）に、

一物のよし逍遙院殿大学ニ物字をこと〻よめるとて、こと〻よみ給へり、乍去定家卿仮名にあそはして誰にやらんつかはされしには、もの〻とあるとなん

と仮名本への言及がある。[12] 仮名本を定家作としている点と合わせて注意される。ただし末尾に「……とあるとなん」と伝聞の形で記されているのは実見に基づく説ではなかったことを示していよう。紹巴抄は奥書[13]から天正十年（一五八二）成立と見られる。右の条りは、同時点での仮名本享受の一面を伝えていると共に、前述した第一の問題点にひとつの年代的な目安を提供するものである。

紹巴抄の趣意は後陽成院の註書にも継承されたかと思われる。同抄『詠歌大概後陽成院御抄』（書陵部蔵本501・438）に、前引の言説に照応すると覚しい記事が次の如く見える。

或抄にもの〻よしをしらんか為と定家卿仮名にかきて誰人やらんにつかはすと云〻

ここにおいても言及は間接的である。のちの後水尾院抄に至って始めて、仮名本の本文は直接披見の上、引用されることになるようである。すなわち同抄には、仮名本は冷泉家蔵本であること、その題号、成立事情の説、奥書などが記されている。当の本文の姿如何——先記した第二の問題——を問うという当面の目的のために、後水尾院抄の記載を、仮名本への言及の見られる他の箇所と併せて、改めて引用してみよう。[14]

(a) 此序仮名にて書たる本冷泉所持古筆也あり。是には詠和歌大概と五字也。和の字入たるは聞宜からざるほどに除之歟。此仮名の序は、定家はじめ仮名にて書たる草本などを、若何人ぞ写留たるやうのこと歟。奥書に京極中納言定家卿、梶井宮へまゐらせられけるとなむ。まことに故あるかな。可秘可秘とあり。真名の序とは少少不同のことあり。

(b) 仮名にて書る序には、もののよしあしをしらんために、白氏文集第一第二帙を、つねににぎりとりもちてあそぶべし。ふかく和歌の心に通ずるなりとあり。

(c) 又仮名の序にも、古風に心をそめとあり。

(a)には異文が存在する。静嘉堂文庫本（『詠歌大概注』517・15・21830）並びに京都大学文学部史学科閲覧室蔵本（『後水尾院御講釋 詠詞大概三卿聞書』せ-5・3）[15]には、(a)の末尾近くの「可秘〳〵」まであり（それ以前にも少異あり）、後に、「如此あり、然者定家自筆にてハあるましき也」（静嘉堂本に拠る）と付言されている。仮名本の評価について院なりの見解があったことを伝えているのである。それはともかく、傍線部は院の披見したと思われる「冷泉所持」の仮名本の字句を伝えるものとして注意される。ただし(c)には何らかの本文上の乱れがあるかも知れない。先掲静嘉堂本に「心に古風をとあり」、京大本ならびに東北大学附属図書館蔵狩野文庫本（『詠歌大概鈔』狩4・10286・1）[16]には「心に古風を染《そめ》とかゝれたり」とあり、これら三本の引用の形に拠るべきかと思われる。而してこれらの引用文を、仮名本諸伝本と照合すると、最も近しいのは東大本であり、他本はやや相違する。しかしながら、東大本の内題は「詠詞大概」の四字であって、(a)に云うところとは異り、奥書もまた異っている。従って「冷泉所持」本は現存東大本と本文は似通いながらも、なお別途の流伝を辿った本かと推測される。以上のように後水尾院抄の記載から、近世初期に伝存していた仮名本の本文の一端を知りうる。こうした仮名本への書誌的な関心は、後水尾院抄ののちも、同抄の影響著しい霊元院抄（京都大学附属図書館蔵中院本『詠歌大概聞書』（中院VI・6））[17]や、霊元院抄をも踏まえた『詠歌大概講義大略』（三手文庫蔵二本）[18]などに継承されている。伝本論は、右のような旧き研究史上の註書類に現れた、仮名本への関心・言及をも掬い上げ、かつ論点の中に組み入れるべきだと思う。

2　問われるべき前提

さて、やや煩瑣に亘った伝本論への私的コメントを閉じて、改めて仮名本の問題性に思いを致すと、課題追究のためには、前提的な事柄を問い直しておくことが反って必要なのではなかろうか。

たとえば次に記す三点は、すでに明証事であるかのように見える。

(1)真名本は定家作であること。

(2)仮名本は真名本を和らげたものであること。

(3)仮名本は定家作ではないこと。

従来の諸論は、これらを問うまでもない前提としてきたと思われ、私もまたこれらを論の出発点とする立場をとりたいと考える。しかし、右の諸命題の所以を辿り直すことによって、むしろ在るべき課題の端緒を捉えることができるのではないか。すなわち、これらは一旦は問われるべき前提であるように思われる。

確かに(1)について言えば、真名本の一本（久松潜一蔵本）[19]は定家自筆本を為秀が書写したという信ずべき伝来をもつこと、真名本本文には伝本により重大な変差が認められないこと[20]、また長く定家の著作として受容されてきた歴史等から、事の次第を疑う必要は乏しい。また真名本本文の単一性と仮名本本文の多様性あるいは揺れ、そして仮名本の文体から判断すると、真名本の先出、しかも同本を訓読した結果、仮名本は成立したと解する。すなわち(2)を考えるのが順当であり、その逆は不自然とすべきであろう。とすれば訓読‐仮名文化は後人の所為であって、そこから(3)もまた自ずと推論されるであろう。

しかしながら、先に参照したところに現れていた通り、旧研究史は必ずしも右の如く把えてはいなかった。(1)

はともかく、(2)・(3)について旧研究史は我々とは別箇の見解を示していた。考えてみれば、真名本のみならず仮名本をも定家真作と認め、両本共々流布したのだとする見方も、論理的には有りえよう。仮名本を定家自著の「草本」に基づき、何人かが写し留めたものかとする先引の後水尾院抄は、そうした立場を示すものであろう。この種の見方は後水尾院抄以外にも散見される。たとえば、題号は「詠歌大概」か「詠歌之大概」か——四字か五字か——という古くよりの問題点に触れて[21]『詠歌大概抄講談密註』（静嘉堂文庫蔵517・15・21840）[22]の云う、

又定家卿正本に仮名にて書給一本あり、それにはの〻字ありとなん、以前には仮名にてありしを、後、真名に直し給にや

なる言説は、仮名本先出、仮名を真名に書き改めたとしている。また『詠歌大概秘事直談鈔』（静嘉堂文庫蔵517・15・21838）[23]は先後関係には触れないものの、次の様に註している。

又定家卿仮名にて書給一本有、其にはの〻字を入たりとなん一説、真名に書給ふは尊快親王へ進せられし本也、仮名は式子内親王へ進し給ふとそ

仮名本は式子に宛てたものとする説は奇警であり、斥けるべきであるが、真名・仮名両本は執筆対象が相違していたと解する点は注意してよいと思う。これら近世の註書類の言説は一部に怪しげな面を含みながらも、真名本・仮名本の成立事情をめぐってさらに細かに検討する余地やそのための視点がありうることを我々に教えている。そして右の書どもはいずれも先記した(2)・(3)とは全く逆の前提に立っている。もとよりこれらの言説は、仮名本の存在とその由緒を素朴に信ずることによって生じたものと思われるが、旧き研究史にすでにこうした見解の見られることは留意される。

翻って、今日知られる仮名本伝本の所伝に拠れば、先掲東大本奥に記されている如く、仮名本流布の時期は、光俊・定円らの鎌倉中期にすら遡行せしめうるかにも見える。仮名本は単に後代的なものとして過小評価される

べきでなくなってきたのである。こうしたテキストの遡行ともいうべき事態は本文内容についても見られる。そもそも問題提起者である田中裕は、真名本・仮名本の差異を認識の齟齬に求めていた。すなわち真名本に見られる定家の本歌取技法に対する方法認識と、仮名本に記されたところのそれとは異なり、論理的そして理論的齟齬を来しているものとするものであり、その論点は仮名本の記述のほとんど一点を重視したものであった。ところが、今井明の批判する通り、伝本論の成果に拠れば齟齬は必ずしも絶対的ではなく、別系統のテキストに依拠すれば、仮名本はむしろもとの理論をある意味では正確に汲取る形で訓読しているとも解され、云われていた齟齬は——依然として一点についてだが——相対化されつつあると言ってよい。両本の溝はやや埋められ、差異性もまた薄められつつあるかのように見える。

大きく俯瞰すれば、旧研究史は、(2)・(3)の逆の命題を素朴に前提としており、一方、新研究史は、一旦設定した(2)・(3)の前提を、書誌的事実をもって、前提そのものには相渉らずに、相対化しつつある、と言うことができるであろう。以上のように新旧の研究史を考え合わせるとき、論の出発点となるべき「前提」の当否ではなく、その内実自体の検証を、むしろ課題として設定する必要があるのだと思われる。そこで改めて問題を一つの簡素な形に絞って、

真名本と仮名本の差異は何か。

という問いを立ててみよう。そもそも真名本・仮名本の間で何がどのように転位・変移しているかを具体的に尋ねてみたい。右の問いは両本の性格を共々見定める問い、そして何をもって定家的なものと捉えるかという問いと深く結びつくはずである。

3　差異性の計測

両本の差異性を吟味するために、従来とは異なる観点や工夫を用いることはできないだろうか。

たとえば次のような観点を導入してみよう。定家の仮名遣の原則に照して、仮名本の仮名遣には矛盾が認められないか否か。仮りに矛盾を存しているのなら、仮名本は定家自身の用字意識と乖離していることを証示しうるであろう。そこで国語学の教えている定家仮名遣の原則のうち、定家の使用例において際やかに踏襲されていたと思われる「を」と「お」――『下官集』に云う「緒之音」と「尾之音」――の使い分けを採り上げて、仮名本本文の用字を点検してみよう。

仮名本中に見える多くの「てにをはの詞のをの字」は、『下官集』に「お」と区別して記されている通り、仮名本においても乱れは認められない。しかし「てにをは」に乱れのないことは当然と言えよう。それ以外で問題となりうる用字を、仮名本の一本、東大本について見ると、次の五箇所を抽出しうる。

①新古今の哥をなしくこれをもちゐるへし
②いにしへのうたにをいては
③五句のうちに三句にをよはゝ
④なをこれを案せよ
⑤をなしこと葉をもて古哥の詞を詠するは念なし

これらを大野晋による調査「藤原定家の仮名遣実例」に照らしてみると、②の「をいて」については該当例を見出せないが、[25]④の「なを」は高松宮本古今集に二例（一〇〇一・一〇〇二）、同後撰集に一例（一〇九二）、伊勢物語（天福二年本）に一例、御所本更級日記に一例と、いずれも符合する例を見出しうる。同様に③の「をよは」（をよふ）と「を」の字を用いる例は、高松宮本拾遺集一例（八九二）、更級日記一例、自筆本近代秀歌二例が存し、③・④は共に定家の実例と矛盾しない。ところが、①・⑤に二度用いられている「同じ」を「をなし」と表記する例は、一つも見出せない。「同じ」は定家にあっては例外なく「於なし」（おなし）であり、大野の挙げる各書の多数の例がこれを証示している。ちなみに自筆本近代秀歌について見ると、「おなしくつゝけつれは」とある「おなし」は「おもしろきさま」、「おもむく」「おもむき」、「人の心おとりて」、「おもひいれて」「おもへる」「おもふ」「おや」「おいにのそみて」、「おほかた」と同じく「お」と表記されており、「たけをよひかたく」以下「をよふ」の五例、「をしへ」、「とをくきく」、「をのつから」、「さなからをき」、「をの〳〵」などの「を」とは明確に区別されている。[26]仮名本中の用字①・⑤は定家の用字法の規範から逸脱する例を含んでいることになる。

これを仮名本諸本について検してみよう。各類・各種の主要な伝本について（以下、今井の分類名に従う。二次的資料である乙類第三種の頓阿本を除外する。また同類第一種は平松本で代表させる。後段で本文異同を問題にする際も右に効う）問題箇所を列挙し、各々定家の実例（同様に大野晋に拠る）との合致の別を、○×の記号で用例の頭に註する。（＊は前出東大本の②の如く実例との照合を差し当りできないもの、あるいは漢字表記を用いているため確認しえぬものを示している。）

・書陵部本〔甲類〕

○①新古今の哥おなしくこれをもちゐるへし

＊②いにしへの哥にをきては

○③多そのおなし詞これを詠す
×④五句の三句におよはゝ
＊⑤同ことをもちて古今のこと詠するハ無念
・伊達文庫本〔甲類〕
○①新古今のうたおなしくこれをもちゐるへし
＊②いにしへの歌にをきては
＊③多くその同し詞これを詠す
×④五句の中三句におよはゝ
＊⑤同ことをもちて古歌の詞を詠するは無念
・京大平松家本〔乙類第一種〕
＊①新古今の哥同くこれを可用
＊②古の哥にをきてハ
＊③五句のうちに三句に及は
＊④猶これを案せよ
＊⑤同詞をもて古哥心を詠する無念なり
・久松本〔乙類第二種〕
○①新古今古今の哥おなしうこれをもちゐるへし
＊②いにしへの人の哥におきては

○③おほくそのおなしきことは
×④五句の中に三句におよはゝ
○⑤なをこれを難せよ
＊⑥同ことをもちて古哥の詞を詠するは

・東大国語学研究室本〔丙類〕（前引）

頭の記号により明らかな如く漢字を多く宛てる乙類第一種本（掲げた平松家本以外の伝本も全く同様の傾向を示す）のように明確にし難いものを除くと、各類とも×印を含まぬものは存在しない。つまり現存仮名本はほとんどの系統において、定家の仮名遣の規範に合致しないものを何がしか含んでいることになる。仮名本は定家の用字法と乖離する面を含み持っているのだと言えよう。

ただし無論のこと、現存本はいずれも幾度か転写されて伝存していると考えられ、必ずしも各系統の成立した折の原初の姿を留めていると見做すことはできない。それゆえ、現存本の形をもって直ちに定家の用字法との合致如何を振り分けることは妥当でないとも言えよう。しかし現存本に拠る限りでは、仮名本は定家の用字意識とその規範に照応しない面を含んでいることは強調されてよいと思う。おのずとここに仮名本は定家自身の認識・営為と齟齬するものであることの徴候を読みとることができる。

用字法の側面に甚大な意味を認め、かつこれを決定的な物差しとするという立場を取れば、右をもって仮名本と定家の所為との異和を云うための証左と見做すこともできよう。しかし、右述した転写本であることの問題を考慮し、さらに、文学的テキストに籠められた定家の認識は一層大きな広がりにおいて存在していたとする見方に立つなら、差異性の検討はさらに別種の判別方法を用いながらなされるべきであろう。

4 差異の根幹

真名本と仮名本の相違——先に記した前提（命題の論理を肯定しつつも、その内実を吟味すべきであるという考えに立つことを重ねて断っておく）に即して言えば、真名本から仮名本へと訓読される過程で生じている相違——を、ごく素朴に記述すれば、それは次の二点に要約されよう。

A　真名文から仮名文へと変えられていること。

B　真名本付載の「秀歌之躰大略」は仮名本において除棄されていること。

Aは文体の問題に、Bはテキストの構成の問題に関わるが、A・Bともに、かつて論じられた差異性の問題——本歌取方法論をめぐる認識の齟齬如何という論点——がより論理内容の深層に根差していたのに比すると、表層に関わるものに過ぎないようにも見える。しかし定家の語感や気息の如きものと結びつくA、そして論理構成の行方如何を示すBは共々、テキストを支える内質の変移の問題と深く関わっているのではなかろうか。素朴ではあるが基幹的なところから改めて問い糺す必要があるのだと考えたい。

5 雑仮名文の問題

まず前節のAの側面について考えてみよう。仮りに、仮名本の文体の中に定家自身の真名文訓読の方式と齟齬を来している徴証を見出すことができるならば、我々は両本の乖離を、そして仮名本は定家の所為とは相容れない作為によって成立しえたことを証示できるに違いない。そこで事の傍証を得るために、一旦『詠歌之大概』両本の外側へと視野を拡げて、一つの模範例あるいは試験例として『法印宗清石清水八幡宮立願文草案』を採り上げてみたい。同書は、石清水の祠官田中宗清が自身の所願を記したものである。早く建保五年（一二一七）宗清の依頼により大江周房が真名文で草していたもの（『権別当宗清願文案』）を、のちに定家に誂えて仮名交り文に改めたものであり[27]、貞応二年（一二二三）十月の年記をもつ定家筆本が伝存している（天理図書館現蔵）。双方の書を見較べることによって、もとの真名文を、定家はどのように訓読しかつそれを仮名文に書き改めているかを具体的に辿りうる。もとよりここに現れたところのみを定家における真名文訓読法の原理そのものであると断ずることはできないが[28]、定家の真名文訓読―仮名文化の営為を如実に示す一例であることは間違いない。幸い宗清の裏書をもつ真名願文が石清水文書中に見え[29]、一方、定家筆の仮名願文は右述の如く現存しており[30]、我々は原態さながら、高い精度をもつ二つのテキストに即して定家による訓読―仮名文化の過程を検証しうることになる。このように考えるとき、仮名願文の加証奥書で近衛信尹の云う通り、同資料は我々にとってもまことに「不可思議之一軸[31]」である。その上、当仮名願文については、すでに小林芳規による分析があり、国語学の成果から豊かな示唆を得ることができる[32]。

　さて両テキストを我々の意図に引き寄せて検するにつけても、あらかじめ考慮されるべきことは少なくないが[33]、それらは当面の視点を無効にするものではないと判断される。むしろここでは、定家が仮名雑《まじ》り文化――雑仮名化――する際、もとの真名願文を机辺に置いて、如何に忠実に訓読・筆記の作業を進めたかを示すに足る箇所を二三例示しておきたい。

(1)仮名願文第二条（真名願文第二条）中の、

　右別当の転任撿挍に転任のかはり一の権別当をもちてかならす別当に補すへし

斜線で定家が見せ消ちにしている「転任」の二字は原真名文に

右、別当転任検校之替、以一権別当、可挙補別当
の如く傍線を付した字続きになっている故に、定家は一旦原文のまま記し、続けて「撿校に転任の」云々と訓読したあと、語の重複を避けて「転任」の二字を削除したものと推定される。

(2)同第六条（同第一一条）の条目

宮てらの僧俗たやすく不可任官すへからさる事

真名文の「宮寺僧俗輙不可任官事」を読み合わせると、(1)と全く同様の例であることは明らかであろう。

(3)同第七条（同第一三条）冒頭部

右鵝眼轝牙斉納越布の類庫倉ニおさめむもの

「越布の」の「の」字は下に一旦「之」と書き、「の」と重ね書きされている。これは真名文「右、鵝眼轝牙斎納越布之類、納庫倉之物」の「之」字に規制されたものであろう。

(4)同第九条（同第一四条）中の、

亘時不断の念佛をとなへて永代無朽の善根を修せむ

の「永代」は、下に「永く」と書いた上に「永代」と重ね書きしている例。定家は一度は「永く」と和解したものの、原文「唱亘時不断之念佛、修永代無朽之善根」に見える「永代無朽」という熟した表現をよしとして書き改めたと推定される。

これらの微細な手入れの中に、真名・仮名相互の語性・表現性を計りながら、前者から後者へと字句表現を変換している定家の用語意識の生々しい現れを看取しうるように思う。そうだとするなら、その変換の様態の中に、唯一とは言えぬまでも、定家における一つの原則を認めてよいであろう。而して、ここに想定しうる原則を

一つの物差しとして設定し、これに、真名本『詠歌之大概』と仮名本の相関性の様態を照らし合わせてみたい。

真名大概のうちの真名文字で、真名願文にも見られる文字が仮名願文においてどのように訓読されているか、想定しうる定家の原則、そして同じ字の真名本・仮名本における用例を、最初に、但・已・殊・只・未・全・更の七字についてとり纏めてみよう。

	真名願文の用例数	仮名願文の用例数	原則		真名大概の用例	仮名大概主要伝本の用例 甲一	甲二	乙一	乙二	丙
但	8	6	但／たゝし	1	但取古歌詠新歌事	但	但し	たゝし	但	たゝし
已	3	1	已／すてに	1	已為流例	已	已	(ナシ)	すてに	(詠す)ゝてに
殊	7	6	殊／ことに(他ニ熟語1例アリ)	2	殊可見習者 三十六人集之中殊上手歌	ことに ことなる	ことに ことなる	殊に ことなる	ことに ことなる	ことに ことなる
只	1	0	*	1	只以旧歌為師	(ナシ)	(ナシ)	たゝ	たゝ	たゝ
未	4	4	未／いまた	1	求人未詠之心	いまた	いまた	いまた	いまた	いまた
全	2	1	全／またく	1	全雖何度不憚之	またく	またく	(ナシ)	(ナシ)	(ナシ)
更	1	0	*	1	更不可詠之	さらに	さらに	更に	更(真名文脈)	さらに

先述の通り、直名願文の原文は仮名願文において一部削除されているから、両者の用例数は必ずしも一致しない。従って「只」「更」のように仮名文中の用例が零のものもあり、これらについては*を付したように、訓読の様を知りえない。しかしその他は、用例から、訓読・仮名文化における「原則」として、同項に示したような

対応関係を知りうる。ただし、深く考えるまでもなく、「但／たゝし」を始めとして、これらの対応はいずれも他に置き換えることの難かしいほど安定した例である。それは＊を付した箇所とて同様で、「只／ただ」「更／さらに」以外の対応は考え難い。而して真名・仮名大概の用例を参照するに、右に述べた安定度に相応して、おおむね変差は見られない。すなわち掲げた文字どもについては、定家の原則と仮名大概の様態との間に矛盾は無い。しかし定家の語感というような微妙な領域に触れつつある当面の我々にとっては、ここに検討すべき問題が存在していない訳ではない。それを今「殊」「全」の場合について細かく見てみよう。

「殊」字は真名願文に七例見える。うち一例を含む部分の字句は仮名願文段階で削除されている。残る六例は二色に分かれる。第一は「殊」を「ことに」に改めるもので、「殊被于吾朝者歟」（第一条）を「ことにわかくにゝかうふらしめたるものか」と訓じている例を始め、四例を数える。第二は、「為宮寺有殊巧者」を「宮寺のため殊功あらむもの」とするもので、同一の語「殊功」を保存している例が他に一つ、都合二例存する。すなわち定家の訓読の原則には、「殊」を「ことに」と訓ずるものと、「殊功」の如く熟語として扱うものとが併存している。一方、真名大概の用例は①「殊可見習者」②「三十六人集之内殊上手歌」の二つ。仮名大概を見ると、①はすべて「ことに」（ないしは「殊に」）、②は諸本とも「ことなる」に対応している。「ことなる」は差し当り抽出しうる定家の原則から逸脱していることになる。[34]

「全」字は真名願文に「雖有人之煩、全非神之謗」（第一一条）の例を見る。これに対応する仮名願文は「人のわつらひありといへともまたく神のかさりにあらす」。「全」字は他に一例（第一五条）在るものの「一期之壽算是全」であり、「全《まつた》し」あるいは「全くす」の例と考えられる。また同例は仮名願文においては除棄されており、参照しえない。しかし右の掲出例によれば、原則は「全／またく」である。真名大概の例「如此事、全雖何度不憚之」に対応する仮名文の、本文異同を検すると、「またく」の如く原則に従うもののある反面、対応する語なく、当該字のニュアンスの省略されているものも並立している。

このように真名の原文から何ほどか遊離する様を見出すことができよう。さらに、「更」字の仮名大概・乙二の形のように、当該部分については敢えて原文を訓み下さないものの在ることにも注意すべきである。重要なのは、こうした一定の遊離現象は仮名本の特定の系統にのみ偏って見られるのではなく、先表に太字で示した通り、散在しながらも、各系統に亘って等しく認められるという事実である。さらに別の文字について検討してみよう。

○「之」

「コレを」云々の例は真名願文に八例ある。仮名願文と対比して一々例示する。

①密宗者許之――密宗ハこれをゆるす
②少々借請而雖用之――少〻かりうけてこれをもちゐるといへとも
③連々指合不償之――連〻さしあひてのはさるあひた
④薬師堂自本有之――薬師堂もとよりこれあり
⑤観音堂依先師之願可建立之――観音堂先師の願ニよりて建立すへし
⑥購取可放之――あかひとりてこれをはなちかへすへし
⑦⑧持念之修行之――これを持念しこれを修行して

八例中五例はすべて「之／これを」の対応に従っている。しかし語調によって④の如く「これ」とあるもの、③⑤の如く「之」を省いて訓じているものも見られる。

真名大概に同種の「之」は一〇例（他に「秀歌之躰大略」部分に一例）と多用されている。仮名大概では、「之」を省略する傾向が見られ、五箇所保存する久松本の他はいずれも四箇所を残すのみである。先掲した比較的よく踏襲されている原則に照らすと、異和が認められる。ただし原則に沿わない場合も存するのだから、差異性の著しい徴証と断ずることもできない。なお湯浅は、仮名大概諸本に共通して現れる「之／これを」の対応箇所を、「祖本」の原態を留めるものと解するようであるが、それを証する確かな根拠は、右の次第をも考えると、差し当り得られないのではなかろうか。

○「染」

動詞の例の中に、双方比較しうるものとして「求」「用」「及」「染」を検索しうるが、問題の少ない三字を略し、「染」を例示しよう。願文では次の一例を見出しうる。

汝為我誦念経呪、染心冷思、與汝共上洛――なむちわかために経呪を誦念す心にそみおもひを□すなむちとゝもに上洛して

真名大概の「染心於古風」に近しい例であり興味深い。仮名大概の異同は、

心に古風をそめ（書陵部本・伊達本）
心を古風にそめて（平松本）
心に古風をそめ（久松本）
心に古風をそめ（東大本）

「そみ」に対して「そめ」であり、互いに親和しない。ただし仮名願文で空白になっている部分は「冷」字を訓ずるにつけても、上の「心にそみおもひを」という繋がりと即応しないものを感じた故なのだろうか。「心に

そみ」も座りの悪いまま一旦据えられたものなのかも知れない。

○「雖」

「雖」は真名願文に一六例。うち仮名願文に対応字句を欠く四例（中に「雖為」の例二つあり）を除くと、検討しうるものは一二例を数える。

①誠雖遍――まことにあまねしといへとも
②雖身之恩潤――身のうへのことゝいふとも
③縦雖暫譲与――たとひしはらくゆつるとも
④雖帯官位――官位をおひたりといへとも
⑤但雖長顕蜜之修学――たゝし顕蜜の修学ニすくれたりといふとも
⑥雖用之――これをもちゐるといへとも
⑦雖及八箇度――わつかに八ヶ度をとくといへとも
⑧志雖切――心さし切なりといへとも
⑨但雖憑我――われをたのむといふとも
⑩雖有人之煩――人のわつらひありといへとも
⑪若雖得自断――もしみつから断する事えたりといふとも
⑫縦雖受何身――たとひなにの身をうくとも

①④⑥⑦⑧⑩の如く、通常の逆説の場合、原則は「といへとも」。縦・但・若などの加わる場合（②は例外）、右の原則以外の形に変移していることが知られる。さて真名大概の「雖」は四例。次のように対照される。

	書陵部本	伊達本	平松本	久松本	東大本
①雖為一句	（ナシ）	（ナシ）	一句といふとも	一句といふとも	一句といふとも
②全雖何度不憚之	またくいくたひなりともはゝかるへからす	またくいく度なりともはゝかるへからす	いくたひもはゝかる へからす	いくたひなりともはゝからす	いくたひなりともはゝかるへからす
③雖二句更不可詠之	二句なりともさらに詠へからす	二句なりともさらに詠へからす	二句なりとも更に詠へからす	雖二句更不可詠	二句なる（り?）もさらに詠すへからす
④雖非和哥之先達	和哥の先達にあらすといふとも	和哥の先達にあらすといふとも	和哥の先達ならすといふとも	和哥の先達にあらすとも	和哥の先達にならすといへとも

四例とも通常の逆接の例ではあるまい。すなわち、願文によっても定家の原則を抽出し難い方の例である。諸本の揺れは小さくない。五本一致する例は皆無であって、一部重なり合いながらも各系統独自の訓読法に従っていると解されるのではなかろうか。

○「於……者」

「於」は真名願文に一二例。『大概』の用例を考え合わせて、いま「於……者」の例六例、ただし仮名願文に見えない一例を除き、五例に着目してみる。

①於身之要人者――身の要人におきてハ
②於執行者――そも〳〵執行は
③於奉忽緒（諸）神者――神を忽諸したてまつらむにをきてハ
④於其勤行者――そのつとめをこなひにおきてハ

⑤但於有過分之不当者——たゝし過分の不当あらは（いかてか…）

特殊な表情の加わる②⑤を例外とすれば、訓読の原則は「於……者……／におきてハ」であると認められる。

『大概』の例は次の通り。

於古人歌者　いにしへのひとの哥にをきてハ（書陵部本）
いにしへの人の歌にをきてハ（伊達本）
古の哥にをきては（平松本）
いにしへの人の哥におきてハ（久松本）
いにしへのうたにをいてハ（東大本）

東大本の音便形を無視すれば、想定される原則にすべて符合している。きわめて安定した例と見做される。

○「以」「以……為……」

「以」は真名願文に一九例。うち四例は仮名願文に不見。それゆえ対照しうるのは一五例。これに関しては（前項も同様の例であったが）すでに小林芳規による次の指摘がある。

用言が「て」等の附属語に続く際に生ずる音便の例は一つも見当らない。いずれも連用形の原形のままで用いられているのである。

小林は右の如く説き、「かきて《(書)》」「そむきて《(背)》」以下、「もちて」を含め、「のぞみて」「えらひて」に至る例を列挙している。仮名本には、一つの明確な規範が存在するのである。真名願文をも引き入れて検討しよう。「以」の場合と、『大概』にも例の見える「以…為…」の場合とに、便宜的に分けて考えたい。まず「以」の七例を見ると、特徴的に現れているのは、小林が仮名願文の側から指摘した三例の「もちて」である。すなわち、

以一権別当可挙補別当――一の権別当をもちてかならす別当に補すへし

を始め、是以――ここをもちて、以此功徳――この功徳をもちて、の規則的な対応を認めうる。他の四例は、

・遂以令逝去――つゐに逝去
・以餝一日之道儀――かならす一日の道儀をかさるへし
・以其一羞神明、以其一先宛供佛――その一を神明ニすゝめその一を供仏にあてむ

の如く、文意と語調を汲んだ故と思われる訓読法を窺うことができ、個々様々である。

「以…為…」の検討すべき八例についても当然ながらほぼ似た傾向を観察しうる。

以執行為探題――執行をもちて探題とすへきゆへなり
我大菩薩者、以薬師観音彌勒為本尊――わか大菩薩は薬師観音彌勒をもちて本尊としたまふ
以薬師観音彌勒、為我本尊――薬師観音彌勒をもちてわか本尊とす
以此常行布施之力、必為無上菩提之縁也――この常住布施のちからをもちてかならす無上菩提のえんとせむ

のように、原則は「以…為…／…をもちて…とす」である。残る四例は左の通り。

・以正直可為先、寺務之輩守旧規可行事――正直を先とし寺務のともから旧規をまもるへし
・以碩学法器者一人、可為山之執行――碩学法器の人ひとりをえらひて御山の執行とすへし
・以公胤実任雅縁可為導師呪願読師之由――公胤実任雅縁三人の僧正を請して導師呪願読師たるへきよし
・是以頒数万戸之民烟、為大少社之神領――これによりて数万戸の民烟をわかちて大小社の神領とす

一つの原則に基き、元の文脈・表現性を量りながら訓じるという方式を、先の「以」の場合同様確認できよう。

目を転ずると、真名大概の「以」は九例。仮名文化されるに当って、全てが忠実に保存されている訳ではない。それは右で見た願文の場合とも一致しており、広く真名文が仮名文に改められる際の常の傾向と見做せる。しかしながら、ここでの現れ方は区々である。

	書陵部本	伊達本	平松本	久松本	東大本
以同事	同ことをもちて	同ことをもちて	同詞をもて	同ことをもちて	をなしこと葉をもて
以花詠花	花をもて花を詠	花をもて花を詠	以花詠月	花をもて月を詠し	花をもて花を詠し
以月詠月	月をもて不可詠月	月をもて月を詠すへからす	以月詠花	月をもてはなを詠す	月をもて月を詠す
以四季歌	四季の哥をもて	四季の歌をもて	以四季哥	四季の哥も（ママ）もて	四季の哥をもて
（以恋雑歌）	（ナシ）	恋雑の哥をもて	（ナシ）	雑哥恋をもて	雑哥恋をして
以旧歌為師	ふるきをもて師とす	ふるき哥をもて師とす	以古為哥師	ふるき哥をもて師とす	ふる哥をもて

敢えて数字をもって示すと左の通りである。

	書陵部本	伊達本	平松本	久松本	東大本
もちて	1	1	0	1	0
もて	4	5	1	5	5
以	0	0	4	0	0
して	0	0	0	0	1

「もちて」はむしろ少ない。逆に、多数を占める「もて」、そして「して」は、いずれも定家の原則に背馳する

ものである。先述した或る際やかと言ってよい原則の存在に照らすとき、ここに現れているのは、「以」が自在とも無頓着とも見られる、まちまちの訓読法によって和らげられていく様であり、同時にまた、定家のもとの文体の中に充溢していた何かが透落して行く過程である。あの「以花詠花以月詠月」の箇所の問題も、このような過程の只中に生じた現象であった。

以上、煩を厭わず例示してきたように、真名願文から仮名願文への転移と、真名大概から仮名大概への転移とを類比させながら眺めるとき、仮名大概は、原像としての真名本からの、遊離とも歪みとも見える異和性を含みもっていることが確かめられる。しかも仮名本諸系統本は、各々個有のズレを内包しながら、そして確かに元の真名文との親疎の差を見せながらも、終局的には、いずれも原像との異和という相貌を免れていないのである。

真名本・仮名本を分かつ第一の側面として挙げた、広く文体をめぐる——個々の語の語性への意識から認識の内容へも及ぶ——差異を、このように把えておきたい。そして次に、仮名本のいずれのテキストも共通に帯びている差異性のしるしである、先掲Bの、「秀歌之躰大略」の除棄という事態に注目したい。

6 「秀歌之躰大略」の意味

仮名本は何故「秀歌之躰大略」を欠いているのか。あるいは、それを欠くとは如何なる事態なのか。その答えを求めることは仮名本の基本的な性格を把えることであり、同時にそれは本稿の目的の一つに他ならない。問題点を解きほぐしながら考えてみよう。

そもそも真名本において、前段の論述部分と後続の「大略」部分（以下このように称する）とは切り離しえないものであると考えられる。(35) なぜなら、両部分を分離した上で、前段の真名文の論述部のみをもって、一部の『詠歌之大概』としている伝本を、現存本の中にはほぼ見出せないからである。もとより夥しい数に登る真名本伝本を十全に調べえている訳ではないが、そうせぬまでも諸本は決まって「大略」部を付載していること、そしてそれが原態であったことを疑う必要は無い。その際、正確に言えば、真名本の原態は、まず論述部をもち、後に、「大略」部の、

(イ)「秀歌之躰大略」の標目
(ロ)「随耄昧之覚悟」云々の一文
(ハ)一〇三首の歌群

を具備するものでなければならなかったはずである。伝本には(イ)(ロ)を欠くものも存するが、それは何らかの事情に因る誤脱と見做して誤りあるまい。[36] 言い換えれば、論述部と「大略」部とは一体・一具のものであり、これらを包摂したところに定家の原-認識は存在していたと考えられる。では両部を併せ持った一つのテキストとして定家の『詠歌之大概』を把えるべきだとするなら、全体、その中にあって「大略」部は如何なる意味を担っているのか。小稿の目的は、むしろ当の意味を欠如させていることの意味を探ることの方にあるが、そのためにも一旦は、定家の原-認識を模索すべく、「大略」部の性格を、論述部の論理内容との相関性を計りながら読み解いてみるべきだと思う。

右の論点はすでに田中裕によって提示されている。田中は「大略」歌を、「本篇に対する付載歌とみる立場」で「大略」部の意味を分析しており、事の要点は同論で尽きている。ここでは、細部の問題を吟味し直し、幾分の私見をも交えながら、改めて摘記しておきたい。

(1)　標目「秀哥之躰大略」は無前提的に立てられているのではなく、論述部と即応しているものと考えれば、田中の指摘した通り、同部で〈秀哥〉ならびに〈躰〉に触れている、

　風躰可效堪能先達之秀哥（不論古今遠近見宜哥可效其躰）

と読み合わせるべきであろう。標目に云う〈秀哥〉は「堪能先達之秀哥」と、また細註に云う「宜哥」（宜シキ哥）と重ねて読みうる。標目の趣意は、そうした「秀哥」の「風躰」「躰」を「可效」（效フベキ）ものとして、例歌をもって具体的に、しかし「大略」のところを示す、というのであろう。すなわち眼目は〈秀哥〉の表現様式を例示することにあるのだと解される。従って、呼んできた「大略部」を同時に「例歌部」と称することもできるであろう。その際、決して「秀哥之躰」という一つの類型化された表現様式が想定されているととる必要は無い。そのように解しうる記載を本文中に見出し難い。なお「風躰可效」云々の一文と関係づけて後続の例歌群を把えるという観点は、夙く旧研究史にも見られるところであり、宗祇註の同項の註に、簡略ながら「其意趣おくの百首にみえ侍り」と記されている[37]のはそれである。

(2)　田中は「例歌部」の歌群の素材源は『定家八代抄』であったと認定されるところから、同抄の定家奥書に窺われる撰歌態度を、当該例歌のそれに適用しうる、という着眼をも提示している。左掲する同奥書[38]、

　随僅覚悟書連此哥自古以来在人口古賢秀哥等自然忘却不書之況於中古以後乎更不可有用捨之謗只以愚鈍之性注所諳誦耳

　　　　参議侍従兼伊予権守藤原朝臣

から、田中は次の二点を剔抉している。

①「「古賢」と「中古以後」とに扱ひの差がみられ」、それは「詠歌之大概が三代集期以前を理想としたのと照応する」。

②「定家は秀歌を慎重に考慮しながらも、なほあへて一己の「覚悟」を貫いたことを強調しようとした」。これを基底に置くことによって、我々は「大略」歌の撰歌方針の輪郭を想定することができるであろう。しかしながら私見によれば、基底において深く通い合いながらも、両テキストは微妙に差違を生じている点に注意すべきだと考える。その際着目すべきなのは、端作りの後に記されている先掲(ロ)の一文のもつ意味である。

随耄昧之覚悟書連之古今相交狼藉無極者歟

右の「随耄昧之覚悟書連之」と先引『定家八代抄』冒頭の「随僅覚悟書連此哥」とを並べ、後続部分に共々見られる謙退の言語的身振りを読み合わせるとき、確かに両テキストは認識において深く通底していることが知られる。むしろ、八代抄奥書で用いたとほぼ同様の文言を再度用いることによって、定家はかつての撰歌方針を再確認しているのだとすら読み取れよう。しかし当の文言の中に「耄昧之覚悟」と「僅覚悟」という微妙な相異の刻みつけられていることに注意したい。後者の表現から前者のそれへの推移を考えるなら、前者において付け加わっているのは自然過程の自覚、より端的に言えば、その間の時間の経過に伴う老いの意識である。あたかもこの相異に照応するように、八代抄に見られた、撰歌基準を自己の厳密な和歌史意識に即して示すという論理は、(ロ)において希薄となっている。辛うじて歴史性を感じさせる「古今相交」の文辞も、やや平板な印象を否めない。〈秀歌〉の概念について言えば、八代抄においては、「人口ニ在ル」一般の「秀哥」をほとんど相対化しつつ自身の規範を対置しており――「自然忘却不書之」云々は反って私的原理の強烈な主張と読める――、〈秀歌〉は複次元的に把えられている。これに対して(ロ)においては、和歌史意識の灰汁《あく》が表面の文言から後退するのに伴って、〈秀歌〉は単一の次元で語られることになる。特に前項(1)で述べた連なりの中で語られるとき、〈秀歌〉の基準をめぐる一般と定家自身の認識の距りはほぼ消失する。述べたような相異は、建保三年頃成立と考えられる八代抄[39]から『詠歌之大概』への変移の様、そして前者とは異なる後者の性格を象徴的に語っているのではなかろうか。それは、もっぱら(ロ)の如き文言の簡略さによって齎されたものなのか、建保三年頃から『大概』成立時へ至る間の、定家の認識の変移によるのか、あるいは両書の執筆対象の違いに起因するのかは、なお考えてみるべきであろう[40]。ともあれ、かつて編撰した詞華集に依拠しながらも、本書には独自の相貌の見られることをテキストの文言の中に読み取りうることに注意したい。

なお「大略」歌理解の上で八代抄のもつ意義に留意すべきことについて、旧研究史もまた無頓着ではなかった。東山御文庫蔵『詠歌大概抄』（六八、七・四・四）[41]の先記(イ)(ロ)に相当する部分の註には、八代抄奥書の引用と併せて、次のような記載が見られる。

此二四代集の哥の次第と此百餘首の哥の次第と大方相違なし、然れは年来八代集の秀哥を撰ひ出し置たる二四代集のうちより、別而見習に宜しき哥をえり出して書たる物とみゆる也。

(3)「大略」歌は『定家八代抄』を撰歌資料としていると考えてよく、[42]当然ながら同抄の排列・構成と密接な関連を有している。定家は八代抄の排列を追って歌を選び出したらしく、中には八代抄に二首連続している歌をそのまま採っているものが次の九箇所（便宜的に「大略」歌の通し番号で示す。括弧中は八代抄の通し番号）、

6・7（94・95）、8・9（99・100）、11・12（115・116）、42・43（406・407）、79・80（836・837）、91・92（1036・1037）、96・97（1021・1022）、100・101（1087・1088）

三首連続の選出歌は、

28・29・30（308・309・310）、86・87・88（933・934・935）

の三箇所に見られる。右をもって素材源との密着度を認めうるであろう。しかし一方で、「大略」歌独自の内的

な秩序と言うべきものも見られる。たとえば八代抄の排列との相違が次の二箇所において認められる。

20（257）道のべの清水ながるゝ柳かげしばしとてこそ立ちどまりつれ
21（255）をのづから涼しくもあるか夏衣日も夕暮の雨の名残りに
23（275）秋立ちていくかもあらぬを此のねぬる朝けの風の袂涼しも
24（274）八重葎しげれる宿のさびしきに人こそみえね秋はきにけり

20・21について言えば、夏の真昼時の情景を示す20を、夕暮の雨の齎す涼気に先立つものと把え、八代抄の順序に拘らず、移し換えた上で、20を同じく作品内主体の漂泊感をたたえた前歌19（／五月雨はたく藻の煙うちしめり塩たれまさる須磨の浦人／）と接続したのであろうか。あるいは19の「五月雨」と21の「夕暮の雨」を異種のイメージのものと見て、間に20を裁ち入れ、21を22の「御禊」「夏の暮」の方へと接続したのか。あるいは新古今集の排列（同集では20＝262、21＝264）に準じて八代抄の順序を改めて整序したのだろうか。もう一方の23・24を読んでみよう。本来、拾遺集・夏に24・23の順（140・141）で入集しており、八代抄でも右の順通りに採入したものを逆転させている理由は審かではないが、人事を超えた初秋の朝風の清涼感を、秋歌群の頭に据え、秋の憂愁をモチーフとする24を敢えて後回しにして、25の／秋はきぬ年も半に過ぎぬとや／（「秋はきにけり」「秋はきぬ」の呼応も理由の一つか）以下に接続したのであろうか。いずれにせよここに、八代抄から選び出して新たに得られた歌々相互の醸し出す詩的感興を、定家自ら改めて把え返し、幾分の操作を加えた、という事情を推測しうるであろう。すなわち「大略」歌は一面において、詞華集に基づく一個の小詞華集として編まれているという性格をも含んでいるのである。

(4)「大略」歌一〇三首を所収勅撰集別に分けると、古今集32首（31.0％）、後撰集7首（6.7％）、拾遺集9首（8.7％）、後拾遺集3首（2.9％）、金葉集4首（3.8％）、詞花集1首（0.9％）、千載集12首（11.6％）、新古今集35首（33.9％）となり、古今・新古今を二つの極として分離している。三代集を取り纏めると46.6％に上っており、これは千載集・新古今集を併せた割合45.6％と拮抗している。すなわち「大略」歌は三代集歌群と千載・新古今歌群の二つに収斂していると見てよい。そもそも論述部には、和歌表現をめぐる〈新〉と〈旧〉あるいは〈古〉との対比という視角が示されている。より「詞」に即して言えば、三代集――その重要さは、「三代集先達之所用」の記述、また「殊可見習者」として挙げられているところに現れている――を基幹とする「古歌」と新古今集に至る「近代人所詠出之詞」との対比と把えることができよう。こうした基本的な視角は、右記した「大略」歌の採歌傾向ときわめてよく照応している。

さらに、「大略」歌の排列を典拠となっている勅撰集と照合しながら眺めると、別表[43]の如き結果が得られる。歌順を追うと明らかなように、賀を除く各部とも、三代集群、千載・新古今群のいずれかで始まり、時にいずれかに集中しながらも二極に揺れながら交互に進行している。この進行状況は定家による採歌の軌跡をさながら映し出すものであろう。先程(2)において和歌史意識の現れは表面の文言からやや影を潜めていることを指摘したが、例歌においては、むしろ歴史意識が色濃く現れているのである。

(5)「新古今古人歌」と、ことさら細註させたもの、あるいは定家の関心の赴くところと、例歌の傾向とは自ずと関連をもっているように見える。すなわち、新古今集歌35首中には、人麿2首、赤人1首、持統1首の万葉歌人を始め、遍昭1首、伊勢1首、信明1首の三代集歌人、これらによみ人しらずの3首を加えると、「古人歌」は10首に及んでいる。たとえば千載集歌12首のうち、当代歌人と時期の近しい俊頼（4首）の他に、非当代歌人としては大弐三位の一首を含むのみで、同集の場合、「古人歌」との関わりは問題にならない。「詞以旧可用」の趣意を敷衍――「用キルベキ」「詞」の範囲を指定――した中で、特に新古今集中の「古人歌」に触れた定家は、例歌中にも然るべき数の該当歌を撰入したものと考えられる。

(6)「殊可見習者」云々の一文の細註に挙げられている歌人の歌は「大略」歌中に、「人丸」6首、貫之4首、忠峯2首、伊勢2首、小町1首の如く採られており、これも両部の連関性の一齣として把えられる。

(7) 論述部の重要な論点である本歌取技法論と「大略」歌とが全く無縁でなかろうとは予測されるものの、関連性を如何に読み取るかについては問題が少なくない。すでに「本歌取の作歌技術参考書としての効用となるとほとんど問題の外におかれてゐた」(田中裕)とする見解も存する。しかし「大略」歌の、たとえば新古今歌の中には本歌取の作が散見される(8後鳥羽院、21清輔、28良経、43式子、58清輔、76俊成など)。定家はそれらを採入することによって、古歌摂取の具体相を例示することをも意図していたのではなかろうか。[44]

(8)「大略」歌には、「殊可見習者」として挙げられている「伊勢物語」歌(第三二段)を摂取した43式子歌や、「時節之景気世間之盛衰為知物由」「常可握翫」ものとされている「白氏文集」の詩句を踏まえている(直接には『倭漢朗詠集』)39式子歌の存することも注意される。

以上、細述してきたように、「大略」部は前段の論述部と一本の紐帯で結ばれていると考えられる。無論(2)(3)に記した通り「大略」部独自の相貌をもつことは無視しえない。定家によって二度篩にかけられて選び抜かれたものである以上、「大略」歌には定家の価値基準がより一層強く打ち出されており、[45]結果的に一個の秀歌撰として自立化する要素を多く含んでいることは確かであろう。「大略」歌がそうした側面を担っていることの意味や、「大略」歌固有の秩序についてはさらに考えられるべきであるが、論述部・「大略」部の述べたような関連性自体に眼を覆うことはできまい。むしろ両部を結び合わせることによって始めて我々は定家の〈原-認識〉あるいは〈もとのテキスト〉に立会うことになるはずである。従って、論述部に付載されるのは、たとえば仮名本の陽明文庫本一本（近229・27）の巻末に見える自筆本近代秀歌の秀歌例(46)であってもよかったのではない。また「大略」歌のみを特立せしめ、一つの秀歌撰として書写している書陵部蔵『詠歌大概歌』（355・125）の如きも――先程述べた通り、その種の形態で享受される根拠は存在したにしても――定家の求める所から逸脱していることになる。そうだとするならば、「大略」部を等しく除棄している仮名本『詠歌之大概』諸本もまた、極言すれば、定家の〈もとのテキスト〉自体とは関わりの無いものだと言わねばならないであろう。「大略」部を論述部から分離・削除することによって、定家の〈原-認識〉の内側にあって全体を統括していた何ものかが喪失・頽落せしめられたのである。

文体と論理構成の二つの面から、真名本と仮名本の差異を記述し、差異性の意味に説き及んだ。私の意図は、両本の差異という事実を結論として主張するところには全くない。ましてや仮名本の価値を貶めることを庶幾していない。むしろ真名本から仮名本への変移の過程・様態そのものを示すことによって、両テキストを対質化しながら、とりわけ仮名本形成の意義を探りたいと思うのである。考えてみれば、真名文を仮名文に転位し「大略」部を切除することで、仮名本は、〈定家的なもの〉を保証するものを何がしか喪失したのであるが、それは同時にまた〈定家的なもの〉から一歩外へとせり出しながら、新しい価値を生成せしめる過程でもあった。すなわち仮名本は新たな歴史――〈『詠歌之大概』享受史〉――の始発点に位置していると言うことができるであろう。当の史的展開を辿ることもまた一つの課題でなければなるまい。今その全容を詳述する用意は無いが、得られた知見に基づいて想定しうるところを、あらましのみ記してみたいと思う。

7　享受史素描

(1)　訓読的享受の時代

『詠歌之大概』享受史は、定家の著した真名文を如何に訓読するかというところから始まったであろう。無論それは今日まで長く問われて来た『大概』享受史上の根底的な課題であるが、特に、真名文訓読から、進んで仮名文化を通じて、仮名本諸系統本の如きテキストが生み出されかつ享受されるに至る時期を、仮りに「訓読的享受」の時代と呼んでおこう。当該時期の起点が何時であるかは直ちに仮名本成立時期如何と関連しており、既述した通りなお審らかでない。一方その末はおおよそ頓阿・了俊から正徹あたりに及ぶと想定してよいのではなかろうか。

訓読的享受の具体的な有様は仮名本の本文異同そのものの中によく現れている。たとえば原文の細註「以花詠花以月詠月」を「以花詠月以月詠花」の形（乙類第一種）で読解している例は――先述の如く、当の本文は決して仮名本全てに共通しているのではなく、一つの系統のみの独自異文と見做すべきだが――定家の原-理論が、ある部分においては変形して享受されて行く様を映し出しており、これと定家仮託の歌論書類の制作されて行く時期の歌論史的状況との関わり如何は依然として問われるはずである。『大概』の訓読的享受はまさに仮託書形成史と隣り合わせに進行していたのである。

たとえばまた、仮名本には折々、原真名文脈の原態を敢えて訓ずることなく保存している部分が見られる。それらの中には、仮名本作制者が原真名文を能く訓じえなかったもの、言い換えれば定家の行文を大胆に訓解することを控えたものも含まれていたであろう。あるいは時代の語感に根ざすもので、原形のまま享受されたものも在っただろう。ちなみに「不論古今遠近」を例に挙げてみよう。この箇所の本文は、甲類に「古今遠近を論せす」とある他は全て元の形のままであるというように、一定していない。「古今遠近」の語について言えば、諸本ともこの四字には手を加えていない。一つの成語として読む意識が共有されていたのであろう。先に採り上げた宗清の願文に立戻ると、中に次のような対応例を見る。

（真名願文）道俗男女、尊卑遠近、有縁無縁、自界他界、共生一佛土、同成三菩提

（仮名願文）道俗男女尊卑遠近有縁無縁自界他界ともに一佛の土にうまれておなしく三菩提をなさ《ら》む（「さ」を斜め二本線で抹消している。）

「尊卑遠近」は動かしようの無い成語であったらしい。「古今遠近」も右の場合に擬えて、読むことができよう。「古今遠近」は宗祇註などにも、

・此内当時之歌侍るは、古今遠近を論ぜず、よろしき歌を見てといへる其始終也
・古今遠近を論せずよろしき歌を見てといへるは

の如く見えており、中世、安定した成語として用いられていたと思われる。

仮名本に現れている、こうした訓読の具体相は一層精査されるべきだと考えるが、同時に重要なのは、この時代の享受を支えているのはどのような思考形態なのかを、諸言説の勘案を通して見定めることである。改めて、『井蛙抄』の『大概』引用が「風体事」あるいは「取本歌事」の規範を求めるべく諸書を列挙している中に見られることを想起したい。また『愚問賢注』においては、「和歌の風体」につき「今の歌いづれの体を正路として模写すべきぞや」という問いに答えた中で、

いづれの集もよき歌を本としてまなぶべきか。紀氏新撰、公任金玉、三十六人歌合、九品歌、前後十五番、それよりくだりては俊頼朝臣所載秀歌、京極入道中納言鎌倉右相府注被送近来秀歌并梶井宮被進古歌、被奉後堀河院秀歌大体など、常可被御覧歟。心を古風にそめ詞を先達にならはゞ誰人不詠之哉と侍る、尤為肝要者也。

の如き文脈[47]において引証されていることに注意したい。いずれにおいても定家の書の論理内容を、自らの詠作行為の根拠あるいは当為に照らして如何に引受けるべきかが関心の的となっているように見える。了俊が次のように記すときも同様であろう。

和歌の抄物の事。家々に様々有。皆或は詞等の事を注たる也。詠歌のすがた心仕等をこまかに教られたる事は、只俊成卿、定家卿、為家卿ばかり也。是を朝夕心を静て可披見也。和歌秘々、詠歌の一体、愚見抄、詠歌大がい、古来風てい、毎月抄等也。(略)(『了俊一子伝』日本歌学大系本)

ここにおける『大概』は、稽古の過程で見習うべき言わば教則書として位置づけられているが[48]、評価のあり方は先引の『井蛙抄』と次元を異にするものではあるまい。その点は『正徹物語』における二箇所の言及も同様であって、これらは色相いに違いはあるものの、『大概』を、基本的には在るべき表現に関する論の次元で、しかも表現態度論の枠組において受け止め、対象の中に、目指すべきそして依拠すべき表現の規範を求めようとする点において軌を一にするものと把えたい。

こうした表現態度論的な思考形態がやや変容するかに見えるのは、たとえば東常縁の次のような言説においてではなかろうか。

一　詠歌大概に、月やあらぬ、桜散るなどの歌、三句づゝ書き続けて侍るを、如此類雖一句不可取詠とあり。

〔或本二句たりともと書きたるあり。雖一句と侍、可用本、法印申さる。〕飛鳥井家の本也。就之子細有。

ここには、『大概』に見られる具体的な表現方法の論点、端的に言えば技法論の側面に着目し――その関心の中核にあるのは本歌取論――、しかも原著の文言を、細かな釈義を通じて読解するという姿勢が顕著である。それは思考形態において右述した一連の諸言説とは異なっている。共に広義の表現論の次元に在りながらも、その内質は変容している。こうした様相は、私見によれば、表現論の中に修辞論的な側面が滲出してくる時期の状況と重なり合うものであり[49]、当面の視野で言えば、「訓読的享受」が別種の享受へと変移してゆく姿を暗示しているのではなかろうか。常縁の姿勢――引用中にある通り、それは「法印」堯孝あたりによってすでに方向づけられていたと考えられる――を、『大概』享受史における一つの境目に位置するものと把えたいと思う。

(2) 註釈的享受の時代

室町中期あるいは後期以降著しく現れてくる動向を、一つの享受史的な転形と把え、前代と区別して〈註釈的享受〉の時代と称することにしたい。その時期の末はおおよそ江戸初期に及ぶ。この間、講釈、伝受などの諸形式を通じて、『大概』の本文内容に関する註解・詮義が徹底され、数多くの聞書・註釈書類の出来をみたことは周知の通りである。如上の、『大概』を解釈の対象として把える時代も、便宜的に区分すれば、宗祇・実隆以下、九条稙通・紹巴・幽齋あたりまでの室町後期を目途とする第一期と、後陽成院あたり以降の江戸初期を中心とする第二期を想定しうるであろう。而して、この註釈的豊穣の時代に関しては、すでに特定の書についての個別研究や微視・巨視に亘る史的展望[50]があり、今後の追究の礎を提供している。さらに進んで『詠歌之大概』享受史という視野を設定して、諸書の書誌の整理ならびに註釈内容の位置づけ、それらから窺われる時期毎の思考形態とその展開を追跡することは今後の課題だと思う。ここでは、右のように仮りに想定しうる享受史の見取図を踏まえて、特に「註釈的享受」の一側面に照明を当てつつ、素描しえたところに幾分かの隈取りを加えておきたいと思う。

8 〈序〉概念の形成と展開

『大概』論述部を「大略」部から切り離すことが仮名本の、真名本とは区別される差異の徴標であること、そして、当の差異性の意味するものについては、すでに述べた通りである。ところで、『大概』享受史の流れを辿ると、見たような仮名本形成史あるいは受容史とは別系列の中から、言換えれば真名本受容史自体の中から、形の上では仮名本と類似した理解の形式が登場してくるのに気がつく。すなわち論述部のみを特立し、これを〈序〉として位置づけることにより、同部に特有の意味を付与する、という理解であって、この種の理解形式は註釈的享受の形成とほぼ並行して出現するように見える。〈序〉として把握するのだから、いわゆる序と後続の「大略」部との緊密な即融を説くのかというと、そうではなく、事情はむしろ逆であって、読解の方向は論述部の相対的な独立化あるいは理念化へと指し向けられている。ただしこうした理解形式にも自ずと認識の巾や揺れ、また歴史性が存在するようである。従ってそれらの諸相を観察することによって、〈註釈的享受〉の状況を浮彫りにする一つの手立てが得られるものと考える。

論述部を〈序〉と把える見方は、江戸初期にはすでに定着していたらしい。それは、先に引いた後水尾院抄に

「序」の概念が何の矛盾もなく用いられていることによく現れている。そもそも、この〈序文化〉とも呼ぶべき理解は何時始まったのだろうか。右の疑問に、後陽成院抄の記載は一つの緒口を与えてくれる。同抄「秀歌之躰大略」の後の一文の註文末尾に、次のような言説が見られる。

又詠哥之大概よみて後に前三首をよむといへり、あなかち三首にかきるへからさる事なれとも、先如此いひならはしたり、こと〳〵く読事はまれなる事也と云〻

「序」なる語は見えないものの、ここにはすでに、論述部のみを「詠哥之大概」と呼び、かつ「大略」歌部分とは別のものとする理解が示されていることにまず注意したい。重要なのは「よみて」云々「読事」云々にまつわる説である。云われているのは、講尺あるいは講談の場において、謂う所の「詠哥之大概」部分を講読し終えたのち、「大略」歌一〇三首全てを尺することは稀で、冒頭数首のみ講読するという次第が一つの「いひならはし」であったということであろう。何時からか、そうした享受の形態が存在していたらしい。ただし後陽成院抄は、右の条ののち「大略」歌全体を釈しているから、自論の説述に当って、必ずしもその種の伝承には従わなかったのであろう。しかし後陽成院抄成立の慶長一二年（一六〇七）[51]より九〇年足らずのちの霊元院講釈聞書『詠歌大概聞書』では、巻末に、後陽成院抄の趣意を引証しつつ、

此抄古は序はかりを講釈して、歌は両三首よみておきたると後陽成院御抄にあり、されとも其以来、歌も講談する事になれり、此たひも歌はあらまし御講談可被遊と也

と記しているものの、実際の註は謂う所の「序」（「秀歌之躰大略」の端作り後の一文まで）の註のみで終っている。反って旧伝承に云う講尺の形式に準じた結果であろうか。

このように江戸初期に至るまで長く余波の見られる、問題の享受形態は、恐らく宗祇あたりに発したものと推

測される。

　宗祇註は幾種か存在しえただろうこと、そして現に甲乙二種の本文を確認しうることについてはすでに土田将雄の指摘がある。[52] 伝本をいささか検すると、中に、論述部と「大略」端作りに関する註ののち、「大略」歌冒頭の忠岑歌／春立つといふ計にや／の註文の中途までで果てて、以後の註を持たない、省略註とも称すべき一類が散見され興味深い。先引の後陽成院抄、霊元院講釈聞書の云う旧き享受形態を伝えるテキストかとも目されるのである。その類の一本である大阪天満宮御文庫蔵本（59・7・1）は右述した本文内容の後に、祇註であることを示す次の奥書をもつ。

　此一冊者依大内左京兆政弘朝臣所望所書之也
　延徳三年（1491）七月十八日　　宗祇　判有

次いで「依宗祇令恩借写留者也」とあったのち、以下の如き奥書が続くのは特に注意される。[53]

一　追而口伝事
×猿丸大夫　躬恒　友則
×兼輔　×敏行　×興風
元輔　是則　×兼盛
　以上
右口伝云、詠歌大概ニ伊勢小町の類と侍る、更其衆世にも知人なし。
いかにも隠密あるへきのよし自外見斬註（ママ）給者也

明応三年（1494）十二月十日　休寿峯

これらの記載の信憑性を一旦は疑うべきだが（「右口伝云」のことさら秘口伝めいた口吻など）、ひとまず信ずれば、「追而口伝」「……のよし……註給」から判断して、追加の口伝なるものも前段までと同様、宗祇に関わるものと解される。列挙されている歌人のうち、私に×印を付した歌人は「大略」歌に撰入されていない。九名の並びと「伊勢小町の類」云々の記事とから「口伝」の内容は、『大概』の「三十六人集之内殊上手歌」の文言に何がしか関連してなされたものかと推測される。整理して言えば、宗祇は省略本形態の自己の『大概』註を大内政弘に書き与え、追って若干の口伝をも加えることがあったことになろう。ここで見ておきたいのは、「大略」部を省略、ないしは前段と切離しうるものと把え、同時に、論述部を特段の価値を担ったものと見做す観点である。ここでも「序」なる名辞そのものを見出しえないが、一つの享受形態の存在を確認できるのである。論述部の序文化とも呼びうる、この種の享受は宗祇あたりから、先述の如く、遠く江戸初期まで及んでおり、註釈的享受の時代を貫く一側面であったと考えられる。当の享受の内実をさらに求めてみよう。

三条西実隆の古典への関心、中にあって『大概』もまた関心の的の一つであったことについては、すでに指摘が少なくない。実隆には、諸註書に逍遙院説として引かれるものの他に、実隆著とされる『詠歌大概音義』（高松宮本（三・221・8）・陽明文庫本（近・243・30）など）が存在する。『大概』の題号から師・匠・只・誰に至るまでの一一五語につき、一々、漢字としての音・義を記述した書である。「情」や「詞」は無論のこと、さすがに「素性」「小町」等は除かれているが、「拾・遺・集」をも含む用字を、徹底して漢字として理解している。他に『詠歌大概字訓』（高松宮本三・221・9）や『和歌音義』（刈谷図書館851）などの同類の書もあり、共に『大概』を釈義の対象として把える享受の中の一つの姿を示すものである。伝実隆の『音義』について言えば、記述は論述部の文字のみに限られており、「大略」の標目以下は省かれている。これも論述部に特有の意義を認めるものであり、序文化の動向と無縁ではあるまい。

実隆の周辺には次のような言説も存在する。

一　紹鷗卅年マテ連歌師也。三条逍遙院殿詠哥大概之序ヲ聞、茶湯ヲ分別シ、名人ニナラレタリ。是ヲ密伝ニス。印可ノ弟子ニ伝ヘラルヽ也。

（『山上宗二記』）[54]

右は、利休の密伝を宗二が注《しる》したという「師ニ問置密伝ヲ拙子注之条々」の中に見える。武野紹鷗が実隆より「詠哥大概之序」の講説を聞いたことが特別の意味をもつ事実として語り継がれているのである。実隆と紹鷗の交渉の中には、『大概』一巻を実隆が遺したという事蹟も含まれているから[55]、右の如き折もありえたのであろう。茶道史においては夙に知られた逸話を、当面の我々の立場で眺めるとき、注意すべきは「序」の概念である。それが実隆自身の用いた概念であったか、聞き手である紹鷗の側で理解されたものであったかを即断することはできないが、先述した通り、実隆における『大概』享受の状況にはすでに〈序文化〉の萌しが見られるのだから、「序」の概念が両者の間で共有されたとしても不思議ではない。ともあれここには「序」という把え方が茶人たちの知識の中に滲透して行く様を見ることができる。むろんそれは、和歌や歌人の枠を越えて流布する『大概』の享受状況や、当代における和歌的教養の動向を示唆しているが、それ以上に重要なのは、その種の享受を通して、「序」の概念が明確に措定され、かつ背後に通俗化の傾向を含んだ一種の理念化が施されて、新たな意義を獲得しているかに見える点である。さて当の意義を、紹鷗の理解したものは何か、『大概』ひいては定家歌論あるいは歌論一般と茶道論とはどのような接点をもつか、などの広い問いと結び合わせて述べる力は無い[56]。ここでは〈序文化〉という享受史上の一動向が反って『大概』における理論内容を援用して新たな思惟形態の展開を促す媒介となっていることに注意しておきたい。

連歌師たちの間に『大概』が広く受容されていくことは周知の如くであり、宗祇の講尺あるいは註はその著しい現れである。そうした受容圏の中から一つの言説を拾っておこう。肖柏の門弟で実隆や公条との交流も知られる堺の連歌師、潮信子宗訊の編録した『千種抄』（祐徳稲荷神社寄託中川文庫本（6・2-2・156　国文学研究資料館蔵マイクロフィルムによる））に次のように見える。

夢庵閑状云

詠歌大概のことは悉大切也、殊詞以旧可用云々、諸人忘之歟、仍不宜之詞有之、於古哥猶以宜詞可詠之也

「詠歌大概のことは」とは、下の引用からも窺われるように、「大略」歌とは関わりなく、もっぱら論述部の文辞を指していよう。その際関心は「詞」に集中しており、「旧」-「古哥」-「宜詞」と繋げる価値観が示されている。もとより右の言説は『大概』の論旨を全面的に吟味しようとするものではないが、『大概』の「ことは」を捉えて、これを「悉大切也」とする指摘の中に、論述部の文辞に深甚な意味を読み取ろうとする意識、すなわち先々にも述べた〈序文化〉と軌を一にする観点を見ることができる。肖柏の言説を潮信子がどのように理解したかは定かでない。ここにあるのは師の所説の忠実な祖述であるが、反ってこうした素朴な記述の背後にこの時期における『大概』享受の広い裾野を窺いうると思う。

「序」の概念自体は、特に室町末期以降、さらに巾広い領域において用いられて行くようである。天正二〇年（=文禄元年／一五九二）の奥書をもつ『長恨詞鈔』[57]の、「歌」の語を抄釈した中に、

マタ　日本ノ歌ニハ『白氏文集』カ重宝ソ。『詠歌大概』ノ序ニ『白氏文集』ノ第一第二　常可握翫ト云々。

とある。また、曼殊院蔵『長恨聞書』（良恕親王自筆かとされる）の冒頭には、

一　詠歌大概　序

と記されている（ただし「詠歌大概」の部分は線により抹消）(58)。前掲書と同様、白氏文集に関連して『大概』の記載に言及したのであろうか。室町最末期から江戸極初期にかけて、門跡寺院の文化圏において、『長恨歌』の講釈の際『大概』の「序」がどのように引証されたのか、子細は必ずしも明らかでないが、差し当り「序」の概念の一般化して行く様を、ここでも確認しうるであろう。

江戸初期、「序」の概念は零細な註書の中にも見られる。たとえば外題・内題ともに「詠歌大概序」とある中院通茂の註（京都大学附属図書館蔵中院本（中院本Ⅵ・7）元禄三年（一六九〇）成立）は、某人の質問に応えて、本文を具体的に掲出しつつ、自説を返答したものである。勿論、表題の如く、註文は「大略」端作り後の一文までで終っている。

こうした「序」概念の定着に伴って、仮名本『大概』に「仮名序」の呼称が与えられ、真名本論述部が「真名序」とされるのも必然的な成り行きであろう。それらの呼称はすでに先引の後水尾院抄に見えていた。一方、積極的に「序」として位置づけている訳ではないが、「大略」歌部分の註を省略している註書も散見される。これらも論述部重視という把え方に起因するものと考えてよい。『詠歌大概安心秘訣』（平間長雅）、『詠歌大概講談密注』、『詠歌大概秘事直談鈔』などはその種の註書である(59)。また、古今集真名序の註と一対の形で付註している五井純禎（宝暦一二年（一七六二）没）の『詠歌大概紀聞』（大阪府立中之島図書館蔵224・112）の如き書も存在する。

ついでに言えば、高松宮蔵『詠歌大概之序』（三・221・7）は、註釈書ではなく真名本の一本であるが、「大略」歌を省き、「秀歌之躰大略」の端作りを欠く（後の一文は存在する）という特殊な形態をもち、同時に、全体に返り

点・送り仮名を施している。この種の伝本も、論述部を特別視する意識の介在なしには生じえなかったであろう。

以上述べたように、〈序〉の概念、それに伴う〈序文化〉の意識は、註釈的享受の時代を通じて隠顕する、一つの理論枠組であったとしてよい。それは原著の理論内容から逸れ出て、新たな意味を添加するという点で、定家の原-理論からの遊離を促すものに他ならないが、同時にまた、受容者らの歌論史的状況のもとで、原-理論が次々と解釈し直され、享受史の富を蓄積して行く原基ともなったのである。

9　まとめ

小稿では、真名本『詠歌之大概』を定家の〈原-テキスト〉として読み、仮名本を〈原-理論〉受容史の様態を伝えるものとして読むという単純な観点に従って、問われるべき課題の幾つかについて略述した。論述の過程を通して、近代以前の〈旧研究史〉を掘り起こし、それらを定位し直すことの必要性を、辛うじて指摘しえたに過ぎない。四〇〇字余と例歌とから成る、量から言えば零細なこの書を対象として蓄積されて来た〈旧研究史〉の富を定位することは、同時にテキストの再解釈を目指す〈新研究史〉の新たな展開に繋がるものと思う。既在の論考に導かれつつさらに考えたい。

【註】

（1）田中裕「仮名本詠歌大概をめぐって」（『語文』22　昭34・8）『中世文学論研究』（昭44　塙書房）所収。以下右掲書による。

（2）『歌論集二』（昭46　三弥井書店）所収。

（3）今井明「新出資料・書陵部蔵『定家十体』について――定家歌論の問題点をめぐって――」（『リポート笠間』24　昭58・10）、同「翻刻　伊達文庫蔵『假名詠歌大概』」（『研究と資料』10　昭58・12）、同「翻刻　宮内庁書陵部蔵『定家十体』」（『国文学研究』82　昭59・3）、同「『仮名本詠歌大概』の問題」（『中世文学』30　昭60・5）以下今井の所説は最末に掲出した論文に拠る。

（4）湯浅忠夫「仮名本詠歌大概をめぐって」（和歌文学会例会口頭発表　昭60・5）

（5）それら検討材料あるいは問題点の増加という事態を具体的に挙出すれば、第一に伝本数の増大を指摘しうる。かって田中の紹介した京都大学附属図書館蔵平松家本（平松・第七門・サ-1）・陽明文庫蔵二本（近・243・1、近・229・27）のみに止まらず、『井蛙抄』所引の、第二次資料と目すべき本文（田中の云う「頓阿本」）をも含めると、今日仮名本の伝本は都合十一本確認されている。それに伴って、第二に、今川了俊経由の本（田中の云う「了俊本」）と「頓阿本」とから想定される仮名本は、決して唯一の本文なのではなく、それとは字句内容に相違のある別系統の本文も存することが明らかとなった。これらの諸伝本を今井は甲乙丙の三類、乙類については中に三種の下位区分を立てるという分類案を提出し、湯浅も独自の区分（四流を想定していると思われる）を試みている。

第三に、書誌的事実の累積と共に、本文読解をめぐる問題も展開されねばならなくなったことを挙げたい。すなわち、真名本と乖離する記載として田中裕の例示した真名本「猶案之以同事詠古歌之詞頗無念歟」の割註「以花詠花以月詠月」に対応する仮名本の本文についてみると、むしろ真名本の文辞を忠実に訓読したかのような記載をもつ仮名本も存在しており、この箇所を仮名本通有の本文と見做すことはできず、ひいては当該部分の記載をもって『毎月抄』の信憑性を疑う有力な根拠の一つとすることは当らない、ということにもなる。この点を捉えて今井は田中の論点に対する具体的な批判を試みている。

以上の知見を、最近に至るまでの伝本論の成果として指摘できると思う。

（6）箱蓋表の「豫楽院筆歌学書」と、全体の奥に見える家凞花押をもつ奥書「元禄三年仲春下旬」に拠る。

（7）彰考館蔵本（巳18・07514）・静嘉堂文庫蔵本（83・25）・島原松平文庫蔵本（98・3）・国語学大系本（底本は橋本進吉稿本）。これらに、

此草子霊山法印御房筆也見或人之以下付符之一事無之書歌多様有之被書送人之時自然有広略之不同歟仍今左移之
其時弘安七年七月九日　侉《本ノマヽ信歟》昌記之

とある（引用は国語学大系本に拠る）。傍線部は東大本の如き形態の本との関連を推測させる。弘安七年（一二八四）の年記も注意される。『下官集』の伝本については別途に考えたい。

（8）もとよりこれらは「本云」とある本奥書の一文の後に添えられた（ただし本文と同筆）筆跡認定であって、東大本の書写年代である室町期を下ることはないものの、光俊・定円らより遥か後代のものであることに留意しなければならない。

（9）日本古典文学大系『歌論集　能楽論集』（昭36　岩波書店）に拠る。当該部分、寛政二年板本には、「定家の書に歌に師なしいにしへをもつて師とす云々」とある。同板本影印本『正徹物語』（田中裕編　昭57　和泉書院）に拠る。なお同書の田中「後注」八五参照。

（10）『正徹物語』には、他に「歌は古風に心を染めよといへばとて、後拾遺の比ほひの躰は、歌ざま事の外わろし」の記載もある。傍線部はやはり『詠歌之大概』を想起しての言であろう。先引部分には「心を古風に染め」とあって語序・テニヲハの異なる本文が共に用いられているのは興味深い。正徹は真名文を決して単一に固定した形で訓読していなかったことを示している。同一人においてすら多様な訓読法がありえた証とみることができる。ただし当例は原文を厳密に引用したものではなく、先の例とは意識が異なっていたゆえの相違とも解しうる。

（11）田中裕紹介。註（1）掲出書、補注一四三参照。

（12）京都府立総合資料館蔵本（和832・5）の末尾には「ものゝよしとあるとなん」とある。

（13）書陵部本奥書に次の如くある。

半夢斎玄以依御所望／注釋畢　悪筆旁可／被外見停者也／天正十年金陽後日／（花押）紹巳判」

右之抄紹巳法眼自筆にて／令書写訖／慶長十稔乙巳卯月十八日申時書写訖（花押）

後者の花押は興意親王。同親王筆本。

（14）『列聖全集』御撰集5（大5　列聖全集編纂会）所収「詠歌大概抄」に拠る。

（15）静嘉堂本は中に所々削除・訂正が見られ、稿本の趣を見せていることで注意され、京大本（同じ本は東山御文庫（六八、七・四・三）にも）は万治二年の聞書であるが、「去年」「当年」（「初度」「後度」）、「後日仰」の聞書を併記している点で注意される。後水尾院抄のテキスト群については別途に考えたい。

（16）内題は「詠歌大概聞書」。扉に「霊元院御講釈／飛鳥井雅章卿聞書」とあるが、内容は後水尾院の明暦四年講釈の聞書である。

（17）中院通躬筆録。元禄八年（1695）講釈の聞書。和田英松『皇室御撰の研究』（昭8　明治書院）417－419頁参照。

（18）二本（共に歌・宇）は同内容。一本は草稿本、一本はその浄書本か。

（19）『詠歌之大概』（影印本）（昭42　笠間書院）。

（20）変差を生じているのは、意味変化を来さない一部の用字と、「秀歌之躰大略」の例歌群における一部の歌序とに限られている。なお真名本は日本古典文学大系本に拠る。

（21）何時頃から問われ出したのか審らかでないが、稙通抄・後陽成院抄・後水尾院抄にはすでに見え、両院抄では、之字の入る五字説を実隆の所説としている。この問題は『大概』本文の字句の釈義を事とする観点は何時成立するかという問いと重なっており、後述する論点とも関わっている。

（22）国書総目録に「詠歌大概広沢抄」と合わせて掲出されているが、同書とは区別すべきか。幽斎抄に増註を施したもの。なお日下幸男「平間長雅年譜――地下一流の古今伝授――」（『高野山大学国語国文』9 10 11合併号　昭59・

12）所掲、長雅の元禄一七年の事蹟参照。

(23) 前掲の『詠歌大概講談密註』と似るが別書。これも幽斎抄を増註。

(24) 大野晋『仮名遣と上代語』（一九八二　岩波書店）所収。歌集の場合は、題・左註の中の用例も含められている。

(25) ただし高松宮本古今集に「をく（措）」の二例（279・1093）あるものの、②の「をいては」と同語だとは断じられないゆえ、除外して考えた。

(26) 中に「おろかなるおやのをしへ」と「をろかなる心に」の如く、「お」「を」両様に表記されている例あり。他は全て分離しており、定家には一つの厳格な原則が在ったことを伝えている。

(27) 前者の真名願文は群書類従神祇部巻一四所収（『権別当宗清法印立願文』）。後者の仮名願文は続群書類従神祇部巻三二所収（『貞応二年宗清法印立願文』）。『群書解題』の両項（前者は西田長男稿、後者は佐志 伝稿）参照。なお後者は『八州文藻』七八にも収められている（「八幡法印願書」）。

(28) 他に『奥入』における漢籍訓読法の場合を想起しうるが、細かく言えば、和式漢文を仮名文化した当面の例とは異なる。なお小林芳規『平安鎌倉時代に於ける漢籍訓読の国語史的研究』（一九六七　東京大学出版会）参照。

(29) 大日本古文書・家わけ第四・石清水文書之二・田中家文書。

(30) 『日本名筆全集』古文書集（昭7）に部分写真掲載。『書道芸術』16（昭51　中央公論社）にも。前文は呉文炳『定家珠芳』（昭42　理想社）所収（影印と翻刻）。原巻は天理ギャラリー第六十五回展「日本の古文書」（一九八三・四～六）に出品。同展カタログ（部分写真）ならびに別冊（「翻刻篇」）あり。以上の資料と右展示会の折、硝子越しに一部実見したところにより述べる。

(31) 時之権別当法印立願／之事雑仮名所望之処／京極中納言定家卿承引之趣／不可思議之一軸也是則／可為雄徳山奇珎之其一／者乎／慶長十五仲冬日（花押）

(32) 小林芳規「石清水文書田中宗清願文案に現れた藤原定家の用字用語について」（『鎌倉時代語研究』3　昭55・

3）。同論の成果に真名願文をも組み込むことにより本稿で述べるような視点が得られると思う。

（33）たとえば、『明月記』に散見される定家と宗清の交渉、雑仮名を依頼した宗清――宗清が願文の起草を他に誂えた例として、別に、建保六年八月「石清水権別当宗清願文」一巻（京都大学附属図書館蔵谷村文庫本）（谷村文庫1-04、イ・1）を知りえた。同巻（真名文）は藤原孝範に依頼したもの――ならびにこれを承引した定家の意図、その間の事情、仮名文化の段階で宗清が施したと思われる一部の改変、真名文に在って仮名文に見えない一部の字句の問題――それを不必要とした定家の所為になるか――、仮名文に見られる、紙継の誤りに因ると思われる脱落や箇条の排列の乱れ、さらに「願文」という表現形式のもつ特殊性の程、等を吟味すべきである。

（34）ただし、②の「殊上手歌」は、「上手」に下接しており、副詞として機能している①の「殊」の場合とは異なる。旁々、歌合判詞に「殊《こと》なる難」などの例は珍しくない。両願文に見えないまでも、「ことなる」の訓はありえたはずであり、原則からの「逸脱」とのみ断じられないとも解される。

（35）この命題自体は石田吉貞『藤原定家の研究』（昭33　文雅堂書店）において提出されている。小稿ではその根拠を再定義したい。

（36）たとえば早稲田大学図書館蔵一本（『詠歌之大概』（特・へ四・6699）江戸中期写。一軸）。(イ)(ロ)は丁度書継ぎの部分に当っており、単純な誤脱か、書写者による便宜的な省略かのいずれかであろう。

（37）祇註の引用は土田将雄の翻刻（註19影印本付載）に拠る。

（38）樋口芳麻呂『定家八代抄と研究』（昭32　未刊国文資料刊行会）に拠る。

（39）樋口註（38）掲出書の研究参照。

（40）その際、要となるのは『大概』成立時期の検討であろう。別途に考えたい。

（41）実物未見、写真による。同書はまた折々『毎月抄』を援用して釈義を試みている。霊元院講釈などとも軌を一にする態度であり注意される。ただし援用の適否は自ずと別途の問題に属する。

（42）両書の関連については夙く久曽神昇「二四代集と定家の歌論書」（『国語と国文学』昭10・7）に指摘がある。樋口芳麻呂『平安・鎌倉時代秀歌撰の研究』（昭58　ひたく書房）参照。

（43）〈別表〉

	春	夏	秋	冬	賀	哀傷	離別	羇旅	恋	歌数
古今	2 5 6 11 13 15		27 32 33 44 46 47 48 49 50 51 52 53	61 62 63		67	**72** 73	**74** 75	84 90 93 94 95 101	32
後撰			34 35 38						81 82 88 96	7
拾遺	**1** 4 12		**23** 24			69			89 97 98	9
後拾遺		18			**65**				102	3
金葉	7		41			68			91	4
詞花									87	1
千載	9	19 22	25 29 36 40						**79** 83 86 92 103	12
新古今	3 8 10 14 16	**17** 20 21	26 28 30 31 37 39 42 43 45	**54** 55 56 57 58 59 60 64		**66** 70 71		76 77 78	80 85 99 100	35
歌数	16	6	31	11	1	6	2	5	25	103

＊太字は各部（歌の排列から判断される）の冒頭歌を示す。

（44）具体的な検証を必要とする。別途に考えたい。

（45）『定家八代抄』中の新古今集歌と同集の撰者名註記に定家の名の見える歌との深い関係については樋口芳麻呂に指摘がある（註38・42掲出書）。「大略」歌の場合、新古今歌35首のうち、後鳥羽院歌5首（8・31・70・71・100）と信明歌1首（54）を除くと、他はほぼ全て定家の撰者名註をもっている（小宮山本を基として後藤重郎『新古今和歌集の基礎的研究』（昭43　塙書房）を参看）。

（46）田中は同本の奥書に見える家久あたりの作為かとしている。田中前掲書補注一四一参照。

（47）日本歌学大系本に拠る。傍線部の『大概』の引用と覚しい文言は「頓阿本」と必ずしも同一でない点は注意される。註10の『正徹物語』の場合と似た事情を想定しうる。

（48）了俊における『大概』受容の詳細については田中裕前掲書参照。

（49）川平「『和歌之切字可心得事』二種」（『跡見学園女子大学国文学科報』13　昭60・3）参照。（↓『中世和歌論』Ⅳ-5。編集委員会注。）

（50）巨視に亘る研究として土田将雄『細川幽斎の研究』（昭51　笠間書院）、井上宗雄『中世歌壇史の研究』三部書を挙げたい。モノグラフは近年続々と提出されつつある。

（51）次の奥書に拠る。

這鈔雖愚鈍集答説述之匹耐〻〻矣

慶長十二暦閏仲呂廿又三蓂　従神武百余代孫周仁御朱印

（52）土田将雄「詠歌大概註解説」。註19掲出書付載。次に云う「省略註」についても土田註50掲出書に指摘あり。

（53）天満宮本は江戸末期写、袋綴一冊本。引用する奥書の後に「森播磨守」とある。また別筆にて「明治三十年九月奉納」とある。

(54) 桑田忠親『山上宗二記の研究』（昭32　河原書房）に拠る。奥書から天正一六年（1588）の筆録になることが知られる。同本の天正十七年本・十八年本については上掲書参照。

(55) 『実隆公記』享禄三年（1530）三月二一日条。

(56) 安田章生「茶道と定家」（『藤原定家研究　増補版』（昭50　至文堂）所収）参照。

(57) 清原宣賢抄とは別本。遠藤和夫「長恨謌鈔（神宮文庫蔵）」（『成城短期大学紀要』10　昭54・3）に拠る。

(58) 上野英二「曼殊院蔵　長恨聞書」（『国語国文』52-9　昭58・9）。なお鈴木博「長恨歌抄について――宣賢の講解態度――」（『国語国文』46-4　昭52・4）にも「長恨聞書」の引用した記載についての指摘がなされている。

(59) 『講談密注』『秘事直談鈔』には、ほぼ同文の次のような言説も見える（引用は前者に拠る）。

一　巻一とある本あり、是ハ奥の秀哥大略を巻二にあてゝいへり、不用。

論述部に続くものとして大略部を位置づける説が紹介されている（ただし「不用」として斥けている）が、両部を分断する点で序文化と通い合うものであって、原著の論理構造とはやはり乖離している。しかし註釈を通じて齎された、一つの新たな意味づけであることは言うまでもない。

又たとえば実隆以後の二条派流註書と見られる書陵部蔵『詠歌之大概抄』（353・46）に「詠哥之ト之ノ字ヲ入候事ハ毛詩ノ大序ニアル字ヲそのまゝにてある間、之ノ字を入たると也」とある。これは題号に「之」字を含む本を採り、かつ毛詩大序に効ったものとして論述部を把える言説であり、序文化を通して定家の論理内容自体についても新たな解釈が施されて行く様を映し出すものであろう。

2　冷泉為和改編本『和歌会次第』について

——〈家説〉のゆくえ——

藤原定家の手になる作法書『和歌会次第』を検討する為の一つの媒介として、表題に示したテキストを問題にしたいと思う。

本論に入る前に、後段の論述とも関わるので、やや回り道ながら定家の『和歌会次第』の本文につき少し触れておきたい。

1　テキストの性格

定家の『和歌会次第』は、同じく定家作の「和歌書様」と共に『和歌秘抄』と総称され広く用いられている。[1]「和歌書様」の方には「別本」があり（この種の本は一般に和歌書様・和歌会次第の後に別本和歌書様を付載する）、同本には定家の他書に不見の歌も含まれていて、その資料的価値に留意すべきことが夙に久保田淳氏により指摘されており、同氏による本文の翻刻・紹介もある。[2]さらに井上宗雄氏により、伝本の整理と中世における享受・流布の実情の記述とが歌壇史の文脈の中で詳細になされている。(3) 以上のような先学の論究を踏まえて改めて注意したいのは、この『和歌会次第』にも、同名を持ちながら互いに記載内容に出入りや精粗の差のあるものが幾種類かあり、各々伝本も存することである。いま形態的な諸特徴や流伝の状況よりはむしろ主として本文内容の異同の面に着目して類別すると、次の四種を挙げうる。

A　内題に「和歌会次第」とある本。前に「和歌書様」を合写。諸本とも定家自筆本に基づく旨の奥書を持つ。歌学大系本はこの系統。先記した「別本」に併載されている「和歌会次第」も本文自体はこの系統に属する。

B　内題に「和歌会次第」とある本。「和歌書様」を併せることなく単独で伝わる。内容はAとほぼ同一である。但し一部に記事の増加が見られる。天理図書館蔵本（寛政九年、梨木祐為筆本911・2-イ・29）はこの系統。同本は定家筆を模した筆跡を示している。(4)

C　内題に「和歌会次第夜儀　家説」とある本。「羽林枯木」（定家の由の傍注あり）の奥書を持つ。京都大学附属図書館蔵本（4-22・テ・3）など。

D　内題に「和歌会次第後年又被注置之中納言入道殿筆」とある本。Cの本文の直後に合写されて伝わる。Cに掲げた京大本以外にも伝本あり。

これら四種は重なり合いながらも互いに独自の本文を備えている。そして流伝の状況（後段で触れる）をも考え合わせると、四種いずれも定家の著作だと認めてよい。言い換えれば、定家は和歌会次第の編録を一再ならず、少なくとも四度に亘って行なったと考えられるのである。

これらのテキスト群そのものの検討——すなわち定家の営為自体を検討すること——は、冒頭で断ったように暫く措く。小稿で直接採り上げるテキストは右の四種とは別のものである。

さて問題の書は、内題に「和歌会次第夜儀家説」とあって、形の上からは先掲Cの類に含めうる本であるかに見える。しかし内容を細かに辿ってみると、結論を言えば、先ほど列挙した四種のいずれかには還元しえないものであり、のちに詳しく見る通り、内容自体は定家の著作に深く基づいているものの、全体に冷泉為和（文明一八（一四八六）生―天文一八（一五四九）歿）の手の加わっている本だと認められる。小稿において積極的に「冷泉為和改編本」と称する所以である。いわば本書は、定家の著作と定家の著作に非ざるものとの境界辺りに位置する書ということになろう。右のような性格を含み持つテキストを吟味することはやがて定家の『和歌会次第』を検討してその性格や位置を見定める為の一つの媒介あるいは緒口となるはずである。

そこで以下、まず本書の書誌的な問題を概略確認し、次いで為和による「改編」の具体的な様相を眺め、さらに「改編」の意味するものを検討するという順に論述してゆきたいと思う。

2　伝本

最初に、伝本を確認しておきたい。為和改編本（以下「改編本」と呼ぶ）の伝本については、為和の他の著作『題会庭訓』『冷泉家秘伝』（のちに触れる）と共に、すでに井上宗雄氏により採り上げられている(5)。いま追加しうる一二を含めて改めて伝本を列挙してみると、

(1)彰考館蔵本（巳20・07569）「一題出し様之事」で始まる一書『題会庭訓』（この書名は内題には無く、外題に見える）に合写。後に「古今目録以下之事」を合写する。江戸初期写。

(2)彰考館蔵本（巳18・07514）「和歌之条〻」「懐紙事」「和歌会席作法」「和歌会席之図」の後に『題会庭訓』の内容があり、次に改編本を合写、更に「下官集」をも合わせる。江戸初期写。

(3)彰考館蔵本（巳18・07511）「和歌秘伝条〻」「和歌会席以下之事冷泉家伝」＝（題会庭訓）に合写。後に「冷泉家口伝」「庭田宰相重条卿口伝」を合写。元禄五年（一六九二）写。

(4)書陵部蔵本（210・659）外題に「題会庭訓并和歌会次第」とある通り。『題会庭訓』（但し内題無し）の後に合写。御所本。江戸中期写。

(5)書陵部蔵本（210・748）外題「和歌会式法」和歌会の故実や懐紙の書様に関わる諸書を合写した中にあり。『題会庭訓』（実際には端書無く「題出し様之事是より奥冷泉家説題会庭訓抄」の如く書き始める）の後に合写。江戸中期写か。

(6)書陵部蔵本（210・744）外題に「和歌会次第明融筆之写」とあり。改編本のみを収める。江戸中期写。

(7)内閣文庫蔵本（217・31・9）『墨海山筆』巻九所収。「冷泉家和哥式」（内容は『題会庭訓』）の後に合写。

これらを確認しうる。本文はと言えば、伝本間に大きな異同は無いとしてよいと思う。[6] 伝本に関連して留意すべき一二の点につき記しておきたい。一つは、伝存形態の問題である。他書との合写の状況は右に示した通りであるが、見られるように(6)を除き全て直前に『題会庭訓』を伴っている。改編本は言わば『題会庭訓』に付載されているかのように、或は、同書と対になった形で伝存していることになるのである。これは為和じしんの意図に出たものか、単に流伝の間に後人の手により生じたものなのかについてはなお検討を要しよう。今はその形態にのみ注意しておきたい。（この点、のちに再び触れる。）

もう一点は奥書である。奥書の末尾には「為和／相伝忍雅」の名が見える。改編本の執筆対象を伝える記載であり注意される。但しここでも(6)の伝本は例外であって、右の署名を含め奥書の部分を欠いている。(6)は先述の通り『題会庭訓』を伴うことなく単独で伝わっており、形態上も他本と異なっていた。奥書においても（もとより本文内容は他本と変りない。まさしく改編本であるが）特殊な面を見せており、その特異性の理由が問われてよいであろう。いま想像を加えると、明融は父―為和から『題会庭訓』を付与されている。（同書末尾に「為和／明融」の署名あり）が、同じく父の著作である本書―改編本についてもまた、忍雅とは別に独自の経路でこれを披見・書写する機会があったのでもあろうか。(7) ともあれ(6)は流伝上特殊な伝本として扱うことは許されるであろう。改編本がもともと為和から忍雅に「相伝」されたものであることを疑う必要はないと思われる。それよりむしろ為和の執筆意図を伝える奥書の文辞そのものをこそ問題にすべきであろう。奥書の全文は次の通り。

此一巻、乍斟酌御懇望之間、以庭訓之旨、具注進之、家明鏡、深可被禁外見者也

為和

相伝忍雅

文中「斟酌」とある語の主語は為和ではあるまい。為和の他の著作中の用例(8)をも勘案すると、この場合の「斟酌」は憚り遠慮するの意で、「懇望」した主-忍雅の動作を指すものと解される。従ってここは、為和じしん思量を加えつつ注進するという文意なのではあるまい。為和の執筆態度は、自己の思量の程を示すところにあるのではなく、むしろ逆に、厳しく一定の規範に依拠するものであることが示されている。すなわち「以庭訓之旨」「家明鏡」である。前者に云う「庭訓」を狭い意味にとれば、直ちに、為和の父為広の訓説を指すのかという想像が湧いてこよう。しかしここでは即断を避け、庭訓なるものの内容については後段で検討することにしたい。一方「家明鏡」であるとし、外見を固く禁じている点にも注意したい。無論こうした言辞には、最物を書き与える際のごくありふれた身振りを認めうるが、同時に、今こうして具さに注するところは自家の、言い換えれば中

世末期（上）冷泉家の、拠るべき規範に他ならないとする認識が強く示されている点を併せて読むべきであろう。

こうして奥書の文辞から為和の執筆意図――「庭訓」の趣旨を踏まえた上で筆録するのであること、その内容は、〈家〉の亀鑑として位置づけられるべきものであること――を大よそ読みとり得ると思う。では、以上のような認識に基づきながら編録されたと思われる改編本は、一体どのような内実を備えているのか。

3 改編の様相――定家作「和歌会次第」への依拠

改編本の記載内容は、形式をも併せ見ると三つの部分に分けられる。いま、標目（諸本とも一字程度高く書かれている）に従って眺めてみよう。第一の部分は会が実質的に始まるまでの手順を述べたもので、「先掌灯」「次人〻参集着座」「次置文台」「次敷講師円座」「次改切燈台」「次哥人置和歌」「次読師移座召下読師」「次召講師」の如く、まさに会の「次第」を追って記している。続く第二の部分は「読師作法」「講師作法」の二項で、読師・講師のあるべき作法が読様・姿勢・声つき・発声法に至るまで具体的に記されている。第三の最末部分は「読人名事」「講順之事」の二項。披講の際の細部の――しかし誤ることは許されなかったはずの――作法・心得が事書きの形式で記されている。

いま試みに、これらの記載を、定家作「和歌会次第」の流布本とも目すべき『和歌秘抄』所収本――すなわち先に掲出した四種の内のA――の録する所と突き合わせてみよう。どちらも主として禁裏・仙洞をはじめとする晴儀の和歌会での作法を記した書であるから(9)、全体の骨子、次第の要素に甚しい差は存在しない。しかし記事の構成や細部の記載にはかなりの相違が認められる。仮りに改編本がAの類のみを粉本としたのなら、かなり大巾な改変を施したことになる。しかしのちに例示する通り、改編本はAのみに直接依拠しているのではないらしい。他の類をも見合わせながら、改編の様相を丁寧に検討してみる必要がありそうである。そこで目安を得る為に、改編本と定家の著作四種との、それぞれ冒頭部分の記事を比較対照してみたい。

〈改編本〉

先掌灯高燈台、在座上主人之左講師右程也、

兼存知シテ如此可用之、已後改切燈台高燈台取時、其打敷ヲハ不取、其マヽ、用之、座席広者座末之程ニ又高燈台ヲ立置、便宜之所ニ可立之也、雖両脚或一脚、

次人〻参集着座主人已前ニ出御、於摂家同前、主人公卿已前ニ出客亭

但公卿已下可然人許歟、於下﨟者置和哥便宜所ニ可着也、大臣已下可然公卿兼在其座、和哥之清書懐中（本ノマヽ）殊加用意、不可落、又不可萎損、

A（歌学大系本による）

兼日預レ題之人、装束随レ催参二其所一。和歌清書懐中、殊加二用意一、不レ可レ落。

主人出二客亭一、公卿以下着レ座

B（天理本による）

兼日預題之人、装束随催参其所和哥清書懐中、殊加用意、不可落、

主人出客亭、公卿以下着座、

C（京大本による）

先掌燈高燈台、在座上主人之左講師右程也、

兼存知之テ《シテ》如此可所為歟、改切燈台之時、其打敷ヲ強不動為用也、座席為広博者座末之程又雖両脚相計便

宣之所可立之歟但公卿已下可然人許歟、

次人ゝ参集着座於下﨟者置和歌之便ニ追ゝ可着也、

D（京大本による）

兼日預題之人、装束随催参其所、和歌清書懐中、殊加用意、不可落、又不可萎損、有衣冠之催者着其装束、古人所甘心也、近代人多着非分束帯、漸雖為常事、況末座之人不可然、弁少納言上﨟近衛次将等、強無難歟、文治内大臣家会、皇后宮権亮公衡朝臣衣冠催者着直衣、是臨時処分、禁色人也、

大将家方将権中将権少将ト書也、主人出客亭公卿已下着座、公卿催大略又同、奉行告此由、大臣以下可然公卿兼在其座

一見して明らかなように、改編本の記事は殊にCのそれと類似している。しかも完全に一致するのではなく細部において相違し、かつ所々C以外の書との類似も見受けられる。

まずCとの関わりに着目してみよう。両者の深い関連はそれぞれの構成を対照することで端的に知られる。改編本の構成は先に略述した通りであるが、試みにCの構成を最前と同じく、最初の第一部分の標目によって辿ってみると、「先掌燈」云々「次人ゝ参集着座」云々ののち、「次置文台」「敷円座」「改切灯台」「次置和歌」「次読師移座召下読師」「次召講師」の如く記されており、改編本とほぼ一致するとしてよい。標目のみでなく記事内容もまた、いま一々証示しないが、ごく近しいと認められる。しかもこうした類似は今みた第一部分に止まらず、続く第二部分の「読師作法」「講師作法」においても同様に現れている。ここで、そもそも改編本とCとは全く同一の端作（註記を含めて）を持っていたことを想起しよう。結局、改編本はCに強く依拠しており、更に言えばCを基として編録したものであると推定できるのではなかろうか。

但しCのみを下敷きにしているのではない。先程指摘したように改編本の本文はCと同一ではなく、両者のズ

レは無視しえない。たとえば改編本の第三部分「読人名事」に相当する項は、Cでは「読様」という標目のもと「公宴」「大臣家」の二つの場合に分けて略記しているが、改編本は「御前儀」「大臣家《摂家》親王家准之」に分け、Cよりは一層詳細な記事を載せている。また改編本の右に続く「講順之事」は、Cには見当らない。C以外の資料との関連を考えない訳にはゆかないのである。

然して、改編本が依拠したはずのCから逸脱する右の記事どもを、他に求めてみると、Dに「読人名事」として「御前儀、用之歟、禁中雖宮御方」の場合と「大臣家親王家准之」の場合とを各々掲げているのは注意される。また改編本の「講順之事」には、

講師〇《進》参之後、主人触気色、公卿以下講師ノ左右後ニ近進寄無音人少〻留本座、（中略）事訖各復本座主人入御之後退出、

とあり、改編本の本文は以上で終っている。右の記載はDの巻末部の記載、

講師進参之後、主人召所上人首人、触気色、公卿已下近参寒《本ノマヽ》無音之人少〻留本座、（中略）事訖各復本座主人入御之後退出、

とほぼ一致する。両者の「中略」として引用から省いた箇所には、互いに独自の一文が見える点は断っておかねばならない。しかし会の次第の最終段階――主人の入御を見届けて列座の者どもが退出する――の時点までを記しているのは、四種の中ではDのみである。これらの点を重視すれば、改編本はDとも無関係ではなかったことが推測されるばかりでなく、進んで（少くとも右に引いた巻末部分の記載については）改編本はDに依拠した可能性を想定できると思う。

一方、改編本とA・Bとの関係――AとBとが極く近しい関係にあることは既述した――はどうであろうか。たとえば先程掲げた例「読人名事」はA・Bにも同一の標目で据えられており、改編本との関連が想像される。但しその内容は「御前儀」のみで「大臣家」の例は載せられていない。この点は改編本と異る。また「講順之

事」に相当する記事はA・Bには見当らず、この点も改編本と相違する。しかしながら両者の間で重なり合う記事や、共通の字句を持つ部分を拾うことはそれ程難しくない。従ってA・Bが確かに参照されていたとは断じえないにしても、その可能性まで否定し去ることはできないであろう。

以上のように、為和は改編本を著録するに当って定家の著書に基づき、その記載を摂取したこと、そしてその際の依拠資料は、「和歌会次第」のCを中心としながら、それだけに止まらず幾種かの類に及んでいただろうことを各々想定しうるのである。

こうした為和の「和歌会次第」受容の背後には、当然ながら、為和じしん定家のこの種の著書を直接参照しえたという事実が介在していたはずである。

ここで「和歌会次第」の伝流の問題を考え合わせてみよう。先に列挙した四種のうち、為和が強く依拠したと考えられるCには、井上氏の指摘にある通り、その奥書に為秀・為益の名が見える。すなわち、

此作法細〻為一見所令書写也、更不可免他見而已

左少将為秀判

此外硯筥蓋等事、御日記以下御自筆之証文等非一、求料紙追而可注加之

右此一冊者令恩借中納言為益卿、以為秀卿自筆本令書写者也

于時永禄第一臘月下旬

権僧正真淳判

に明らかなように、筋の正しい本が為秀に伝わっていて、のち為秀じしんの書写した本は「為益(為和の子)」

の許に伝存していたことを知りうる。右の奥書から判断すると、Cの類のテキストは永禄元年（一五五八）の頃まで、大まかに言えば中世を通じて冷泉家に伝えられていたと考えてよいだろう。特に、為益とあるのは重要である。その手許にあったという為秀自筆本は父親—為和の手をも経由していたと考えるのが順当ではなかろうか。ところで先に記しておいたようにDのテキストはCと合写されて伝わってきたと考えられるから、Dは右で見たCの流伝と同じ過程を辿ったものと思われる。とすれば為和はC・Dを共々親しく披見・参照しえたと推測される。また、Aの類に収めうる別本和歌書様付載本には、久保田淳氏紹介の通り、次のような為秀の奥書が見られる。

以京極殿御自筆本令書為伊与守貞世与之

藤為秀

定家自筆本をもって今川了俊に書き与えたという事情を伝えている。してみるとこの類の伝本も冷泉家に伝存していたことが推測され、のちのち為和もまた参照しえたかも知れないのである。更に、四種のうち、残るBについてもA・C・Dと似た事情を認めることができる。その根拠は井上宗雄氏蔵本によって得られる。

同本はBの類に含めうる特徴を備えている。奥書に、

康永三年三月六日書之　藤為秀在判

とあり、為秀の許にはBの類のテキストも伝わっていたらしい。ところで井上本はBの本文の後に「懐紙叓《イ和哥条〻（朱）》」と端書のある一書を合写しているが、その巻末の貼紙に、

本伝

此康永奥書迄為益筆也

ためつな

とあるのは特に注意される。ここでもC・Dの場合と同じく為益の名に出合うのである。署名の「ためつな」は為綱（寛文四年（一六六四）生—享保七年（一七二二））であろう。為綱は為益より五代の後胤であり、従って「康永奥書迄」すなわち「和歌会次第」（B）の部分の筆者を為益であるとする認定も江戸中期近くまで下った時点でのものということになるが、一定の証跡に基づく判断としてこれを信ずるとすれば、Bの類のテキストは為益はもとより、その父である為和もまた手づから参照しえたと推測を進めてよいのではなかろうか。

先に具体的に見た為和における定家摂取の基盤には、こうしたテキストの伝流をめぐる状況が存在したのである。

さて右のような状況のもと、為和は定家著作を依拠資料として充分に勘案・取捨しえたと思われる[11]。しかしながら改編本は、単に定家著作の幾つかの記事どもを取り合わせたという底のものに過ぎないのではない。記載中には所々定家の書に見えない要素も存在する。それらは決して目立たないが、元の記載に対する若干の敷衍、あるいは補註の如き役割を果すものとなっており、その限りで為和の主体性の示されたもの、言い換えれば定家の認識から一歩踏み出したものとなってもいるのである。それらの諸要素を押さえておくことは、改編本を正当に位置づけることに通ずるのみでなく、同時に、為和による〈改編〉の様相を更に見定めることにもなると思われる。

4　為和の主体性

為和によって新たに付加されていると見られる記事のうち特徴的なものとして、「近年」云々とある箇所に着目したい。それらの箇所において、為和は自らの時代状況（＝〈近年〉）の中で得た体験的事実や、作法をめぐる時代の傾向を引合いに出して、定家著作に記された所との差異を確認している。そうした記事どもの中に、為和の知見の程と主体性の現れとを読みとることができると思う。

「近年」の語は本文中に四箇所見える。始めの三つは傍註ないしは割註の形で、一見遠慮がちに記されている。次の通りである。

(1)近来雖五六首繙一紙近年此儀ヲ用候於一度令読之也

(2)五位官名或名二字、近年名二字計

(3)古儀毎人三反詠之、近代下臈哥不過一反或晴御会、近年下臈之哥毎人二反

以下一例ずつ、為和じしん強く意識していたと思われる定家の書の、対応する記載を参看しながら検討してみよう。

(1)は「読師作法」の項に見える記事である。主本文の「近来……令読之也」は『和歌会次第』Cに見える記事と全く一致する。問題は傍線部を含む一文である。定家作の『次第』には右の傍註に対応する記事を見出しえないから、これは為和の知見を示すものと見做してよい。為和は、定家の云う「近来」の方式と区別して自らの時代すなわち「近年」段階における方式を註しているのである。ちなみに定家の『次第』には「近来」と並んで「近代」の語も使われており、定家の時代意識を示す語となっているが、為和はそれらの語を保存しつつ、なお右の例の如く、自己の時代の風儀を付記していることになる。

(2)は「読人名事御前儀」の項、位階毎に人名の読み様を示した中に見える。対応する記事を求めると、Cに「五位官名」、Dに「五位官名　左衛佐具親或説名二字」、Aに「五位、官名　左衛門佐具親」、Bに「五位官名　左兵衛佐

具親或名二字云々」とある。改編本はCを摂取しつつ「或名二字」の註についてはDあるいはBに拠っているのではないかと思われる。しかし右のような依拠とは別に、為和はことさらに「近年」の様を併せ註しているのである。

(3)の例は「講順之事」の項の、先にも一部引いた箇所の中にある。主本文の「古儀……不過一反」の一文はCに見えない。D・A・Bには右と同文で見られる。それゆえ為和はD・A・Bのいずれかに拠って右の一文を記した上に、「近年」の例として「二反」云々の割註（もとより定家の『次第』には存在しない）を付加したのであろう。結果、「古儀」[12]とも、定家の云う「近代」とも区別して当代の儀が確認されていることになる。

以上は註記の形をとっている例であった。残る一箇所の「近年」は、註ではなく主本文に截ち入れるかのように記されている。

(4)但近年講順之人数、奉行人催之、殿上人ハ召道者許、無音之輩モ道者ハ進也

「講順之事」の、(3)に引いた部分のやや後に見える。これもまた定家の『次第』には見出しえない記事であって、為和じしんの理解に基づいて記入されたものと思われる。

やや煩瑣に亘ったがこれらの例から、定家の『次第』に依拠しこれを保存しながらも、自らの知見を註や補記の形で書き添えるという為和の意図を具体的に窺いうると思う。定家の録した規範に、当代的な要素を――控え目にではあるが――対置する、一種の主体的な関与のさまを見ることができるのである。

このような為和の態度を一層よく見届けるためには、為和の他の著作の場合と比較してみればよい。たとえば『題会庭訓』や『冷泉家秘伝』にも定家の著書の影は色濃く映じている。両書の中に、定家の『次第』を取り入れたと思しき記事あるいは互いに無縁とは考えられない記事を幾つか見出しうる。つまり両書の筆録に当って為

和が定家の著書を参照していたことは疑いない。[13] 但し、定家の『次第』に直接依拠し字句そのものを転用していると推定される部分は決して多いわけではない。むしろこれら二書における為和の叙述は、おおむね自家薬籠中のものを縦横に語っているかのように見える。定家の著書の字句そのものからは相対的に自由に、自己あるいは当代の認識を明確に打ち出していることが知られる。文字通り主体性の現れであって、この点は、定家の著書に強く依存しながら極めて抑制された形で主体性を示している改編本と対照的である。このように、為和じしんの手に成る他の二書と比較することによって、改編本の記述のあり方を一段とよく窺いうると思う。

ところで、改編本に見られる右のような性格は、見方を変えれば、改編本が為和の他の二書とは異なった課題と意図に沿って筆録されていることを意味するものではなかろうか。[14] すなわち為和は、自らの録するところは定家の著したものに深く根差すものであることを確認すべく、粉本としての『和歌会次第』の記載に直接依拠する形で、改編の筆を執ったのであろう。結果的に改編本は定家の著書の祖述を出ることなく、他の二書に比べると自在さを喪っているとも見られる。しかしこうした記述の方法を選ぶことが、自家の——すなわち冷泉流の——作法こそは定家の著作を原拠とする〈正統〉の作法であり説であることを強く呈示することに繋がると考えられていたと思われる。改編本と他の二書との性格が異ることの意味はこのような目的意識の相違という点にあるのではなかろうか。

そうだとすれば、改編本の本文中に何度か用いられている自家における説の継承をめぐる言葉、特に「庭訓」あるいは「家説」の語は、為和にとって最も価値を与えるべき語であったはずである。改編本の位置を見定めようと試みている私たちにとっても又、当の概念の内実を見ておくことは最も核心的な課題になると思う。

5 〈庭訓〉〈家説〉の概念とその変容

まず為和の云う「庭訓」を検討してみよう。「庭訓」の語は改編本中、次の三箇所に見える。

(1)和歌之清書懐中姝（本ノマヽ）（殊）加用意不可落、又不可萎損（是京極黄門庭訓、代々相伝也）

(2)更披哥聊見之巻之置之由雖有口伝、庭訓、厳重御前近参進、更披見之儀片腹痛事也

(3)専不居円座、懸片膝逃座下ノ足（常者右足可逃之、）但雖不座可正座、為慥見文字（是家庭訓之也）

例によってこれらは、定家の『次第』に対応する記事を見出すことができる。すなわち(1)の割註を除く主本文の部分は、（先に引用した通り）Dに全く同文の形で見える。又、A・Bにもほぼ同文で見える。(2)はDに、

膝行以後更披見之由雖有口伝、往年庭訓云、厳重御前近参進更披見之儀、末座之者頗有片腹痛之気

とあるのに近い。A・Bにもこれと類似の記載が見られる。(3)は、その前半部とほぼ同文の記事がCに「専不居円座、懸片膝逃座下之足（常者右足可逃之）」のように見え、後半部とほぼ同文の記事がD、そしてA・Bに、「雖不正座不可遠座、為慥見文字也」の如く見える。つまり(1)(2)(3)は定家の書を転用した記載であると認められる。内容はと言えば、いずれも会次第の細部に関わる。すなわち(1)は会に臨む際、清書した詠草をいかに持て扱うか、その折の心得を記したもの。(2)は歌人が自歌を文台に置く時、文台の許に近寄って詠草を再度抜き見るのは、特に「厳重御前」にあっては慎しむべき事を云う。(3)は講師の作法の一つとして、正座して文字を慥かに見るべき事を云う。この文の直後には「直居」すべきことや、「うつふしあふく」のは見苦しいことなどを云っており、講師の姿勢、体勢につき述べた件りの一部である。

重要なのは、傍線部に見られる意味づけのあり方である。為和はこれらの細部を、(1)の場合で言えば、定家の

「庭訓」であるとし、しかも定家以後「代々相伝」されてきた教訓なのだと註している。(3)では「家庭訓」とも呼んでいるのである。もとより定家の段階で、こうした作法の細部を「庭訓」の説としているわけではなく、また格別に配慮すべき事柄として指示・強調しているわけでもない。作法の一齣として記述されているに過ぎない。

ここで想起されるのは、先に検討した改編本奥書に見える「庭訓之旨」の語句である。その折「庭訓」を為和の父―為広の訓えを指すものとしてよいかどうか判断を留保したが、右の諸例を考え合わせると、為和の云う「庭訓」は父から継承したものを意味するよりは、むしろ直接定家の著書に遡源してこれと同一化しようとするものであることが知られる。為和の「庭訓」は、定家の説に連なろうとする意志、定家説を〈家〉の訓説として位置づけようとする意図に支えられて用いられているのである。定家じしんの認識とは関わりなく、定家説に対して新たな意味づけが施されていると言うべきであろう。

その際、(2)はやや注意して読み解かれるべきである。(2)が依拠したと思われる（先引の）Dには、波線部の如く、単に「庭訓」とあるのではなく「往年庭訓云」と云われている[15]。言うまでもなくDに云う「庭訓」とは俊成のそれであり、定家じしん「往年」のある時点[16]において俊成から直接口授された言説として引用しているのである。改編本においては、当該部分は「往年庭訓云」から「往年……云」の字を除き「庭訓」へと変えられるが、その改編に応じて、〈庭訓〉概念は定家的な文脈における意味から為和の文脈における意味に転じられていることになる。言い換えれば、俊成―定家の父子間に親しく授受された説の意から、広く〈家〉に継承されるべき訓説の意へと変容せしめられているのである。

もう一つの重要な概念である〈家説〉の場合を検討してみよう。「家説」の語は改編本に五箇所存する。ここでも為和は定家の『次第』の記載に依拠している。問題にしたいのは、各々の記載の後に細字で当該記事が「家説」である旨を指示している点である。それら五箇所を依拠資料と対照しつつ（先述した所に基づき、依拠の度合に応じてC・D・A・Bの順に掲出する）列挙してみよう。

⑴次召講師其詞、講師まいれ、是読師之詞也、家説

C「次召講師其詞、講師まいれ」

D・A・Bに該当する記載なし。

⑵依主人之気色移座、文台ニ進テハ即取和哥、硯蓋をうつふしに反て置之家説　（読師作法）

C「蒙主人之気色移座文台ニ進テハ頗可居上也、取和哥等即硯蓋をうつふしに反て置之」

D・A・Bに該当する記載なし。

⑶又雖読謬、再不可読直家説　（講師作法）

C「又雖読謬、再不可読直」

D・A・Bに該当する記載なし。

⑷詠字読様説〻／なかむる清輔用之也／又説ゑいせる／よめる是家説也已上三説也

C「又詠字ヲなかむといふ／又ゑいすといふ／三説也／今ノ様ハ基俊之説也云〻」

D「詠字読様説〻／亡父之説雖有説〻よめると読、可用之云〻、清輔なかむると読用之、／此由先年申法性寺殿云〻、仍文治三年二月宗隆弁講師、受亡父之説、よめると読、彼御記失礼之由有之云〻、後年聞之、是家説也、／又説ゑいせる江帥以之為宜云〻、三説也、其例互存之由亡父教訓也、習一説人以他処失錯也」

A「詠字よむ様、説〻多。／亡父之説、雖レ有二説々一、よめると読、可レ用レ之。／清輔朝臣ながむると読、

不㆑用㆓他説㆒。／又説、ゐいぜる江帥以㆑之為㆑宜云々。三説也。皆非㆓失錯㆒。其例互存。習㆓一説㆒、之以他処失㆑礼」

BはAとほぼ同文。省略する。但し割註は「習一説之人以他……」とある。

(5)やまとうた家説、基俊説也
やまとうた清輔説也、二条家ニ用ユ

C「清輔家ニハやまとうた云々」（声点なし）

D「やまとうた家説、基俊説也
やまとうた清輔之説、是又互不加難所習伝也」

A「や（左下）ま（左上）と（左上）う（左下）た（左下）家説。
や（左下）ま（左下）と（左下）う（左上）た（左下）清輔朝臣説云々。

B「やまとうた家説、前金吾基慥説也、
やまとうた清輔朝臣説云々」（声点なし）[17]

依拠資料との関係については、これまで採り上げた諸例とほぼ似通った傾向を示していることをまず見ておこう。いま特に注意したいのは、〈庭訓〉の場合と同様この〈家説〉においても、定家説を踏まえ、その趣旨を家説であると為和じしんが付加的に註している場合と、定家段階で既に〈家説〉の名辞が与えられている場合との二種類存することとである。(1)(2)(3)は前者、(4)(5)は後者の例である。

(1)は講師を召し寄せる際の詞、(2)は読師の所作、(3)は講師の心得――読み誤っても読み直してはならぬこと、それゆえ能くよく下読みしておくべきことの指摘に続く――を示した記事である。さて為和にとってこれらの諸事項はいずれも「家説」として位置づけられるべきものであった。もとより為和が新たに解釈を加え意味づけたものであり、傍線部の付加によって、定家の認識には本来存在しない別途の価値が付与されていることになるであろう。

後者の場合、予め定家によって「家説」とされているところを為和は追認するのであるが、〈家説〉の概念内容は既に定家の認識のままではない。やや細かく読み直してみよう。

(4)の場合。「詠」字の訓み方は説々併立している。具体的には三説あり、「家説」は「よめる」である。差し当り清輔の説と対比して依るべき「家説」が示されているのである。その結論自体は掲出したA～Dのそれと変りない。しかし「家説」の持つ意味合いは変化しているというべきである。定家においては、「家説」はごく限定された意味で用いられている。その要点を読みとると、C・Dから、「よめる」の訓みはもともと基俊の説であり、基俊説を受容した俊成の説であったこと、しかも文治頃、兼実家歌壇[18]の場で俊成が唱え、また行なわれもしたがなお異見も存したこと等の事情を知りうる。またA・Bから、三説あることに対する俊成の態度は、どの説も互いに根拠を有しており、いずれをも誤りとすることはできぬこと、一説のみを習う者は他を失と見做す（という錯誤に陥る）のだとするものであったことが明らかとなる。すなわち「家説」は多分に不定形かつ、流動的であって、単に抽象的な理念なのではなく、具体的な体験に結びついた、そして歌壇の場の篩にかけられたものであり、その採用にあたっては余程巾のある寛容な態度[19]が保たれていたという事情が語られている。而して俊成―定家的理解に含まれていた右のような「家説」の雰囲気――元の文脈の中で帯びていた気味合い――は、為和のテキストの文脈にあっては大むね捨象されている。そして為和の想定する「家説」へと解消されることになるのである。〈家説〉概念の内容は、やや拡張されかつ変質せしめられていると言うことができよう。

(5)の例もまた同様の見渡しの中で把えられると思う。問題は「二条家ニ用ユ」の註記である。のちにも触れるように、為和の他の作法書にあっては対二条家の意識が顕著に現れているのに対して、改編本ではその種の性格は表立っていない。中にあって右の註記は唯一そうした意識の窺える箇所であり、注目される。註記の趣意は、「やまとうた」のよみ方＝アクセントについて、二条家では清輔の説（定家たちの文脈に戻せば六条家説と呼んでもよいだろう）を用いているとするものである。自家のよみ方は定家以来の――基俊―俊成―定家と受け継がれた――正統に立つが、二条家では却って御子左家ならぬかつての六条家と同じよみ方すなわち異系に棹さしているとする見解が暗に表明されていることになる。「家説」は俊成・定家たちの与り知らない次元に転移され、同時に新たな価値を付与され、他家の説を斥ける上での拠り所とされているのである。ちなみに『題会庭訓』「講師之事」の項には「やまとうた」のアクセントに関して

当家には此やまとうたを大和国をいふ様に云也、二条家にはやまと瓜といふやうによめり

と記されている。[20]先にも述べた通り、同書においては自在な口吻によって――この場合、「大和国」や「やまと瓜」などの卑近なものの名を藉りて――二条家との相違が語られている。逆に改編本は飽くまで定家の『次第』から離れることなく、むしろ定家の記述を根拠として二条家の説を相対化していることになる。両書は表現の形を異にしているものの、もとより底においては深く通い合っている（「和歌」のアクセントの件については後段で再び触れる）。

以上見てきたように、〈庭訓〉そして〈家説〉の概念は、原拠としての定家の『次第』において本来それらが担っていた意味とは異なるものへと変質しているのである。

6　為和の課題

定家の『和歌会次第』から見れば、新たな意味の付加、もとあったものの剝離、別種なものへの変質と把えられる事態も、視点を移して為和の立場で見れば、さし迫る促しに従って行なわれた、積極的な意義を帯びた営為として位置づけられるはずである。為和の問題に則して考えてみよう。

そもそも改編本において、作法をめぐる諸々の細部が定家の認識をも越え出た次元で、やや重々しい意味を含む「庭訓」「家説」の如きものとして特に強調されたのはなぜだろうか。ここで、そのような意味を含みもつ改編本を、為和に著述せしめた契機について、とり纏めて考えておきたい。

いくつもの契機が介在していたと思われる。今それらを外と内の二つの広がりにおいて把えてみよう。最初に、為和をとりまく外部の状況に存在した契機を考えるべきだろう。

井上宗雄氏は室町後期に「会席作法書が夥しく伝流した事」[21]を詳細に跡づけている。為和の改編本なども一例に他ならないが、それら作法書類のもつ史的意義について同氏は「序でながら」としながらも、次のような、文化史的な展望を指し示すとも言うべき重要な指摘を行っている。

序でながら何故に中世の歌学書の中に歌会作法（懐紙・短冊の書法を含めて）が重要な地位を占めているかといえば、それは要するに、詠歌披講の場としての歌会が重んぜられ（晴の歌は発表によって完成するという意識である）、正統的和歌の場である会を、「古式豊か」に、「荘厳」に行うべき事が要求され、従って作法が尊重され、書法がやかましく言われ、会席次第は「奥義」とされたからである。（「和歌の会席の作法、別紙に細注之、此の道の奥義なり」兼載雑談）。懐紙短冊の書様は武家故実の中に組込まれてもいるのである（道照愚草）[22]。

為和による改編本の著述もまた右のような中世における時代の趨勢の中の一光景であったと見ることができよう。一方、為和の側から眺めれば、こうした趨勢は当然ながら、会の次第や故実をめぐる諸々の作法が階層的に一段と大衆化・通俗化を伴って広く行なわれ浸透して行く風景として映ったはずである。そのような外からの促しは必然的に為和の内側の契機を呼び起さないではおかなかったであろう。その際、内部の契機として最も切実であったと思われるのは、やはり歌道家の正統に連なる者の意識、すなわち〈家の人〉の意識であっただろう。

〈家の人〉を特別視する意識は、実際の表現行為の場において広く時代の共通認識として存在していたと思われるが、(23)とりわけ故実や作法の領域においては、〈家の人〉の見識や権威の程は殊に強く認められていたに違いない。(24)為和はまさに冷泉家を担う人、〈家の人〉であり、自らの使命を深く自覚していたはずである。傍らで進行する作法の通俗化に抗して、自家の〈家の人〉に連なる者の正統的な作法の在り方を呈示することが一つの切実な要請として把えられていたと考えられる。

加えて〈家の人〉の内側の状況は、やや複雑であった。為和じしん存在を意識せざるをえないもう一方の家の人が存在していた。すなわち二条家である。差し当り改編本には対二条家意識は際立っていないこと、しかし当の意識は為和の根底に流れていただろうことについては、既に前節において述べた。少し敷衍してみよう。

自家と他家の意識、とりわけ対二条家意識が端的に現れているのは『題会庭訓』である。同書の最末項「講順之事」の末尾には、

当家二条家相違此分候、

とあり、そもそも『題会庭訓』執筆の意図、そして子-明融に与えようとしたものが奈辺にあったかを如実に示す言葉となっている。さらに同書の中には、「他家の人」「二条家には」の如き云い回しと、これに対するに「当

家には」「当家のもの」「当家説」などの言葉が見られ、両家の風儀の相違、ならびに依拠すべき自家—冷泉家の法式が幾度も強調されている。こうした為和の意識を集約的に示しているのは次のような件りであろう。

二条家とは当家の兄の流にて候、さ候へとも不孝ゆへ道の相伝もなく、家督にてもなく候て、今は一家絶はて候、飛鳥井家は二条家門第とて其相伝之由申候得共、二条家に相違し候事数多候

「他家」の意識に飛鳥井家も含まれていることは注意されるが、[25]特に配慮されているのは二条家であって、同家との関わりで自家の正統性と優越性とが強調されているのである。一方『冷泉家秘伝』においても事情はほぼ同じである。「二条家には」「二条家に」に対置して「当家説」「当家には」「当家一流の者」「当家の者」の作法が示されている。時に「両家の説〻に候」の如く、いわゆる両説としていずれの説も共存すべきことを云うものも見られるが基本的には自家の説が強く打ち出されている。

さて以上のような意識に保証を与えてくれたもの、すなわちもう一つの重要な契機は、何より為和の手許に、定家の手になる由緒正しい作法書類が相伝されていたことであった。具体的な事情は3節に述べた通りだが、それらの書を十二分に参酌しえたことによって為和は自信をもって〈正統性〉を揚言しえたのであり、改編の結果を「家明鏡」（奥書）と呼びえたのも又、これらの書が背後に存在していたからであっただろう。為和に改編本筆録を促したものとして述べたような諸契機を考えることができると思う。

7　来るべき課題

中世末期あたり、〈家説〉はどのような文脈の中で語られるに至るかを、定家の著書が改編される様を通して、かすかに見ることができた。得られた視野をもとに、さらに問うべき課題について考えておきたい。

課題の一つは、〈家説〉のゆくえをわずかに見届けうるとして、ではそれは具体的にどのような過程を経てきたものなのかを問うことであろう。

作法における〈家説〉は定家によって明確に措定されていた。以後それはどのように継承されたのだろうか。小稿では専ら為和の著作の中に定家からの直接的影響と認識の変容の様を見るという視点で検討を加えた。しかし定家から為和へと至る間には自ずと幾つもの局面が見られたはずである。たとえば為和は、定家の記載を承けて「是京極黄門庭訓」とし、さらにこれを「代々相伝也」と註してもいた（5節参照）。定家以後、代々の御子左家、特に冷泉家に継承されてきた説であったと明記しているのである。つまり〈説〉をめぐる歴史が在ったというわけである。小稿で試みたように、為和の改編の結果を、言わば定家的原形の変容として確かに位置づけられるにしても、変容には自ずと過程が存在したのであり、そこに至る間の一定の歴史をおさえなければならないということになろう。右で例示したのは「庭訓」と呼ばれていたものの場合であったが、事は〈家説〉の場合についても同じく当てはまるだろう。改めて問いを立てれば次のようになろう。為和段階に至る以前、冷泉家では作法をめぐり〈家説〉はどのような過程を経て継承されたのか。

もとより広い見通しの中で考えられるべき課題であるが、たとえば以下に見るような問題も、緒口の一つとなるのではなかろうか。

先に、「やまとうた」のアクセントに関する記載を参照したが（5節）、ここで再び取り上げてみよう。

定家の『次第』には「やまとうた」をめぐる「家説」が声点を以って示されていた。改編本はその記載を直接摂取していたが、一方為和は『題会庭訓』『冷泉家秘伝』においては、「大和国」「やまと瓜」などの具体例を以て、やや自在な口吻で「家説」を述べていた。但し「大和国」「やまと瓜」の例を用いて冷泉・二条のアクセン

ト説の相違を説くのは必ずしも為和の発明ではなかったようだ。たとえば『柿本傭材抄』[26]下に、

和字冷泉家ニハ国ヲイヘルヤウニヨム也二条家ニハ瓜ヲイヘルヤウニヨム也

とあり、為和以前、一条兼良・良鎮らの段階で既に同様の説明方法が用いられている。言い換えれば、アクセント説の対立は為和以前に生じており、卑近な語の例を藉りて早くから伝承されてもいたようである。少し遡って『正徹物語』[27]上にも、

和哥の声の事、家隆の説とて執する方も侍る歟。我等は俊成・定家の家の説の外は、不存知也。其は定家大和紙にあらず云々。大和紙とすみあがりたる声也。さればたゞやまとうたとさがりたる声に云ふべき也

の如く、例は別の語（「大和紙」）であるが、説明の方法は類似している。傍線部のように、「家の説」とのみあって、ことさら冷泉・二条の説の違いに触れられていないのは注意される。むろん正徹段階では対立はなお未分化であったと直ちに断ずるわけにはゆくまい。冷泉家における〈家説〉の定着と継承の過程はなお丁寧に跡づけられるべきであろう[28]。

課題の第二は、為和の側から定家の側へと立ち戻って、原拠としての定家のテキストを読み直すことである。たとえば次のような所にも問題の一端は潜んでいると思われる。

そもそも改編本の端作に、

和歌会次第夜儀　家説

とあったことの意味を仔細に考えてみるべきであろう。註記にある「家説」は改編本の文脈――為和的理解に支えられた――の中では不自然なものではない。一連の会次第の記載を一纏めにして「家説」と呼ぶことは大いにあり得たであろう。とすればこの註記を施したのは為和じしんなのだろうか。しかし、改編本の重要な依拠資料

であったと目されるCの端作は、改編本のそれと註記をも含めて同一であった。してみると「家説」の註記は為和の所為ではなく、遡って他ならぬ定家じしんの手になるものなのか。しかしながら、既に挙げた例からも推測されるように、定家における〈家説〉概念は、原則として基俊―俊成の系譜で継承された説を基とするものであった。これは定家の三代集註釈書類に見られる「家説」の用例からも確かめられるところである。それゆえ〈家説〉の定家的理解の原則に照らすと、会次第の細部に亘る作法全体を定家みずから「家説」の如く名づけるのはきわめて不自然である。あるいは定家は自己の原則から離れて「家説」を用いる折もあったのだろうか。一体これらの註記に云う「家説」は誰の手になる、そして如何なる認識に基づくものなのか。改編本に見られる〈家説〉概念の変容の問題から派生して、以上のような疑問も新たに浮上してくるのである。而して右の問いに答えるためには定家のもとのテキストを精査することが求められるであろう。

＊

先程参照した井上氏所説の如く、作法の重視という成り行きの中に〈中世〉の一つの姿を見出すことができるとするなら、小稿で参照した改編本はまことに中世的なテキストであった。と同時に、その原拠となった定家の言説もまた〈中世〉の流れに棹さすものであったことを改めて知りうる。定家じしんこのような領域に深く手を染めていたことの意味を掘り起こすことは、定家における〈中世〉を明らかにする上で一つの意義をもつであろう。(29)

ところで、同じく〈中世〉の趨勢のもとにありながらも、改編本が担っていたのは中世後期とも呼ぶべき時代の課題であった。では定家の担っていたのは中世前期の課題とは何だったのか。作法における〈家説〉の形成と変容という問題も右のような見通しのもとで改めて問い直されるべきだと思う。

【註】

(1) 日本歌学大学3(風間書房版)所収。

(2) 久保田淳「別本『和歌秘抄』(和歌書様)について」(『中世文学』17 昭47・5)。のち『新古今歌人の研究』(昭48 東京大学出版会)附篇に収録。なお定家の他書不見歌はのちに赤羽淑編『藤原定家全歌集全句索引本文篇』「定家歌集補遺」にも収録。同書番号4600・4601・4602の三首。

(3) 井上宗雄『中世歌壇史の研究』三部書の所々参照。伝本分類については特に「南北朝期」642―643頁参照。

(4) 『竹柏園蔵書志』(昭14 巌松堂書店)344頁掲出の本。

(5) 井上宗雄前掲書「室町後期」参照。なお同書に、為和の「編者として確実なのは歌会作法書の類であろう」との指摘(350頁)がある。

なお『続群書一覧』に「二条家為和伝書　一冊」を掲げるが、その奥書は改編本はもとより、為和の他の二書のものとも異なる。さらに別の作法書をも著したか。

(6) 本文の引用は(3)による。

(7) あくまでも(6)の外題にある「明融筆之写」を信じた上での推測である。なお明融には『題会庭訓』の文章を若干変えて一書にした著作(「冷泉明融書」島原松平文庫「歌書集頌」の所収)もある由である。井上「室町後期」349―350頁、549頁参照。右のような著書も、父‐為和の著作に対して明融が特別な関心を寄せていたことを示すものであろう。

(8) 「ゆるしもとり候はぬ人の出題なとにては御詠も可有御斟酌候歟、努〱有ましき事候」(『題会庭訓』本文は改編本(3)と合写のもの＝彰考館本による。以下同じ)、「三首の懐紙の時、端作へ題書入候事可有斟酌候、当家一流の者計書候、当家之者も若時は斟酌する事候」(『冷泉家秘伝』彰考館本(巳18・07512)による。以下同じ)など。

(9)　ちなみに改編本冒頭部には「禁裏　仙洞儀」の肩註がある。後段の引用ではこれを省いてある。

(10)　「寒」字、同系統の他本には「寄」とある。

(11)　小稿では専ら定家の『次第』との関わりで為和の「改編」の様相を読みとっている。もちろん他書からの影響がなかったとは言えまい。たとえば『冷泉家秘伝』には「八雲御抄」の名が見える。当然ながら同抄作法部の記載などをも為和は参照していたであろう。しかし小稿では、改編本と定家の著書との密接な関連、およびいま述べたテキスト流伝の状況を特に重視したい。

(12)　『袋草紙』「和歌会次第」に「次詠三反之」とある。定家は同書の記載などを踏まえて「古儀」と記したか。

(13)　たとえば『題会庭訓』第四条「会之事」に、「本式は文台にあらす、硯筥のふた也、此ふたをあふけてをく」とあるが、これは定家の『次第』Cに「次置文台」として「本式は硯筥蓋也、あふけてこれをゝく」とある部分を摂取したと思われる。一方『冷泉家秘伝』の問答の最末条「哥合の仕やうの事」において、「哥のよみ様候哉、講師の事候哉」の問いに対し為和は次の如く答えている。

　哥合の講師は昔は右左講師云〻

　近代褻儀一巻に書、左右無講師、唯一人なり

これは、C、Dの本文の後に合写されている断片的な作法書（これも定家作と認められる）の端書の註に、「哥合講師近代褻儀一巻ニ書 左右無講師」とあり本文中にも「晴哥合左右無講師之儀在記」と見える記事と密接な関係を有するはずである。

(14)　執筆対象の違いという側面も考え合わせるべきである。その際、改編本を「相伝」した忍雅について、特に為和との関係や交渉についてなお調べる必要があろう。

(15)　この部分、主本文より一字下げて書かれている。この書写型式は定家段階でのものと思われる。そうだとすれば、当該条は俊成の口授であることを特に示そうとする意図の現れだということになろう。

(16) それは何時か、ひいてはDの執筆年次をいつと考えるべきか。いずれも重要な問題である。別途に考えたい。

(17) 声点は伝本により揺れが見られる。底本の形のまま示す。さらに丁寧に調査すべきだと思う。

(18) Dの「法性寺殿」は正しくは「後法性寺殿」とあるべきか。他本により訂しうる。なお文治のこの逸話に関しては、『玉葉』文治三年二月九日条、『顕朝卿記』宝治二年正月一七日条（「且祖父納言建久勤仕之時、受俊成訓、よめると講給也」とある。「建久」はやや不審。なおこの記事、「晴御会部類記」群書類従巻二八二にも）参照。

(19) 従ってA・Bに見える「不用他説」は単に清輔説・六条家説への対抗意識として読むべきではなく、清輔のやや頑な態度への批判と取りたい。

(20) 『冷泉家秘伝』にも「国ヲ云コトクマ（ママ）ヨミ候、二条家ニハ瓜ヲ云コトクヨミ候」とある。

(21) 井上「室町後期」555頁。この場合特に「戦国期」について云われている。

(22) 同右549—550頁。

(23) たとえば為和の父-為広に関係する逸話に次のようなものがある。『十輪院内府記』文明一八年四月二二日条「大樹褒貶也（中略）抑都鄙歳暮哥、歳ハたつる弓、紀の関守と云哥有之、人々難題可然歟之由被申、余申云、歳のたつ、若可為立春事歟、歳暮をたつとハ難申哉之由、申出之、仍人々同心、此歌後被付作候者、為広卿哥也、家人定有子細歟、可尋也」。傍線部に注意したい。なお右で云われている為広の歌は為広Ⅰ83。

(24) 強いて求めれば『為和卿集』（群書類従巻二四一）の記載「今日戌刻に参内。中山中納言飛鳥井宰相依二遅参一丑刻御会はしまる。主上以外御気色よろし。今日勅題也。御製講師惣の発声等為和依レ仰勤之」も参考になるか。なお『私家集大成』中世Ⅴ上「為和集」1123参照。

(25) 飛鳥井家（説）の位置づけ方に注意したい。なお武井和人「飛鳥井家歌学書類札記――室町歌学史私稿――」（『リポート笠間』24 昭58・10）参照。

(26) 本文は武井和人「『柿本傭材抄』の成立」補遺――附翻刻・校異――（『埼玉大学紀要（人文科学篇）』32 昭58・

11）による。なお、この記事は註（25）の論考にも引かれている。

（27） 日本古典文学大系『歌論集　能楽論集』所収による。なおこの段を欠く本あり。

（28） その際、為秀の時期は一つの鍵になると思われる。理由は、定家の作法書類の書写に為秀が深く関与していること、『今川了俊懐紙式』に、為秀の作法に対する積極的な姿勢を伝えていることによる。前者については井上前掲書「南北朝期」、後者については荒木尚『今川了俊の研究』（昭52　笠間書院）306―315参照。

（29） 久保田淳註2論文参照。

〈付記〉 小論は井上宗雄氏に多くを負っている。同氏の論稿に従い『和歌会次第』を見るうちに、冷泉為和改編本と称すべき類の在ることを知ったのが小論の発端であった。のち同氏御所蔵本につき詳しい御示教を賜った。論中に組み込みえたのは幸いであった。併せて深く感謝申し上げる。

【補註】 定家の『和歌会次第』についてはのちに「定家著『和歌書様』『和歌会次第』について――付・本文翻刻――」（跡見学園女子大学紀要21、昭63―3）に詳論された。『中世和歌論』Ⅴ-2所収。翻刻部分を含めて本書付属CD-ROM所収。為和改編本は、『題会庭訓』と合わせ、「清浄光寺蔵冷泉為和著『題会之庭訓并和歌会次第』について」（跡見学園女子大学紀要23、平2―3）に翻刻。CD-ROM所収。

3 署名する定家、装われるテキスト
——仮託書論の一視角——

仮託書 - 偽書という事象を捉えるために、考えなければならない理論的-方法論的な課題は数多い。ここでは仮託書 - 偽書のテキスト上に、制作者にかかわるものとして書きしるされる名前すなわち〈署名〉と、署名の様態や署名するという行為をめぐる問題すなわち〈署名性〉とを切り口として、課題の一端に分け入ってみたい。取り上げるべき対象と素材もまた数多く、かつ幅広く存在しているが、中世和歌の領域において、とりわけ注目すべき事例を提供している、藤原定家に関連するテキスト類に焦点を合わせて検討する。定家の仮託書 - 偽書における署名とは何か。本稿の出発点は右の問いである。

1 名をしるす——問題の所在と広がり

〈署名〉と〈署名性〉の問題の中核にあるのは〈名〉である。人が名にかかわる際の様々な行為のうち、最も根本的なものは「名づける」(naming) という行為であろう。名づけることによって物・事・人・所に意味と価値をあらしめるのだから、「名づける」ことは言語表現の始源にかかわっている。(1) 同時にまた人は言葉によって

「名づけえぬもの」を在らしめるための「不思議な刑罰」（S・ベケット）のような責苦を背負い込むことにもなる。(2) そうした「名づける」ことや、あるいは「名を呼ぶ」(3)ことには、文学事象にかかわる幾つもの事項が結びついている。本稿の主なる関心領域である和歌における事象で言えば、物名、歌枕地名、名所、名寄、名数、等々をすぐさま挙げうる。ただしここで考察するのは、テキストの作り手もしくはその生成に関与した者が、「名告《の》る」ことによって己れの存在と営為を告げ示して、テキストにその「名をしるす」-「署名する」という行為についてである。

そもそも〈署名〉とは何か。——たとえば次のような言葉を読んでみよう。

枢機卿、天の祝福にあずかろうと思うなら、
手をあげ、希望のしるしを示して祈るがいい。
死んだか、祈りもせずに。神よ、彼を許したまえ！

（『ヘンリー六世』第二部三幕三場）(4)

この場合の「しるし」は原文では“sign”、最期に臨んでの作法でもある行為のことである。シェイクスピア（一五六四—一六一六）による右の台詞は、生きて在るひとりの人間が死に際して身をもって残すことのできる痕跡とその意味について観者に想わせるような一情景での言葉である。ただし“sign”-合図は、当人の今はの際の様を見届ける人々の網膜に焼き付けられることはあるにしても、結局その生者（死者）の身体とともに消え去ってゆく。しかし“signature”-署名の場合は別である。(5) 署名は紙上に（他の素材の場合もあろう）書き付けられ、そのまま消えることなく残（遺）って、自記された、他者のものとは決定的に異なる確かな証しとなる。

端折って言えば、署名とは、個体性・個人性・固有性・一回性・同一性・真正性に根差す事柄である。一個の、他の何者でもない本人自身が、特定の折と場で直接手ずから書き記した、紛れもなく真実のもの。署名によ

ってそれらの諸属性が保証されるのである。文学に限らず、広く諸種の表現ジャンルにおいて見られる「署名」こそは、作る者‐表現する者の自己の営為についての意識（＝作者性）や、作品というモノであり一個の宇宙でもあるものに対する意識（＝作品意識）を映し出す鏡ですらある。しかしながら、個々の時代や状況に亘って広く存在している種々の署名の事例を考え合わせれば了解されるように、作者性や作品意識を照らし出す鏡であり基準でもあるはずの署名は、人間の〈作る（創る）〉という行為の証しを留めながらも、歴史的なさらには言語‐文化的な差異を様々に担っている。(6)

したがって「作者」「作品」の概念自体に含まれているところの歴史性・言語性・文化性こそが問題となる。たとえば近代にあっては、作者／作品の二項の対応関係は自明の前提である。しかし近代以前、たとえば中世の場合それは必ずしも明証事ではない。むしろ作者／作品の二項の狭間に真があり、真ならざるものが忍び入り、また二項の〈間〉にこそ偽なるものの真実もまた生起するのである。それゆえ、当面の課題である仮託書論においては、作者／作品の対応関係における、近代以後の自明な前提を相対化することを求められる。惣じて先述の「個体性・個人性・固有性・一回性・同一性・真正性」は、その概念内容を事例の実状に即して検証し直されねばならないのである。その際、文学のテキストである仮託書‐偽書を支えている意識、すなわち〈テキスト意識〉を中世のテキストの実状に密着しながら、すなわち〈テキスト意識史〉における中世という広がりのもとで明らかにする必要がある。以上述べたような問題圏の一角に、定家仮託書‐偽書の事象は位置している。

我々の対象に立ち返ろう。上記のような諸点を考慮すれば、作者／作品の二項の対応関係を前提とする問題設定に従って、署名とは何かという問いへの答えをすぐさま性急に抽き出すことは穏当ではあるまい。近代以降の枠組を適用するのではなく、むしろ対象の属しているテキストの次元のもとで、対象そのものの実状の内に、署名と署名性はどのように現れているのかをまず観察してみるべきであろう。では、中世の藤原定家という対象の場合はどうだろうか。

2　定家が署名するとき——形態・分類・類型

定家の署名を持っていることで、他ならぬ定家その人によって真に著されたものであること、すなわちテキストの真正性は保証される。逆に、定家ならざる非定家の主体によって定家の名が署名されたテキストは、実体は擬（偽）託されたものでありながら、その名ゆえに定家の著述として認知されもする。無論、テキストを成り立たせているのは署名のみではないが、敢えて図示すれば、

真正性←□□□□□■□□□□□→擬（偽）託性
テキストの諸要素の中の〈署名〉

のごとく、〈署名〉は、テキストの真正性と擬（偽）託性をともどももたらす重要な要素として機能する。それゆえ真偽（真贋）の二極に振り分けるだけの真偽（真贋）論的還元によるのではなく、一面で真正性へ向かい、他面では擬（偽）託性へと向かいもする署名のあり方（＝署名性）を子細に観察してみるべきであろう。

まず真正性の方向で考えてみよう。定家自身が自己の名を最も切実に記したテキストの例を挙げるなら、それは定家自筆の申文「轉任所望事」（東京国立博物館蔵）かも知れない。建仁二年（一二〇二）四十一歳、通算十三年も左近少将に止まったまま昇進のおぼつかない定家が、せめて近衛次将として内蔵頭・右馬頭・大蔵卿などに遷

任せしめてほしい旨を切々と訴えたこの申文には、

自侍従少将當初定家常駲兄弟同官之名

況定家更無一人之上臈久臺多年之超越

などの熱を帯びたような文言中に「定家」の名が見える（自筆では右の二箇所の「定家」の所で墨が継がれたのではなかろうか）。署名は末尾にも型どおりの挨拶語とともに「定家恐惶謹言」と見える。後年、承久三年（一二二一）六十歳、参議の定家が権中納言への昇進を願って認めた「藤原定家申文草案」（冷泉家蔵）[7]にも、「定家任日、逢納言闕十六度、下臈超越五人」（前後に訂正の施された細註が加わっている。[8]自他の履歴の細微に亘る記事を書き込みつつ文辞を整えている様はいじましいほどである）とある。後半の、参議として精勤した自己の事蹟の数々を列記するに際しては、

定家　参議七ヶ年之間勤仕事（終わり三字は行末に余白なく割註のごとく記されている）

と一旦書き、「七」を墨滅して「八」と傍記、[9]上の「定家」の名を墨滅している（ここでは、業績を並べ立てる条の冒頭に「定家」の名を置くことをむしろ抑えたのか。ともあれ記名の適否をめぐって揺れ動く定家の心理を読んでよいのではないか）。さらに「於定家者、夙夜之勤」「定家比古賢雖階而不及」などとあり、末尾は前引の申文と同様に「定家恐惶謹言」で結ばれている（なお紙背には「逐申」で始まる裏書もある）。

これらの繰り返し記される名をとおして私たちは、「定家」の名を署しつつ自己を語る定家に立ち会う。公家社会に生きる者にとって最大の関心事である官位の昇進に執着する定家の、署名性の切実さ（生々しいともアクチュアルとも言ってよいもの）に接することになるのである。

同様の切実さを定家の和歌関連資料に求めるなら、何より冷泉家蔵自筆本『拾遺愚草』を挙げるべきだろう。

五十五歳の折、一旦自ら撰定し、のち手入れを施した同集の上巻には（五十五歳時の詠である建保四年院百首の後に）識語があり、末尾に年紀とともに次のように署名されている。

参議治部卿兼侍従藤（花押）

官職と姓を書き、名を花押に委ねた形のこの署名と、同じ上巻に収められた十五の百首歌の、おのおのの端作に添えられている署名とを、並べてみよう。

初學	侍従
二見	侍従
大輔	侍従
閑居	侍従
早卛	侍従
（同二度）	（記名無し）
花月	権少将
十題	権少将
哥合	権少将
院 初度	従四位上行左近衛権少将兼安藝権介臣藤原朝臣定家上
同千五百番	正四位下行左近衛権少将兼安藝権介臣藤原朝臣定家上
内大臣家	参議
内裏名所	参議藤原定家

院　建保四年　　　　参議従三位行治部卿兼伊豫権守臣藤原朝臣定家上
関白左大臣家　　　権中納言定家

幾つかの形態に分かれていることは明らかであるが、これらに同集中・下巻に見える署名をも引き入れて分類すれば、定家が署名する際の原則を想定することができる。その原則として次のような諸次元を挙げることができるであろう。

1　対象意識

署名は当該の作品を目にする主体（催しの主宰者）や作品が披露される折と場を考慮して書き分けられる。二十歳の折の記念すべき「初学百首」以下の、父俊成をも介した概して同族的もしくは身内的な関係性――西行・家隆・慈円・良経などとのつながり――の中での作品では「侍従」「権少将」などの自己の通称でもありうる官職名が略記される。そうした「初学百首」から「歌合百首」（六百番歌合）までのような、いわば内集団（in-group）における詠作群と区別されるのは、より公的な場の例である。院・内裏・摂関家などの場に応じた署名が選ばれ、たとえば後鳥羽院歌壇の催しである「正治二年院初度百首」「千五百番歌合」「建保四年院百首」では位階・官職・姓・名が正確に記される。この公的な次元に、

位・官・兼官・姓・名・「上」字
官・姓・名
官・姓
官・名

官
名
の区分けを立てることができる。いずれも折と場を峻別する意識によって律されているはずである。(10)定家が幾度も編録し書写した和歌書様の書（書式の書）を想起したい。同種の書の中には、一般的な通例となる書式ばかりでなく、自身の参加した会での「定家」の名を含む書式の例を詳細に記載しているものも存在する（私の分類に云うⅢ類）(11)。署名性についての規範意識はテキストが提出され、披露される対象への意識（執筆意識）とともに在ったのである。

2 時期

1の次元の意識は、宮廷歌人である定家にとっての基本原則である。その次元の上に、時期による書き分けの原則が働く。ただし近代作家のように作家的な閲歴とともに署名が推移するわけではない。基盤となるのはあくまで前記1の次元であるが、就中時期による区画が明確なのは、出家以前と以後とである。現世を捨離した「非人」の境涯であることを示した『奥入』の「非人桑門明静」はその典型であろう。文暦二年（一二三五＝嘉禎元年）五月十三日「紀氏自筆本　蓮華王院宝蔵」を見、「昨今二ヶ日」で書写したという『土左日記』には「桑門明静」と記されている。嘉禎元年九条知家の『日吉社歌合』を判して評を付した奥に見える「神徳余身桑門明静注之」は、定家自身の厚い日吉信仰も重なり合って書かれている例である。『拾遺愚草』「員外之外」に分類され冷泉家本の存する「名号七字十題和歌」（定家名号七十首。久保田淳の推定によれば、嘉禎三年（一二三七）定家七十六歳の詠）の序文末には「隠士桑門明静」と記されている。同年十月の『順徳院百首』（定家合点・付評）奥書に見えるのは

「沙弥明静上」である。

3　テキストの段階（ステイト state）

テキストの草稿段階と、詠進後に他者詠とともに清書される段階とで違いがありうる。定家は、初出段階のテキストに存したはずの署名を家集の秩序の中に編入・排列する際に、適宜省く処理を講じたはずである。家集中・下巻には、部類された秩序を壊さない範囲で、初出時の形態についての配慮がなされている。中巻、建仁元年（一二〇一）院句題五十首の端作の後に「正四位下行」の下に空白を置いて末尾に「上」と記すのは、初出形態を示唆しつつ略記した形になっている。下巻の、元久元年（一二〇四）八月十五夜五首の後に付された「同夜当座」会の際の「正四位下行左近衛権中将兼美濃介臣藤原朝臣定家上」ならびに建保六年八月十三日内裏中殿御会詠（一二一八）の署名「参議正三位民部卿兼伊予権守臣藤原朝臣定家上」（下・二一八二）は原態を録した例。神主重保の「賀茂社歌合」（一一八四）の、定家の歌人的出発にも当たる折の詞書に、やや細字で右寄せに「元暦元年九月　侍従」と記してあるのも、右掲の元久元年八月十五夜五首（二一八九〜二一九三）の冒頭「松間月」題の下に「応製臣上」とあり、建保二年水無瀬殿秋十首（二一七一〜二一八〇）の詞書に同様に「応製臣上」とあるのも、すべて初出時の署名を意識しての注記であろう。テキストの段階に応じて署名の形態は変化しうることを示すものである。

4　私性・表現性

いま一つ、定家の私的な回路が表現上のあやを伴って示されるという原則が存在する。『三代集之間事』の

「貞応元年九月七日非器重代歌人藤定家」や先引の『日吉社歌合』の奥書にもよく現れているとおりである。『散木奇歌集』書写奥書の「安貞二年八月」「後学散木（花押）」は、書写した元のテキストの文脈を引き入れた例。[12]『五代簡要』奥書の「承元三年暮春下旬　羽林枯木（花押）」は、近衛府の唐名「羽林」と対応させて、同府に仕えて徒に過ごした歳月の意を籠めて「枯木」と記した例。「初冬宿㆓大原山洞庵㆒書㆑懐」と題された詩草（「員外之外」所載）の署名「羽林枯木残栄」と重なる。承久三年『顕註密勘』奥書の「八座陸沈遺老」も、公的な参議の職に私的な感懐を被せて表現している例である。

定家の関与した多くの書写奥書類には、以上のような原則がとりどりに多くの事例となって現れる。ただし、いま見た4に他項との重なりが含まれていることから知られるように、右の諸項目は定家の署名における四区分・四類型を意味していない。あくまでも四つの次元であるが、各次元のもとで定家が署名する時の、こうした原則（と想定されるところ）を目安として諸事例を精査することは、真正性の検証にとって求められるばかりでなく、擬（偽）託されるテキストの生成に立ち会うためにも必須の作業となる。

「定家」にかかわる署名と署名性を分析するための、より積極的な基準をさらに尋ねてみよう。署名は、無論のこと単独に孤立して書かれるわけではない。何より本文内容自体と緊密に連携しており、田中裕の説くように「題号、構想、日付のすべてが一連の関係にある」[13]。言い換えれば、一体一如のテキストにおいて署名が担っている〈文脈性〉を観察しなければなるまい。そこで次のような整理を施してみよう。

主として形態に着目して、定家の著書をはじめ、定家が書写・加証などの作業を通じて手を染め、関与した種々のテキストについて、署名と他の諸事項との連関を機能的に分類してみる。すなわち、

A　題目類　内題のほか外題、端作の類を含む。

B　奥書類　分量の多寡はありうるが、執筆・編纂・書写・加証などの事情や過程その他を記した奥書・識語の類。
C　年紀　年・月・日の記載。
D　署名　先述の各次元のもとでの多くの事例が存する。
E　花押　自署のものと、写本における似せ書き、同じく写本で「花押」「判」「在判」などによって原態が表示される場合がある。

などの五つの形態的な標識に基づき、各項の有無とを組み合わせて素朴に樹形図を書けば、三十二の類型を得ることができる。右に注記したように、各項の細部に留意して下位の区分を立てれば類型数はさらに増加することになるが、一旦この三十二類型を基準とすることによって、各類型ごとに、書誌的な事実（自筆本の形態、諸伝本による出入り等をはじめとする）を踏まえた上で類型内にどのような幅と事象の揺れが見られるかを吟味し、定家の署名の実状とその中に見られる一種の傾向や規則性をどのように捉えることができるか、また反転して、それらに照らすとき、定家にかかわる仮託書－偽書群には署名を軸としてどのような様態が現れるのかを観察することが可能となる。

たとえば定家自筆本の現存する『拾遺愚草』の場合、先掲のように、意図の籠められた「拾遺愚草」の書名を持ち、編纂過程を伝える識語、明記された日付、官・姓・花押（その自筆性の認定について保留が付されている）(14)の署名を有するゆえに、

A＋　B＋　C＋　D＋　E＋

の類型に属する。諸項目すべて陽性であることで真正性がより明確に保証されている例ということになろう。一

方、自筆本『近代秀歌』は、前書きの段をBと認定すれば、

A－ B＋ C－ D－ E－

の類型であり、四字・五字の別はあれ諸本とも内題を有する『詠歌之大概』は、署名の項目については陰性、類型は、〈A＋ B－ C－ D－ E－〉である。逆説的ながら、歌論書の場合、真に定家の手になるテキストは署名の項目を含め多くは陰性である。それは署名をはじめとして諸項目が故意に伏せられたり省略されたりしたのではなく、著者と執筆対象との間で、相互にとって自明の事情を敢えて記載する必要がなかったこと、すなわち背後にある自明の文脈が共有されていたことによる。中世の歌論書類にしばしば見られるとおり、署名を含む諸項目において陰性であればあるほど真正性はむしろ高いのである。無署名（無記名）は無名性を意味するわけではない。[15]

さて、以上のようなテキストの文脈的連関の中で、諸類型の現象を束ね合わせれば、私たちは定家のテキスト意識における（真正のテキストであるゆえの）或る自明性に裏付けられた規則性や原則を抽出しうるにちがいない。しかしながら、仮託書－偽書を作る主体である〈プソイド（Pseudo 擬（偽））－定家〉（たち）は、そうした自明の根拠に安住することができない。むしろ、自らには欠如している内発的な自明性を何とかして埋め合わせ、テキストに真正性を盛り込もうとする。前述の類型の中で言えば、〈A＋ B＋ C＋ D＋ E＋〉のごとく諸項目すべてが満たされ、陽性を示す類型こそ理想型である。そうした指向の中に、内発的な自明性を持ちえないゆえの、外発的な契機に促された操作性が働き、擬（偽）託されたテキストの種々相を生む。当の擬（偽）託性の様態を分析することが、私たちの仮託書－偽書論の課題となるのである。

3　テキストが装われるとき――擬（偽）託性の生成とその歴史性

擬（偽）託性はどのように現れるだろうか。言い換えれば、テキストはどのように装われて、新たな次元をどのように切り開くことになるだろうか。定家仮託書の具体的なテキストにおける署名の一端を軸として考えてみよう。(16)

定家仮託書の主要なテキストである鵜鷺系四部の書における奥書の署名に、本文の論述内容ならびに形式と対応して系統が存在することは、早く田中裕の洞察したところであった。(17) すなわち論述の拠り所を誰に求めて「宗」とするかによって「伝統」をたどることができ、それはテキストの系統と照応する。その徴証の一つとなるのは定家奥書の署名である。田中の所説を私に図式化して示せば、次のとおり。

経信・俊頼・俊成・定家をつなぐ伝統――経信系――署名の「前中納言」――愚秘抄

基俊・俊成・定家をつなぐ伝統――――基俊系――署名の「遺老」――――愚見抄・三五記上・桐火桶

田中はさらに「二系統の対立は鮮明」であり「制作者や成立事情と絡むところが大きい」と想定する。(18) 田中が徴証として挙げる二つの署名の型について補足すれば、『桐火桶』「号志気」系統に見える「明静判」（「明寂」とあって「寂」に「イ静」とする本文があり不安定。前に「為家女月日安嘉門院女四条」という不審の多い署名をも伴っている）に依拠して、第三の「明静」型を立てることができる。ただし『桐火桶』諸系統の中で最も増補された後出の系統と目される「号志気」系統の位置と、第二類「秘抄」(19)系に見える奥書、

建保五年臘月下旬記之訖　遺老藤原定家朝臣

を重視すれば、「明静」型は「愚老」型から派生した特異型と見做すべきであろう。ともあれ田中の所説は定家

仮託書の論理の系統を簡明に枠づけたものとして有効である。ここでは田中説を手掛かりとして、二型のうちの「前中納言」型の署名について検証してみたい。

周知のように、中納言にまで昇った定家は「京極中納言」と号されるほか、諸書の中で「京極黄門」「入道中納言」「中納言入道」「京極中納言入道」「京極入道中納言」「中納言」「前中納言」などと呼称される。しかし、定家が実際に「権中納言」と記しえた期間は決して長くない。権中納言に任ぜられたのは寛喜四年（一二三二、四月二日貞永に改元）正月三十日、同年十二月十五日には権中納言を辞しているから（『公卿補任』）、定家が「権中納言」であった期間は一年足らず、正確には十一箇月に満たない。在任中に「権中納言」と自記しうる機会は限られていることになる。また中納言を辞して、翌年（四月五日天福元年に改元）十月十一日には出家しているから、辞任後の呼称に相当する在俗時の「前権中納言」「前中納言」などを自ら名乗り、署名しえた期間も、実際には十箇月足らずの短い間である。前者の期間における代表的な署名の例は、『拾遺愚草』上巻末に識語の後に置かれている貞永元年四月の註記を持つ「関白左大臣家百首」。端作に続いて「権中納言定家」と署されているのがそれである。また考証的な歌論書の一つ『定家卿長歌短歌之説』（通行の続類従巻四五〇所収本は「定家真跡」たることを加証した、江戸期の裔、冷泉為久の書簡等の添えられた本に基づく）の、同じ年「貞永元年七月日」の年紀を持つ識語に「黄門遺老 在判」とあるのも前者の期間の署名の例である。

四部の書のうち、田中の言う「経信系」[20]――「前中納言」型は、そうした真正‐定家にとっては期間の限定されるべき署名「前中納言」を用いている。ここで「前中納言」の（先述の）期間と『愚秘抄』奥書の年紀「建保五年」との間にある年次記載の矛盾を指摘して、偽書たることの証跡とする真贋二元論的な強調は不要であろう。

見ておくべきなのは、「前中納言」の表示が定家段階の当該時期における署名に備わっていたアクチュアリティをもはや喪失して、巨匠定家の代名詞的な官職表示となっていることである。「前中納言」に介在しているのは、定家その人の実体ではなく、尊崇の念をもって築き上げられた、幻想（定家幻想）とともにある定家像である。「前中納言」と記すことによって、幻想を帯びた「定家」に成り代わり、テキストの末尾に、テキスト全体を枠づけ統括する主体としての自己を確認する。すなわち書く主体となる。その主体は〈プソイド（Pseudo）－定家〉に他ならない。テキスト統括機能を担った署名「前中納言」は（「遺老」「明静」と同様に）、仮託書にとっては不可欠の要素なのである。重要なのは、テキストを枠づけ、統括する主体が、どのようなテキストの次元を作り出すかである。

「前中納言」はひたすら叙述する主体となる。自らを「愚老」と名乗り、自己の見解を「愚意」として記し、ときには「先人」－「亡父卿」―俊成が述べたという言葉を、「亡父卿申云」「亡父卿も申しおき侍りし歌なり」「先人も……と申されし也」「亡父卿かたく申しおかれ侍りし」「先人云」「亡父卿庭訓の侍りし」（『愚秘抄』）のごとく引いて、自説を補強する。そこに興味深い語りの次元が作り出される。その語りの様態や語りの布置のありかたについてはさらに吟味しなければならないが、注意されるのは、多く見られる逸話の採録や援用という次元を超えて、当の語りが或る新たな領域を切り開く方向を示している点である。言い換えれば、書く主体としての根拠と叙述の枠（frame）を得た〈プソイド（Pseudo）－定家〉は、語る主体としての自在さを手にして語りの次元を作り上げるのである。具体的には、『桐火桶』で秀歌を「すへん（数返）高吟」する俊成の姿が記されたり、より増補された「号志気」系統本では、感涙に咽ぶ俊成の様も描かれ、さらに同系統の「裏書」部分では、俊成・定家の父子が諸歌の表現性をめぐり対話する（家隆が介在することも）という語りの場が設定されるのは[21]、そうした指向をよく伝えている。

語りへの指向は、題号に「定家」の署名を持ち、末尾に「中納言」の表示を備えた奥書、

元久元年三春之天　　中納言藤原朝臣定家在判

のある仮託書の一つ『和歌手習口伝』(22)にも著しい。同書は、題号に続く標目「和歌伊路半」の後の序的段落を次のように始める。

すぎにし春のころ、内にて夜な〳〵歌のせんぢやうありし事を、するの世につたへんために、わたくしにしるし侍るなり。

冒頭の署名に従って読めば、まさしく定家の一人称語りである。後に「定家曰」を、巻末には「家隆曰」の標目の段落をそれぞれ据えて、最末は「……とて、御前を退出す」と結ばれている。あたかも語られる場の情景を叙述するかのごとくである。

語る主体が、「前中納言」の署名とともに、予言的に訓戒の言葉を記す者として登場するのは、『未来記雨中吟』の場合である。「雨中吟」十七首の後に周知の奥書が置かれている。

此風体をさかりに好み詠まむ時は、歌の道ははや〳〵すたるべき世いたれりとなむ知るべし。ゆめ〳〵まなぶべからざる風体也。此頃もかやうの姿おのづから見え侍りし。仍後学の為にしるしとむるところ也。

前中納言藤原朝臣判

来たるべき頽落を予見し告知する(23)「前中納言」定家の署名と呼応するのは、書誌的にも「雨中吟」と切り離すことのできない「未来記」の、書名に添えて書かれている署名、

前和歌得業生柿本躬貫

である。和歌の世界には有りえないはずの「得業生」と、人麿（丸）・躬恒・貫之を混ぜたような名とを結んだこの表示の先蹤となるのは、早く「未来記」の宗祇註の一本（京都大学附属図書館蔵中院本〈中院・Ⅵ・一四七〉）の書入れなどに見られるように、公任撰『金玉集』に「和歌得業生柿本末成撰」とある例である。（ただし同集の、より先出形かと考えられる本文に見えないのは注意される[24]）。この種の表示に執して『古今集』（保元二年本）や『袋草紙』「人丸勘文」の末尾などに幾つかの変奏を用いて記したのは、藤原清輔である。この表示について、『袋草紙』諸注は「謙辞」「韜晦的謙辞[25]」のように解するが、再三記した清輔の意図は、一つには、巨匠たちが作り上げてきた久しい歌の道統に同一化することで自己の営為を確認しようとするもの、そして同時に、「謙辞」ではなく、むしろ歌の学に年功を積み、知見を蓄えてきた者としての強い自負と矜持ではなかったか。

「未来記」の例[26]は、直接には清輔『奥義抄』「上式」に記された「前和歌得業生柿本躬貫撰」を転用したものと見られる。巨匠たちの道統に連なろうとする一点において双方は重なり合う。ただし双方の表示がテキスト上で果たしている機能の違いは大きい。清輔の場合は、「和歌得業生清輔」（先掲の清輔本古今集奥書）と自己の名を直接結びつけてもいるから、書写・撰述する主体と現実の生身の自己存在とは素朴に共存している。一方「撰」の文字を欠く「未来記」の場合、当の表示は、著述した行為の証であるよりは、著者の名乗り－署名そのものである。作者名を布置するのであるが、しかし、当の主体は人格をもった個的な存在などではなく、いわば系譜化された和歌史の記憶である。〈書く〉人となった〈プソイド（Pseudo）－定家〉は、「未来記」の冒頭に、遥かな道統に連なる幻の主体を設定し、「雨中吟」の奥に、表現史の現在からその帰趨を告知する「前中納言」定家を配して（定家に成り代わって）、署名によって二重に装われた『未来記雨中吟』というテキストを物したのだと言えよう。むしろ自己を語る清輔のテキスト意識と、「装い」を擬（偽）託性の形成に参与せしめる『未来記雨中吟』

の書き手（すなわち〈プソイド－定家〉）のそれとの相異を見ておかなければなるまい。

〈テキストを装う〉という行為に、きわめて重要な意味を認める時期が存在していたのではなかろうか。無論、料紙・絵・文字（書）などによってテキストを装飾し荘厳することには、すでに王朝以来の伝統がある。しかし当面の対象にあっては、そうした〈もの〉としてのテキストの次元のみでなく、〈こと〉としてのテキストの次元において〈装い〉が導入される。〈装い〉の重要な軸の一つであり、権威の収斂点の一つでもある定家の署名に価値や実効性をすら認め、名を署す者も署名されたテキストに接する者も、ともども期待や促しあるいは幻想を共有しえた時期、それは同時に、仮託書が或る熱意をもって制作され享受された時期、言い換えれば、定家仮託書生成の「臨界期」でもある。臨界期の具体的な時期そのものの追究と併せて、臨界期に生起する事象・現象とそれらの連鎖反応や推移の動態を精細に観察することは、仮託書－偽書研究の中核的な課題である。ただし現在のところ我々は「臨界期」の歴史的な範囲を明示したり、ましてや個々の仮託書－偽書の成立時を特定してクロノロジーを誌すことは為しえていない。しかしその難問は、テキスト的事実をめぐる諸事象の基底をなしているとも言える、仮託書－偽書の時節のテキスト意識の状況やその歴史的な位置を検証する作業[27]と別個に在るのではないはずである。ここでは課題のみを記して、やや時を跨いで〈テキストを装う〉という事象の後史に言及しておきたい。

4　「装い」の行く方

仮託書－偽書の生成にとっての〈臨界期〉がすでに経過して、徴標の一つともなる〈署名〉と〈署名性〉にも転形や変質がもたらされることを、室町期の和歌作法書（ここでは特に書法の書）の中に記載された定家の署名に見ることができる。たとえば「和歌懐紙認様同会席次第口伝註之付題心得詞之用捨等」という内題を持つ、飛鳥井流の和歌次第書類の一つでは、冒頭、「元日一首之懐紙書様之事」の条に、自家の人である栄雅の署名を持つ端作の例に続けて、定家の書式例を「権中納言」を用いて、

元日同詠寄道祝

和歌

権中納言定家

のごとく挙げている。他にも多く「定家」とのみ署名された端作の例を掲げるが、「等輩之会席ニ可書様之事」の条には再度、

詠　三首　和哥

権中納言定家

落花入簾

と「権中納言」を用いた例を示している。元日の催しの題として後代長く行なわれる前者の「寄道祝」も、後者の、早く『和歌一字抄』下に「入」字の結題の例の内に見えるものの（六条修理大夫集・三〇、重家集・二一二にも）、鎌倉期の用例とは疎遠な（むしろ飛んで室町期に例を見る）ところの題も、ともに定家その人にかかわる題の実例とは無縁だと見做してよいと思う。添えられた「権中納言」もまた実体にかかわらない記号的な表示であり、記名に幻想性はもはや伴っていない。ここにおける定家の署名は、かつて体験した詠出時を丹念にたどり直しながら、我が名の表示を折と場に適合した規範として例示した定家の『和歌書様』(28)のそれとは、態度の厳密さと執心

ぶりにおいて全く異なっている。また、当の父祖の書き残したテキストを、原資料に基づいて忠実に採録・保存した冷泉為秀の意識[29]とも別であろう。さらにまた、仮託書類において切実な付加価値を籠めて記された「権中納言」や「前中納言」とも質を異にしている。右の「権中納言」の表示は、仮託書における、「なぞらえ」「装う」行為を脱して、編成し直して例示する行為へと変転しているのである。署名はそのための素材にすぎない。室町期の和歌作法書類における、署名の機能化（むしろ記号化）と呼びうるあり方は、署名性の背後にある〈テキスト意識〉が新たな形へと展開していることを伝えていると考えられる。その転形・変質を支えている理性に、新たな像が形成されていることを示すものでもある。それは定家仮託書の創出もそれに伴う連鎖反応ももはや発生しえない時期の意識と重なるのではなかろうか。「装い」の担っている歴史性を精細に跡づける必要があるのだと思う。

三輪正胤が詳細に提示したところ[30]によって我々は、定家仮託書をも含む中世の仮託‐擬（偽）託のテキスト群が裾野でたえず生成し享受されてゆき、ことにテキストにまつわる幻想が共有される場と系譜の中では、テキストの生成が波状的に広がってゆくという透視図的な眺望を得ることができる。しかし同時にまた中世の仮託書‐偽書群にとっては今一つの偽書論の系譜がすでに始発している。比較的早く書かれた『桐火桶』に対する疑点を糺した論争の書『桐火桶抄』をはじめとして、『東野州聞書』の「三五記の事。非㆓定家卿作㆒。（略）尤見定めて可㆑用歟」や、「雨中吟」の宗祇註に見える、

此哥を愚秘とやらんいへる物に、定家卿の自讃の哥といへり、いかてかは自讃の哥を此抄にのせらるへき、彼愚秘、桐火桶の類にや

のような、仮託書‐偽書を相対化する観点がすでに室町期においては定着していた。先掲の作法書の「権中納

言」に代表される事例からも察知されるように、自ずと〈署名〉と〈署名性〉を見る眼にも確実に転形へと向かう道が敷設されていたはずである。

では中世における署名性はどのように終焉するのだろうか。無論、中世的署名性が転形してゆく過程には多くの事象やそれを促す諸条件が存在しているはずであるが、ここではその至り着く先の地点のみを、江戸初期の次のような表現の中に見ておくことにしたい。

島原評判記『嶋原集』は承応四年（一六五五 明暦元年）春の刊行と推定される。[31] 同書は京の遊里・島原を「桃源」郷に見立てて内題に「桃源集」と記し、最初に序を置く。その序文には「小藤原定家」という署名が掲げられている。定家の名をもどいた戯名であることは言うまでもない。この署名のもとに載せられている文章は『古今集』仮名序のパロディであり、次のごとく始まる。

傾城は。人の心を迷して。よろづのことわざとぞなれりける。世中にある人。うつけおほきものなれば。見るもの。きく物につけて。かねをいだせるなり。やねになく鴟。あなにすむねずみのこゑをきけば。いきとしいけるもの。いづれか妻をこひざりける。ちからをもいれずして。蔵のかねをうごかし。目の見へぬ老人をもあわれとおもはせ。馴し子持が中をもたがはし。たけきやつこのこゝろをも、なぐさむるは。傾城なり。

巻末に据えられた真名序（刊年の推定は文章中の年時記載による）は「夫色欲之道。其由来尚矣」で始まるが、この文辞も俊成『古来風躰抄』冒頭の「やまとうたのおこり、そのきたれることとほいかな」や、以後の、和歌の無窮性を説く際の常套的な文言のパロディを思わせる。以下、「神道」「仙家」「儒門」「釈氏」等々の諸領域に即して「色欲之道」の由来の尚しさについて弁舌が連ねられ、奥には「鴕田鈍太郎末孫白面書生」の名が記されている。

これらの記名の様から見て取れるのは、戯名を操作する擬作という行為であり、擬作という表現枠を自明の前提とする意識である。出版文化の基盤のもとで読者の庶幾する嗜好と指向を先取りする作者によって書かれたテキスト、という次元で記された署名と言うべきであろう。こうした作者と読者の共同性（いわば共犯関係）に支えられたテキストの様態とテキスト意識のあり方は、中世の仮託書 - 偽書における署名性を支える基盤とはすでに遠く離れている。先述のとおり、こうしたテキスト意識が定着する時期（右は十七世紀中葉の例）やそれに至るテキスト意識史の過程については丁寧な検証を必要とするが、「定家」の名にまつわる右の例を、中世を蟬脱し、その枠を超え出て新たな様態が形成される時期の、すなわち近世的な署名性の現れの一つとして捉えることができると思う。「小藤原定家」、遊女「定家」[32]などの名が記されるとき、定家の名は、中世人にとっては切実ですらあった権威や期待（すなわち幻想性）を伴うものから遥かにかけ離れており、もはや同一化や一体化されるべき対象なのではなく、パロディとして引用される修辞的な素材へと変質しているのである。テキスト意識の変転に伴って、〈装われるテキスト〉のもとでの署名は、〈粧われるテキスト〉のもとでのそれへと変貌する。

5　仮託書 - 偽書を支えるもの

仮託書 - 偽書を支えるものを解き明かすためには、仮託書 - 偽書のテキスト内部の文脈を吟味するとともに、テキストを取り巻く文化 - 社会に亙る諸々の文脈を読解すべきであるが、本論で述べてきたのは、それらの諸文脈を支えるものとしての〈テキスト意識〉とその変転という側面であった。ではさらに、〈装われるテキスト〉

を産出してその展開を促す〈テキスト意識〉の根にあるものは何か、と問うてみよう。右の問いの答えは結局、言語‐文化的な基盤、すなわち日本語的‐日本文化的な性格にかかわるのではなかろうか。

たとえば定家仮託書の著者あるいは編著者として、我々は〈プソイド（Pseudo）‐定家〉を想定することができるが、その実体は、はなはだ不確実である。〈プソイド‐定家〉としての個人を特定しにくいばかりでなく、そもそも当の人物は単独であるか否かすら必ずしも明らかでない。定家仮託書や中世偽書群の生成と享受の実状に照らすと、むしろテキスト群は非単独の無名の人々によって支えられており、極論すれば仮託書‐偽書の根底にあるのは無名性である。それは言語‐文化の諸条件に規定されてテキストを運用する主体の意識のあり方と深く結びついているはずである。

言うまでもなく、そうした言語‐文化性はいずれの言語‐文化にも、おのおのの性格や偏差を含んで存在しているものなのであろう。たとえば視野の広いラテン文献学者、E・R・クルツィウスの論述をとおして、中世ヨーロッパにおける署名の問題には、おのずと「ラテン中世」のもとにある色濃い文化性が結びついていることを読み取ることができる(33)。

クルツィウスは、署名の問題を古代の詩人の例に溯って説く。中世の著作には無名の例、名を伏せ控える例があることに留意して、それらが「作法」や「謙遜」によるものだとする解釈を考慮しながらも、実際には「しかしながら名前があげられる場合のほうがはるかに多い」こと、十二世紀の著述に、名を掲げて書く「包みかくさぬ詩人の誇りを見出す(34)」ことを云い、書くことについての高度な意識と自覚に達していたダンテの事例に説き及んでいる。その論述から、ラテン中世における名乗りの問題は終極的には個体性・個人性に深くかかわるものであること、その点において、仮託書‐偽書における作者の個体性・個人性を特定し難い中世日本の場合との差異をもっていることを窺い知ることできる。[35] 簡略に言ってしまえば、ラテン中世における作者は、衆の中に埋もれ隠れて――あるいは衆とともにあって――姿の不確定な存在なのではなく、むしろ強く自己を主張する個体・個人なのである。そうした言語‐文化性とそのもとでの歴史性を閲しながら、署名性にどのような差異が育まれるのかも、我々の観察すべき要点となるにちがいない。

主体の意識の問題とともに、主体のかかわる「仮託書‐偽書」の内実を言い表す概念にも、言語‐文化性の問題は密接に関係している。

「にせもの」という語を意識化してみよう。ことに近代以後主軸となる真偽（真贋）二元論的な偽書論では、「にせもの」は「本もの」に対して劣れる価値を持つものとして斥けられるのが常である。しかし古典和歌の表現論において語られてきた「にせもの」は、早くから別種の認識枠のもとにあった。

また、歌には、にせものといふことあり。さくらを白雲によせ、散る花をば雪にたぐへ、梅の花をば、いもが衣によそへ、卯の花をば、まがきがしまの波かとうたがひ、紅葉をば、にしきにくらべ、草むらの露をば、つらととのはぬ玉かとおぼめき、風にこぼるるをば、袖のなみだになし、みぎはの氷をば、かがみのおもてにたとへ、恋をば、ひとりのこに思ひよそへ、鷹のこゐにかけ、いはひの心をば、松と竹との末のよにくらべ、つるかめのよはひとあらそひなどするは、世の中のふる事なれば、今めかしきさまに、詠みなすべきやうもなけれど、いかがはすべきと思ひながら、いひいだすにや。（『俊頼髄脳』[36]）

ここで述べられている「にせもの」論は比喩論と同一次元にある。「にせもの」とは、切り組んで作り上げるものではなく、むしろ寄せ合わせ、結び合わせるものとして語られている。〈歌ことば〉をいかに運用するかという次元で、和歌表現のきわめて実践的な技法論を説いた文脈の中にある右の言説には、物と物、事と事との関係性について、より正確に言えば、物と物、事と事とのそれぞれの〈間〉にある境界や、その〈間〉に生起する混態や滲透の事象についての――やがて美学にまで洗練される――繊細な美的感覚が介在している。こうしたことばの類縁性への情趣化された感覚、情趣化された類縁性への親和の感覚は(37)、王朝和歌において築き上げられてきたものに他ならない。近代の範疇でいう偽物・贋物には、和語「にせもの」の底流が存在する。「にせもの」には言語 - 文化的な深層が存在するのである。そうだとすれば、書かれたテキストにおける「擬」「偽」に接近しようとする我々の仮託書 - 偽書論を深化するためには、右で「よせ」「たぐへ」「よそへ」「うたがひ」「くらべ」「おぼめき」「なし」「たとへ」「思ひよそへ」「かけ」「くらべ」「あらそひ」などの語をもって語られている〈あや〉 - 表現性についての意識と通底しているはずのテキスト意識を微細に読み解くこともまた必須の作業となる。

6　おわりに

言語 - 文化性とそれぞれの歴史性を含みながら、〈署名〉と〈署名性〉の問題は、近代に至って決定的な変容を遂げることになる。たとえば西洋近代の思想家の中で署名と署名性におそらく最も敏感な者の一人であったS・キルケゴール（一八一三―一八五五）が、自己の偽名（仮名）使用について述べた、

> 私が仮名《かめい》を用い、多くの名をもっているのは、私という人間（Person）に偶然的な理由があるのではない（中略）むしろ作品そのもののなかに、本質的な理由がある(38)。

のような言葉は、作者／作品の二項の対応関係という、近代の自明の前提から出発してその基軸の延長上で語ら

れた言説であり、もはや中世の仮託書‐偽書における匿名性・無名性の次元からはまことに遠く隔たっている。

付け加えて言えば、偽名筆者キルケゴールは、現代における匿名性の問題を強く意識化して先取りした先駆者でもあるが、当の現代という時代の匿名性・無名性にも、当然ながら歴史性は深く刻みつけられている。今日「ネット」上に飛び交い、画面上で恣に取り集められる署名・匿名・偽名・無名、等々を支えているのは現代のテクノロジーである。テクノロジーという基盤に保障されて、現実の時空を飛び越えた自在な通信や交流が図られ、ときには侵犯や策謀も企まれ、また生身の主体を傍らに置いたまま幾つものペルソナを身に帯びることも可能となる。文字性について言えば、手書きされる文字による筆跡の次元を消滅させ、身体性を排除した活字の次元を急進化するという現代の表現枠のもとではじめて可能となる匿名性・無名性だと言うことができる。同時にそこには言語‐文化性もまた被さっているだろう。現代日本における匿名性・無名性にもなお、先述した「情趣化された類縁性」への親和という認識の回路や、主語と主体の表現における日本語的なものや日本文化的なもの（主語の可変性や主体暗示的な表現など）が滲み入り、無視し難い底流となっているのかも知れない。かくして〈署名〉の様相は今なお差し迫った問題たりうる。なぜならそれは、〈署名〉と〈署名性〉が人の存在の証しにかかわっているからである。そうした根底の問いを孕みながら、言語‐文化的な条件に規定され、さらに歴史性を帯びた動態として存在する〈署名〉と〈署名性〉の問題を、溯って〈中世〉日本の思惟像のもとでどのように捉え返しうるかという問いこそは、我々の課題である。

おわりにもう一言、取り上げた対象とここで行なった作業の実質に即して、取りまとめて記しておきたい。本稿で検討した問題は、一つは藤原定家における〈テキスト意識〉であった。それを、「署名性」に注目して定家自身の「署名」そのものの様態について確かめてみた。その先に、〈プソイド（Pseudo）‐定家〉（たち）の登場によって新たな〈テキスト意識〉の次元がどのように切り開かれ、かつどのような問題性が新たに孕まれることになるかという今一つの問題が存在する。後者の問題を、幾つかの事例に即して吟味してみた。前者についてもまた後者の問題についても、細部に立ち入った検証や包括的な把握はこの先の課題であり、以上の論はそのためのいわば予備作業であるが、ここでは次の段階の探索に備えるために関連して検討しておくべき諸点（それらは、まことに少なくない）、すなわち対象を分析するために必要な具体的な基準・手続きと、対象を位置づけるために求められる観点・視野の一端につき、中世和歌研究の枠を多少逸脱して併せて論じてみた。中世における仮託書‐偽書に含まれている〈署名〉と〈署名性〉の問題は、物書く人の物書く行為と、書かれたテキストが享受される場との相互作用にかかわる問題――文学的‐文化的事象としての作者性（authorship）の問題――に帰着するはずであるが、終極的には、先述のように人の存在の証しの問題につながっている。そうだとすれば、仮託書‐偽書における〈署名〉と〈署名性〉の問題の行く方はやや遥遠であり、かつまたアクチュアルでもあって、〈書く〉ことや〈テキスト〉に関する私たちの閉塞されがちな観点と視野の根拠を揺さぶらずに措かないのではなかろうか。

【註】

（1）〈名〉の始源性は広く言えば、古代以来、詩人たちが問い続けてきた主題である。市村弘正『「名づけ」の精神史』（みすず書房、一九八七年。増補版、平凡社ライブラリー、一九九六年）、佐々木健一『タイトルの魔力――作品・人名・商品のなまえ学』中公新書、二〇〇一年）参照。

(2) 「続けなくちゃいけない、だから続けよう、言葉を言わなくちゃいけない、言葉があるかぎりは、言わなくちゃいけない、彼らがおれを見つけるまで、彼らがおれのことを言いだすまで、不思議な刑罰だな、不思議な過ちだな」（S・ベケット、安藤元男訳『名づけえぬもの』白水社、一九七〇年、原著一九五三年）二六三頁。

(3) 親しい者の「名を呼ぶ」ことには、特有の感情が結び付く。「名を呼ぶ」ことは愛することとほとんど同義ではなかろうか。ただし「名を呼ぶ」ことには「諱名」のようにときには斟酌と禁忌を強いる場合もある。

(4) 小田島雄志訳『シェイクスピア全集』Ⅶ（白水社、一九八〇年）一三六頁。

(5) J・ジョイス『ユリシーズ』に、スティーヴンの“signature”についての次のような夢想の場面がある。「目に見える世界という避けようのない様態。ほかはともかく、それだけはこの目を通して考えたもの。ぼくはここであらゆる物のさまざまな署名を読み取らねばならない。魚の卵、浜辺の海草、満ちてくる潮、あの赤錆いろの深靴。青っぽな緑、青みがかかった銀、赤錆。色分けした記号。透明なものの限界だ」（第三挿話「プロテウス」）、丸谷才一・永川玲二・高松雄一訳『ユリシーズⅠ』（集英社、一九九六年）九五頁。スティーヴンは、それぞれの物に物の名が固有の署名のように、また色分けされた記号のごとく他と識別されるものとして付いていることについて夢想するのであろうか。文中の「署名」に、十六―十七世紀ドイツの神学者、J・ベーメの著書名との関連やT・アクイナスの思想との関連が想定されることについては、早くW. Thornton, *Allusions in Ulysses: A line-by-line Reference to Joyce's Complex Symbolism* (1961, 1973 A Touchstone Book) p. 41に指摘がある。なおここの「署名」（原文“Signatures”）には翻訳史がある。先行訳の森田草平他訳（岩波文庫『ユリシーズ（一）』岩波書店、昭和七年〔一九三二〕）、伊藤整・永松定説（世界文学全集21『ユリシーズⅠ』新潮社、一九六三年）ではともに「特徴」であった。

(6) 水野敬三郎・戸田禎佑・高階秀爾「芸術家の署名」（『日本美術全集』第10巻「運慶と快慶 鎌倉の建築・彫刻」（講談社、一九九一）年所収）は美術における署名の問題を、運慶の円成寺大日如来像台座天板裏面の墨書銘をはじめ、日本・中国・ヨーロッパの諸事情に即して、表現ジャンルを跨いで明快に整理している。

(7) 冷泉家時雨亭文庫編『冷泉家古文書』冷泉家時雨亭叢書51(朝日新聞社、一九九三年)収載。同書の釈文(七一一頁)ならびに解題(山本信吉・熱田公)参照。

(8) 全体に墨滅・訂正・書き入れ・細註の多いことは本草案の特徴でもある。

(9) 参議に任ぜられたのは建保二年(一二一四)二月十一日だから当年までの実数は七年。定家は足掛けの年数「八」に訂正したのだろう。

(10) 兼実の返信を伴う「九条良経消息」(京都国立博物館蔵。『集古浪華帖』第四に覆刻所収「後京極良経公書」「月輪兼実公書」)では、俊成九十算賀の折の「和謌端書様」、ことに俊成の名の然るべき表示如何について質疑応答がなされている。公的な場で披露される名の「書様」は重要な関心事であった。

(11) 川平ひとし『中世和歌論』(笠間書院、二〇〇三年)Ⅴ・2、六二七—六六二頁。初出は一九八八年三月。

(12) 冷泉家時雨亭文庫編『散木奇歌集』冷泉家時雨亭叢書24(朝日新聞社、一九九三年)。同解題(川村晃生)は「『散木奇歌集』に因む定家の戯名である」とする。同六頁。

(13) 田中裕『中世文学論研究』(塙書房、一九六九年、一九八〇年第二刷)二一五頁。

(14) 冷泉家時雨亭文庫編『拾遺愚草 上中』冷泉家時雨亭叢書8(朝日新聞社、一九九三年)。同解題(久保田淳)一六頁参照。

(15) 関連して言えば、天皇懐紙の無署名や隠し名、女性歌人の懐紙・短冊における署名の空白も、テキスト外文脈の共有によって保証される。

(16) 川平、注(11)掲出書Ⅴ・4、七〇七—七二四頁参照。初出は一九九四年一月。

(17) 田中、注(13)掲出書、二二一—二二二頁参照。

(18) 田中、同上、補注(一〇二)、四八五頁参照。

(19) 佐藤恒雄の分類による。徳川黎明会編『桐火桶・詠歌一躰・綺語抄』徳川黎明会叢書・和歌篇四（思文閣出版、一九八九年）解題、四八三―四九五頁参照。

(20) 特に「権中納言」は「前中納言」と並んで擬（偽）託されるに相応しい署名であり、我々の仮託書‐偽書研究にとっては、いわばマークされるべき表示となる。

(21) 川平、注11掲出書V・7、七七七―八一〇頁参照。初出は一九九七年三月。

(22) 『日本歌学大系』別巻三所収による。ただし「定家」の署名を「定家卿作」とし、奥書に（年紀はあるものの）署名を持たない伝本も存することに注意したい。当該書を冒頭に取り込んでいる板本『和歌手習』（寛文四年〔一六六四〕刊）は前後の署名を共に欠いている。本書の本文については後考を期したい。

(23) 言辞の背後に、在るべき正統的な「風体」が想定されていることは明らかである。しかしそれは超時代的に語られているのではなく、現にある「此風体」と「此頃」の「姿」を観察する立場から発していただろう。ではそれはどのような表現史的状況に根差す発言であったのかは、同書の内容の吟味にかかわる。表現様式における正統性とその根拠を問い直すことが切実な課題であったという状況を推測させる。

(24) 新編国歌大観、第二巻・私撰集編所収。同解題（小町谷照彦）八六九頁参照。

(25) 小沢正夫・後藤重郎・島津忠夫・樋口芳麻呂『袋草紙注釈　上』（塙書房、一九七四年）一五四頁、藤岡忠美・芦田耕一・西村加代子・中村康夫『袋草紙考証　歌学編』（和泉書院、一九八三年）三五五頁、藤岡忠美校注『袋草紙』新日本古典文学大系29（岩波書店、一九九五年）五一頁をそれぞれ参照。

(26) この名乗りについては種々の解釈と解釈史がある。「仍此作者、柿本貫躬とかける事、可受口伝者也」（「未来記」宗祇註。京大本には「和歌得業生」について「官儒者ニ比テ書也」の傍註も）、「作者の名に柿本躬貫と有をよく〳〵味ふへし」（三手文庫蔵『詠歌大概講義大略』〈歌・宇〉貼紙）、「是ハ儒者の家に成付たるなる、和哥の家になること、これ非分なり、又柿本の氏は人丸名人たりといへとも、氏はかりにてきとくなし、貫之の貫と躬恒の躬とをとりて躬貫といへる三人の名をとりても更無詮、未来記の哥の心かくのことし、いかによき心をとりても、一首の吟くたり侍らねハたゝ柿本の躬貫とつける名のりによく相當したる哥なるへし、是此五十首の口伝の深秘也」（国文学研究資料館蔵『三部抄切紙』〔ユ一・五・一―四〕）などを参照。右引の切紙（江戸最末期の年次、嘉永元年〔一八四八〕・安政二年〔一八五五〕を持つ飛鳥井家流の別紙加証あり。ただし他本には、当該「切紙」の由来は江戸初期に溯るとする伝承が見える）は、否定的な意味を籠めた名と捉えている。

(27) その作業の媒介となる事象は、散乱しながらも広く存在している。以下の三点につき註記しておきたい。①たとえば『玉葉集』に対する論難の書『歌苑連署事書』は、巻末に「喜撰法師」をはじめとし「寂蓮、、」に至る十人の僧侶歌人の署名を列記する。まさしくテキストは署名によって装われている。この連署の意図（籠められた寓喩性等については、『歌論歌学集成』10〔三弥井書店、一九九五年〕右掲書〔佐々木孝浩校注〕の補注七四〔三五八―三五九頁〕参照）の一面に、遥かな系譜を掲げて（先述の）「系譜化された和歌史の記憶」によって自己の言説を根拠づけようとする指向を読み取ることができる。それは血脈による相承を強調するというテキスト意識と重なり合うだろう。同時にここには、先の『未来記雨中吟』と同じく（注23参照）、在るべき表現様式の正統性を論争の中で確認しようとする時期の表現史的状況を窺うこともできる。正和四年〔一三一五〕の年紀（「八月日」を伴う）を持つ本書は、鎌倉末期のテキスト意識を伝えるばかりでなく、〈装われるテキスト〉を支えるテキスト意識の位置を具体的に計測する際の、基準的な書とすら言える。②北畠親房『古今和歌集序註』の記す周知の伝承、

此六義事、定家為家卿まては随分さたせられたるとみゆ、而を近来宗匠の家、定家卿の如此の口伝を書たる書二合あり、一合には上を鵜を木絵にして、一合には鷺を木絵とす、仍うさきと名付て、為家卿まては身をはなたさる物あり

は、〈装い〉が美術・工芸と結びついてなされるテキスト（「鵜鷺の箱の納物」）の例である。③定家仮託書のテキスト自体の中にも、「予、少年のむかしより暮齢にいまにいたるまて、前後詠ずる所の和哥つもりて箱のうちにみ

てり」（群書類従巻二二〇）と語り始める『定家卿自歌合』の、同じ序的文章の中に、番えた一巻の歌合に「その形を画図にうつして左右にわかつ」とあるように、テキストは画像によって装われもする。小林一彦の紹介したように、当の画像の痕跡を伝えるかとも考えられる注目すべき伝本も存在している。小林一彦「校本『定家卿自歌合』——二松学舎大学附属図書館竹清文庫蔵「廿四番哥合」翻刻付七本校異」（『三田國文』28、一九九八年九月）参照。併せて川平「『定家卿自歌合』箋註（一）（二）」（『跡見学園女子大学国文学科報』25・26、一九九七年三月、一九九九年三月）参照。

(28) 川平、注（11）参照。

(29) 冷泉家時雨亭文庫編『五代簡要　定家歌学』冷泉家時雨亭叢書37（朝日新聞社、一九九六年）所収「和歌書様・和歌会次第」ならびに同解題（上條彰次）九七—一〇五頁参照。

(30) 三輪正胤『歌学秘伝の研究』（風間書房、一九九四年）参照。

(31) 小野晋『近世初期遊女評判記集研究篇』近世文藝資料9（古典文庫、一九六五年）五九—八四頁参照。以下の本文引用は、同集「本文篇」八五—一二四頁による。

(32) 本文の「松之部」に続く「梅之部」の中に遊女「定家」の名が登載されており、その評判ならびに狂詩・狂歌が左のごとく付されている。

〇定家　花といはゝ。桜にたとへても。なを物よりすくれたり。さりながらすこしおもくさあり。様子もよし。心のよはき事ちきるゝがごとし。譬如二童子幼稚無識一なり

定識容顔麗　相看勝二素聞一　嶋原無二比者一　家並僉然云

此人の心はけにも中納言定家といふも理そかし

「心のよはき事ちきるゝがごとし」と記し「けにも中納言定家といふも理」と承ける点に、歌人定家その人の「心」ばえに関する筆者の見解もほの見えて興味深い。ただしあくまで文辞の主眼は、五言絶句に「定」「家」をも据え

て（すなわち真名序に云う「且寓二名字于句頭句中一」）、「定家」という名を徹底してパロディとして用いることにある。

（33）E・R・クルツィウス（南大路振一・岸本通夫・中村善也訳）『ヨーロッパ文学とラテン中世』（みすず書房、一九七一年）「余論」XVII「中世における著作家の名乗り」七五三—七五八頁。

（34）クルツィウス、同上、七五六頁。

（35）著者名としてのPseudonym（偽名・仮名）を対象とする辞典が海彼ではしばしば作られる。本邦の雅号・法名・異称等の辞典の類と重なるが、同一ではない。これもテキスト意識における個体性・個人性についての差異にかかわっていると思う。なお宮武外骨『日本擬人名辞書』（半狂堂、大正十年〔一九二一〕）は、通称となっている人名（「擬人名」）についての「滑稽」を狙った辞典。「附録」に「普通人名詞」「犯罪人隠語集」「語呂合仮作人名表」を加えている。幸田露伴にも同種の人名への関心がある。露伴にはまた「書名」への関心もあり興味深いが、それについては仮託書‐偽書における書名の問題として別途に考えてみたい。

（36）新編日本古典文学全集87『歌論集』（小学館、二〇〇二年、旧版一九七五年）所収、橋本不美男校注による。

（37）ここで語られている「にせもの」論は、〈虚実論〉のあり方ともかかわる。日本の文学論・芸術論においては、〈虚・実〉という中国的な知のもとでの二項対立的な認識枠を受容して以後、表現・創作をめぐる理論や実践論に多くの富がもたらされたが、一方で、峻別される二項としてではなく、常に〈虚・実〉の〈間〉（間隙）にあるものへの関心が強く働いてきたように見える。それは当該の問題とも無縁ではないだろう。なお本論で「真正性」に対するものとして「擬（偽）託性」という概念を用いる理由は、こうした「にせもの」の深層を捕捉するという問題意識によるが、曖昧で熟さないままの便法に止まっているかも知れない。なお考えたい。

（38）S・キルケゴール『哲学的断片への結びとしての非学問的あとがき』「付言・最初にして最後の言明」（末尾に一八四六の年紀）、『キルケゴール著作集』9（杉山好・小川圭治訳、白水社、一九七〇年）四〇〇頁。引用部分のやや後に「私は、人物として正面に出ずに、あるいは人物としてあらわれた場合でも第三人称で、作家がやるように著者たちをつくり出した後見役《プロンプター》（Souffleur）でしかないのであって、その序言も、その名前すらもまたつくりものなのである。このようにして、仮名の著書のなかには、私自身の言葉というべきものは、一語もないのである。私は、これらの著書について第三者としての意見しかもたない」ともある（同四〇一頁）。「彼は言葉を罠として張りめぐらせたが、それは最後に彼自身をからめとるだろう」と云うアドルノは、キルケゴールの「仮面と方法」を次のように読解する。「どの場所においても、彼の発言は、彼が「聖」なるものと認めた書き物《テクスト》と交流しているのだから。偽名作者たちの個々の言葉は、コトバどおりに、彼らそれぞれの「領域論」的構成の枠の中で、すなわち美的、倫理的、宗教的実存形式の説明としてとらえるべきである」。T・W・アドルノ（山本泰生訳）『キルケゴール 美的なものの構築』（みすず書房、一九九八年、原著初版一九三三年）二〇—二一頁参照。

4 『桐火桶抄』の位置
――定家享受史の一区分について――

1 はじめに

中世文学における偽書を「秘密のある世界」にかかわる人間の想像力の問題として捉える――そうした視野を三輪正胤[1]は提示していると思う。その三輪の切開く視野へと続く通路を求めるべく、〈定家偽書〉にかかわる問題を考えてみたい。ここで直接手掛りとするのは『桐火桶抄』である。

『桐火桶抄』とは、歌論書『桐火桶』は藤原定家の「製作にあらざる由見及ぶ条々」を列挙した小規模の論著で、早く日本歌学大系・第五巻所収の『井蛙抄』に付属して活字化されている。その著者につき歌学大系解題は（『井蛙抄』とは別の書と見て）「誰の作か不明」と記すが、今日に至る多くの説は頓阿の著述かとしている。しかし書誌を始めとして検討すべき課題は少なくない。課題の核心にあるのは頓阿著と認めることの可否であるが、同時に本書は『桐火桶』偽書説の「最も早い[2]」例と目され自ずと『桐火桶』成立の下限を伝えるものであるから、『桐火桶』成立問題のまさに「重要資料[3]」に他ならない。従って本書の資料性・歴史性の解明こそ最も緊要な課題となる。そこで小稿では『桐火桶抄』（『抄』と略称）のテキストに立戻って考えてみる。ただし書誌の細部や本文の実体については別稿に譲り【補註1】、ここでは第一に『抄』の本文内容の読解を試み、第二に『抄』を如何に位置づけるかを副題に示した観点で論じる。第三に以上を踏まえて考えうる事ども、すなわち『桐火桶』自体の検討にかかわる示唆の問題、更に定家偽書を捉えるための理論や方法如何の問題にまで論じ及びたいと思う。

2　テキスト内容――論理と視座

テキストの書誌をめぐる問題自体を今は弁じ立てないが、以下の論述の前提となる要点のみを次に摘記しておく。『抄』は『井蛙抄』『水蛙眼目』跋文と深く連関しながら伝存しているが、諸伝本を特に『抄』を基軸として見直すと、『井蛙抄』全六巻を具備するテキストは『抄』非付載と『抄』付載とに分かれる。後者は、巻第一～五を持ち第五末に水蛙眼目・跋文ならびに『抄』をセットを成すように含み、後に第六・雑談の、冒頭条～第六四箇条と第六五箇条[4]～最末条の二群を持ち、更に第五末に『抄』の由来を記す註記（『抄』は『井蛙抄』と同様頓阿作と認定する）と右記した二群の間に箇条の出入り（堯孝所持本との相異）を指摘した註記とを持つ、という共通した性格を備えている。伝本の流伝経路で注意されるのは東常縁と堯恵で、この両者の手を経ることで『抄』は伝存しえたであろう。特に常縁は『抄』を『井蛙抄』に付載せしめた当人であったかも知れない。『抄』の成立は常縁・堯恵以前であり、少なくとも常縁自身の作ではなかったはずである。本文は異同から二様に類別しうるが、虫損による欠脱・不明の箇所も諸本共通、元は一つと見られる。根を同じくしながら『井蛙抄』『水蛙眼目』跋文と結びつき流伝する間に幾らかの相異を生じたと想定される。

さて右のように『抄』のテキストを見定めうるとして、その内容を論理のあり方と著者の視座に留意しながら簡略に読解してみよう。

『抄』の本文は標題の「桐火桶抄」から始まる。当然ながら此の標題は「桐火桶」という名の書が既に流布していて著者の眼に触れもしたことを示している。標題は諸本に見えるが、唯一の例外である鶴見大学図書館蔵本は此の名の代りに「一偽作之書事」とあって本文を記す。三条西実隆のものと目される本奥書(5)を有しかつ右の如き体裁を持つ鶴見大本が存在することは、本来「桐火桶抄」は原著者自身の名付けたものと即断できないことを示すだろう。つまり「桐火桶抄」の書名――同時に「桐火桶」という名のテキストの流布――は何時の時点で認知されたものかについてはなお保留しておくべきだと考えられる。

標題の後に執筆事情を記した序的一文が続く。その中に被抄対象として見えるのは「桐火桶」ではなくむしろ「秘抄」の名である（現存『桐火桶』の一系統中の「秘抄」については後述）。すなわち「秘抄」と称して某人の示した一帖は定家の「製作」ではないことの理由を列記するのだと云う。以下我々の知る『桐火桶』（『桐』と略称）の記載を具体的に引証しつつ定家作に対する存疑説が記されてゆく（以下本文引用は天理図書館蔵本。十一の条々に私に通し番号を付す）。

(1)は、定家詠二首を（『桐』で）俊成が「褒美」し羨みすらしている点について、二首の前者は俊成没後の建保二年の詠で俊成は「感歎」すべくもなく、他の一首とて、それ程の歌なら定家も子孫も何故（玉葉集まで）勅撰にも撰入しなかったのかと疑い、後者も又（俊成は称美しえぬはずの）新古今以後の定家詠かと云い、『桐』の記載と定家詠の年次との事実関係の齟齬を指摘する。(2)は（『桐』の）例の比喩を織り交ぜた歌人毎の評の内、俊頼評(6)の「扇拍子」を「うちすさみ」「うち詠じたる面影」云々を捉えて、催馬楽・今様ならぬ和歌朗唱の様としてありえない描写であることを云う。(3)は良経の呼称を（定家が）「摂政」とのみ書くことの不適切さ。(4)は良経歌の評に「中殿」の場の情景に擬して云う比喩の粗雑さ。(5)は棟梁・順・通具・有家を（定家が）評価し特掲することの不自然さ。周知の如くここに「百人一首」への言及[7]があって注目される。(6)は実朝の官職歴と『桐』奥書に見える「建保五年」の年紀との矛盾。(7)は定家自身「心ニ不叶哥人」と見做していたはずの俊成卿女に対する過褒。(8)は（定家が）「慈円」と表記することへの不審。(9)は故実作法の説を俊成[8]が秘蔵していたはずもなく、当該記事は蓮阿による書（『西行上人談抄』を指すだろう）を見た者の筆に成るかとする。(10)は（虫損を含み意味の明瞭さを欠くが）宮中行事の安易な引証に対する疑問。(11)は、古今集誹諧歌の説を「家重事」「古今大事」として秘するのは『奥義抄』などに既にある概念や論点の焼直しに過ぎず、定家の言辞として疑わしいことを云う。そして終りは「凡文章も義理も、いづくも京極殿ノ製作とハ不見」という総括的な一文で閉じられている。

見られるように、これらの論述には『桐』の記載の端々に対する不審を事実性の次元で批判的に吟味しようとする姿勢が現れている。無論四度に亘り「……べしとも（共）不覚」とあって、定家の認識を自明のものとして素朴に信頼する一種の自己同一化の姿勢に囚われの影も見られ、叙述の客観性に曇りのあることは指摘されねばなるまい。しかしその行文はおおむね論理的、事実性の吟味については実証的、論調は惣じて明快だと言えるのではないか。ことに末尾の一文の「凡文章も義理も」云々――私たちの言葉に置換えれば「文体も論理も」に相当しよう――には『桐』の内容・文辞を極めて論理的に吟味しようとする姿勢や、批判的検討を通して定家の言説を正当に読解しようとする指向が貫かれていると見え、こうした筆者の視座も又注目されるであろう。

3　著者の問題

では『抄』のこうした論理や視座の史的な位置を如何に捉えればよいか。端的に言えば何時このように記され、又現に記した人物は誰かの問題である。時期は（内部徴証から直ぐさま求めうるのは『西行上人談抄』の成立と流布以後[9]ひとまず措き、著者については状況証拠を最も多く持つ頓阿の可能性を一旦は求めてみるべきであろう。そこで一つの論拠として定家の呼称の問題に注目したい。『抄』における定家の呼称は序的一文に「京極中納言入道殿」、末尾に「京極殿」とあるが、十一箇条中には「京極」(1)(5)(7)もしくは「定家」(5)とのみある。右の「京極」は周知のように『井蛙抄』に頻出する。すなわち所引歌の作者名や他人の言辞の引用中の呼称を除けば、地の文では頓阿は定家を再三「京極」と呼ぶ。伝本によっては「京、、」の如く略記するものさえある。ちなみに一様に「京極黄門」とある類や「京極」と「京極黄門」と併存もしくは混在している類もあって待遇意識に揺れが生じており、この呼称の問題は『井蛙抄』伝本分類の目安の一つともなっている。

そもそも「京極」の呼称を振返ってみると(平安朝の「京極殿」は別として)鎌倉期以降では、例えば『越部禅尼消息』の「京極殿仮名序など」は良経を指す。『追加(慶融法眼抄)』の「五條の京極の両詠」や室町期の「定家をば京極と申す」(『東野州聞書』)などは定家を指す。これらを併せ見るとき、頓阿の用いる「京極」は慶融の用例と並んで独特で[10]、後代の冷泉家の人々が定家を「京極殿」と呼ぶのとも異なる。『井蛙抄』における「京極」と『抄』の「京極」との照応は重要だと考えられる。定家の言説としての信憑性を詮義しようとする『抄』の十一箇条では何より事柄の事実性や客観性こそ主要な関心事であった故か、尊称によらず定家を相対化して扱ったとも見られる「京極」の呼称を用いている。それは『井蛙抄』の記述姿勢とも符合するのではなかろうか。僅かな証左ながらも『抄』は頓阿作である可能性を持つことの積極的な論拠の一つをここに見ておきたい。さて『抄』すなわち頓阿著と一旦考えるとして、更に『抄』の位置とその成立状況を如何に把捉しうるかについては別の観点をも組込んで再度触れることにしたい。

4　『桐火桶』論との交差点

以上述べた『抄』のテキスト、本文内容に現れている論理や視座、著者の問題から窺えるおおよその位置等を踏まえて考えうることどものうち最も重要なのは、何より『桐』そのもののテキストについて得られる知見である。『桐』のテキストについては先駆的な田中裕ののち三輪正胤・佐藤恒雄・吉原克幸によって追究されてきた。(11)佐藤が明確に整理し方向づけた分類論に従えば、そのテキスト系統は五類存在する。最初に最も素朴な形態を持つ類で、田中が原初形と想定し佐藤は一部存疑とする群書類従本を含むところの、『桐』の原態問題への重要な論点を提供する第一類本。次は建保五年の定家奥書を持ち元徳三年（一三三一）冷泉為秀の書写奥書を持つ系統で、その祖形を田中が追い詰め、(12)伝えられている現存冷泉家本によって当該系統の姿が恐らく一挙に明らかになるはずの第二類本「秘抄」系。後述する第三類本「幽旨」系。次いで「桐火桶号志気」の内題を持ち最も増補された形態を示す第四類本「号志気」系。更に佐藤が「異本」として一括する第五類本。以上の五類である。各系統とその成立過程については佐藤の云うように検討すべき課題をなお含んでいるが、今問題にしたいのは『抄』との関わりである。右の五系統のうち『抄』が偽書説を提出すべく披見し参照したのは一体どの系統の『桐』であったか。『抄』の本文をほぼ見定めうるとなると、『抄』所引の本文によってそれを推定することも又ほぼ可能である。

『抄』第六条に建保五年の定家奥書を引くから、同奥書を持たない一類本や嘉禎三年（一二三七）の「明寂《将イ》」という（定家の法名「明静」として）座りの悪い署名のある第四類・号志気系は『抄』の参照した本文と抵触する。特に後者は対象から除外されよう。更に『抄』で比較的長く『桐』の原文を引いている第一・二・四・十一条の当の本文を『桐』の四類本ならびに五類本・異本系を除く諸系統のそれと照合すると、テニヲハを含む若干の異同を別にすれば大きな異文と認められるものが無く相互にほぼ共通する類として二類本・三類本が残る。ただし『抄』第十一条に引く『桐』の本文だけは事情を異にする。すなわち、「古今の誹諧相傳ノ人またくなし、されバ家重事、古今大事此事也、誹諧と申ハ躰ハ利口也云〻、子孫を思ふゆへニかたはしづゝ書付て侍り、ゆめ〳〵もらしみする事不可有」と引かれている原文の、就中「子孫を思ふゆへニ」以下は（佐藤が異同の要点の一つに挙げている箇所）、明らかに二類本ではなく三類本の特徴を示している。佐藤の分類論に依拠して『抄』『桐』双方の本文を突合わせると、結局『抄』が基にしたのは『桐』第三類本・幽旨系のテキストであったと推定される。では、幽旨系の伝本群のうち更にどのテキストであったかを絞りうるだろうか。

ここで此の幽旨系という一系統の内部も、基幹となる奥書の様態に現れているとおり左記の如く分かれることに注意したい。

A［定家奥書なし］

大阪大学文学部国文学研究室蔵土橋文庫本（F1・5）、三手文庫蔵本（哥・陸・302）、静嘉堂文庫蔵本（105・5・18689）、天理図書館蔵本（911.2・102）、彰考館蔵本（巳20・07578）、国文学研究資料館蔵久松本（11・71　文安四年〈一四四七〉奥書あり）、叡山文庫蔵本（真如蔵・外・51・20・324）

B［定家奥書のみあり］

高松宮旧蔵本、陽明文庫蔵本（近・218・14）

C［定家・為氏の奥書あり］

宮内庁書陵部蔵本（150・727）、東京大学文学部国文学研究室蔵本（中世11.2・22）

D［定家・為氏・源承の奥書あり］

（野村八郎旧蔵本、文明九年（一四七七）写〈未見〉）、大阪大学文学部国文学研究室蔵本（210・088 文明九年奥書あり）、鹿児島大学附属図書館蔵玉里文庫本（地6・2092 源承奥書の後に、歌林老葉・為尹の奥書あり）

これらの幽旨系諸流のうち『抄』と最も近いのはどれか。例えばAは『抄』第六条と抵触し、同条に為氏らの以後の奥書に言及していないことを考慮するとC・Dも外れ、定家奥書のみ持つBは最も蓋然性が高いとも言えよう。しかし奥書のみを目安としてしかも右の如く単線的に推論することに自ずと問題はあるから、結局『抄』が基づいたのは幽旨系のうち（第六条と相容れないAを外しておけば）BCDの孰れかであったというのが今のところ絞りうる範囲である。問題は、この幽旨系の（ひいては『桐』の）成立時期如何である。（Aを含め）BCD各々の成立時期は未詳。ただし奥書から書写年次や流伝状況を押さえうる。最も早い時点はCの東大本に見える応永三年（一三九六）、そして同本の本奥書に見える明徳三年（一三九二）である。一方、先程『抄』の依拠本文から外れるかとしたAの、静嘉堂本・天理本・彰考館本に見える貞治二年（一三六三）という年次は極めて注意される。同年は頓阿そして為秀の生存中で、かつ両者の没する十一年前に当る。頓阿の生存中に、『抄』が基にした『桐』のテキスト自体ではないもののそれと同系統の幽旨系『桐』の一つの流れは既に流布していたのである。ちなみに第二類本・秘抄系も早く元徳三年に為秀によって書写されていた。為秀の関与から三十二年のちに、為秀の用いた（秘抄系の）テキストとは別系統の（幽旨系の）或る流れのテキストも又流布していたことになる。

5　『桐火桶抄』の成立——定家享受史の中で

こうした『桐』の流伝状況を考慮に入れ、改めて『抄』の成立を考えてみよう。仮りに『抄』の著者は頓阿その人とすれば、頓阿は自著『井蛙抄』を書き継ぐのと同じ頃——『井蛙抄』巻六は延文五年（一三六〇）を軸として前後数年間に書き継がれたか(13)——『桐』のテキストが流布し始めている時代の只中で、言わば極めて状況的に『桐』への疑いの説を『抄』の形に書留めたことになる。自ずと『抄』冒頭の「或仁秘抄とてみせ侍し一帖秘抄」云々の一文も、述べたようなテキスト流伝の状況と密接に結びついた或る生々しさを持った頓阿の言葉として読まれるべきだろう。逆に『抄』は頓阿作ではなく、下って(14)「三五記の事。非㆓定家卿作㆒」（『東野州聞書』）という明確な認識を持っていた堯孝(15)あたりから更に（『抄』に直接接したと見られる）常縁や堯恵らにまで近寄せてその成立を後らせるなら、『抄』の既述した一種論理的で実証的ですらある言説は、室町前期から後期にかけて提出されたものと考えることになる。そこで、『抄』成立時の状況について更に踏み込んで考えてみたい。

先に私は中世における定家享受史・受容史に次のような三期の時期区分を想定してみた(16)。

一　生身の定家を回顧する情から、やがて定家像の形成される時期

二　プソイド-定家たちの手に成るテキストを通じて増幅された定家像もしくは擬似定家の時期

三　定家の達成点を省みて、価値評価をし直し見定めようとする、定家解釈の時期

この三期を順に、定家期、「定家」期、〈定家〉期、と名づければ、「定家偽書が或る切実さをもって作制されたのは、右の第二期」すなわち「定家」期の「只中においてであっただろう」と考える。而して右の見渡しと『抄』の成立問題とを結び合わせてみよう。

『抄』に見られる論理と視座はまさに定家の理論の達成点を省みて、その実状を吟味し評価し直そうとするもので、定家解釈の体を成し（先述の）第三期の思惟の姿を伝えている。問題は、当の第三期における思惟の様相、言換えれば定家の著書、ことに歌論の富を再定義しようとする指向が明確に現れるのは述べたとおり頓阿に始まるとするか、はたまた頓阿以後、頓阿からは約一世紀のちに始発すると捉えるかである。『抄』の成立時期の問題が定家享受史論の、とりわけ第二期の偽書制作の時代、そして第二期から第三期への移行を考える際の試金石ともなる所以である。あの拾遺愚草の註釈史、百人一首や自讃歌の註釈史における「頓阿の註」の影を一方に置いて、『井蛙抄』で定家歌論書の実体を振り分けながら受容し援用している頓阿の思惟を考えると、そこはまさしく「定家解釈」の営みを垣間見ることができる。かくして『抄』の著者を頓阿と見、その成立は定家享受史の第三期――〈定家〉期の初発あたりに位置すると捉えておきたい。

ただし私は、『抄』頓阿作説の論拠を示し以上のような見渡しを描きながらも、なお頓阿と断定せず、『抄』の成立を頓阿以降に下げる可能性をも留保しておきたい。理由は一つに書誌的な証左を更に要するだろうこと、今一つは『抄』の述べたような論理・視座を真実頓阿は持ちえたかについてなお断じ切れないことに因る。中世和歌史における頓阿の重要性は言うまでもないが、その頓阿の認識の微細な襞を精査するところまで（例えば兼好に較べて）私たちは到達しえていないのではなかろうか。頓阿の思惟像の位置づけを徹底してゆく中で[17]『抄』の著者と成立の問題の決着もつけられるべきだと考える。

6　偽書論のための理論と方法

『抄』の検討を通して今一つ考えうるのは、『桐火桶』などの定家偽書群を分析し把捉する、すなわち偽書群の

「秘密のある世界」（三輪）に分け入り「秘密」を解くための理論と方法——簡素に言えば視野と手続きや用語・用語法——の問題である。その問題領域にもう一歩立入ってみよう。

「理論」について言えば先ず理論的な根拠の問題があるだろう。『抄』も一例であるが、距離を置いてみれば当該書は偽書への疑いを論じその偽りの書たること、贋物であることを弁ずる〈論疑（偽）弁贋〉の書に属する。この種の書を支えている論理は、対象となる書が真なるものか贋物かという真・贋の二元論であり、同時にそれは真を可とし贋物を斥けるという価値評価に基づいている。こうした論理を〈真贋論〉と呼ぶとすれば、真贋論は広く芸術史研究の中で常に行なわれてきたところであり、作品は個人の所産であることが自明の前提となる近代以降の芸術作品については特に然りであった。定家偽書研究においても従来この真贋論の次元と理論枠組のもとで追究されてきたと言える。『抄』はそうした追究例の一つであり真贋論的な論偽弁贋の書のはしりともなる書に他ならない。こうした論議の系譜の中でかつて（一九七六年）藤平春男の説いた「贋物の価値」(18)という問題提起は極めて重要であった。なぜなら真贋二分法の相対化という観点を得る契機を含んでいたからである。しかし端折って言えば藤平の論も、真贋論の土俵で「贋物」の持つ一定の価値を評価するものであり、その際、贋物としての一連の定家偽書に対置された真なるものとしての定家真書の価値は自明性・明証性を帯びたものとして捉えられていたと思う。

しかし今日、定家研究においては真に定家的なもの、定家の作品や著作に備わる〈真正性〉(19)とは何かということとの極めて具体的な見直しが——研究対象の資料性を始めとして——迫られていると言える。当然ながら真正性を追究するためには、一方で真正ならざること——偽（擬）作性・仮託性、約称すれば〈偽（擬）託性〉の一層の吟味が進められねばなるまい。こうした真正性と偽（擬）託性の相補的な追究は勿論個々の対象に即して具体的になされてゆくべきであるが、他方で真贋論の理論枠組を超えて追究を更に進めるための理論と方法が要請されるのだと考える。

そこで差当り問題となる概念や用語そして用語法につき試みに言及しておきたい。先ず真なる作者に対する偽なる作者―偽作者を言表す概念として、自らを定家に擬し仮託して偽書を物する者、すなわち〈プソイド-定家〉を考える。当のプソイド定家は最早オーラルな次元の伝承ではなくテキストを書くという行為に従っており、テキストも自ずと成書として存在しているから、このプソイド定家に、テキストを物する行為の主体性――偽（擬）託者の主体性――を認めようと思う。「プソイド」の概念を導入して彼らの行為を意味づけ位置づけることによって定家偽書のテキストの状況を捉えることが可能となる。プソイドを措定すれば、次にプソイドのあり方、〈プソイド性〉の種々相すなわちプソイドなる者の存在様態とプソイドの行為の意味を問う必要が生じる。

その先幾つにも分岐する問題のうち、今は特にプソイドの存在様態の問題を考えておこう。その際想起したいのは三輪正胤の重要な指摘である。広く中世における偽書の世界を追究する三輪は定家偽書のテキストに関連して、例えば『愚秘抄』『三五記』への関与者として奥書から名の知られる藤原為実を想定しうるけれども、当該の多くの異本群を見渡せば、それらのテキストの生成と享受が唯一人の偽作者によって主導的に為されたとは「とても承認できない」[20] ことを説く。先に『桐』の幽旨系の様態に即して述べたように、「桐火桶」という書の内の一つの系統を成す幽旨系のテキストにおいて、微細に読めば、テキストの裡には実に多くの主体の心と認識が介在していると考えない訳にはゆかない。書誌的な次元で字句の出入りを便りに、この幽旨系の純粋なより善い正しい本文を特定したり又理念的に想定することはできよう。しかし幾つもの心と認識に媒介されて幾つものテキストの様態が産出されているというのが実情ではなかろうか。それを生成せしめた主体であるプソイド定家は恐らく独りではない。すなわちプソイドの非単独性である。先述のとおり『桐』の一系統の中にすらプソイドは非単独の形で介在している。一体それは何故かを問うべきである。

　結局それは中世の人々のテキストへの意識＝テキスト意識のあり方に因るが、当のテキスト意識を支えてテキストを生成せしめる認識の力とは何かを問いたい。簡略に言えば、働いている一つの力は〈定家幻想〉である。定家に関するあるいは定家に寄せる様々の幻想、時には尊崇と神格化に至る幻想の力である。第二にそうした力に促された主体が自らを定家に擬え託してテキストを物する過程に働いている力――定家の意識や認識への心的な混入あるいは心的混態化――が存在するだろう。この心的混入・心的混態化こそプソイドの筆を動かす力ともなる。右の定家幻想と定家への混入・混態化という心的機制を包み込んでいるのが定家のテキストに寄せる思念、すなわち定家真書には価値ある高次の道理が示されており、それ故それは衆目に触れず秘せられるもの、聖なるものですらあるという中世の人々に存した期待――早く田中裕の云う「一種の期待(21)」――の力である。これを定家のテキストに対する幻想、〈テキスト幻想〉と呼ぼう。このテキスト幻想というテキスト外的な文脈がやがて「定家」をめぐる〈テキスト伝説〉を生み出すことになる。

　これらのテキストをめぐる諸力をプソイドの行為に働いていた力として考えるとして、直ちに察知されるように、これらの諸力は単に独りのプソイドの裡でのみ発現するのでなく、プソイドの行為に共感し自己同一化しさえする享受者たちの側の共同の想像力に支えられている。テキストをめぐる制作と受容のこの共同性こそ複数のプソイドが介在して偽書の異本群を生み出すところの温床である。

　核を同じくするテキストに、プソイド定家たちによって種々の認識の混入・混態化が施され、定家幻想、定家のテキストへの幻想（そして伝説）に支えられながら変差を含み持つテキストの諸類型・諸系統が生成する。「桐火桶」というテキストはこうした動態の現れたものと見做しうる。となれば、こうした対象を捉えるために在りうべき方法を一言でいえば、テキストの動態をさながら読み取ることに尽きる。もとより私たちは真正定家の内的過程に起因するもの（＝定家の真正性）を極力究明したいと希うけれども、それと対を成す偽（擬）託性に支えられたテキスト群の動態の中に、プソイド定家たちの営為の跡を——真正の過程とほぼ同等の重みを持つものとして——仔細に読み取りたいと考える。定家偽書において真に定家的なるものは既に喪失されているが、それは又新たな価値の生成であり、テキストの含む喪失と生成の双方をともどもさながら認めるためには、より初源的な本文へ遡源する復原的な方向と共に、複数のプソイドたちの関与により差異を含みつつ動態を成して在るテキストから理念型を抽出しそれへと一元的・一方向的に還元するのでなく、むしろ生起している揺れと錯綜——それはプソイドたちの心と認識の襞を伝えている(22)——を有りのまま読み解く（復原的に対する）生成的な分析方法をも自ずと私たちは要請される。

例えば『桐』諸系統のうち、合理の眼からは逸脱とも映る説の増殖が最も露わなのは第四類・号志気系である。ちなみに歌学大系本『桐火桶』の底本は奥書に見える如く号志気系であり、確かにその巻末にはいわゆる古今集三木説の三種神器・三神への比定などに至る（一部は他系統にも存する）秘説的部分を最も多く含んでいるが、同大系本では、号志気系の中途に「裏書云」として載る（分量的には全体の約四分の一を占める）部分、すなわち「大事の歌」「秘歌」を含む例歌と各々についての釈義は削られている。【補註2】号志気の生命とも言える当該部分を読むことこそプソイドの営為を捉えるために必須の作業でなければなるまい。定家偽書批判においては個々の書の全系統とも、極端に言えば全伝本の全異文とも重要であり、又解読の対象となるはずである。

このように捉えると、定家偽書のテキストの在り様は通常私たちの依拠する文献批判の方法——真作の復原、原態・理念型への回帰を主軸とする――の傍らに今一つの方向を持った問題領域と方法が存在することを告げているとも言える。定家享受史総体を捉えるために、こうした視野と方法論も又自ずと要請されるはずである。

さて以上のような見渡しのもとで漸く私たちは『桐火桶抄』の内容と位置を見定めうるとともに、同抄の批判する『桐火桶』というテキスト――小論に即してより正確に言えば、『桐火桶』というテキスト群の動態――に立向かうことができるのだと思う。

【註】

(1) 三輪正胤『歌学秘伝の研究』(一九九四　風間書房)

(2) 『和歌大辞典』(一九八六　明治書院)「桐火桶」項(三輪正胤)

(3) 井上宗雄『中世歌壇史の研究　南北朝期』(一九六五、改訂新版一九八七　明治書院)

(4) 箇条の立て方は伝本により異なる。自ずとも条数も。仮りに東北大学附属図書館蔵本(丙A1・11・82)による。

(5) 「本云　文明十九年六月十九日書之逍遙院殿」とある。

(6) 当該二首は『拾遺愚草』下・秋の二二四三と二〇五二。後者の愚草の詞書は「賀茂社哥合御幸日」、『抄』は「賀茂御幸時哥合也」と記す。久保田淳は「詠作年次未詳」「後鳥羽院の御幸か」と註する。「新古今以後事歟」とする『抄』の推測(根拠は明示されないが)も一説か。久保田『訳注　藤原定家全歌集』上(一九八五　河出書房新社)参照。

(7) 水蛙眼目・跋文には「又嵯峨の山庄ノ障子に上古以来哥仙百人ノニセ絵ヲカキテ各一首ノ哥ヲ書ソヘラレタル」(天理本)とある。『抄』には「ニセ絵」のこと無く記載も簡略。ただし字句は類似しており、同一の認識に立つものという印象を与える。

(8)「大夫入道」の表記は『井蛙抄』第六・雑談に「家隆は…寂蓮相具して大夫入道和哥門弟ニなりき」「あはれ大夫入道の又やみんかたのゝみのゝ桜かりにハおとりたる物かな」と見える。

(9) 一つの目安は同抄書写奥書の年次、元亨三年（一三二三）。

(10) 時期と関わるだろう。冷泉家蔵『拾遺愚草員外』（拾遺員外愚草）の本奥書「嘉禎三年九月廿三日以京極正本一校了」は早い例。冷泉家時雨亭叢書・第九巻『拾遺愚草下　拾遺愚草員外　俊成定家詠草　古筆断簡』（一九九五　朝日新聞社）参照。石田吉貞は右を為家奥書かとする。『新古今世界と中世文学(上)』（一九七二　北沢図書出版　初出一九五七）参照。無論呼称は定家享受史と無縁ではない。

(11) 田中裕「桐火桶摸索」（『語文』29　一九七一・五）同『後鳥羽院と定家研究』（一九九五　和泉書院）所収。三輪（2）、佐藤恒雄「解説」徳川黎明会叢書・和歌篇四『桐火桶　詠歌一躰　綺語抄』（一九八九　思文閣出版）所収、吉原克幸「『桐火桶』私注(一)」（『自讃歌注研究会会誌』創刊号　一九九三・一）。

(12) 田中裕（11）。同掲出書の付録に「翻刻　桐火桶　為秀本」あり。（11）掲出徳川黎明会叢書同巻の月報8、田中「思ひ出すことなど」をも参照。

(13) 井上（3）ならびに『和歌大辞典』同書の項（井上）参照。

(14) 敢えて為秀作の可能性を考えると、為秀は自身『桐』の（秘抄系）本文を書写する一方でこれを駁する批判の書として『抄』をも執筆したことになる。しかし書写とは対象を尊重する故の行為であろうし、何より『抄』の依拠本文は述べたとおり幽旨系と推定しうるのだとすれば『抄』は為秀の所為とは重ならないことになる。而して冷泉家蔵伝為秀筆本『桐』ならびに為秀と『桐』との関わりの吟味は徹底されるべきであり、田中の所説や諸論点が極めて切実な問題となってくる。

(15) 上記は宝徳四年（一四五二）時点の言説。

(16) 川平「藤原定家の偽書群の成立とその意義」和歌文学講座7『中世の和歌』（一九九四　勉誠社）所収。以下の引用も。
(17) 鈴木元「中世和歌における「こころ」の問題——『愚問賢注』を緒として——」(『中世文学』38 一九九三・六) などの近年の論考に学び更に考えたい。
(18) 藤平春男『新古今とその前後』(一九八二 笠間書院)。初出一九七六。
(19) 近時の藤本孝一「定家と右筆能直」(和歌文学会関西例会 一九九三・一二) の問題提起や、冷泉家現蔵の定家関係歌論書類の諸伝本も、定家における真正性の吟味に一層拍車をかけることを求めるものとなろう。なお川平「定家の歌の「河」——用字論からシンボル論へ——」(『跡見学園女子大学国文学科報』22 一九九四・三)「補記」参照。(→『中世和歌論』Ⅳ-6。編集委員会注。)
(20) 三輪正胤「定家偽書の作者・享受者はいかなる人々か」(『国文学』26-8 一九八一・六)。
(21) 田中裕「定家仮託書の批判」(『国語国文』22-10 一九五三・一〇) 同『中世文学論研究』(一九六九 塙書房)。
(22) 従って単に派生的・誤伝的・異伝的とのみ捉えない。

〈付記〉 小論は中世文学会第七十七回大会 (一九九四・一〇 椙山女学園大学) における口頭発表の一部をまとめたものである。発表の折、井上宗雄・三輪正胤両氏より質疑・示教を賜った。

【補註1】 川平「『桐火桶抄』の本文」(『跡見学園女子大学国文学科報』23 一九九五・三)。↑以上は原補註。同論文は本書CD-ROMに所収。
【補註2】 のちに「『桐火桶号志気』の「裏書」について」(『跡見学園女子大学紀要』30、一九九七・三) で詳論された。『中世和歌論』Ⅴ-7。註 (16) 所引の「藤原定家の偽書群の成立とその意義」も『中世和歌論』Ⅴ-4に改題して収められている。(編集委員会注)

5　土肥経平『鵜の本鷺の本弁疑』について
——定家仮託書論偽の系譜の一切片——

要　旨

江戸中期の故実家、土肥経平（宝永四年（一七〇七）—天明二年（一七八二））の著述の一つを紹介し、その内容と位置を考える。本書は藤原定家に仮託されて成った歌論書の一部を取り上げて、具体的に疑問点を質し、著者自身の所見を記した書である。分量の上で比較的零細であるが、論述内容とその様相には注意されるものを含んでいる。定家仮託の書は中世における享受を経て、近世、どのような状況のもとで、どのような認識と論理さらには心理に基づいて詮義されているかを見るのが、ここでの関心事である。定家仮託書に対する弁疑論贋の系譜の一齣を、当該資料の本文に即して、同時に或る俯瞰図を描くことを目指して検討してみたい。論末に当該本文（岡山大学附属図書館蔵池田家文庫本）の翻刻を付す。

はじめに

いわゆる定家仮託書あるいは定家偽書が一様ならざる生成過程のもとで書かれ、広く享受されて、テキストの増殖すらもたらされた中世ののち、近世に至ると、それらのテキストは中世とは異なる新たな思考形態のもとで吟味、検証、批判の対象となってゆく。ただし定家に仮託されて成ったそれらのテキストを批判的に検討しようとする動向自体は、早くからすでに見られるところであった。すなわち、中世の定家享受史が定家の作品や著書あるいは言説――定家の詩的な富と遺産――を解釈し評価し直そうとする段階に達して以降、定家仮託書は一方では尊重され、祖述、援用されて新たな理論の形成される媒介にすらなると同時に、他方では、熟読玩味される過程そのものを通じて、多かれ少なかれ解釈と詮義の素材として対象化されてゆくと言ってよい。そして近世、新たな視野のもとでその価値があらためて問い直されることになるのである。

たとえば、『耳底記』の冒頭、慶長三年（一五九八）の日付の見える問答の中に、鳥丸光広の問いに答えた細川幽斎の次のような言葉が見える。

定家の製作と申すに、そでなきおほく御座ある。(1)

中世から近世に至る分水嶺あたりで、きわめて口語的な語調によって語られているこの言葉には、定家の理論を明確な判断に基づいて真なるものと偽なるものとに振り分けようとする指向が強く働いていたであろう。右の言葉は近世における定家仮託書受容史の始まりを告げる言葉として読むことすらできるのではなかろうか。問題は、こうした言葉を支えている「指向」の、そして先程述べた「中世とは異なる新たな思考形態」のもつ内実やその位置如何である。

ところで右の細川幽齋の言葉は、定家の理論を何より前代までの歌学が達成した高峰として仰ぎ、かつ踏まえるべき前提として継承するという枠の内で語られているとすべきであろう。しかし、こうした枠の傍ら、もしくは枠の外側には、定家をも一つの権威として堂上歌壇を主軸として継承されてきた歌論あるいは歌学を、今や相対化して、権威をひたすら保持することからは自由な場で、別途の価値観に基づく理論を展開しようとする流れが形作られてゆく。幽齋の言談より百年後の戸田茂睡の『梨本集』(元禄十一年(一六九八))から、荷田在満の『国歌八論』(寛保二年(一七四二))に至る、江戸初期から中期にかけての系譜がそれである。この両書[2]とも定家仮託書とその受容についての旧来の在り方に対して鋭い批判を投げかけている。

さて小稿で取り上げる土肥経平の著述は、江戸中期、上に挙げた在満の『国歌八論』が呼び覚ました論争史の始まる時期とほぼ並行する頃に成った書である。和歌の表現と理論をめぐる課題が問い直されてゆく状況のもとで、近世における定家仮託書受容史はどのような帰趨をみることになるのか、その中で本書はどのような位置に立つのかがおのずと問題となるであろう。まず本資料そのものの実体と行文を具体的にたどり、そののちあらためて右に略説した問題の鳥瞰について言及してみたい。

1 資料の書誌

『鵜の本鷺の本弁疑』は江戸中期の故実家、土肥経平(宝永四年(一七〇七)―天明二年(一七八二))が七十六年の生涯の壮年期、四十七歳に当たる宝暦三年(一七五三)に著した書である[3]。岡山大学附属図書館蔵池田家文庫中に一本存しており、今のところ他に伝本を聞かない。同本は厖大な「土肥遺書」の一つであり、後述のように著者経平の書き置いた自筆本と目される。

本書は本文墨付き五丁のみの、量からいえば零細な書である。縦二三・四センチ横一七センチの一冊本。紙縒り綴じした写本の喉の部分を別紙で帯状にくるんだ装幀。本文料紙（楮紙）とは別の鳥の子紙の表紙。同左上に「鵜の本鷺の本弁疑」と外題を打ち付け書きする。当の題名の頭の「鵜」の字の、左の作り「弟」の部分を重ね書きに訂正している。表紙右下に現行の函架番号（p九一一‐一八・池田）を記したラベルが貼られ、上端には「土肥遺書・第一八三號・一冊」のラベルも見える。その表紙を操ると、内題は無く、本文冒頭に七行分の序的文言を掲げたのち、一つ書きに当該の仮託書の原文を掲出、次いで各項ごとに一・二字下げて著者の所見を記している。四丁表で「弁疑」の条々は一旦終り、同丁裏に経平の著述に折々見えるやや長い識語（後述）がここにもあり、最末に年次と署名が次のように記されている。

宝暦三年仲夏朔　　冨山〻人
　　　　　　　　　平經平（印）

名に懸けて経平の号を刻した「竹里館主人」の印を捺す。「竹里館」は蟄居後の経平が住んだ別業の名、右の肩註にいう「冨山〻人」は経平の所領地の名にちなむ。なお印は他にも一丁表に柏の葉の墨印、その上部に「本池田家蔵書」ならびに見返し中央に「岡山大学図書」の現蔵印（いずれも朱）がそれぞれ捺されている。

早く経平の著書を調査した蔵知矩[4]は本書を「自筆稿本」とする。多数の「土肥遺書」を精査した目でなされた「自筆」というその認定に従うべきであろう。現蔵者の目録である『岡山大学所蔵池田家文庫総目録』（一九七〇岡山大学附属図書館）もまた「土肥経平自筆」と明記する。なお「稿本」ということに関して言えば、先記した表紙外題に見える訂正のほか、本文中にもいくつか文字の訂正が存しており、確かに本書は「稿本」の趣を備えている。その訂正や補入等の内訳は、見せ消ち二字、墨滅して傍記したもの一字、見せ消ち符号を付した上に墨滅抹消したもの二字、字句の補入二箇所。いずれも文辞を整え事例や証左を追補するためのものだと目され、筆者の考証過程に働いた配慮の様をうかがわせる。右のような訂正・補入等はあるものの、全体は各面十一行ずつの行配りで丁寧に筆写されているとしてよいと思う。

2　経平の定家仮託書に対する関心

周知のとおり経平はまことに多くの書を手ずから染筆しており、先述の蔵の紹介になる『経平秘函目録』(5)掲出の諸書はその営為の証しにほかならない。数多あるそれらの書のうちで、歌書も一類を成している。同目録によれば、経平みずから写した歌書に定家関係の歌論書類も含まれており、現存の池田家文庫蔵本中に、同目録の記載に対応する本を確認しうる。

たとえば池田家文庫には『桐火桶』も一本蔵されている(p九一一-五七)が、同本は『経平秘函目録』「丁二」に「桐火桶　一巻」(6)とある書に相当するものではなかろうか。当該の池田家文庫本『桐火桶』に書写奥書の類は見えず、まさしく経平自身の手写した本だと断ずることはできないものの、筆跡は『鵜の本鷺の本弁疑』のそれとも似通う。正確な筆写者はともあれ右の『桐火桶』一冊は経平手沢の本に相違ないであろう。

しかし、小稿で問題にしようとしている『鵜の本鷺の本弁疑』(以下『弁疑』と略称する)の著述作業は、右の『桐火桶』そのものではなく、直接には『桐火桶抄』と『井蛙抄』巻六「雑談」(ただしその抄出)との合わさった書を経平みずから書写している、いまひとつの作業と密接に結びついていたと考えられる。すなわち同じく池田家文庫に現蔵される『堯恵和歌聞書』(貴-二九)の書写がそれである。同書は巻末に、堯恵による、「当家」の「秘」たる当該書を兼載に授ける旨の、明応七年(一四九八)の本奥書をもっている。すなわち左のとおり。

右此一部當家雖為秘、依懇切令授兼載法橋畢、努〻不可有外見者也
明応七戊午年三月日　法印堯恵判

この書の冒頭に置かれている『桐火桶抄』は、『桐火桶』が定家真作ではないことを具体的に証示しようとしている掌篇の論書であり、ひとまずは『井蛙抄』と同様に頓阿の著述と考えられる。したがって上掲の書名（外題）に云う「堯恵和歌聞書」は必ずしも実体に見合った適切な呼称とは言えない（内題には「和歌聞書」とのみある）ことになる。この池田家文庫本『堯恵和歌聞書』の内容と形態自体は『桐火桶抄』の成立や『井蛙抄』の流伝史を考える上で注意してよいものであるが、その子細は措く。当面私たちにとって重要なのは、この書の最末に見える経平による次の書写奥書である。[7]

宝暦三年夏於竹里館／写之　　平経平（「竹里館主人」の印あり）

「宝暦三年」といえば『弁疑』と同年、しかも同じ夏の事蹟である。「夏」とのみある右の書と、先掲のように「仲夏朔」と記されている『弁疑』との、双方の作業の先後はいずれであったかは決しかねる——したがって、どちらの作業が他方のそれの契機となったのかを即断することもまたできない——けれども、経平は定家に仮託された歌論書の一つである『桐火桶』の真偽をめぐる言説に接して、これを写し置くのと全く同じ時期に、みずからも筆を執って『弁疑』を物したことになるのである。『桐火桶抄』は『桐火桶』についての不審点を列挙して、定家の「製作にあらざる由」を論じ立て「凡文章も義理もいづくも京極殿の製作とは見えず」と結論づけている書である。書写作業を通じてその弁疑の説の中身に触れる機会を持った経平が著した当該の『弁疑』は、ではいかなる論著なのか。次に本書の本文内容そのものを概観してみよう。[8][9]

本書の本文については、所蔵者の允許を得て本稿末にその全文の翻刻を掲載する。本文に密着して註解を施すことは別の機会を期すことにして、ここでは当の本文内容に沿って、述べられている論点の基盤を抽出し、中に含まれている問題点のいくつかについて検討を加えてみたい。

3　註の基盤

先にも記したとおり、本書の最初には序的文言が置かれている。その冒頭に「京極黄門の抄物とて鵜本、鷺本といふふみ」云々とあり、本書で取り上げるのは『愚秘抄』『三五記』であることが告げられている。ところで、ここで言われている「鵜本、鷺本」の実体とその訓みについて、本書の外題の趣意ともかかわるので、あらかじめ注意しておきたい。近世において『愚秘抄』は「鵜本末」、一方『三五記』は「鷺本末」の名で伝承され、ときには一具の書として享受されもしたことは周知のとおり。経平の時代においても、そうした享受史は基本的に認識されていたはずである。(10)その経平がここで「鵜本、鷺本」と呼ぶときのテキストは、通常二巻を成す「鵜本末」の「鵜本」のみを切り出したテキストならびに、同様に「鷺本末」二巻の内「鷺本」のみを切り出したテキストを合わせた形態のものを指している、と強いて解する必要はないと思う。ましてその種の「鵜末」「鷺末」の部分を除いたテキストが経平のもとに伝存していて、本書の依拠本文ともなったとまで考えるには及ばないと思う。なぜなら、本書の末尾あたりで「此二部の抄出」「此両部の抄物」と記している文辞に、完本としての『愚秘抄』『三五記』の本末を分離しそれぞれ片方のみを問題にするような口吻や意識はうかがえないし、何より本書の前半の『愚秘抄』関連部分にあっては、「鵜本に」として挙げる条々の続きに、通常——たとえばこののち触れる流布板本などもそうであるように——「鵜末」に含まれる部分の記載をも「私口傳抄出ノ条」と行間に肩註を付して掲げ、問題にしているからである。そうだとすれば、経平が本書の外題にも用いて言う「鵜本」「鷺本」の実体は『愚秘抄』『三五記』をそれぞれ総称したものなのだと想定される。[11] ちなみに近世、「鵜の本」「鷺の本」を『愚秘抄』『三五記』の総称ともしていたことは早く（のちにも触れる）『梨本集』に「僻案集・鵜の本・鷺の本、この頃漸く疑書といふ」[12] とある例によって確かめられる。

ただし経平のいう「鵜本、鷺本」の訓みについては若干の留保を要すると思う。「鵜本、鷺本」は順当に訓めば「うのもと、さぎのもと」であろう。したがって本書の外題の訓みは、『国書総目録』の当該書の項に施された「うのもとさぎのもとべんぎ」に拠っておくべきか。しかし上述のごとく総称としての「鵜本」「鷺本」という側面を考慮すれば、おのずと「うのほんさぎのほんべんぎ」と訓まれたという可能性も否定できないであろう。積極的に採用するにはなお証左を求めなければならないが、ともあれ書名をそのように訓みうることに注意しておきたい。

さて序的一文の上掲部分の後には、かつて『愚秘抄』『三五記』の板行された頃、両書は「疑作」であるゆえ「かの家より是をとゞめられし」という事情のあったこと、そしてその制止の理由は「家にひめ給ふ説とものもれて世に行れんことをいたみ給ふ故」であったとする某人の説が記されている。ここに敬語を用いて言われている「かの家」「家」とは歌道の家、冷泉家を指していると見てよいだろう。板本刊行時のいきさつに触れる所説であり注意される。『群書解題』第九（一九六〇　続群書類従完成会）によれば、「江戸時代の初ごろ（寛永年間か）板行された」『愚秘抄』は「上下二巻本」、『三五記』の方は「江戸初期、承応二年（一六五三）に六冊本（風月屋庄左衛門開板の本）が刊行され」「絵入本もある」（いずれも釘本久春稿）という。[13] 現存する板本の諸伝本を見渡して『愚秘抄』『三五記』の刊行史を整理することや、その系譜の中で右の解題にいう歌の家からの制止の働きかけの経緯がどのように関連していたかについて検証することは、ひとまず保留しておきたい。さしあたりここで確認しておきたいのは、一つは、『愚秘抄』『三五記』のような多少とも真偽をめぐって論議のまとわりついているテキストが公刊されることに対して、歌道家の側には強い抵抗が存在したという点である。そうした抵抗の基盤には当然ながら、定家の歌論の純正さをあくまで保持して家の拠り所としようとする――それゆえ、右の某人の説くように、逆に不純なる説の流布することを排そうとする――歌道家の担い手としての意志が存在していたであろう。第二に、いわゆる偽書の板行をめぐっては、たとえば宣長の『玉勝間』巻十一「旧事大成経といふ偽書の事」[14]の条など諸書に見える『先代旧事本紀大成経』刊行の事例のような江戸期の諸事例があり、ジャンルは異なるものの「鵜本、鷺本」も、その種の中世以来継承されてきた仮託書・偽書ともされる歌論書を、板行を通じて再発掘しようとする動きの中の一齣として位置づけられるであろう。『弁疑』の物された背景もしくは状況を考えねばなるまい。そして第三に、上記のような出版状況の促しのもとで、書物の真偽を実証的に詮議しようとする学的な関心が広く存して、論議の場を生み出していたことに注意したい。経平のいう某人も経平自身もまさにそうした論議の場の中に属している。そして本書は、『愚秘抄』『三五記』の「其眞偽いかゝ」と問う某人に触発されて、「おろ〳〵見るにしたかひ、おもひ出す事をしるしつけ」た著述に他ならない。なお右の言葉に見られるような経平の執筆姿勢は、たとえば『春湊浪話』[15]跋文中の、

往古のものゝ名のいぶかるをおもひなぞへ、今の諺にふりぬることの残れるを忍ぶ類ひ、おもひ出るまゝ云々のように、経平の考証的な著作に縷々見られるところである。

以上のような序的文言に続く内容は大きく二つに分けられる。すなわち「鵜本に」として記される『愚秘抄』

に関する七箇条と、「鷺の本ニ」として例示される『三五記』に関する三箇条である。一つ書きに原文を掲出して、個々の項目ごとに真偽をめぐる私註を付してゆくのであるが、その際に用いられた本文にも注意を払っておくべきであろう。結論を言えば、経平の依拠した本文は流布板本か同系統のそれであったと推測される。先引したように「鵜末」の内の「私此奥口伝所々抄出」――流布板本系の目安の一つでもある――に相当する記載を一部挙出していることも理由の一つである。さらに板本の字句と突き合わせて見ると、漢字・仮名や字形の別、送り仮名・濁点・振り仮名・傍記の有無など惣じて表記上の相違を無視すれば、テニヲハに至るまで双方の主本文間に異文は認められない。ただし、たとえば『愚秘抄』関連の第三条「西行上人の鴫たつ沢の歌をは」云々の「西行上人の」という語句は『愚秘抄』原文の続きと同一ではない。しかしここは、西行歌を具体的に評した中の、板本で言えば「西行上人の参らせたりし十首の哥の随一なり。鴫たつ」云々を略記したための記載だと見做せる。また第六条「奥書ニ　建保五年七月七日としるして、前中納言藤原朝臣定家」という引用にある「奥書ニ」「としるして」の語句はもとより原文に見えないが、それは言わば経平の語る地の言葉であり、これも同奥書の問題部分のみを転記したゆえの処理と見てよい。さらに『三五記』関連の第一条、「予七歳の秋、亡父卿にしたかひまうてゝ清涼殿に候し、こよひそむけにはしめなりける、とつかふまつれりしよりこのかた」云々の所引歌の一部「こよひそむけに」は、板本では「こよひそむけは」である。これは本来それ自体（諸本に比して）特異な歌句である板本の「こよひそむけは」の形を一字校訂した結果だと積極的に推定してよい例ではなかろうか。ともあれ経平の引用する原文と板本の本文とはごく類似している。経平は流布板本あるいはそれと同系統の本文を参看しつつ『弁疑』の筆を進めていったと推定されるのである。

4 考証の論理と心理

以上のような基盤のもとになされている考証を大観すると、その論理の基軸になっているものは、十箇条に続いて本書の巻末で経平自ら記しているところによく現れていると思う。経平は言う。定家の著作だとして書かれているように見える『愚秘抄』『三五記』の両書に、「所〻年序の齟齬も、亦言葉のたかへる所も」ある。したがって、それらの疑問点を書付けて置くのだと。両書の本文中には、定家の事蹟に関して時間的あるいは歴史的事実との食い違いがあり、加えて定家の在るべき認識に照らして見ると文辞の合理性や整序性を欠いてもいるゆえに、それらを個々具体的に記載するのだというのである。約言すれば、ここには何より事実性と合理性を論拠とする立場が明示されている。こうした論理の輪郭をとらえるために、さらに本書の周辺にある経平の関連資料をも参照しながら考えてみよう。

そもそも『経平秘函目録』の「凡例」の中で経平自身、集書と架蔵のための基本的な方針に関して下記のように述べていた。

> 文武ともに古典なるもの、或はちかき世にかきしものも事実なるを集む、真偽疑はしきものはとらす、又兵家の覚書等に至ては典拠正しからす其文野なるもの多し、されとも其実なるをとり加へて文筆の巧拙を論せさるのみ

いかにも考証家らしい発言である。しばしば考証家と目される人々の立場がそうであるように、「真偽」の二分法に基づき「事実」「真」「正」に即くという、ほとんど唯一の律法にまで高められた原則の表明をここにも見ることができる。『弁疑』の根本にあるのもまたこの原則であろう。と言うより「真偽疑はしきものはとらす」と

いう態度を持する以上、個々の書物の「弁疑」に相い渉ることは経平にとってほとんど必至であり、当為ですらあったにちがいない。

ただし、根拠としての「事実」「真」「正」、というのは一つの理念である。絶対的とも言うべき原則が個々の事例に適用されるとき、事の判断の中に判断する主体の心理の襞あるいはむしろ揺れと見えるものも含まれるのではなかろうか。或る場合には、たとえば事柄が主体の存在根拠に深くかかわる事象であるときには、理念は一種の楯のように強く主張されて論争的な叙述を生みもするだろう。その種の例を、軍書に関する経平の考証の中に見ることができる。

『弁疑』は『経平秘函目録』の分類では「庚　六」に配されているが、同目録の同じ筐の並びには、早く活字化されていて周知の『風のしからみ』三巻や、『河中島五戦記偽書考』『旧事記偽書考』『旧事記非偽書考』各一巻などの、経平の考証的な著書の名を見出しうる。これらのうち『河中島五戦記偽書考』は現に池田家文庫中に蔵されており（p二一-六二）、テキストの偽書性を説く経平の論理を知りうる資料として注目される。同書は経平自筆の一冊。内容は前後に別れ、前半の論点は「五戦記の偽是明也」という一文に集約される数々の論証であるが、中に「讖作」「偽作」「虚談」などの概念も見え、強い語調を感じさせる語を用いて偽書たる所以を詳述している。後半は「筑前国博多隠士堀尾氏曉嘯風人の書し所」の「甲陽軍艦不審記」を弁駁したもの。原著者の「愚案」を引き、それに対して逐条的に「経平按」「経按」のように註して自説を載せている。いずれも武家としての知識や歴史認識、すなわち自己の根拠にかかわる記事でもあり、さすがにこれらにおける経平の筆鋒は鋭く、考証の視点もまた明確かつ犀利である。(16) さてこれに比べるとき、対象も事象も異なる『愚秘抄』『三五記』のような歌書に対するときの筆は様相もおのずとまた別であり、ことに「偽」たることを論難する度合において異なっている。

再び『弁疑』に立ち戻って見ると、事実性と合理性を論拠として述べ来たって、対象であるテキストをいかに価値評価し採否をどのように判断するかという次元になると、上記のような軍書の場合などとは異なる側面が色濃く現れる。それはどのようにか。

本書の巻末で、先掲したような判断と執筆の意図を記したのに続けて「しかはあれと」と論旨を転じて逆接的な文脈で、経平は次のように述べる。

> しかはあれと又尋常の人の抄出すへきものとも覚えられ侍らす、また近き世、抄せしものにもひき用たる事もあれは、あなかちに廃すへきにもあらす、識者なを取捨して見るへきものにや

並大抵な人物が筆録したものとも考えられないとは、確かで真正な書き手による論理が存するはずだという想定をおのずと招き寄せるだろう。そして、近代の著作に引用されてもいるから、無下に低く価値評価して退けるべきでもないという文辞も、由緒ある言説に根差しているはずだということを読者に予測させることになるだろう。そして末尾は「僻案の随筆おそるへし〳〵、穴賢」と結ばれている。これは文章末尾の謙退的な身振りであり、様式化された常套表現だとも解しうるものの、しかし前に続く文言と合わさると結果的に、対象であるテキストに対して暗黙の深い——おそらくは過度に深い——含意性と或る種の権威とを帯びさせるのに寄与することになってしまう。それはどのような心的な機制によるものなのだろうか。

ここで、いま一つのテキストを介在させてみよう。池田家文庫に存する野村尚房の著書『歌書作者考』（p九一一-四一）[17]は右の問いに関していささかヒントを与えてくれるように思われる。[18]香川宣阿の門、備前岡山の人、野村尚房については近年、神作研一による詳細な研究がある。[19]神作は池田家文庫本をも精査し、同文庫に蔵されて

いる尚房の編著書、尚房の著述を経平が書写したもの、尚房の書写本を経平が転写したものの実態をそれぞれ明らかにするとともに、「文学、特に歌書をめぐる経平の多様な情報網の一つとして、尚房の旧蔵書や著書からの学問的影響を指摘できることは重要だ」と説いている。この指摘は貴重であり、私たちは神作の調査によって、『弁疑』という一つのテキストを包む、より広いコンテクストをおさえることができる。

さて『歌書作者考』は右にいう尚房の編著書の一つである。神作によれば、その内容は次のとおりである。

歌書解題書（序跋奥書等なし）。撰集部・歌合部・物語部・注釈部等に分類し、万葉集以下三百八十余の書目につき、その作者撰者などを記している。

我々の関心の側から改めて当該書を検してみよう。本書の外題と合わせて一丁表から同裏の中途までは経平の筆跡かと見られる。経平は本書の冒頭部分を手ずから書写し、後続部分を他者に誂えて筆写せしめたのだろうか。また本文中の何箇所かに書き入れがあり、たとえば「物語部」の「おちくぼの物語」の項の頭書には「経考ニ」以下の、明らかに経平によるものと見られる勘註が施されている[20]。経平は本書に盛られた作者ならびに書誌的な事実をめぐる野村尚房の考証内容を、個々具体的にみずからの知見に照らしながら熟読していたことをうかがいうる。経平の関心と指向のほどが顔をのぞかせていると言ってもよいだろう。

その『歌書作者考』の「式髄脳部」から、当面我々にとって重要な箇所を抜き出してみよう。尚房は次のように註している。

三五記二巻

定家卿の作のよしいひ傳ふれ共、彼卿の御作にあらさるよし、耳底記に見えたり

鵜本末鷺本末六巻

玄旨御説、定家卿製作のよし奥書あれ共、彼卿の筆作に非ず云々、今按、三五記、鵜本末鷺本末、定家卿の御作にあらすといへ共、卿の御詞おほく此うちに書のせたるよし、先達の説に見えたり

後者の書名と巻数の表示から、流布板本に依拠していることを知りうるが、重要なのは、「今按」に見られる価値評価の仕方である。右の直後に続く項の、

桐火桶二巻

是も定家卿の作にあらす、三五記等の説に同し、今按、三五記以下の抄に、俊成卿のことを亡父卿と載侍るハ定家の卿に擬作せるゆへ也

をも合わせて見ると、尚房には、作為性と「擬作」たること（擬作性）を明示するという指向とともに一方で、従来継承されてきたところの言説の価値を保存しようとする指向とが共存しているように見える。先引の経平の所説は、こうした尚房の記載するところと重なり合うのではなかろうか。ただし経平が『歌書作者考』を披見し（先述したように）一部書入れをも施した時点と『弁疑』執筆の時点との先後関係はなお未確定であり、また『弁疑』は尚房の考証に規制されていると単純に見做すこともできない。しかしなお両書の記載には親近性があり、経平は一種忠実に、少なくとも定家仮託書についての尚房の見解から逸脱していない。極めて慎重ともいえる判断をしているとも見られるのである。それは何故だろうか。

たとえば『風のしがらみ』に記載されているところからも知られるように、経平は堂上和歌の種々の催しや堂上歌人の詠歌に強い関心を寄せている。しかもそれらの資料は自身の文庫の蔵書として写し置いた諸書とも密接に関連している。みずからテキストを収集・書写し、同時に自己の著書にそれらを組み入れているのである。そうしたテキストの資料性に対する極めて厳格とも言える態度はおのずと判断の慎重さをもたらすが、そのあわい

にテキスト幻想の破片も忍び込むのではなかろうか。合理的な理性の軸にいまひとつの幻想の影が浸潤してくるのである。それは、考証家としての経平の判断に錯綜や鈍麻を招来しているとは決して言えないけれども、心理の襞となって『弁疑』にも現れている。『歌書作者考』を介在させることによって、それらの襞に我々は立ち会うことができるのではなかろうか。

5　弁疑論贋の系譜論に向けて

中世から近世へと移りゆくにつれて、定家仮託書に寄り添うようにつきまとっていた〈テキスト幻想〉あるいは〈テキスト伝説〉は徐々に終息せしめられてゆく。弁疑論贋の書の系譜で言えば、片簡ながらもその系譜の劈頭に位置すると目される『桐火桶抄』に始まり、それ以後はそうした幻想や伝説の終息してゆく過程であったとも言える。近世へと至ると、この過程は一段と加速化される。言い換えれば、仮託書をとらえる思考の形態に変化が生じ、新たな理性が形成されてゆくのである。こうした移りゆきを、中世的な〈道理〉から近世的な〈合理〉へという見取り図としてかつて考えてみた。[21] しかしながら、定家ゆかりの書籍の実体をめぐっては決して単一かつ同一の〈合理〉の範疇には解消できない、微妙な論理と心理が存在していたと考えられる。真偽を弁別し、偽書を批判する〈真偽論〉という一点において明確に指向の一致を持ちながらも、批判する担い手たちの階層的、知的環境の相異によって〈合理〉の内実、心理の幅や揺れは種々様々であっただろう。江戸中期の考証家、土肥経平もまたそうした揺れ動く認識枠の圏外の人でなかったことは、見てきたとおりである。それらの多様な〈合理〉の諸相をとらえるためには、あらためて近世における考証をめぐる論や学の在り方を考え合わせながら、また担い手たちの心理にも錘を降ろしながら、定家仮託書に関する弁疑論贋の系譜をより一層精細にたどってみなければなるまい。近世におけるその系譜は、たとえば嘉永六年（一八五三）の序を持つ速水行道『偽書叢』（早稲田大学図書館蔵　イ一・一七六七・一-二）あたりまで続いている。[22]

右に挙げた『偽書叢』の内容は、一言でいえば既存の諸説を記述的に集成したものに近い。同書は稿本という性格もあって未整序の感を否定できず、必ずしも完成された論著として扱えないかも知れない。また著者の考証学の独自の性格をも考慮しなければならないが、ひとまずこれを江戸末期における偽書論の一類型として据えて眺めると、江戸中期のここで見た経平の論から、江戸末期の『偽書叢』へと至る間に、論偽書の系譜にあっては、情報量においてそして考証の領域の幅と事例の詳細さにおいて一層拍車のかかってゆく様をうかがいうると思う。さてそうした論著が近代的な合理主義に支えられ、さらに西欧の学から得た文献的実証主義という根拠に基づいて、その後の近代国文学のもとでの仮託書研究においてどのように展開されたかについては、機会を改めて、また焦点を絞って論述されねばならないだろう。

まとめ

以上のように本稿で取り上げた土肥経平の書の内容は、「鵜の本」「鷺の本」すなわち我々の呼ぶ『愚秘抄』『三五記』ついて、それらの全文に亘って逐一註解を施すというのではなく、比較的限られたいくつかの条を抽出して、主として事実性・合理性を論拠として真偽にかかわるコメントを付したものであると要約できるであろう。先に挙げた『桐火桶抄』に対する関与の例をも含めて言えば、経平はいわゆる鵜鷺系仮託書の四部の書のうち三つについて、真偽をめぐる考証の書にかかわったことになる。小論では、その考証の有り様、論述から推し量ることのできる経平の論理とその内に含まれている心理の様あるいは綾を、テキストの実体とテキストを取り巻くコンテクストとに即して検討した。当のテキストの位置と意義を語るためには定家仮託書論偽の系譜を視野に収めた、やや広い見渡しを必要とするが、ここではその系譜の一切片を観察することによって、今後さらに系譜論を進めるための手掛かりを求めてみた。

【註】

(1)『日本歌学大系』第六巻による。
(2)『日本歌学大系』第七巻所収。
(3) 経平は明和元年(一七六四)、五十八歳で蟄居するが、その十年前に当たる。本書の著述は蟄居後の書籍蒐集と研究の日々に先立つ事蹟ということになる。なお、この著作に続く宝暦年間の歌書書写作業を、池田家文庫本から拾うと、宝暦四年『伊勢御迂宮御法楽和歌』(p九一一‐一三)、宝暦五年『柿本人麿伝証註』(p九一一‐三八)、『玄旨百首』(p九一一‐一四一、他に四種の定数歌を合写)、宝暦六年『実陰百首』(p九一一‐九六)などがある。
(4) 蔵知矩「土肥経平に関する報告(上)(下)」(『国語と国文学』12‐3、12‐5 一九三五・三、五)参照。
(5)(4)、(上)参照。
(6) 蔵知矩の論文の翻刻による。
(7) 川平ひとし「『桐火桶抄』の位置——定家享受史の一区分について——」(『中世文学』40 一九九五・六)参照。(→本書II‐4。編集委員会注。)
(8)(3)参照。
(9) 川平ひとし「『桐火桶抄』の本文」(『跡見学園女子大学国文学科報』23 一九九五・三)参照。(→本書CD‐ROM所収。編集委員会注。)

(10) ただし『愚秘抄』『三五記』自体の本源的な生成過程におけるテキストの実体と「本末」の呼称との関連については別途の問題の広がりで論じられなければなるまい。すなわち『愚見抄』に「詩歌の十体共に相違なきにや。三五記にくはしくはわかちあてゝ侍り」、『三五記』に「惣じても用心などは、鵜本にくはしく申したりしかども」、『桐火桶』に「凡当道の大事は、大略鵜の本末に申し侍りぬ」（いずれも日本歌学大系本による）などが指しているテキストの実体の問題である。

(11) 後半部の「鷺の本ニ」とある中に、『三五記』の下巻いわゆる「鷺末」に相当する記載が引かれていないという事実はあるものの、これは、小規模の本書においては結果的に引証されなかったのだと説明されよう。いま述べる総称としての「鷺の本」を指すという説を否定するものではあるまい。

(12) 『日本歌学大系』第七巻二六頁。「疑書」という文字遣いは特異ではない。下掲の「疑作」をも参照。

(13) ところで諸文庫で我々の披見しうるところの、現存する『愚秘抄』『三五記』の流布板本は両書一揃いの版の無刊記本である。ときには一具のものとして、あるいは両書別々に伝存している。冊数は一冊本、二冊本あるいは三冊本など区々で、内題と柱刻によって言えば下記のような、両書各三巻、全六巻構成になっている。

（内題）	（柱刻）	
愚秘抄　鵜本	鵜本一	一丁～廿八丁
	鵜本二	廿九丁～
愚秘抄　鵜末	鵜末	一丁～十八丁
三五記　鷺本	鷺本一	一丁～廿八丁
	鷺本二	廿九丁～五十六丁
三五記末焉	鷺末	一丁～卅五丁

(14) 『本居宣長全集』第一巻（一九六八　筑摩書房）。

(15)『日本随筆大成』旧版第三期第五巻、新版第三期第十巻所収。「安永六年丁酉九月五日土肥経平記之畢」の奥書あり。

(16)池田家文庫には経平の批判する『河中島五戦記』一冊も蔵されている(p二一-六一)。「弘化四年六月乞之池田家臣岡崎某写之　竹泉幽人」の大橋竹泉の奥書をもつ本。弘化四年(一八四七)は経平の当該書の執筆された安永六年より七十年後である。

(17)『弁疑』の体裁と似る。表紙に「経平秘函ノ七」と朱記した貼紙あり。

(18)蔵知矩の論考(下)の末尾、経平秘函について留意すべき諸点を簡略に記した中で『歌書作者考』について、「一寸注意を要する本である」としている。

(19)神作研一「一枝軒野村尚房の伝と文事」(『近世文芸』63　一九九六・一)。

(20)同項に先立つ「狭衣物語」の項にも本文余白に「経」と肩註して「僻案曰」以下の勘註(『僻案抄』を引証)を書き入れている。

(21)川平ひとし「藤原定家の偽書群の成立とその意義」『中世の和歌』(和歌文学講座7　一九九四　勉誠社)所収。(→『中世和歌論』V-4。編集委員会注。)

(22)速水行道とその著述をも視野に入れて論じた市島春城「日本の偽書一斑」(『市島春城古書談叢』日本書誌学大系3　一九七八　青裳堂書店)を参照。川平ひとし「「ただ」の修辞――良経歌一首の形成と享受――」(『跡見学園女子大学国文学科報』20　一九九二・三)の「付」をも参照。

〔本文翻刻〕　底本　岡山大学附属図書館蔵池田家文庫本
（p九一一‐一八）

＊活字化にあたっては、通行字体に替え、元の字配りなど書写形式の一部を改めたほかは、なるべく原態を保存するようにした。見せ消ち、訂正、傍記、補入などは元のままである。ただし適宜読点を付し、丁と表裏の移りを」によって示した。必要に応じて原状等についての私註を括弧の中に記した。

鵜の本鷺の本弁疑（外題）

京極黄門の抄物とて鵜本、鷺本といふふみ、さき
に梓にちりはめし比、疑作のよしにて、かの家よ
り是をとゝめられしを、かたへの人の云へるは、
家にひめ給ふ説ともの、もれて世に行れんことを
いたみ給ふ故なとも云し、されは其眞疑いかゝと
人のとひしにまかせて、おろ〳〵見るにしたか
ひ、おもひ出す事をしるしつけはへる

鵜本に、

一　小倉山しくるゝ比の朝な〳〵きのふは薄き四方
の紅葉ゝ
是をそさすかにと覚え侍る、亡父《俊成》卿もおほろけな
らす感歎ありし歌也云々」（一オ）
此小倉山の歌は、建保五年四月十四日院の庚申
五首の歌の中の秋の歌也、俊成卿薨せしのち十
四とせ計のちの歌也

一　鎌倉の右府そたけたる歌人と覚侍る云々
此書の奥書に建保五年七月七日と見へたり、実
朝公、此時は正二位の中納言なり、内府も右府
も明る建保六年の冬のことなり

一　西行上人の、鴫たつ沢の歌をは、ことに作者執心

侍りし歌なり、さてこそ新古今集に始はもらされたりしを、入らぬと聞て、さては其撰集見たからすとて、京へ上りけるか、又修行に立帰けるとなん」(二ウ)都へきこへてこそ後に入られたりし云云

此鳴たつ沢の歌、撰集にもらされしを聞て又関東へおもむきしは、千載集撰はれし度のやうに古き抄物には見えしと覚へし、新古今撰集は西行法師遷化より十五年も過行て後のことなり

一　愚詠に、

忘れぬらんうらめしとおもひ思ふとも待へきに
あらすとはんともいはし

是等は上古にも有かたく、末代までもかたかるへきたくひにや侍らん云ゝ

かゝる自賛の歌を、かの卿奉りし二度の撰集」(二オ)新古今新勅撰になとかもらされし、又其後世ゝの撰集にもさらに見へす、夫によりて思へは、かの卿の自賛したまふへき歌のやうにもなき歟、拾遺愚草、又員外にも此うたはおろ〳〵見當りはへらぬ歟、かの卿の歌なることもいと覚束なし

一　ある人のそゝろにといふこと葉を、すゝろにとよめる歌のあれはとて、やかて毎歌にさ讀と心得て讀たりし、おかしき事なり、すゝろにとよめる歌は、難波人あし火たくやに宿かりて、とあれは、蘆のすゝといはんためにすゝろにとこそ讀たれ、そとすとは声かよひたるゆへなり、蘆もなく、し」(二ウ)のもなからんに、すゝろとよまんことあるへからす云ゝ

そゝろを縁のこと葉によりて、すゝろと詠する事いかゝそや、古くはすゝろとこそ云ならはし(け訂正傍記)けめ、伊勢物語、源氏物語、(右補)枕草子のことは、

又大和物語の歌に、

世にふれとこひもせぬ身の夕されはすゝろにも
のゝかなしきやなそ

又新古今にも、西行法師、

おほつかな秋はいか成ゆへのあれはすゝろにも

のゝかなしかるらん
みな縁のこと葉とも見え侍らす、今連歌には、讀合によりて、すゝろとも、そゝろとも云なるよしははへる歟、されは、かの卿の時よの説ともおほへられぬにや、其世（墨滅）よりはるか（以下「それよりも」までの二五字左傍に補入）世うつりて兼好の徒然草にも、すゝろとあれは、それよりも今案の事のやうにそ」（三オ）おほへられはへる、古くも云へるそゝろ、すゝろは心も同しからぬにや、猶可考

奥書ニ

一　建保五年七月七日としるして、前中納言藤原朝臣
定家

定家卿、此年は参議正三位なり、中納言ははるか後の事なり、前官は勿論の事歟

私口傳抄出ノ条

一　新古今の序に、つまこひする神なひの郭公と侍る、またく當集の中にこの風情の歌なかりしかは、後代には撰者の不覚になるへしとて、其こゝろを御製にあそはし入られてと云々

此事、かの卿の明月記にくわしくしるされ侍るは」（三ウ）大きにことなり、歌も御製とはなく、仰にてかの卿の詠し入て、よみ人しらすと出されしよしは見へはへりぬ亦（墨滅）、新古今夏の部によみ人しらす、

己かつま恋つゝやなく五月やみ神南山のやま郭公

と出侍る、此うたの事也

鷺の本ニ

一　序ニ曰、予七歳の秋、亡父卿にしたかひまうてゝ清涼殿に候し、こよひそむけにはしめなりける、とつかふまつれりしよりこのかた、七旬およふまて云々

定家卿、此建保五年、実に五十六歳なり、七旬」（四オ）といふへからす、又々所々に愚老と云ひ、奥書に遺老なと云へる、叶へりとも覚へす

一　箸鷹の身よりの翅みにそへてなを雪はらふうたの

御かり場（家隆）
いつれもよき歌と申をき侍れと云云
箸鷹の歌、續古今集、家隆卿の歌也、此集にも又家集にも、寛喜女御入内御屏風の和歌のよし見へたり、寛喜元年、此建保五年におくれたること十三年歟、此とき此歌あるへからす、申置侍るなとは勿論のこと歟

一　ちかき代にも、基俊、俊頼、顕輔、清輔、亡父卿なとは、けにもふるきすかたをのみよまれけるにや、されは其」(四ウ)人〳〵こそ上手の名誉もありしかは、たゝその人人の風躰をまなふへきにや、此比歌とて、こと葉はかりかさりて、させる事なきものなり云云

かくはしるしあれとも、此二部の抄出に多くは新古今集の當代の人の歌を褒美して出しはへる、ことに土御門帝御製、息為家の歌まて引出されし、又新古今集はかの卿の心に不應さるよしは世にも云ふるしたることなり、いかゝ、不審

（二行分空白）」(五オ)

此両部の抄物、定家卿の作のよし見へはへれと、所々年序の齟齬も亦言葉のたかへる所もあれは、それを書付はへる、しかはあれと又尋常の人の抄出すへきものとも覚えられ侍らす、また近き世、抄せしものにもひき用たる事もあれは、あなかちに廃すへきにもあらす、識者なを取捨して見るへきものにや、僻案の随筆おそるへし〳〵、穴賢

宝暦三年仲夏朔　冨山々人
平經平（印）」(五ウ)

〈付記〉
閲覧の際に高配賜り、当該書の翻刻掲載を許可された岡山大学附属図書館に対して厚く御礼申し上げる。

III 身・心・知の系譜

1　歌論用語の一基軸

和歌を対象とする理論や方法論という意味での「歌論」の意識は、早く『万葉集』そのものの中に、すなわち『万葉集』の歌々の題詞や左注に現れており、成書としての歌論書『歌経標式』も、すでに奈良時代に出現している。となると、「歌論」は今日まで千数百年の時を過ごしてきている。ただしそれらは、本巻『歌論集』【補註】の「解説」（藤平春男）の記するように「歌論の芽生え」と言うべきであり、より一層和歌表現の実状に即して理論を展開しているのは、真名・仮名の両序を持つ『古今和歌集』である。『古今集』撰進の勅命が出た延喜五年（九〇五）を目安にして数えれば、歌論の歴史は今日までおおよそ千百年の歳月を経ていることになる。しかしこの間、歌論は「和文学」の理論の典型として、ひたすら一本道を、純粋培養されつつ進んできたわけではない。古代以来、中国詩文の理論すなわち「詩論」の影響下に——近代以後、西洋の詩学・文学論の強い影響下にあるのと同様に——自己の根拠を定義づけてきたのである。したがって、歌論用語の一つ一つの概念の中に、詩論との葛藤の中で選び取られた概念の由来史が潜んでいるのだと思われる。ではそこに、どのような選択が働き、またどのような論理の基軸が存在したのだろうか。

たとえば『古今集』仮名序の「さま」の例について見てみよう。仮名序の「さま」の用例を、真名序の行文と対比して見ると、「さま」は、「義」「躰」「趣」に応ずる形で書かれている。双方をなぞらえ、比定して理解する同時代の意識からまったく離れて、仮名序の論理があったわけではない。しかし同時に、仮名序はこれらを対応させうるような仮名表記の概念を、新たに案出するのではなく、意味性、表現様式、志向性に対応する「義」「躰」「趣」をそれぞれ分けることなく、むしろ包摂的に「さま」を用いている。このように「さま」は、分節化されることなく、さらに新たな論理を生み出してゆく。すなわち仮名序中で、「そもそも歌のさま六つなり」「少しさまをかへたるなるべし」「歌のさまは得たれどもまこと少なし」「そのさま身におはず」「そのさまいやし」「歌とのみ思ひてそのさま知らぬなるべし」「歌のさまを知り事の心を得たらむ人」のように用いられる。「さま」は対象を批評し論述するための有力な尺度となるのである。

さて、仮名序ののちの「さま」の理論的な系譜を大づかみにすると、「さま」は藤原公任『新撰髄脳』や源俊頼『俊頼髄脳』の「すがた（姿）」へと展開しつつ受け継がれ、藤原俊成の『古来風躰抄』において、「さま」から「すがた」への表現論的な転換が決定づけられる。同時に同抄の書名にいう「風躰」と「いにしへよりこの方の歌のすがた抄」とを通い合わせる論理に見られるように、「すがた」は和歌史における表現様式の変遷史を叙述する重要な鍵ともなるのである。

ところで、「さま」「すがた」「風躰」と並べてみると、これらはいずれも色濃く身体性を基軸とする言葉である。歌論用語には、こうした身体性にかかわる概念が少なくない。少し整理して言えば、身体の体軀・体形（＝かたち）、相貌・様相（＝ありさま）、行為・行動（＝いとなみ）などの次元に即して、身体にまつわる語がまるで枝を伸ばすように広がっている。歌論で語られる、歌の「たけ」、歌「がら（柄）」、歌「口（くち）」、「やう（様）」、

「ふり」、「ふるまい」などはまさしくそうした語彙群だと言える。しかもこれらが、「心」「ことば」を始めとする概念と結んで、「目」「耳」に触れ、心身のフィルターを通して「見」「聞」きされる時の表現の印象やそこに醸し出される雰囲気や詩的感興を言い表すために、さまざまな形容詞・形容動詞——「よし」「をかし」「うるはし」「おもしろし」「珍し」「深し」、「優なり」「艶なり」「あはれなり」等々——の語彙群と連動しながら用いられるのである。歌合などの批評の場における用語と同様に、歌論にあっては、こうした身体性にまつわる用語が活躍する。と言うより、これらの語彙群は歌論用語の基軸にかかわる鍵となる語、要となる語の一系列なのだと考えられる。

身体性にかかわる語彙は右に挙げたところに止まらない。たとえば、上下の歌句の整合や照応、あるいは不調和が、「首」「尾」を用いて批評されたりする。一首の第三句を「腰」と呼んで「腰の句」や「腰のことば」の表現性を詮索する言説も、すでに平安朝以来行われている。平安末期の歌人の俊恵が語ったという「五尺のあやめ草に水をいかけたるやうに歌は詠むべし」という言葉(『後鳥羽院御口伝』に伝えられている)は、「おだしきやうに詠」んだという(同上)俊恵の表現態度を示す逸話に他ならないが、この言葉にもまた、すっくと際やかに伸びる菖蒲草を人体になぞらえ、ひいては和歌一首を身体として捉えるという意識の現れをうかがうことができると思う。さらに言えば、右に引いた『後鳥羽院御口伝』に見える難解語「もみ〳〵と」——源俊頼の詠風の一様(それを定家は庶幾したという)、式子内親王、さらに定家自身の詠風の一面を言うために後鳥羽院はこの語をそれぞれ用いる——も、個々の歌人の詠みぶりを、身体の動作・作用と結び付けて理解するところから生まれていよう(後鳥羽院は歌人批評の中で、慈円について「西行がふり」のごとく、これも人の身体動作を言い表す語である「ふり」を用いる)。このように、身体性につながる概念は新たな言説を生むための契機となってゆくのである。

中世、特に鎌倉末期から南北朝期以降における歌論の言説の中に、身体性の基軸は一層の展開を見せる。たとえば、

(1) 胸・腰・すそ（裾）と云ふは、初の五七の間は胸、五七五と七七のあひは腰、七七の間はすそ也。此の三所に縁の字にても、詞にてもするゑべし。（『悦目抄』）

(2) 歌を眼・耳・鼻・舌・身・意にあてて侍る事あり。（略）是また六義にあてて注す也。（同右）

(3) 抑《そもそも》和歌は前後の二句あり。是則定恵の二法、天地の二なり。三重の次第を立てて迷の前には三毒三悪趣となり、覚りの前には三身三徳となる。四病八病をきらへるは、人間の四苦八苦をいとふ義也。五句をわかち、六義をしめすは五体六根を表す。九品十体をあらはすは九識九尊十界十如を表する故也。（同右）

(4) 歌に辺・序・題・曲・流の五つの習あり。この五つを五句にわかちあててよむべし。（『三五記』）

(1)(4)においては、身体とのアナロジーが、基本的には詠作方法論の次元で、和歌の五句の構成を人体になぞらえて論じられている。一面では、一首の修辞的な効果を分析して語るものでもある。(2)(3)においては、もはや詠作技術論の次元を脱して、仏教をはじめとする教理の理念や概念を引き入れながら思弁を増殖させてゆく。身体論を軸に、一種の精神的なコスモロジーが語られるのである。しかも、これらの諸相は、テキスト間に本文の重なり・出入りを見せながら、中世仮託書群の言説における問題項目となって繰り返し現れる。特に、後者の様相は豊かな広がりをもって中世の仮託書テキスト群に見られる（三輪正胤『歌学秘伝の研究』〈一九九四、風間書房〉参照）。こうした中世の言説にあっては、和歌形式は屹立《きつりつ》する身体宇宙ですらある。その背後にあるのは、和歌を人格的な器、あるいは人格化された詩形式と捉える発想であろう。さらにその根源を問うことは、突きつめれば、日本における言語・文化の性格の一端を問うことにもつながるだろう。

小論で取り上げた身体性以外にも、歌論の用語とそれを用いた言説がどのような基軸に支えられてなされているかをさらに探索しうるはずである。たとえば「声」あるいは「文字」などの軸に沿って問題を追ってみることもできる。歌論史の中で蓄積されてきた価値を再発見する契機は、なお潜んでいるのではなかろうか。

歌論千数百年の歴史を経て、こののち来るべき詩歌の理論がどのような行方をたどるのかは不確かであるが、その行方を透視するためには、かつて語られ記された歌論の言説群を、その時代の眼になりきって読むことと、今の時代の光で照らして観察することとの、二つの道を往還しながら探索しなければなるまい。本巻『歌論集』は、そうした探索のための有力な手助けの一つとなるに違いない。

【補註】本稿は小学館新編日本古典文学全集『歌論集』の月報のために執筆されたものである。

2　〈心〉のゆくえ
――中世和歌における〈主体〉の問題――

はしがき――〈心〉の探究

中世の、特に和歌の領域において〈心〉はどのような歴史性をもって現れるか。小稿で考えるのは右の問い、すなわち〈心〉の問題史についてである。当然ながら右の問いは「心とは何か」という、時間軸においても領域においても途方もなく広がる問題につながっているが、ここでの検討はおのずと中世和歌における認識と表現、言い換えれば、意識・言説・視野と具体的なことば・歌・テキストに即してなされる。その際私たちは、中世和歌の〈心〉について、その概念内容を「構造」や「本質」として語るという道を選ぶこともできよう。しかし日本の言語‐文化の中で常に（と言えるほどに）包摂的・非分節的な語法で語られかつ受容される〈心〉の性格を思えば、試みられるべきなのは「構造」「本質」を説述することではなく、〈心〉の生成する歴史性を吟味しながらその様態と機能を分析することでなければなるまい。

また〈心〉は、それを凝視しその「ゆくえ」を尋ねようとする〈主体〉、言い換えれば〈心〉に相い渉り〈心〉

を運用する〈主体〉の指向性と連動している。したがって「〈心〉のゆくえ」を考えるためには、もう一つの問題の機軸すなわち〈主体〉の問題史を噛み合わせる必要があるはずである。中世和歌における〈心〉の問題史と〈主体〉の問題史とを連繋させるときどのような視野を得ることができるか、小論の課題はそれである。

1　〈心〉の探究と〈主体〉の働き――問題の視角

立論の前提と根拠、分析上の留意点や論の範囲についていま少し述べておきたい。

中世文学の諸表現の中から〈心〉にかかわる様々な語句や概念を追い、あるいは個別の作品中から〈心〉の主題を抽出して掘り下げることによって、中世文学を支える言わば岩盤のような思惟像を探り当てた論は、すでに少なくない(1)。それらのすぐれた諸論を参照することによって、私たちは中世文学において〈心〉の探究という課題がいかに切実で重要なものであったかを再認識することができる。中世和歌研究の立場からは、そうした〈心〉の探究を通じて和歌にかかわる認識や言説、そして和歌表現そのものがどのような機序のもとで出現するか、そしてそのための条件や状況や契機は何であったかを精査することが関心事となる。手掛かりは〈心〉であり、問題の核心は〈主体〉である(2)。検討する範囲、ことにその起点を最初に確かめておきたい。

中世和歌における〈心〉と〈主体〉の問題史的連繋は、いつどのように始まるか。ここでの検討の範囲の始まりを、西行の『新古今集』釈教歌の巻軸歌をもって徴標とすることは許されるであろう。

　　観心をよみ侍りける　　　　　西行法師

闇はれて心のそらにすむ月は西の山べや近くなるらむ　　　　（新古今集・釈教・一九七八）

「新古今和歌集全二十巻のとじめ」[3]に置かれたこの一首は、新古今時代における西行の位置の大きさを再確認させるとともに、仏教的世界観のもとでの「観心」という主題、内的世界を暗示する「心の空」、「西」へと向かう期待と、〈心〉をめぐる主題の重大さを伝えている。それは作者西行ひとりの願望であるだけでなく、同時に中世人の共同の指向でさえあっただろう。ではこの徴標以後、〈心〉の主題は〈主体〉の課題と連繋してどのように展開するのか。

2 〈心的態勢〉と〈詩的主体〉

〈心〉と〈主体〉の相関性を分析するために、認識・指向と表現の二つの側から考えることができるだろう。一歩進んで言えば、藤平春男が窪田空穂の考察を摂取して設定した「態度」と「方法」という相補的な二つの概念[4]は、中世歌論を含む中世の文学論・芸術論における態度の論（態度論）の重要性を考えるとき、有効な分析概念となるに違いない。しかし小論では、藤平のいう「態度」を、或る固定された一貫した原理としての「態度」ではなく、流動と変容の契機を含んだ概念として〈心的態勢〉を設定したい。また同じく藤平のいう「方法」の概念を一層分節化し〈主体〉の問題に焦点化して〈詩的主体〉の概念を立ててみる。〈詩的主体〉とは、生身の歌人であり創作の担い手である主体を一方の極において、表現と表現行為ならびに和歌的―詩的事象にかかわるところの諸々の主体を指す。〈詩的主体〉を設定する理由は、至極流動的な概念として流布している「表現主体」などの概念を用いずに、和歌表現にかかわる〈主体〉概念を捉え直す契機を得ることができると考えるからである。

さて以下では、〈心的態勢〉の様相と〈詩的主体〉が生成する過程との相互連関性の中から〈心〉と〈主体〉

をめぐるどのような課題がどのような契機をもって形成されるかを、表現史的状況に即して、歌論史的状況との接面を探りつつ読解し位置づけるという観点を提示し、当の観点の一端を、いくつかの時期と特徴的な事例を摘出して四つの概念を宛てて述べる。それらは四つの様態でありかつ史的展開の相でもある。四つは順次交代するのではなく、徐々に付け加わり累積しながら主導的な相として生起する。以下、四つの概念を追って略説してみたい。

（1）方法化

中世初期の歌論史を方向づけたのは俊成・定家の父子である。当の方向づけの内実を田中裕は、「風情中心主義の破綻を見定め、これと訣別して姿中心の表現論への転回を志した」[5]と簡明に位置づける。さらに田中は、右の「転回」の理論的な基礎を据えた俊成の思索が、王朝和歌以来の〈心〉に対する「本源的な反省」に基づくものであり、

> 趣向ばかりでなく、韻律・イメージ・情調等の渾然とした融合を期して感覚も感情もまた記憶も想像力も、すべてを解放しようとする「姿」の論は、今にして言えばこの突き詰めた「心」の論を踏まえてこそ成り立つものであった[6]

と説いている。俊成の理論水準を踏まえて、定家が自己の表現方法論の中で〈心〉の難問をどのように引き受けようとしたかについては田中の論及に委ねる。ここでは定家が、和歌表現史への省察に基づいて、きわめて主体意識的に方法論を展開していることを捉えて、定家が挑んだ課題を〈方法化〉と呼んでおきたい。

定家の主体意識性はその言説自体から察知される。たとえば『近代秀歌』（自筆本）の論述部の、中核となる

「ことはゝふるきをしたひ、こゝろはあたらしきをもとめ」云々の箇所から動詞を拾い上げて列挙すれば、「したふ」「もとむ」「をよぶ」「ねがふ」「ならふ」「こひねがふ」「あらたむ」「よむ」「すう」のように、まさしく主体論的あるいは行為論的である。かつて定家の方法論を考えるために〈主体転移〉という概念を私に導入した理由も、定家の方法原理にある〈主体〉の働きへの自覚のあり方とテキスト媒介的な行為の過程とを細かにたどり直すために必要であったからである。

　ところで〈主体転移〉の周辺にある概念として「なりかへる」という語が存在する。定家の表現方法論と、右述した〈方法化〉の課題の輪郭と位置を確かめるために、双方を比較してみよう。この「なりかへる」は表現手法を説くために中世の歌論書類で語られており、それらから用例を拾い上げることができる。二三を挙げると、たとえば後にも引く『為兼卿和歌抄』に「その事になりかへり」「何事にてもあれ、其事にのぞまば、それになりかへりて」「能々なりかへりみて、其心よりよまん哥こそ、あはれもふかくとをり」(『歌論歌学集成』第十巻所収による。以下同じ)、また『正徹物語』に「題の心に成りかへりぬれば」「定家の哥はしみ入りて其身に成り帰りて読み侍りし也」などとあるのがそれである。溯れば『無名抄』の俊恵の言に「頼政卿はいみじかりし哥仙也。心の底まで哥になりかへりて、常にこれを忘れず心にかけつゝ」(頼政歌数寄事)とあり、『後鳥羽院御口伝』には、家隆評の中に「哥になりかへりたるさまに、かひ〴〵しく」(「さまに」に「さま」の異文。「さまも」もあり)とある。

　これらの「なりかへり」はいずれも心的態勢を説明したものに他ならないが、指向の対象は、早い例である『無名抄』をはじめとして端的に言えば歌題に含まれた本意の世界を指していよう。しかし細かに読めば、『後鳥羽院御口伝』では和歌詠作の行為自体への集中を含意しているとも見え、『為兼卿和歌抄』では、詠歌の素材となる対象一般に拡大されており、『正徹物語』では題意に加えて、定家の詠作手法に、作中主体への同一化を読み取っているように見える。これらの用例を寄せ集めて「なりかへり」という心的態勢についての系譜をたどることもできよう。しかし単一の軸のみで系譜を描くと、個々の用例の担っている歌論史的状況の微細な差異を見失ってしまう虞れがある。まして系譜論を集約して定家の歌論に接続し、和歌の「ゆきづまり」と「マンネリズム」に対して、

　定家は「有心」を和歌の理念として掲げ、その方法としての「なりかへる」論によって、その局面を打開しようとつとめた(7)

のごとく説くと、定家の歌論自体から大きく逸れ出た像を描くことになる。

翻って定家の認識においては、それを最もよく窺いうる資料である『京極中納言相語』に、

　恋の哥を詠むには、凡骨の身を捨て、業平のふるまひけんことを思出て、我身を皆業平になして詠む。地形を詠むには、かゝる柴垣の許などをば離れて、玉の砌、山川の景気などを観じて、よき哥は出来物なり

とある文言を参酌すれば(8)、定家が語るのは「なる」様態ではなく、むしろ「なす」行為であって、単純に「なりかへり」論に還元してしまう訳にはゆかない。また右の論者の挙げる『詠歌大概』の「心を古風に染め」（ただし真名本の原文では「染二心於古風一」）も直接「なりかへる」を説述したものではなく、さらに定家真作と直ちに断じることのできない『毎月抄』の「その一境に入りふしてこそ」「其一躰に入りふして」も、「一境」「一躰」という特殊化された境地を導入していることで「なりかへり」自体とすら相違しているであろう。定家による言説と「なりかへり」論との差異は、第一は定家が「捨て」「離れ」の語で現実世界からの離脱を語る点、第二に「思出て」「観じて」のように媒介となるテキストや題に基づくイメージなどの媒介を想定している点、第三に一貫して表現における過程・行為そしてそれに関与する〈主体〉が想定されている点である。つづめて言えば〈詩的主

体〉の位置と機能が絶えず意識化されていることで定家の方法と「なりかへり」論とは隔たる。〈方法化〉の鍵はこの〈詩的主体〉の意識化にある。

(2) 対象化

定家を極北とする〈方法化〉にあっては、終極的に生身の主体が言わば置き去りにされる。置き去りにされる生身を〈詩的主体〉はどのように引き受けるべきかという問題は、前衛である定家自身の歌人的軌跡にとっても課題を残すことになるだろう。課題は保留されたまま、心も主体も、ともども分離と拡散の危機を抱え込むことになり、それゆえ〈心〉と〈主体〉の様態を〈対象化〉して、分離する心をつなぎ止め、拡散する主体を再統合するという課題が歌人たちにあらためて要請されることになる。新古今時代の前衛たちによって急進化された〈方法化〉以後の和歌表現史の主要な課題の一つはそれであろう。課題を救抜する道の一つは、先行する既成の様式たとえば西行の様式であったかも知れない。

「心よ」という語句に着目してみよう。「心よ」は、いかにも「心」を対象化して我と我が心に呼びかけようとする身振りを示す語句であるが、「人の心よ」をはじめとして王朝歌人によって多用されているこの表現を、西行は、

憂き世にはあられば有《ある》にまかせつゝ心よいたく物な思ひそ

（西行法師家集・恋・八六　続古今集・恋五・一三三七）(9)

のごとく、他者や擬人化された対象としての「心」ではなく、自己の「心」に直ちに呼びかけるような語法を編み出している。その心的な方向転換はいとも自在かつ鮮やかであり、かくして獲得される西行の様式が中世以後

長く追慕される理由の一端もここにある。

その西行をも含む僧たちの系譜にあっては〈対象化〉の問題は格別な現れ方をする。常日頃、身と心を賭して宗教的な実践行為にかかわる僧たちにとって〈対象化〉は、身―心や思索―実践が一体一如であるのと同様に言わば明証事であり、心と主体の対象化と再統合は実践行為の中で一挙に図られる。そこに独特な〈詩的主体〉の獲得と〈ことば〉による外在化がなされることになる。

　光明遍照十方世界といへる心を
月影のいたらぬ里はなけれどもながむる人のこころにぞすむ　（続千載集・釈教・九八一・源空（法然））

わが心池水にこそにたりけれ濁りすむ事さだめなくして　（続後拾遺集・釈教・一三一五・同）

　コノアカツキ禅堂ノ中ニイル。禅観ノヒマニマナコヲヒラケバ、アリアケノ月ノヒカリ、マドノマヘニサシタリ。ワガ身ハクラキトコロニテ見ヤリタレバ、スメルコ、ロ月ノヒカリニマギル、コ、チスレバ
クマモナクスメルコ、ロノカ、ヤケバワガ光トヤ月ヲ《ォ》モフラム　（明恵上人歌集・一〇八）(10)

心カラクルヒイデヌルマドヒ子ハハ《ヘ》ワレムカタヘハウテワ《ハ》死ネヨ
（同・一三七「イトマヲ申テコノ山寺ヲ」出る「ワカキ僧」への返しの内）

こゝろをばいかなるものとしらねども名をとなふればほとけにぞなる　（一遍上人語録）

いにしへはこゝろのまゝにしたがひぬ今はこゝろよ我にしたがへ　（同右）

いはじたゞこと葉の道をすぐ〳〵とひとのこゝろの行こともなし　（同右　一遍聖絵・巻四所載）(11)

などの「心」の表現には、〈心〉〈主体〉の深甚な凝視と〈対象化〉とを経て得られた知恵が（宗派を超えて）溢れている。超越的な視点や視座も特徴的であり、それは自己と他者そして衆生の心的活動（一遍の「いはじたゞ」のよ

うに言語活動の相対化にも及ぶ）に対する省察（時には明恵「心カラ」歌のように圏外に去る眼前の他者に対する仮借ない発語ともなる）と熾烈な信仰――宗教性に支えられていることは言うまでもない。

翻って歌人たちは、僧たち特有の〈主体〉を、模倣すべき様式として摂取する以外は、和歌形式の内でひたすら言語的な操作によって独自に〈詩的主体〉を構築する道を進む他ない。しかしそれは難題である。その難題に果敢に挑んだ京極為兼が『為兼卿和歌抄』において、対象世界と主体との関係性についての探索を重ねていることは象徴的である。同抄では、「いかにとむきて、いかにとよむべきぞ」「さはみなむかはずして、入られぬみちよりいらむとし」「是にたちならばんとむかへる人々」「風にしたがひて、とをる木のはにむきては」「心のむけやう」「その事にむきてはその事になりかへり」「それにむきてわがこゝろのはたらくやうをも、心にふかくあづけて」「それにむきてよめるやうに心えて」「むかはぬ人の哥」のように、繰り返し〈心的態勢〉が説かれる。指向の対象と「向く」主体との関係性のあり方如何こそが、これらの文言と論理を解く鍵となる。為兼が反芻し確かめようとしているのは、〈詩的主体〉を形成する前提は何かという問いに他なるまい。

周知のように歌論上の言説は表現のことばとも連関している。早く京極派の「特異表現」として注意されている「向かふ」がそれである。

また秋のうれへの色に向かふなりをばなが風に庭の月かげ　（玉葉集・秋上・五三五「秋風を」従三位親子[12]）

つれづれと山陰すごき夕暮れの心に向かふ松の一もと　（風雅集・雑中・一七三四（題しらず）従三位親子）

見るとなきこころにもなほあたりけり向かふみぎりの松の一もと　（同・一七三五・為兼）

ここでは主体と対象とはまさしく滲透し合う。「何が何に」「誰が何に」向かっているのかと問うて読めば明らかなように、ここにあるのは、主体――対象関係をめぐることばによる多様な探索であり実験である。構図論でも視点論や視線論のみでも解けず、おのずと我々は主体―対象関係論を精細に試みることを求められる。

さてこうした京極派の表現を和歌表現史の中にどのように位置づけるか、問題を絞って言えば、為兼たちによって案出された新たな〈詩的主体〉とは何か、またその出現の根拠と契機を何に求めるべきか、また為兼の方法論の由来と根拠を何に求めるべきか、という問題は小稿の範囲を越えているが、それらの問いを〈対象化〉とかかわる諸事象として捉え返す手立てはありうるのではなかろうか。

目を転ずると、〈心〉と〈主体〉の〈対象化〉は、和歌表現や歌論的述作以外にも、広く古典註釈や、神仏の信仰（至高の神仏の領域とつながることの確信）に裏打ちされた観念世界の探求へ広がっている。三輪正胤によって鳥瞰することが可能となった歌学秘伝諸書の世界(13)では、たとえば為顕流の秘伝書『和歌古今灌頂巻』上巻に、秘伝書における問題項目の一つである「六義」に触れて、次のような言説が見える。

六義ヲ風ニ納之ト云へリ　是ヲ即心ノ六義ト云也　心ト風ト一ツ可成所　如何其故多之　先ツ心ト風ト一ツ成事　真言ノ至極之大事為秘曲也（ほぼ同じ文言が中巻にも(14)）。

テキストの次元の問題にかかわる「六義」の概念がやがて「心」の問題、「心」と「風」の関係の問題、さらに「真言ノ至極之大事為秘曲」という精神的なコスモロジーの論へと展開されてゆく。秘伝書類においてはしばしば〈心〉と〈主体〉の由来や、心的な世界・宇宙が語られる。幻想とヴィジョンと言説が渦巻く、まことに豊穣な累積である。

〈対象化〉から導かれるのは、表現における主体―対象関係の捉え返しという課題である。しかし当の課題の探求から却って、主体―対象の厳格な境界が消失して、相互の滲透が現出する京極派のような表現が生まれる。それは秘伝書類に見られる言説の様態とも通底している。中世人たちの表現と観念と想像力における、一面で逆説的とも見えるそうした心的な働きとその動態を分析することが我々にとっての課題となるが、その際の鍵は依然として〈心〉と〈主体〉の様態と相互の連繫如何にある。

(3) 修辞化

表現史は必ずしも〈対象化〉の課題を一層鋭利に追究する道を進む訳ではない。むしろ素材である〈ことば〉に如何にかかわり如何に〈ことば〉を運用するかこそが直接の課題となる。そうした課題性の様相を〈修辞化〉という概念で捉えておきたい。〈修辞化〉にあっては、ことばと表現の有効性や適合性、修飾(風流《ふりゅう》的な飾り)や巧緻さが関心事となりまた要請ともなる。

たとえば『正徹物語』に次のような文脈で用いられる「心をつく」という語句が見られる。

暮山雪は此程の哥の中には、是ぞ読み侍ると存ずる也。

渡りかね雲も夕をなを《ほ》たどる跡なき雪のみねのかけはし

雲が跡なき雪を渡りかぬるといふ事は有るまじき也。されども無心なるものに、心をつくるが哥のならひなれば、雲は朝夕渡るもの也。しろく降りつもりたる雪に夕べもしられねば、雲もたどりて渡りかぬるかと、雪ふりつみたる山の夕べを見やれば、のどかに渡る雲のおぼゆる也。かやうに心をつけて見れば、まことに渡りかねたる風情ある也。

自讃すべき自詠(草根集・巻五・五八八五)を掲げて自註を施している。「見るもの聞くものにつけて」(古今集仮名序)以来「つく」は、「花の春、月の秋、をりにつけことにのぞみて」(後拾遺集序)「昔のときのをりにつけたる人のこころ」(千載集序)のように認知の対象と主体との関係を言う際に早くからある語句である。「心をつく」

自体「花に心をつくる君かな」（応和三年（九六三）宰相中将君達春秋歌合）などの早い用例もある。右の前者も「哥のならひ」と結んで言われているとおり雅な心の働きを意味する伝統的な用法である。しかし題詠の詠法の次元で語られるこの場合の、特に後者の「心をつけ」は、詠作しかつ鑑賞する主体の心的態勢を指している。しかも「態度」というよりほとんど感覚的な「心」の働きもしくは運用の意に近い。右の段は、定家仮託書に見える「行雲廻雪の躰」の称揚を経て末尾は「さればいひのこしたるやうなる哥は、よき也」というまことに簡明な価値判断に至る。こうした感覚主導の論理は『正徹物語』の「ちやと聞きて何とも心得られず、たは事をいひたるやうに覚ゆべき」「うき事はいく度も我心にちや〳〵と帰るもの也」「ちやと読まれし也」「その俤を心にちやうと持ちて（「心にしかと」の異文あり）」と繰り返されるきわめて感覚的な「ちや」の口吻と通い合う。この論理もまた〈修辞化〉の課題に即応するものであろう。〈方法化〉で要請される表現原理の設定や、〈対象化〉で問われる主体―対象関係の深化とは異なる、表現の機能とその運用こそが焦点となる。

さて〈修辞化〉の課題のもとで、正徹がどのような〈詩的主体〉を得て詩的時空の純化へどのように赴いたかは、多作の歌人・正徹の作品世界を吟味することによって検証されるべき問題である。ここでは正徹の論理の帰趨を確かめておきたい。

述べたような感覚主導の心的態勢は、資質を別にすれば、ひたすら実践と経験の蓄積、技術の洗練、稽古と修練によって達成される他ない。『正徹物語』が（家隆・頓阿を例示して）「稽古数寄劫積りて、名望有りける也」と述べ、「只数寄の心深くして」「只数寄に越えたる重宝も肝要もなき也」「誠の数寄だにあらば、などか発明の期なからむ」と強調して結ばれるのもまことに〈修辞化〉の時代に相応しい発言であっただろう。

〈ことば〉の運用が主導的となる〈修辞化〉の課題から適正で正統的な用法という基軸のみが抽出されて指導

原理となれば、〈ことば〉の体系性と表現の規範性が強調されることになるはずである。様式としての「正風」「正風体」の形成や、表現行為に伴う「心」―〈心的態勢〉の審美化や精神化が促されるのは、〈修辞化〉以降の表現史がたどる一つの方向である。

(4) フレーム化

〈修辞化〉の先にやってくるものを〈フレーム化〉という概念で捉えてみたい。〈フレーム化〉とは、表現をめぐる課題があらかじめ〈フレーム (frame) ―枠〉として与えられるという状況を指している。〈心〉の輪郭は画定され枠づけられており〈主体〉もまたその事態を受容して表現行為にかかわればよい。中世後期の和歌表現史の一面に、この〈フレーム化〉を読みとりうると思う。フレーム (枠) が所与のものとなることによって、課題性を意識化して表現の水準となる新たな枠自体を創り出すことの困難さを免れて、表現行為は容易になる。一旦画定された枠に主体を委ねることによって、内実の構築性や結晶度を第一義的な課題とすることなく表現は軽やかに豊穣かつ多彩になされることとなるのである。かつて課題であった〈方法化〉にとって必須である理論と方法の案出も〈対象化〉に伴う対象と主体との距離や関係性の探索 (むしろ「間」の取り方と言うべきか) も、翻って存在や生身の主体にまとわりつく問題の切実さ、そして新たな表現装置の敷設も直接の課題とはならない。〈修辞化〉によって導かれる実践論・経験論の次元の上で〈主体〉は所与の〈フレーム〉に依拠して詠作にかかわればよいのである。

無論、所与性の代償は不可避である。〈詩的主体〉の新たな冒険にも、結果としてその形成にもほとんど結びつかないこと、多産性・自在性と引き換えに、前提となった枠の内に、内実の洗練や純化を施すことなくひたすら〈心〉を充塡する行為に従う、言わば空疎な豊穣さを強いられることを受け入れざるをえない。枠づけられることによって惹起される効果に二面性が存するのである。しかし注目すべきなのは二面性の片側、すなわち〈フレーム化〉によって新たな表現の可能性が切り開かれることである。

そうした〈フレーム化〉のもたらした特徴的な例として、荒木田守武（文明五年（一四七三）―天文一八（一五四九））による全首に「世中（よのなか）」を詠み込んだ『世中百首』を摘出してみよう。同百首は巻末識語から大永五年（一五二五）の成立と知られる。当該年を含む「大永・享禄期」を要約して、井上宗雄は「室町後期を二分する時の過渡期」とする。すなわち文化的中央では主要歌人の他界に伴って「次第に歌壇は沈滞の色を濃くして行く」(15)と把握される時期であるが、中央歌壇の場における活動の動向とはむしろ逆に、『世中百首』の、

世中のおやに孝ある人はただ何につけてもたのもしきかな

で始まり「天照す神のをしへをそむかずは人は世中富貴繁昌」に至る歌々に窺われるのは、既成の和歌的な用語・語法・構成法の規範に必ずしも拘束されない、より自由な質を備えた表現の試みである。

表現としての「世の中」は、『万葉集』で「世間」と表記され「よのなか」と訓ぜられて以来、〈よ（世・代）〉――〈こころ〉と並んでこれもまことに多義的な概念――をめぐる用例群の中で長く詠み継がれてきた語句であるが、注意されるのは、当の「世の中」を集中的に主題化することによって、現実の社会をはじめとする諸種の外的な世界さらには人の内的な世界にかかわる主題との連繋や接点が見出されている点である。心的なものにかかわる主題との接点もその一つである。当面の関心に沿って本百首に含まれている「心」に着目してみよう。

こころしてことをばいそげいそげただ さはり出でくる物は世中　（四）

誰をかも正直にせん世中はこころごころにものをいふなり　（四九）

世中の人は慈悲あれ心あれ心なくとも千とせをばへじ　（五六）
世中に人をそだつる心こそ我をそだつるこころなりけれ　（六二）
世間に文はおち散るものなれば用心してぞかくべかりける　（八九）

右に見える「こころして」「用心」や他の「心得《う》」「心にくし」などをも含めれば一六首の「心」の用例を拾うことができる。これらには〈心的態勢〉をめぐる種々のモチーフが外的・内的な対象に対する（あるいはそれらに処する）ための心構えを説く教訓の形を取って多彩に自在に散りばめられている。たとえば四九は著名な興風歌「誰をかもしる人にせむ高砂の松も昔の友ならなくに」（古今集・雑上・九〇九）を意識していよう。しかし原歌の焦点であり『古今集』の文脈（九〇四〜九〇九の排列はそれであろう）にも見られる「年」「世」の隔たりと経過を慨嘆するという観点は、世俗に生きてある他者たちと自己それぞれの心的な差異との関係性についての簡明な知恵のことばに切り替えられており、古歌の踏襲ではなく、当代の「世中」認識に基づいた古歌の転用となっている。

『世中百首』は中世和歌が行き着いた心の〈フレーム化〉という所与の条件のもとで、〈心〉の表現領域を押し広げるばかりでなく、〈心〉の問題史における新たな可能性を方向付けることにも寄与する。同百首自体の近世に至る享受史もさることながら、守武『世中百首』を一隅に置いて見渡してみれば、その周辺や裾野には溢れるような「心」を主題・素材とする表現群・テキスト群の広大な景観が浮かび上がる。すなわち井上宗雄が「狂歌・教訓歌」と一括した資料群の集積である。井上はそれらの意義を説明して、「中世も末に至」って、世の中が乱れ、下剋上の風潮が世を蔽い、和歌の指導力を握っていた階層が経済的に困窮し、多くの機会に現実の様々な、複雑な事象に触れざるをえなくなると、その感情を表出するのに、正統的な和歌では為しえなくなる。或は現実に対処する感情を手馴れた和歌形式で表出しようとする[16]と述べ、さらに「いずれも日常的・現実的精神から発したもので、文芸的価値は低いが、量的には無視できないし、それを生出した精神も注意される。正統的な和歌（いわば幽玄なる歌）に対するアンチテーゼ的なもの（非幽玄なる歌）とも見られまいか[17]」と説くとともに、周到に「室町後期歌書伝本書目稿」に「付　狂歌・教訓歌書目稿」を特立して資料整理を試み、さらに「補注篇」にあらためて同稿を追補している。[18]

そこに掲出・鳥瞰されている資料群のジャンル・対象領域・素材は、弓馬・蹴鞠・道々の芸能・職人・餅酒・調度・官職・鷹・動植物・軍陣・兵法・軍歌、政治的な落首・落書、茶の湯・立花・音曲、信仰にかかわる紀行や順礼歌、諸芸にかかわる作法（次第・躾あるいは養生）等に亘り、担い手はおのずと広く公家をはじめ連歌師・武家・僧等に及ぶ。それらの営みは、個的なものであるよりはむしろ種々の折や場に臨んでの、他者や集団（連衆との一座や会席）や社会と接する営み、しかも多くは身体動作を伴った行為・行動や技芸の営みを背景としており、いずれにおいても〈心的態勢〉に触れないものはないと言ってよい。〈心〉が重要な関心事となる所以である。〈フレーム化〉された〈心〉のもとで、既存の枠からの逸脱を厭わない夥しい「心」の表現が水を得た魚のように生動し溢出するのである。その奔流の動態を諸資料に即して吟味するという課題もすでに井上によって提示されていると言うべきであるが、当の「動態」は、これも井上の示唆するようにやがて〈近世〉へと展開するヴェクトルと結びつく。小論の課題を急いで、では〈心〉と〈主体〉にかかわる課題の〈フレーム化〉はその後どのような帰趨をみるのかと問うてみよう。

3　中世末期の〈心〉——終わりの徴標

先に述べたように、中世初期の〈心〉の境となる徴標を、西行の『新古今集』入集「観心」歌に見ることができるとして、中世的な〈心〉が終わり新たな転進を見せる境となる時期の徴標を同じく「観心」の主題にかかわる表象から求めるなら、中世末期から近世初期にかけての民衆的な信仰世界を伝える図像である参詣曼荼羅の一つ「熊野観心十界図」に描かれる「心」の字に見出すことができるのではなかろうか。同図に据えられている「心」字は、地獄から仏界に亘る仏教的なコスモロジーの中心であると同時に、心的な内界の中核を象徴するものでもある。加須屋誠の深切な読解を参照しよう。

画面中央には祭壇が設けられ、そこに「心」の一字が奉られている。注意して観ると、ここから四方に光明が差しているのが看取され、本図においてこの「心」字が極めて重要な意味を帯びたものであることが分かる。すなわち、宇宙の重心は文字どおり、この「心」にかかっている。人生〜六道輪廻〜極楽往生そういったことすべてを決めるのは人の「心」にほかならない。仏教的宇宙の構造のなかで生死を繰り返す私たち、その私たちの「心」が実は広大無辺な宇宙を構築している——他界への旅路は遙か彼方に向かうのではなく、それは人の「心」のなかに生起するものなのだ。

宇宙のなかの私（仏教的宇宙の構造）と私のなかの宇宙（心）とが共鳴するのに気づくとき、そのときはじめて人は死が取り結ぶ現世／他界の関係を、リアルに観想し得るのではあるまいか。（傍点、原筆者）[19]

本図はもとより近代絵画のタブローではなく、図像とそれを運用する者（「熊野観心十界図」が絵解きの料とされたこととその意味については指摘がある[20]）、一方またこれを仰ぎ見、熟視する享受者たちとの共同の折や場において意味をもつ。すなわち象徴的な中核である「心」は個々の主体の最も密やかな内界の宗教性にかかわるものでありながらも、同時に諸々の主体たち（衆生）の信仰をめぐる共同の想像力によって支えられている。ここでの〈主体〉は孤立した存在なのではなく、個と共同の間で互いに交流し滲透している。

そもそも和歌表現における「十界歌」は、『新古今集』入集（釈教・一九三五）の良経歌、

家に百首歌よみ侍りける時、十界の心をよみ侍りけるに、縁覚の心を
おく山にひとりうき世はさとりにきつねなきいろを風にながめて

（後京極殿御自歌合九九番右勝・秋篠月清集二九八、定家八代抄（一七九〇）にも）

をはじめとして中世歌人に詠み継がれた主題であり、すでに一つの表現枠であった。しかしそれは、一部の僧侶歌人における信仰の表明の例を除けば、法文題もしくは釈教歌の歌題の一つとして継承されており、新たな詩的主体を生み出す契機をもはや持っていなかったと言うべきかも知れない。そうした中世の表現枠を抜け出るヴィジョンが「熊野観心十界図」においてはすでに形成されつつあるのだと考えられる。ちなみに熊沢蕃山（元和五年（一六一九）—元禄四年（一六九一））の著述とされる「十界之図」は、中央に「心」字のある円環状の十界図を掲げて、「植てみよ花のそだゝぬ里もなし心からこそ身はいやしけれ」をはじめとする五首の和歌を添えている。十界の図像と和歌とが連繫するのであるが、いずれも室町後期以来の教訓歌・道歌の系譜に立つものであり、歌意はすでに中世の「十界歌」の表現からは遠く隔たっている。(21)

先述したような和歌表現における心と主体の〈フレーム化〉の展開史の傍らで、〈心〉の領域においては、個を超えた共同の場で視覚化—図像化の方向へと事態が進行しており、視覚化された映像（イメージ）は中世が築いてきた認識や理念や思弁を追い越して、〈心〉と〈主体〉をめぐる新たな価値を生み出してゆくのである。(22)「熊

かろうか。

野観心十界図」の「心」字は、まさしく中世的な〈心〉の終わりを象徴するものとして位置づけられるのではな

あとがき――後史の側から

言うまでもなく人の、〈心〉という主題についての探究が果てることはないはずであるから、おのずと「〈心〉のゆくえ」を求める指向も繰り返し種々の思念と言説を生み続けるだろう。したがって私たちは、それらの思索の痕跡をたどり、中世以後の「〈心〉のゆくえ」の「後史」を更に追ってその帰趨を見届けることもできるはずである。ことに（先述のごとく）中世的な表現が定着させたと目される心と主体の〈フレーム化〉のもとで、枠づけられて、言わばあらかじめフォルムを与えられた〈心〉と〈主体〉から、中世以後どのような表現や言説が生み出されてゆくか、枠（フレーム）はどのように根強く生き続けるか、一方、枠を超え出る実質はどのように生みだされうるか（あるいは、枠はいかに再生産されてゆくか）などの問いを尋ねることは興味深い課題となろう。

近世の石門心学とその流れにおける和歌の役割の場合を考え合わせてみよう。心学においては教説を伝えるために和歌がしばしば活用される。心学を確立した石田梅岩（貞享二年（一六八五）―延享元年（一七四四））との問答を録した『石田先生語録』などにも掲げられている道歌群・教訓歌群がそれである。[23] 簡明なことば遣いを通じて和歌に託された〈心〉の主題は、教説展開のためのまことに有効な手立てとなるのである。たとえば、梅岩の門弟、手島堵庵のさらに門弟に当たる柴田鳩翁（天明三年（一七八三）―天保一〇年（一八三九））の口演の聞書『鳩翁道話』は、古典和歌の「古歌」や先行の「道歌」を組み入れて説述に援用しているが、それらの中に次の一首があ

る（弐之下）。

こゝろこそ心まよはすこゝろなれこゝろに心こゝろゆるすな[24]

右の元となっているのは、早く『古今和歌六帖』第四・恋「ざふの思」に見える

こころこそこころをはかるこころなれこころのあたはこころなりけり

であろう。この古今六帖歌は、同語反復の「畳句」（畳句体・畳句歌、「重句」の表記も）の詠作例として、一面では歌病の一環としてまたは「種々名体」（『和歌色葉』）にかかわる歌学上の故実・知識の一齣として、中世に至るまで長く記憶され続ける（『新撰和歌髄脳』『和歌童蒙抄』『奥義抄』『和歌色葉』『和歌大綱』『悦目抄』を参照。当該歌の本文には諸書により小異あり）。『鳩翁道話』の一首の字句はそれとほぼ同一であり、古歌の単なる転用もしくは訛伝とも見られよう。しかし双方見較べてみれば知られるように、定めない「心」の様態を慨嘆する原歌に対して、『鳩翁道話』の方は、不定形で可動的な「こゝろ」と、それゆえ把持されるべき「心」とが巧みに使い分けられており、心の様態を詠嘆する観点は、選び取られるべき心の根拠は何かという問題へと転じられている。歌学にかかわる由緒ある古歌が再生され、積極的な意味が添加されていると言ってもよい。この種の心学の教訓歌群・道歌群は、系譜的には中世末期の〈フレーム化〉された〈心〉という表現枠の延長線上にあるものの、その表現はすでに質的に異なったものへと転進している。それを支えているのは視点の転回と言うより〈心〉を捉える〈主体〉の変容である。

当の変容を位置づけるためには、単純な系譜論ではなく、心学における〈心〉と〈主体〉の問題を〈近世〉の諸文脈のもとで検討することを必要とするであろう。そして、さらにのちの、外在的な目で日清戦争前後の日本の大衆の「心」を鋭敏な感覚を働かせて観察するL・ハーンの『KOKORO』や、西欧的な〈心〉をくぐり抜け

た目で捉えられた夏目漱石の『こころ』における〈主体〉の在りかを問うためには、もはや〈近世〉とは異なる〈近代〉を捕捉するための見取り図を必要とするはずである。言うまでもなく〈中世〉は歴史軸から切り離された、浮漂する時として在る訳ではない。「中世」を措定するためには前後の時代との境界を示す必要があり、「中世和歌」を問うためには、そして〈中世〉の〈心〉と〈主体〉を位置づけるためにも、おのずと詩歌史にかかわるやや長い時間幅での見取り図を求められるに違いない。

小稿では、中世和歌における〈心〉の問題史と〈主体〉の問題史とを連繫させるときどのような視野を得ることができるかについて略説してみた。そのための前提や根拠に言及し、併せて当の問題史的連繫の範囲を、始・終の徴標となる事例を求めることによって設定してみた。ただし小稿の主眼は、〈心的態勢〉の様相と〈詩的主体〉が生成する過程との相互連関性から導かれる課題を、表現史的状況と歌論史的状況に即して読解し位置づけるという観点を提示し、当の観点の一端をいくつかの時期と特徴的な事例の中から摘出して〈方法化〉〈対象化〉〈修辞化〉〈フレーム化〉などの概念を用いて約説するところにあった。問題追究のための課題の輪郭を提示したのみの、文字通りの素描に過ぎないが、ここで設定した見取り図を個々の具体的な中世和歌史の事象に即して検証することが可能であり、そのために掘り下げてみるべき素材も問題領域も豊かに広がっているはずである。試されているのは、中世人の「〈心〉のゆくえ」を追って和歌表現と和歌史の具体的な事象の細部に分け入ろうとする、私たち自身の問題意識とそれを展開するための視野だと言うべきかも知れない。

【註】

（1） 森正人「心の鬼の本義」（『文学』二―四　二―五　二〇〇一・七、九）、三木紀人「帰心と中世文学――忠度の歌などをめぐって――」（『国語と国文学』七九―三　二〇〇二・三）、荒木浩編『〈心〉と〈外部〉―表現・伝承・信仰と明恵―』広域文化表現論講座共同研究　研究成果報告書（二〇〇二・三）などを参照。

（2） ただし今日〈主体〉を問い論ずるためには、いくつかの但し書きを必要とすると思う。

①和歌史と〈主体〉。和歌史において〈主体〉は常に埋没する、もしくは無化される一面をもっている。「やまとみことの歌はちはやぶる神代より始まりて」「おほよそこのことわざ我が世の風俗として」（千載集序）という理念が勅撰集や私的言表においても繰り返し確認されるように、和歌史は無始・無終（無窮）の超歴史のもとにあり、「和歌者我国風俗也」という理念もまた歴史を超えるものであるという「「本来性」という隠語（jargon）」（T・アドルノ）が暗黙のうちに共有されていた。しかしまた右の『千載集』の撰者俊成に見られるように、和歌表現史の中の〈主体〉の位置と根拠を掘り下げて探究する〈主体〉こそが新たな詩的価値形成の契機を得るという一面がある。和歌史における〈主体〉は超歴史性と歴史性の間に存在している。②現代思想の中で、近代の以後の〈主体〉概念の捉え返しが不可避となっており、ことに西洋の概念を翻訳を通じて受容してきた近代日本における〈主体〉概念についても同様である。酒井直樹・西谷修『〈世界史〉の解体　翻訳・主体・歴史』（一九九九　以文社）参照。日本文学研究における〈主体〉概念も再定義を求められる。③日本の言語-文化における主体表現の問題。主語を必要とせず、暗示的、文脈依存的な主体表現の蓄積を諸言語-諸文化の主体表現の中で捉え直し再読解するという課題が存在する。④上記のもとで和歌研究における〈主体〉をめぐる問題の圏域は精査すべき課題に満ちている。

（3） 久保田淳『新古今和歌集全評釈』第八巻（一九七七　講談社）。ただし除棄符号のある当該歌は、隠岐本では保存されず、除かれるべき歌と認定された歌であったと考えられる。後鳥羽院には、「かさねて」（隠岐本識語（跋））

撰した新古今集の最末歌としては別の選択とそれに伴う構想があったことになる。
（4）藤平春男『新古今歌風の形成』（一九六九　明治書院）第二章・態度と方法、『藤平春男著作集』第1巻（一九九七　笠間書院）所収。
（5）田中裕「解説　一　新古今歌風について」田中裕・赤瀬信吾校注『新古今和歌集』新日本古典文学大系11（一九九二　岩波書店）。五九二頁。
（6）田中裕、註（5）五九六頁。
（7）高橋俊和『本居宣長の歌学』（一九九六　和泉書院）Ⅰ・第一章、特に二三―二八頁。同論者の主眼は、宣長において「定家歌論の理解が不十分」であることを云う点にある。
（8）久保田淳校注、『歌論集（一）』（一九七一　三弥井書店）所収による。川平ひとし『中世和歌論』（二〇〇三　笠間書院）Ⅲ・2参照。
（9）西澤美仁・宇津木言行・久保田淳『山家集・聞書集・残集』和歌文学大系21（二〇〇三　明治書院）による。
（10）片山享校注、『中世和歌集　鎌倉篇』新日本古典文学大系46（一九九一　岩波書店）所収による。
（11）大橋俊雄校注『法然　一遍』日本思想大系10（一九七一　岩波書店）所収による。
（12）新編国歌大観本文「まだ」を訂した。岩佐美代子『玉葉和歌集全注釈』上巻（一九九六　笠間書院）当該歌注、三四四頁参照。
（13）三輪正胤『歌学秘伝の研究』（一九九四　風間書房）。
（14）三輪正胤、註（13）四六三頁。
（15）井上宗雄『中世歌壇史の研究　室町後期』（一九八七改訂新版　明治書院　一九七二初版）七二一頁。
（16）井上宗雄、註（15）七二五頁。
（17）井上宗雄、註（15）七二六頁。

(18) 井上宗雄、註(15)七六八—七七二、八九二—八九五頁。
(19) 加須屋誠『仏教説話画の構造と機能——此岸と彼岸のイコノロジー——』(二〇〇三 中央公論美術出版)四六—四七頁。
(20) 加須屋誠、註(19)四七—四八頁参照。
(21) 正宗敦夫編『蕃山全集』第五冊(昭和一七年(一九三二)蕃山全集刊行会)所収による。一九七八年復刻(増訂)版あり(一九七八 名著出版)。なお柴田実は「心」字を中心とする円形の十界を象った「心学十戒之図」を取り上げて、儒仏の「混淆」とも見えるそれを「中世以来の仏教的世界観がなお強く、人々を支配していたところへ、新しく興って来た儒教がその影響を及ぼしはじめた寛文ころの思想界の状況を、それははしなくも表わしたもの」と位置づけている。柴田実「石門心学について」日本思想大系42『石門心学』解説(一九七一 岩波書店)四五四頁。
(22) 視覚化された〈心〉に関連して、近世以後の庭園内に作られる「心」の草書体を象った「心字池」の例も想起される。「心字池」の形成には、和歌表現にも見られる「池の心」などの語句が媒介となっていたのではないかという指摘は重要だと思う。外山英策『室町時代庭園史』(昭和九年(一九三四)岩波書店)一〇五—一〇九頁参照。和歌表現に見られることばの(つまりテクスチュアルな)類型が池泉の形状という視覚的かつ実体的なフレームの形成に参与するのである(「池の心」の他に「心の池」の語句も加えてよいと思う)。しかしそれは近世以降の事象である。
(23) 註(21)日本思想大系42『石門心学』所収。
(24) 註(21)同右所収。
〈付記〉歌論書の引用は、断ったもの以外は日本古典文学大系65『歌論集 能楽論集』所収による。

3 〈伝受〉の力 点描

＊ この講演について、初出誌において「解題」として加えられた浅田徹の文章を参考のため本文に先立って転載する。

ここに活字化するのは、シンポジウム「古今集─注釈から伝授へ─」における故・川平ひとし氏の最後の口頭発表である。このシンポジウムは、「古今集・新古今集の年」に全国で催されたイベントの一つとして平成十七年八月八日に郡上市（旧・大和町）大和生涯学習センターで行われたものである。宗祇に古今集を伝授した東常縁の居館跡を中心に設計された「古今伝授の里フィールドミュージアム」での資料展示と併せ、全国から聴衆を集めて行われた。コーディネーターは島津忠夫氏、パネリストは川平氏のほか鈴木元氏、海野圭介氏であった。また、シンポジウムに先立ち、片桐洋一氏による講演も行われた。イベントの裏方を務めていた関係で、川平氏には依頼の時点からお世話になった。

川平氏は発表ご承諾後に体調を崩され、当該年度には大学を休職、引き受けておられた学外の仕事もすべてキャンセルなさっていた。しかしその中で、このシンポジウムだけは強い意志で準備を進められた。大きな病院もない郡上まで、八月の暑さの中を長い旅行でお出で頂くのは当方も極めて不安であった。お体を心配して何度かキャンセルをお勧めしたにも関わらず「必ず出ます」と繰返し決意を語られた。川平氏は介護用の器具を装着した特別のハイヤーで到着、病気のため憔悴してはおられたが、全くいつもと変らぬ明晰で自在な話し振りだった。質疑に入っても、自由な問題の展開でむしろその場を領導してゆかれるほどであった。だが、それが川平氏が公の場に姿を見せた最後の日になったのである。

今回、ここに当日の氏の報告が掲載されるのは大変喜ばしいことである。実は、当日のために氏が作成された整った完全原稿が川平家に保管されていた。それをご子息の夏也氏がパソコンに入力されたものがここに掲げるものである。

細かく言うと、川平氏は基本になる原稿と、発表時間に合わせて細部をいくらかカットして書き直した原稿の両方を遺された（コピーを拝見したが、平生と変らぬ闊達な手書き稿である）。夏也氏が両方の異同を書き込んだ詳細なデータを下さったので、神野藤昭夫先生からのご依頼で浅田が体裁を整えさせて頂いた。

当日の配付資料には、原稿では言及されない図版や参考文献の掲出などがあったが、直接言及されていないものはここに取り込むことはしなかった。当日の録音資料（御家族が録音なさったもの）も遺されているが、比較すると時間の関係でかなりカットしてお話しになったことが知られる。ここでは、当日の発表に関わらず、原稿を優先した。当日アドリブ的に加えられた発言については、ごく一部を浅田が取り込むにとどめた。見出しは原稿にはないが、発表資料の中の見出しに合せ、さらに浅田の考えで「Ⅲ」部分を三つに分割している。文中に傍線を付した部分の多くは、原稿に鉛筆で付された傍線で、口頭ではややゆっくり、強調して語られている。「伝受」の「受」の字は氏が意図的に選ばれたものであることを付言する。

内容は川平氏らしい意欲的でユニークなもので、決して既発表のものの転用などではない。ただし、定家については氏のいくつかの論文が思い起こされる。また宗訊については（発表資料中にも挙げられていたが）「『宗訊不審抄』（尊経閣文庫蔵）の本文と位置—『千種抄』への一経路—」（『徳江元正退職記念鎌倉室町文學論纂』二〇〇二年、三弥井書店）に詳論がある。（→本書CD-ROM所収）

なお、当日は発表のまとめの部分が、時間の関係でカットされざるを得なかったが、乾安代氏の質問に答える形で補足なさった。他の質疑の中での発言では、井上宗雄氏の質問に答えて、室町期の古今集講釈が江戸期とは違った「演説」性（堯恵の講釈などについてそう述べられている資料がある）を持っていた可能性がある（パフォーマンス性と言えばよいか）とのコメントがあった。また、伝授を歴史的系譜としてだけ辿るのではなく、それぞれの時代の「輪切りの」知のあり方の中で理解する必要があることにも注意された。小瀬洋喜氏の質問に対しては、「伝える」ということが「価値の共有」に根ざしていたこと、現代ではそのような共有的価値が失われていることについて話された。

Ⅲ―2で取り上げられた宗祇ほかの伝授状については、その真正性にいくつか疑問がある（紙継の不審、BとCとが同筆に見えることなど）ことを指摘なさった。司会の島津氏、聴衆として来場された藤本孝一氏などのコメントが続いて話は盛り上がったが、詳しく採録することは避ける。

川平です。お手許の資料と併せて、お聞き下さい。

発表の題を、「〈伝受〉の力 点描」としました。〈伝受〉を支えている〈力〉とは何なのか。それが、ここで考えてみたい問いです。この問いを、いくつかのポイントを追って、「点描」してみたいと思います。

Ⅰ　狭義・広義の〈古今伝受〉

〈古今伝受〉には狭い意味と広い意味との両面あると思います。言うまでもなく、狭い意味の〈古今伝受〉は、我らが東常縁が、連歌師・宗祇に授けたことに始まります。

この狭義の〈古今伝受〉という次元とともに、広い意味のそれがあるはずです。すなわち、古今集というテキストの解釈を、伝え、受ける、という行為、広義の〈古今伝受〉です。

狭義の〈古今伝受〉について少し言いますと、資料の①は、いわゆる御所伝受の中核となる、宗祇から三条西実隆へ、そして三条西家に伝わり、細川幽斎によって再編成される「当流切紙二十四通」の内、後半の「切紙六通」の最初に、「題号」と端裏書にある「題号之口傳」の前にある、つまり「切紙六通」の冒頭の切紙に見える記述です。

① 此集傳受之法度

清濁　談義　傳受　口伝　切紙　奥書　免許

「伝受」には、「法度」、つまり、おきて、きまり、がある、ということですね。右によれば、「伝受」というのは、主体を言う概念であり、同時に、段階の一つをいう概念でもあるということになり、注意されます。もっとも、最初からこうした階梯・序列あるいは体系があったのではなく、初期の頃はもっと不定形だったと思いますが。

ともあれ室町から江戸極初期にかけて、「此集」、つまり古今集の、「伝受」に、「法度」が形成されていたことが分かります。この①は、狭い意味の〈古今伝受〉が枠として存在しているとする意識をよく伝えていると思います。

次に資料②として名前を挙げた『古今集講談座割』（京都大学附属図書館中院文庫本〈中院Ⅳ—三七〉、中院通躬筆）は、〈古今伝受〉の基幹となる「講談」（講義ですね）が、いつ、何回に分けて行われたかを、常縁から宗祇への両度聞書の講談に始まり、江戸初期に至るまで順次・具体的に記載しています。これも、常縁・宗祇以来の、狭義の〈古今伝受〉が、歴史として又、系譜として存在していることを確認している資料と言うことができます。このような狭義の〈古今伝受〉と並行して、広い意味の〈古今伝受〉の系譜が存在するのだと思います。

II 〈伝受〉を支える力

では、こうした狭義・広義の〈伝受〉は、それを担う担い手や主体の、どのような意識や認識に支えられているのでしょうか。ここで、素朴に、ことばの意味、すなわち語義について考えてみます。問題を整理する為に、概念図を描いてみました。（図参照）

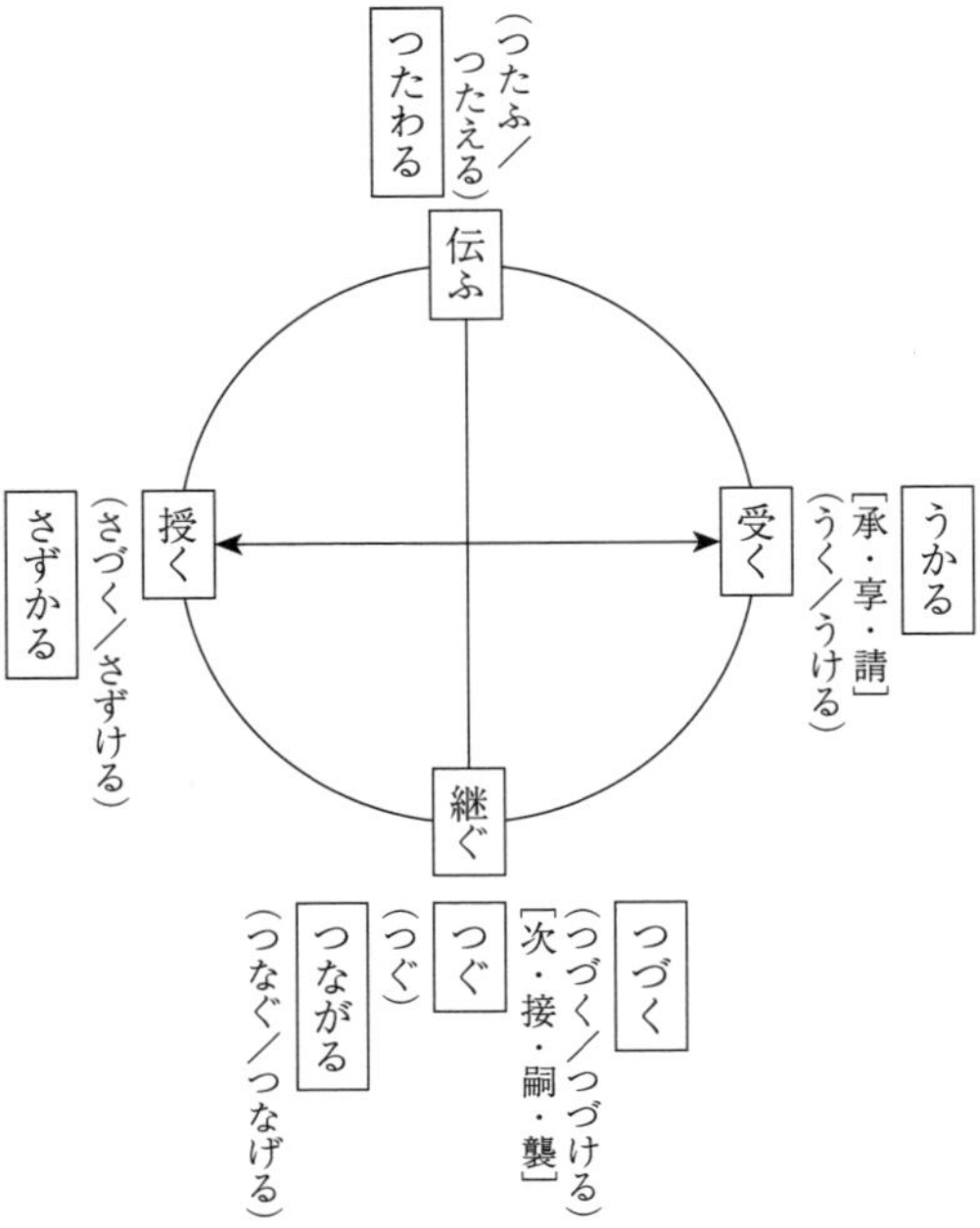

〈古今伝受〉などの〈伝受〉は、事柄を「授ける」者が居て、「受ける」者が居る―、この両者の、「授く」―「受く」という相互行為で成り立っています。図の横軸の「授く」―「受く」の関係です。

同時に又、この相互行為は、縦軸に示したように、事柄を「伝える」―「継ぐ」、という相互の意志が共有されていることで成り立っているのではないでしょうか。すなわち「伝ふ」―「継ぐ」の関係です。

たとえば、「受け伝ふ」とか、「受け継ぐ」あるいは「伝へ継ぐ」などの複合動詞があり得るように、これらの語彙、「授く―受く」「伝ふ―継ぐ」は、いずれも互いに連繫しているとすら言えます。この相互連関を、伝受をめぐる〈行為と意志の連環〉と呼んでおきます。

これらの語は、いずれも他動詞ですが、その他動詞の環と、表・裏を成すものとして、自動詞の環が介在している点に注意したいと思います。すなわち、円の外側の、太線の中に現代語で示した、自動詞の環です。

他動詞「授く」「さづける」に対して、自動詞「授かる」と言いますと、人知・人力を離れた、神仏のような存在の力があって、そのパワーを頂く、というニュアンスがあります。又、「受く」・「受ける」に対して、「受かる」と言いますと、たとえば、試験に受かる、のように、個人の能力と努力の結果ではあっても、心的には、個人を超えた力によって、幸い恵まれてパスすることができた、というニュアンスがあります。

縦軸の、「伝ふ」「つたえる」、に対して「伝わる」も、個人の力量を超えた働きの介在を含んでいます。「継ぐ」については、関連する語彙である「つづく」や「つながる」などを結びつけてもよいと思います。

こうした「授かる―受かる」「伝わる―継ぐ（あるいは、つづく、つながる）」という、自動詞の環があります。いずれも、主体を離れた、超越した存在のもたらす力に触れる、という意識を示す、自動詞の語彙群です。これを、〈超越的な存在へ向かう意識の連環〉と呼んでおきます。

重要なのは、先の〈行為と意志の連環〉と、今述べた〈超越的な価値へ向かう意識の連環〉とが相い補って作用している点です。こうした相補性をもった精神のメカニズムこそが、〈伝受〉を支える力の要点として存在するのだと考えます。

まとめて言い換えると、〈伝受する〉という行為と意志の裏に、つき添うような形で、個人を超えた価値が、伝わっている、続いている。その価値につながり、授かっている、という意識が補い合いながら存在している、という点がポイントだということです。

ただし、そうした精神のメカニズムは、予定調和的に存在しているのではなく、時代や、人や、場、環境や地域などの条件に規定されて、つまり、歴史性をもって、様々の形をとって現れるはずです。そこで、次に、幾つかの歴史的な地点を選んで、和歌史の中で、〈伝受〉の力が、どのような問題を示すか、点描を続けてみます。

III―1　三つの地点―①藤原定家

最初に①、藤原定家の古今集注釈書、『顕註密勘』を参照してみます。鎌倉初期の発言です。ここは古今集・春上・四番歌、「雪のうちに春は来にけり鶯の氷れる涙今やとくらむ」の注です（引用略―注）。

まず顕昭法師の顕註は、様々の観点から、この歌の問題点に触れて、細かに釈義を行っています。引用の中の、一段下げてあるのが、定家の注、密勘ですね。定家は顕註の挙げる種々の読みなど「一つも思ひより侍らず」と言った上で、末尾に、父・俊成から聞いた説の趣旨を記しています。今、注目すべきは傍線部です。

和歌の事、庭訓おろそかに、管見せばくして、難儀の如きこと、いささかも習ひしらず侍る中に、少年の

時、古今を見侍りしに、よみとかぬ所、多く侍りしかば、尋ね申ししに、古今は受けてこそよめ、推しては
いかでか見むとて、授けられ侍りし、只一つの説（前左衛門佐基俊）にて、家々の秘事をも、うかがひきゝ侍
らねば、何事もしりわきまへ侍らず。

とあります。傍線部、「古今は受けてこそよめ、推してはいかでか見む」は、父・俊成の言葉、ということにな
ります。〝古今集の和歌は、然るべき由緒ある説を受けて読むべきであって、どうして自分で推して（推量して）
読めようか。〟「受けて読む」と「推して読む」という二つの読み方を明快に分けて、古今集は「受けて読む」べ
きものだと、息子・定家に訓している訳です。

「受けて読む」と「推して読む」は、伝受的な読みと個人的な読みと言い換えてもいいでしょう。『顕註密勘』
の注釈の過程で、伝受的な読解という基本原則が確認されています。

この伝受的な読みの意義については、藤平春男氏が和歌研究史の視野で言及したところですし、こうした伝受
的な読み方を経て、中世の和歌秘伝がいかに形成されてゆくかについての眺望は、早い研究である横井金男《あきお》氏
の、又、三輪正胤氏の『歌学秘伝の研究』の第一章が与えてくれます。

さて定家は、と言えば、『顕註密勘』で、俊成から与えられた、藤原基俊以来の古今集の説、まさに受けた説
を、父はこう伝えた、父からはこう聞いている、というように祖述に努めています。今見ている「雪のうちに」
の注もそうで、密勘の最末尾に、「…のよしとぞきゝ侍りし」とあるのも、その例です。

しかしながら、定家には、定家の回路があります。古歌を注釈する際にも、藤平氏の言う、「和歌創作におけ
る批評精神」や「古典に対する価値批判」において、顕昭とは、はっきり異なる姿勢の表明があります。

そもそも定家は、和歌本文の取捨選択にも見られるように、古歌解釈においても、終局的には各自の好む所に

従ってよいとする観点――伝受的読みならぬ、むしろ個人的な読みを決して斥けないという立場を保持しており、定家には、まさしく定家の回路があります。

かくして『顕註密勘』には、確かに、伝受的な読解の原則が提示されています。しかし同時に、それを担う主体（ここでは定家ですが）の志向も含めて捉えると、伝受的な読解と個人的な読解との相剋の問題も、既に孕まれています。思うに、注釈という行為には、この種の相剋が、不可避的なのではないでしょうか。〈伝受〉の意志と、〈注釈〉するという行為との関係のもつ問題が、『顕註密勘』からも示唆されます。

III―2　三つの地点―②常縁と宗祇

次に、室町時代の、東常縁や宗祇に話を移します。

東京国立博物館に『古今伝授書』という二幅の掛軸が所蔵されています。時折陳列されますので、お気づきの方も多いと思います。なお、本日「古今伝授の里フィールドミュージアム」の展示を御覧になった方は、展示の中にこの掛軸の写真複製が掛けられているのを御覧になったかと存じます。東博のものから、資料②に、写し取りました。

右側の一幅に、「宗祇庵主所望候ふあひだ、これを書写せしめ、即ち当流の説を授け奉り畢んぬ。文明四年八月七日　常縁［花押］」（宗祇の希望ですので、これを書写し、同時に、当流の説を授けました）とあります。既に知られている資料ですが、『両度聞書』以後も、常縁・宗祇の間でこうしたやり取りが行われています。この幅は、常縁の自筆とされる署名と花押をもつことで注意されます。

ここでは、3行目の〈当流〉という概念に着目します。東氏の家という意味の「東家」ではなく、わが家という意味の「当家」でもなく、「当流」とあります。

そもそも常縁には、先祖の素暹《そせん》法師が藤原為家の門弟となり、御子左家の正統の説を継承しているのだ、という信念があります。今、こうして授ける説は、由緒ある当流の説であり、遙かに正統につながっている、続いているのだ、という意識ですね。この〈当流の説〉という概念に、遙かな系譜の記憶と信念を読み取り、〈伝受の力〉の問題と結びつけて考えることができます。

もう一方の、横長の掛軸は、実は、東博の展示解説に言うように、三枚の紙を継ぎ合わせています。Aが、宗祇から肖柏へ伝受する旨の記事、右袖のBは、年次が遡りますが、同じく宗祇が肖柏へ授けるものであることを証する記事。ともに宗祇の署名や花押があります。

左側のCは、伝受された肖柏が、のちさらに友弘《ともひろ》なる人物に授けた旨を記しており、肖柏の署名・花押が見えます。友弘とは、東博の展示解説では「不詳」となっていますが、このあと触れる連歌師・宗訊です。

②

宗祇庵主所望候間
令書写之即奉授
当流之説畢
文明四年八月七日
常縁（花押）

＊候―之とも読める。

B

古今集之事

文明十三年七月三日以相伝説伝受肖柏禅翁畢

釈宗祇（花押）

（←紙継？）

（←紙継）

A

文明十四年七月十八日

古今集之説悉以肖柏

禅翁仁授申乎心於

竪横仁懸天此文於可

守給者也

僧宗祇

＊乎—畢とも読める。

（←紙継）

C

古今集之事

永正三年九月卅日授友弘畢

肖柏（花押）

（＊宮内庁書陵部本の異同……L. 3署名花押ナシ、L. 5「悉」—「皆」、L. 11「授友弘」—「以相伝説伝受友弘」）

さて、モノとしてのこの資料を見ると、紙継ぎはもう一箇所ほどあるのではないか、左右のスペースがやや不自然なこと、又、左右の筆跡がよく似ている事など、やや疑いが存しますが、それらは措いて、ここでは、記載内容について、二点に注目します。

第一点は、左右に重ねて書かれている「古今集之事」という標目についてです。これは資料に書きませんでしたので恐縮ですが、やはり宗祇から古今伝受を受けている近衛尚通《ひきみち》の日記を参照しますと、全く同様の標目のもとに、古今伝受の事を語っている記事が見えます。「古今集之事」と云っただけで、伝受にかかわる事だ、という文脈が、当時、形成されていたことが解ります。

第二点は、Aの部分の後半の宗祇の言葉です。「心を竪《たて》・横に懸けて此の文《ふみ》を守り給ふべきものなり」とあります。ここは、祝詞《のりと》などのように、テニヲハを小さく漢字で右寄せに記した宣命書きです。神明に誓って守るべき価値がある、とする意識、そしてその核心に〈心〉というものを据える、中世人の精神を、とてもよく現しています。

伝受の力は、まさしくこういう態度が、相互に共有されるところで、成り立っています。

III―3　三つの地点―③宗訊

次に、友弘、すなわち宗訊《そうじん》について述べます。『国書人名辞典』の記述を資料に掲げておきましたが（引用略―注）、そこに記されているように、宗訊は、河内屋という屋号をもつ堺の町衆、商人で、財力があったと推測されます（宗訊に関する文献リストが発表資料にあるが略―注）。連歌師であり、同時に、和歌に大いに関心を寄せた歌人でもあり、彼の和歌作品を拾うこともできます。まことに室町文化的な存在であり、そんな言葉はありませんが、むろまちっくな存在です。

その宗訊が、肖柏から古今伝受を受けている訳です。宗訊は子の宗周に、さらに伝えます。いわゆる堺伝受の系譜の要に当たるのが、この宗訊です。

宗訊は、肖柏がまとめた「古今和歌集聞書」（＝『古聞《こぶん》』）を、懇望して、その書写を許可されています。資料に、夢庵（＝肖柏）の奥書を書きました。

此一冊依友弘懇望所許書写也
必可禁外見者乎
　永正三年初冬日　夢庵判
此冊依竹田治房懇望所許書
写也、必可禁外見者乎
天文十五年二月八日　宗訊（花押）

（尊経閣文庫蔵本一冊目奥書。後者の奥書は三冊目にも）

日付を見ると、「永正三年初冬日」ですから、十月のこと。先程の②のCに見えた日付、「永正三年九月卅日」の直後です。宗訊の、古今伝受に対する関心、意欲の程は、まことに急です。

又、特筆されるのは、宗訊自ら入手した多くの和歌資料を集成した『千種抄《ちぐさ》』（「千種」）を編纂していることです。『千種抄』には、文字通り、種々様々の資料が抄出あるいは転載されています。宗訊の和歌資料の収集・集成への志向には、目ざましいものがあります。

その宗訊の志向を特徴づけるのは、一つには、文化的・階層的な越境性です。実に様々の階層の人々と交渉を持ち、情報を得ているのです。

当代の大教養人の三条西実隆、その息子の公条《きんえだ》を始めとして、飛鳥井家、冷泉家などの和歌の家の人々、さらに、和歌に造詣の深い武家からも得ています。

宗訊はみずから「潮信子」と名乗っていますが、まるで寄せては返す〝うしお〟のように通信を送って知識を得ています。「潮信子」とは、自他共に認める、情報収集マニアの名乗りだったのではないでしょうか。

もう一点、重要なのは、集めた情報を加工することなく、元のまま忠実に採録している点です。資料性の高いものが『千種抄』に含まれることにもなります。

『千種抄』は、一見、構成も定かでなく、厖大な和歌資料の雑然たる寄せ集めのように映ります。しかし、一面でそれは、採集した資料を厳密に保存するという、情報処理における一つの志向を徹底したものであり、ひいては、室町期、それも室町後期における、この種のテキスト群の性格の一面をも映し出している、と言えます。

このように考えると、宗訊にとって、肖柏から伝受された一連の切紙は、無論重要な財産であったはずですが、その切紙類も、数多くの和歌に関する情報の一部であった、と言えるかも知れません。そうした情報に対する一種の自在さこそが、古今の切紙伝受が、一層の権威化と儀礼化を伴って行われる江戸期の御所伝受とは異なる点であり、室町期の連歌師にとっての、知的・文化的情報のあり方、つまり、室町文化的なものの特色なのだと考えます。

そういう見方でよいかどうかは、このあとの海野さんのお話を聞いて、又考えてみたく思います。伝受の力の糧《かて》となる資料を取り扱う者の、意識のあり方における、時代・時期による相違の問題です。

Ⅳ　研究上の課題

以上、三つの地点を取り上げて、〈伝受〉の〈力〉にかかわる、二三の問題について考えました。終りに、以上を踏まえ、研究上の課題について述べます。三点あります。

第一は、〈古今伝受〉という事象を捉え、位置づける為には、和歌史・文学史はもとより、文化史・思想史などの、先程鈴木さんが試みたような、広い多角的な視野を必要とするという点です。当り前のことを言うようですが、従来そうした観点は和歌研究の側からは強く打ち出されてこなかったことを、反省も含めて思います。例えば、先程の宗訊――潮信子の活動をさらに追究するには、社会史的な観点も必要でしょう。室町期の堺という社会的な場が、どのような多彩な文化を育んだのか、その中で、宗訊の位置は、どのように存在しているのかを、従来言われている以上に精査することによって、考えてみるべきだと考えます。

又たとえば、私たちが今、その地を踏んでいる美濃や郡上の、中世における社会史的文脈を、東常縁研究や伝受研究の中に、大いに組み入れてみるべきだと思います。

しかし私などの反省とかかわりなく、先程の鈴木さんの論のように、思想史をも組み入れた新しい研究は進められてゆくのだと思います。

私個人としては、越前一乗谷の朝倉氏や、ことに能登の七尾の畠山氏の文化に興味を覚えますが、それについては、幸い冷泉家所蔵の諸資料、冷泉家文書や、冷泉為広下向日記が影印され、あるいは為和関係資料なども、これから更に、私たちの目にも触れることになるはずです。それらの中に〈伝受〉をめぐる問題、〈伝受〉が広い地域に拡がっていく問題などを拾うこともできるでしょう。それらを、より幅広い視野で検討してゆきたいものだと思います。

第二の点は、〈古今伝受〉に現れる、テキストに対する見方、テキストに対する自覚のあり方、という意味での〈テキスト意識〉についてです。

先程、より高次の価値につながる、ということの問題に言及しました。〈伝受〉の担い手らがもて扱う、〈切紙〉などのテキストに、一種の聖なる力がひそんでおり、その、より高い力、ということは現実を超越した力ということですが、その力につながり、連《つら》なろうとする、中世人のテキスト意識があるのだと考えます。

この点こそは、テキストが完全に個的なものとなる、近代以後のテキスト意識と異なる点ですし、又それは、近世におけるそれとも同じではありません。そうした中世における〈テキスト意識〉が、〈古今伝受〉資料にも満ち満ちているはずです。和歌の側から、それを更に吟味してゆく必要があると考えます。

第三に、今の第二点を延長したところに、〈主体〉ということの問題があると考えます。最初に述べた、「授く―受く」「伝ふ―継ぐ」にかかわる他動詞の環と、自動詞の環との相補性、言い換えると、意志と行為の環と、超越的な価値へと向かう意識の環とが、相互に補い合いながら連関している、という精神のメカニズム――、それをも踏まえて、改めて考えれば、一体、注釈や伝受を担っていた中世の人々における〈主体〉とは何か、という問題が提起されてきます。

ただし、これも、中世の〈テキスト意識〉がそうであるように、近代以後の、主体や主体性と同一次元で扱えません。そこのちがい、言い換えれば、中世的な〈主体〉のあり方——それを探求するという課題があります。理念的には、いくらでも言えますが、和歌研究の徒としては、残されているテキストの精査と分析を進めつつ、この課題を考えてみたいと思います。この点は、もう少し丁寧に述べるべきですが、ここでは、私の問題意識の一つとして挙げるに止めます。

〈伝受〉を支える力とは何か、という問いには、さらに探索すべき、興味深い問題が少なくありません。ここでは、隙き間の多い点描を、大急ぎで致しました。このあとの討論で、皆さんのご批判を得たいと存じます。

御清聴ありがとうございます。

初出註記

I　定家テキストの思惟

1　『三代集之間事』読解（跡見学園女子大学国文学科報11、83年3月）

2　『僻案抄』書誌稿（一）（跡見学園女子大学紀要16、83年3月）

3　『僻案抄』書誌稿（二）―追註『かはやしろ』の問題―（跡見学園女子大学紀要17、84年3月）

4　『僻案抄』書誌稿（三）（跡見学園女子大学紀要18、85年3月）

5　『詠歌之大概』一本考―定家自筆本探索のために―（跡見学園女子大学国文学科報18、90年3月）

6　定家における〈古典〉の基底小考　―『詠歌之大概』からの一照射―（跡見学園女子大学人文学フォーラム2、04年3月）

II　定家テキストへの参与

1　真名本から仮名本へ　―〈『詠歌之大概』享受史〉措定のために―（跡見学園女子大学紀要19、86年3月）

2　冷泉為和改編本『和歌会次第』について　―〈家説〉のゆくえ―（跡見学園女子大学国文学科報12、84年3月）

3　署名する定家、装われるテキスト　―仮託書論の一視角―（錦仁ほか編『「偽書」の生成』、03年11月）

4　『桐火桶抄』の位置　―定家享受史の一区分について―（中世文学40、95年6月）

5　土肥経平『鵜の本鷺の本弁疑』について　―定家仮託書論偽の系譜の一切片―（跡見学園女子大学紀要32、99年

3月）

III　身・心・知の系譜

1　歌論用語の一基軸　（小学館新編日本古典文学全集『歌論集』月報、01年12月）

2　〈心〉のゆくえ―中世和歌における〈主体〉の問題―　（国語と国文学81-5、04年5月）

3　【口頭報告】〈伝受〉の力　点描　（跡見学園女子大学人文学フォーラム5、07年3月）

所収文献解説

浅田徹

「凡例に代えて」でも述べたように、本書と付属CD-ROMの構成は編集委員会の考えによったものである。従って、その方針について若干の説明を加える責任があるであろう。

書籍と画像データを収めたディスクという二本立ての形態を取った理由は、単純に、遺された論考の数があまりに多く、かつそれらのほとんどが重要であって切り捨てられなかったことによる。「著作集」のような形ですべてを書籍体として刊行することは、現在の出版状況では残念ながら困難であった。この形態に違和感を持たれる方もあろうと思うが、やむを得ない処置とお考え頂き、ご寛恕下されば幸いである。

編集委員会としては、川平氏を直接知る研究者だけでなく、将来研究に志す世代の読者たちにもこの本を手に取ってほしいと希望する。その為には、価格を抑える努力が必要である。川平氏の論文には、熟練した組版技術を要する複雑な翻刻を大量に含むものも多いが、そうしたものは今回の刊行のために組み直すことが事実上困難であった。画像データとしてそのまま取り込むという判断は、根本的にはそこに起因している。従って、書籍体に収録するものは、翻刻を主体としない論文とし、かつそれらだけで本として一応のまとまりを付与することは何としても守ろうということになった。

まず、国文学研究資料館の論文目録データベースによってすべての論文のリストを作成し、『中世和歌論』との重複を避け、注釈書（岩波新大系『中世和歌集鎌倉篇』所収のもの）や書評、座談会、辞典用項目などを割愛し、極めて僅かな和歌以外の論文を除外し、残った論文をすべて書籍かディスクに収録することを原則とした。ただし、『中世和歌論』に一部分しか収められなかった論文は、全体をディスクに収める方向で検討した。

対象となる論文群は、集めてみるとおのずからいくつかのグループを形成するようであった。その中で、編集委員会が再確認したのは、川平氏の生涯を貫いていたのはやはり藤原定家への関心であったということである。中世後期や近世を扱う論考でも、その背後には常に定家との対峙があったと思われる。そのため、本書の構成に当っても、定家を中心モチーフとして編集するのが自然であった。

また、『中世和歌論』では理論的著述が多く収録されていたため、川平氏の研究の特色である文献学的な面がいくぶん割愛されざるを得なかった。どうしても書籍部分に入れておきたいと思われた論考には、テキスト研究に関わるものが少なくない。それならば、『中世和歌論』を補うテーマとして、川平テキスト学を中心に据えることが適切ではないかと編集委員会は考えた。『中世和歌テキスト論―定家へのまなざし』というタイトルとコンセプトは、そのようにして決定されたのである。

以下、書籍体を構成する三つのブロックにつき、粗々コメントを加える。

＊

Ⅰ　定家テキストの思惟

定家の歌学書の伝本論を中心としてまとめられたブロック。川平氏は定家の手になる作品の網羅的な伝本精査を研究者としての出発当初から心掛けておられた。単に多くの伝本を披見されただけでなく、伝本を見る視点設定の上でも従来の研究とは大きく異なっており、「伝本研究」のイメージを塗り替えたといって過言ではない。

氏の伝本研究が斬新だったのは、大きく言うと次のような点であろうか。

（1）従来扱われなかったタイプの作品をも対象としたこと。簡単に言えば、「歌論書」という枠から外れたものを積極的に考察の対象とし、しかもそこに「詩人」定家の人格の一部を認めようとしたこと。

（2）伝本群の中から「最善本」を一つ選び出すような発想ではなく、微細な差異に忍耐強く分け入って、テキストの小さな揺れ動きを定家その人の思考の過程と結び付けようとする志向を有していたこと。

（3）テキストの形成過程において、享受者たちの営為をも同等の重みで受け取ろうとしたこと。このことは偽書論にも新たな視点を与えることになった。定家テキストに対する近世の無数の注釈に本格的に手を付けたのも、この志向と関わっているのである。

（1）について言えば、研究者としての始発期の論文が「『京極中納言相語』について」・「『長綱百首』伝本考」・「長綱百首　─定家の評について」（以上、75年）、「『顕註密勘』の伝本おぼえ書き」（76年）などであったことが象徴的である。これらの作品は、定家「歌論」の資料となるべき断片的言及を含んでいるにも関わらず、詳しく研究されたことがなかったのである。

しかし、歌論的言辞を拾い上げていくだけでは、従来の議論の枠の隙間を埋めていくことはできても、枠そのものを刷新することは難しい。川平氏はいったん、毎月抄の中の小さな記述に糸口を得て、新たな表現研究に通ずる道の模索に入ったが（「和歌の初句五文字をのちに置くこと─詠歌技法の諸相と俊成・定家の表現意識─」78年、「〈初句後置法〉の示唆するもの」「〈紹介と翻刻〉上野本毎月抄」79年、「定家における初句五文字（上）―東常縁・拾遺愚草註を通して」80年）、同時期の「〈幽玄批判以後〉―歌論史研究についての覚書」（80年）「定家研究はどこまで来たか」（81年＊今回収録せず）日本文学研究資料叢書『定家・西行』解説（有精堂、84年＊今回収録せず）に見られるように、新たな研究の立場を確立するための思索を重ねる時期だったのだろうと想像される。

その突破口は、やはり従来は正面切って扱われてこなかった定家テキストに対する、徹底的な調査と読解から得られた。

「『三代集之間事』読解」（83年）＊以下、ゴシックは本書書籍部分に収録した論考。

「『僻案抄』書誌稿（一）」（83年）

「『僻案抄』書誌稿（二）―追註『かはやしろ』の問題―」（84年）

「『僻案抄』書誌稿（三）」（85年）

定家の三代集注釈が、定家自身の存在性（歌道家を継承するものとしての自己定位と言ってよい）と密接に繋がりつつ変容していく過程を、数多い諸本の微細な違いから次第に浮かび上がらせていく論考群である。テキストとしてはここに関連してくるべき顕註密勘について、76年の論文ではまだそのような視点が設定されていなかったことと比較して、この辺りで川平氏が独自のテキスト学を摑んだことがはっきり窺われる。「歌論書」でないものにあっても、定家の〈個〉のありようを把捉する方法はあるのだということを示した力作であり、その後の定家研究の流れそのものを大きく変えていくこととなったものと評価することができる。ちなみに本ブロックの見出しは「定家テキストの思惟」としたが、定家の「思惟」というのはこれらの論文のキーワードである。

なお、僻案抄の伝本研究に関しては、乾安代氏「『僻案抄』小考」（『後藤重郎先生古稀記念国語国文学論集』91年）、

「『僻案抄』小考（続）」（園田国文5、90年）、「『僻案抄』小考（三）」（国学院雑誌95-11、04年）、深津睦夫氏「僻案抄についてー注釈過程における定家の意識をめぐって」（皇學館論叢24-4、01年）などが川平論文へのコメントを付しているので参照されたい。

川平氏はさらに対象を広げ、『和歌書様』『和歌会次第』といった定家の作法書を取り上げ（84年〜）、ついには『射法故実抄』のような和歌とは無縁の作法書さえも視野に入れるようになった（88年）。川平氏はそれらにおいても、「家」と「個」、「公」と「私」との間で揺れる定家の存在性を、様々なレベルで読み取ろうとしていると感じられる。また、歌論系のテキストでは、田村柳壹との連名による「『定家物語』読解と翻刻」（和歌文学研究52、86年）が、零細なテキストから豊かな内容を汲み出して素晴らしいが、共同執筆という形態のため収録を見送ることとした。

一方、先に述べた川平氏の研究の特色の第二点、諸本の差異を定家その人の「揺れ」に結び付けようとする志向（もちろん僻案抄論が既にそうであったが）がよく現れた論文として、

「『詠歌之大概』一本考ー定家自筆本探索のためにー」（90年）

を採録した。網羅的な伝本研究など到底不可能な伝本量のある『詠歌大概』について、大胆に複数の定家自筆本の存在を透視しようとする論文であるが、論証としての当否よりも、諸本の持つ〈振幅〉を、単なる誤差としてではなく、源泉そのものの揺動によるとイメージする考え方に注目するべきだろう。固着した、スタティックな〈主体〉は、川平氏が好まないイメージであったと思われる。

このブロックの最後に、『詠歌大概』に関連して、その歌論的内容を正面から論じた論文として、

「定家における〈古典〉の基底小考ー『詠歌大概』からの一照射ー」（04年）

を収めることができた。この種の論文は川平氏には意外に少ないので、貴重である。その内容からは、氏の敬愛した藤平春男からの影響が窺われるように思う。

II　定家テキストへの参与

「参与」という言葉は、ここに集めた五本の論考をまとめて呼ぶために、編集委員会が案出したものであり、川平氏自身の使われたものではない。しかし、定家テキストが享受者たちによって変形され、また〈プソイド―定家〉達によって新作され、またそこから〈真正な定家テキスト〉が選り分けられる、といった事態を、関連性のある行為として捉えるならば、「参与」という表現にはそれなりの妥当性があると考えた。通常の研究概念で言えば「定家享受史」なのであろうが、それが「テキストへの参与」という形で捉えられ、分析されていくことにユニークさがある。

「真名本から仮名本へ―〈『詠歌之大概』享受史〉措定のために―」（86年）

80年代は仮名本詠歌大概の伝本研究が進んだ時代だった。この論文はその刺激を受けつつ、真名本と仮名本との関係を新しい視角から捉え直そうとしたものである。仮名本が定家その人のテキストから定家的なものを失ってしまっていることを丁寧に論証した上で、しかし仮名本を貶めるのではなく、〈享受史〉の始発と捉えることで新たな意味づけを図ろうとしている。

「冷泉為和改編本『和歌会次第』について―〈家説〉のゆくえ―」（84年）

84年当時、歌会作法書を正面から主題化した研究者はまずいなかったし、ましてここで取り上げられるような、いわば末流的改編本には誰も興味を持つことはなかったと思う。しかし川平氏は、このテキストが定家の原テキストを忠実になぞりつつ、細かい点で室町期の冷泉家の置かれた状況に即した改編を受けていることを指摘、子孫が定家に一体化しつつ現実の状況に対処するという特異な〈主体〉の働きを読み取った。伝本論でありつつ、中世的な〈主体〉の生成をテーマとする斬新な議論であった。原テキストである定家の作法書については、遅れて「定家著『和歌書様』『和歌会次第』について―付・本文翻刻―」(88年。『中世和歌論』所収。ただし翻刻部分は同書では割愛されたので、今回ディスクに画像データとして収録した)に詳しく分析されている。

なお、川平氏はこの後為和の関与した伝書を調査する過程で、室町期の伝授切紙の世界に踏み込んで行った。「清浄光寺蔵冷泉為和著『題会之庭訓并和歌会次第』」(90年)、「冷泉為和相伝の切紙ならびに古今和歌集藤沢相伝について」(91年)、「資料紹介　正親町家本『永禄切紙』―藤沢における古今伝授関係資料―」(92年)、「翻刻　彰考館本『冷泉家秘伝』」(93年)、「為和から乗阿へ―早稲田大学図書館蔵『冷泉家相伝』の紹介」(94年)など一連の論文がある(→CD-ROM)。

「署名する定家、装われるテキスト―仮託書論の一視角―」(03年)
「『桐火桶抄』の位置―定家享受史の一区分について―」(95年)
「土肥経平『鵜の本鷺の本弁疑』について―定家仮託書論疑の系譜の一切片―」(99年)

定家には偽書問題がついて回る。川平氏は90年代に入り、この問題に新たな視点を提供し、集中的に論文を発表された。その方法は、何者かが仮託書を作るという行為を、主体が定家の〈像〉に融合しようとすることであると捉えるところにあったが、注目すべきは、そこから「中世和歌史」への展望が生み出されていったことであろう。仮託書を支える時代の終焉を論じた論文も川平氏以前にはなかったように思うが、定家という人物への距離のとり方の変化に、古典に対する態度(〈テキスト幻想〉という言葉が使われている)の変化を読み取ろうとしたのである。その成果は『中世和歌論』に収められているが、氏の業績として重要なものなので、今回もこのブロックに三点を収録した。『桐火桶抄』のような零細なテキストへの興味、また近世の和学者たちによるマイナーな考証ものなどに対する広い知識に支えられたユニークな議論である。

最初の論文は『中世和歌論』以後に、中世文学の研究者達とともに行われた偽書研究プロジェクトを単行本化するに際して寄稿されたもので、この問題に対する最後の言及となった。二本目はこの問題に対する発言としては初期のものになるが、川平氏の立場と展望はほぼここに集約されている。三本目は事柄としては小さなものだが、川平氏の近世資料に対する豊かな見識を表したものの一つとして採った。

一言加えておきたいことがある。生身の定家の〈像〉が次第に権威化され、変容して行く過程が川平氏の偽書論にはしばしば指摘されるが、それをわかりやすく記している『中世和歌論』V-4「定家仮託書の輪郭」と、今回ブロックIに収録した「『三代集之間事』読解」を読み合わせてみてほしいのである。すると、定家の自己定位自体が既に、生身の俊成の〈像〉を権威化するところに発していることが指摘されていたことに気付くのではないだろうか。

III 身・心・知の系譜

ここに集めた論文群は、それぞれ独立した内容を持つが、いずれも中世和歌史に対する発言と考えられるものである。川平氏は90年代に入ると、中世和歌全体を見渡しつつ、何かのテーマを取り上げてその多様な現われを論ずるような考察を発表されるようになった。一部は『中世和歌論』にも収録されている（「軒に夢見る」91年、「「出京」小考」93年など）が、ここには晩年のもの三本を収録した。このジャンルにあっては他にも、口頭発表

「祈りの系譜—中世和歌の始中終論一斑—」（和歌文学会例会シンポジウム、98年7月）が重要であったと思われるが、残念ながらついに活字化されなかった。

「歌論用語の一基軸」（01年）

小学館新日本古典文学全集『歌論集』のための月報に依頼されて書いた小文。歌論用語のなかに身体性を見出し、その身体イメージの変容から「歌論史」を構想する可能性について述べる。

「〈心〉のゆくえ—中世和歌における〈主体〉の問題—」（04年）

〈主体〉と〈心〉の関係性という観点から、中世和歌の歴史を四つの相に分けてその変遷を論じたもの。『中世和歌論』Ⅲの「はしがき」に萌芽的言及がある。このように複数の軸を設定して、諸事象をいくつかの群に分けていこうとする発想は、晩年の論文にしばしば見られるものである。なお、この論文と密接に関わる問題を扱った口頭発表に「わが心の遍歴—『他阿上人集』の一断面—」（和歌文学会00年12月例会、『和歌文学研究』82号に要旨掲載）があったが、活字化はされなかった。

「〈伝授〉の力　素描」（05年口頭発表、07年刊）

古今伝授に関するシンポジウムでの発表。川平氏の最後の口頭発表である。すでに健康を損なっていた氏は、みずからこれを活字化することはできなかったが、遺された原稿に拠って没後に刊行されたものである。古今集の釈義を受け・伝えることの意義がどのように変遷していったかを、三つの時点を取り上げて論じたもの。

＊

以上で書籍部分に収めた諸論の解説を終えるが、編集過程で気付いたことをいくつか記しておきたい。

まず、著書『中世和歌論』に川平氏が選び取った論文は、外部からの依頼論文が多かったことである。依頼論文は枚数も概して短いし、短い中で鮮明に結論を打ち出すことが多いから、ユニークな視点の束によって中世和歌を描こうとした『中世和歌論』には適していたと考えられる（長いものはとても入れられない分厚さでもあった）。

しかし、川平氏の主たるメディアは勤務先の二雑誌、『跡見学園女子大学紀要』と『跡見学園女子大学国文学科報』であった。枚数制限の緩いこれらの雑誌に、毎年ほとんど欠けることなく大作を掲載し続けていたのである。川平氏のように多くの文献を発掘・紹介し、既存の概念から抜け出るためにどこまでも粘り強い思考を持続する研究者にとっては、こちらこそ本来のフィールドであったと言えるのではないだろうか。学会誌への投稿が意外に少ないのも、枚数制限に馴染まなかったからではないかと思われる。昨今は「レフェリー付き学会誌」の業績ばかりを重視する風潮があるが、川平氏のような学風の研究者が学的体系を構築するためには、それでは十分ではないことがよくわかる。

次に、先にも述べたことだが、川平氏の論考の中で藤原定家がいかに大きな存在であったかということに気付かされた。今回の書籍部分で言えば「Ⅲ」に収めた中世和歌史論の議論でも、「中世和歌」の原点は定家に置かれていることが見て取れる。語弊を怖れずに言えば、川平氏の中世和歌史は「定家的なもの」が変質―終焉していく過程としてイメージされているように感じられないでもない。

膨大な論文数にも関わらず、川平氏が書か**ない**なかった領域は少なくない。例えば「歌壇史」に分類されうる論文はほとんど見られない（ごく初期に、建保四年院百首に関する考証が二本ある程度）。研究者としての始発期が、新古今期前後の歌壇分析の盛んな時期であったことを考えると、意図的に書かなかったものと理解すべきだろう。「歌人伝」研究も見当たらない。

定家が興味の中心にあったにも関わらず、定家の詠作そのものに対する分析も少ない。読解の実力の高さは言うまでもない（岩波新日本古典文学大系における『定家卿百番自歌合』などの注釈を見られたい。また、一般向けの鑑賞としては『三省堂名歌名句辞典』での定家の歌の評を挙げることができる）のだから、これも書くことを避けたのであろう。定家以外の歌人の歌風分析も行わなかった。

また、伝本研究は極めて多いが、その対象は歌論・歌学関連に限られていて、歌集の伝本についての研究をしていないのも注意される。

川平氏は自身が何を書くべきなのかについて、極めて繊細に吟味を重ねていたのに違いない。結果として、氏の論文は氏以外の誰にも書けないユニークなものばかりになったと言い得る。どの論文も見落とすことはできない。遺稿のほぼ全てを収録することにご同意下さったご遺族のご配慮に、あつく御礼申し上げる。

川平氏は論文執筆に非常に慎重で、信じ難いほどの遅筆であった（学界ではよく知られていたと思う）。遺された論文は数多いのだが、口頭発表したまま活字にならなかったものにも印象深い発言が多かった。講演でも自由自在な視点設定で豊かな話柄が展開されていた。これらが収録できなかったのは悔やまれる。

最後に一言付け加える。川平氏は晩年に三枝昂之氏主宰の短歌雑誌『りとむ』に短歌を投稿し、その総量はかなりのものであると伺った（同誌には「歌ことばの周辺」という文章も連載していた）。本書と並行して、歌集編集の企図が進められている由である。刊行されれば、川平氏の違った一面を知るよすがになるであろう。

著者略歴（棚木恵子氏作成）

年月	事項
１９４７年８月２８日	沖縄県石垣市に生まれる
１９６６年３月	東京都立墨田川高校卒業
１９６６年４月	早稲田大学第一文学部II類入学
１９７０年３月	早稲田大学第一文学部日本文学専攻卒業
１９７０年４月	早稲田大学大学院文学研究科日本文学専攻修士課程入学
１９７３年３月	早稲田大学大学院文学研究科日本文学専攻修士課程修了
１９７３年４月	早稲田大学大学院文学研究科日本文学専攻博士課程入学
１９７６年４月	早稲田大学系属早稲田実業学校教諭（１９７８年３月まで）
１９７７年３月	早稲田大学大学院文学研究科日本文学専攻博士課程単位取得退学
１９７８年４月	跡見学園女子大学文学部国文学科専任講師
１９８１年４月	跡見学園女子大学文学部国文学科助教授
１９８４年４月	京都大学文学部研修員（１９８５年３月まで）
１９８８年４月	跡見学園女子大学文学部国文学科教授
１９９５年２月	跡見学園女子大学副学長（１９９６年１０月まで）
１９９７年４月	コロンビア大学東アジア言語文化学部客員研究員（１９９８年３月まで）
２００４年２月	博士（文学）早稲田大学
２００４年１２月	『中世和歌論』により第二六回角川源義賞（文学研究部門）受賞
２００６年４月２３日	命終

所属学会　和歌文学会、中世文学会、日本芸術療法学会、Association for Asian Studies

［非常勤講師］

1973年4月　逗子開成学園非常勤講師（1975年3月退職）
1980年4月　早稲田大学第一文学部非常勤講師（1997年3月退職）
1994年4月　早稲田大学教育学部国語国文学科非常勤講師（1997年3月退職）
1996年4月　信州大学人文学部非常勤講師（集中講義1997年3月退職）
1999年4月　立教大学文学部日本文学科非常勤講師（2001年3月退職）
2000年4月　早稲田大学大学院文学研究科非常勤講師（2002年3月退職）
2000年4月　國學院大學大学院文学研究科非常勤講師（2004年8月退職）
2001年4月　青山学院大学大学院文学研究科非常勤講師（2003年3月退職）
2003年4月　立正大学大学院文学研究科非常勤講師（2004年8月退職）

著作目録

著書・論文等の名称	発表雑誌・巻号（発行機関）	発表年・月
【著書】		
中世和歌集　鎌倉篇	（新日本古典文学大系　46）〈校注、共著〉（岩波書店）	1991・9
中世和歌論〈単著〉	（笠間書院）	2003・3
影印本　鴫の羽掻〈共著〉	（新典社）	2005・12
中世和歌テキスト論〈単著〉	（笠間書院）	2008・5
歌集　疾中逍遙	（角川書店）	2008・5
【論文】	（▽印は『中世和歌論』所収。◆は本書冊子部分、＊はCD所収。断る以外はすべて単著）	
＊長綱百首—定家の評について—	『国文学研究』55集	1975・2
＊『長綱百首』伝本考—付・本文翻刻（底本・松平文庫蔵A本）—	『和歌文学研究』33号	1975・9
＊『京極中納言相語』について	『研究紀要』（早稲田実業学校）10号	1975・12
＊『顕註密勘』の伝本おぼえ書き	『研究紀要』（早稲田実業学校）11号	1976・12
＊和歌の初句五文字をのちに置くこと—一詠作技法の諸相と俊成・定家の表現意識—	伊地知鐵男編『中世文学　資料と論考』（笠間書院刊）	1978・11
＊〈初句後置法〉の示唆するもの—新古今時代の表現意識の一齣—	『跡見学園女子大学国文学科報』7号	1979・3

＊上野本毎月抄聞書―紹介と翻刻―　『跡見学園女子大学紀要』12号　1979・3

＊定家における初句五文字（上）―東常縁・拾遺愚草註を通して―　『跡見学園女子大学国文学科報』8号　1980・3

＊彰考館蔵『忠信卿百首和歌』について―「建保四年後鳥羽院百首」再吟味のために―　『跡見学園女子大学国文学科報』9号　1981・3

◆『僻案抄』書誌稿（一）　『跡見学園女子大学紀要』16号　1983・3

◆『三代集之間事』読解　『跡見学園女子大学国文学科報』11号　1983・3

◆『僻案抄』書誌稿（二）―追註「かはやしろ」の問題―　『跡見学園女子大学紀要』17号　1984・3

＊冷泉為和改編本『和歌会次第』について―〈家説〉のゆくえ―　『跡見学園女子大学国文学科報』12号　1984・3

◆『僻案抄』書誌稿（三）　『跡見学園女子大学紀要』18号　1985・3

▽『和歌之切字可心得事』二種　『跡見学園女子大学国文学科報』13号　1985・3

◆真名本から仮名本へ―〈『詠歌之大概』享受史〉措定のために―　『跡見学園女子大学紀要』19号　1986・3

＊〈資料紹介〉水無瀬氏成伝・和歌テニヲハ論書　『跡見学園女子大学国文学科報』14号　1986・3

『定家物語』読解と翻刻（田村柳壹氏と共同執筆）　『和歌文学研究』52号　1984・4

＊建保四年院百首の成立　『私学研修』102号　1986・7

古今和歌集の歌型とその特色　日本の古典文学4『一冊の講座・古今和歌集』（有精堂）　1987・3

▽心とことば　同上　1987・3

▽新古今和歌集―和歌と政治　『國文學　解釈と教材の研究』32巻5号　1987・4

＊資料紹介　一、伝定家筆録『射法故実抄』　二、『詠歌之大概』諸抄採拾―近世和歌手引書類所載の註二種―　『跡見学園女子大学国文学科報』16号　1988・3

▽＊定家著『和歌書様』『和歌会次第』について―付・本文翻刻―　『跡見学園女子大学紀要』21号　1988・3

▽『詠歌之大概』の成立時期（付）仮名本三本について　『跡見学園女子大学国文学科報』17号　1989・3

＊『詠歌之大概』諸抄採拾（二）―霊元院抄―　『跡見学園女子大学紀要』22号　1989・3

▽歌学と歌道　『國文學　解釈と教材の研究』34巻13号　1989・11

◆『詠歌之大概』一本考―定家自筆本探索のために―　『跡見学園女子大学国文学科報』18号　1990・3

＊清浄光寺蔵冷泉為和著『題会之庭訓并和歌会次第』について　『跡見学園女子大学紀要』23号　1990・3

▽軒に夢みる―中世和歌における〈視点〉―　『國學院雑誌』92巻1号　1991・1

▽雨中逍遙―中世における〈執筆の身振り〉―　『跡見学園女子大学国文学科報』19号　1991・3

＊冷泉為和相伝の切紙ならびに古今和歌集藤沢相伝について　『跡見学園女子大学紀要』24号　1991・3

▽本歌取と本説取―〈もと〉の構造―　『新古今集とその時代』和歌文学論集8（風間書房）　1991・5

＊物語二百番歌合　三谷榮一編『体系物語史』5物語文学の系譜Ⅲ・鎌倉物語2（有精堂）　1991・7

▽「ただ」の修辞―良経歌一首の形成と享受―　『跡見学園女子大学国文学科報』20号　1992・3

＊資料紹介　正親町家本『永禄切紙』―藤沢における古今伝受関係資料について―　『跡見学園女子大学紀要』25号　1992・3

▽〈面白き歌〉批判―俊成の回路、定家への通路―　『国文学研究』109集　1993・3

＊〈翻刻〉彰考館蔵本『冷泉家秘伝』　『跡見学園女子大学紀要』26号　1993・3

▽「出京」小考―中世和歌における詩的〈コスモス〉の形成―　『跡見学園女子大学国文学科報』21号　1993・3

▽文台と本尊のある場―和歌会次第書類点綴―　『中世文学』38号　1993・6
　→渡部泰明編『秘儀としての和歌―行為と場』日本文学を読みかえる4（有精堂　1996・3）に再録

▽藤原定家―主体転移とテキスト―　『新古今集』和歌文学講座6（勉誠社）　1994・1

▽藤原定家の偽書群の成立とその意義　『中世の和歌』和歌文学講座7（勉誠社）　1994・1

＊為和から乗阿へ―早稲田大学図書館蔵『冷泉家相伝』の紹介を兼ねて―　『跡見学園女子大学紀要』27号　1994・3

▽定家の歌の「河」―用字論からシンボル論へ―　『跡見学園女子大学国文学科報』22号　1994・3

▽歌合における批評基準　『月刊　言語』23巻6号　1994・6
▽魂を入れべきテニハ―歌辞論史の一断面―　『國學院雑誌』95巻11号　1994・11
＊『桐火桶抄』の本文　『跡見学園女子大学国文学科報』23号　1995・3
◆『桐火桶抄』の位置―定家享受史の一区分について―　『中世文学』40号　1995・6
▽古典学の始まり　『岩波講座　日本文学史』4変革期の文学Ⅰ（岩波書店）　1996・3
＊叡山文庫蔵『瀟湘八景註』をめぐって　『跡見学園女子大学国文学科報』24号　1996・3
▽『桐火桶号志気』の「裏書」について　『跡見学園女子大学紀要』30号　1997・3
＊『定家卿自歌合』箋註（一）　『跡見学園女子大学国文学科報』25号　1997・3
▽課題としての〈主体転移〉―定家とそののち―有吉保編『和歌文学の伝統』（角川書店）　1997・8
▽歌学と語学―創作論の枠とその帰趨―　『日本語学』17巻7号　1998・6
▽連歌の空間へ―和歌における「張行」の側から―　『國文学　解釈と教材の研究』43巻14号　1998・12
◆土肥経平『鵜の本鷺の本弁疑』について―定家仮託書論偽の系譜の一切片―　『跡見学園女子大学紀要』32号　1999・3
＊『定家卿自歌合』箋註（二）　『跡見学園女子大学国文学科報』27号　1999・3
＊幻交庵寂翁の著作について―『虚字之詠格』その他―　『汲古』36号　1999・12
▽「定家卿懐中書」の由来―〈テキスト幻想〉再措定のために―　『跡見学園女子大学紀要』33号　2000・3
▽定家仮託書研究の理論と方法に関する覚書―真正性・擬（偽）託性ならびにテキスト的―心的混態化について―　『跡見学園女子大学国文学科報』28号　2000・3
▽まぼろしの定家―像のゆくえ、主体のありか―　『國文学　解釈と教材の研究』45巻5号　2000・4
▽〈歌ことば〉深層論の一齣―「モユラニ」に始まり「たまゆらの」に至る―　『跡見学園女子大学国文学科報』29号　2001・3
▽桐火桶変容―もの・こと・歌・テキスト―　『語文』109輯　2001・3

＊『宗訊不審抄』（尊経閣文庫蔵）の本文と位置―『千種抄』への一経路―
石川透他編『徳江元正退職記念　鎌倉室町文學論纂』（三弥井書店）　2002・5

◆署名する定家、装われるテキスト―仮託書論の一視角
錦仁他編『「偽書」の生成―中世的思考と表現』（森話社）　2003・11

＊天理大学附属天理図書館蔵・清水光房『和歌無底抄考』―解題と翻刻
錦仁他編『「偽書」の生成―中世的思考と表現』（森話社）　2003・11

◆定家における〈古典〉の基底小考―『詠歌之大概』からの一照射
『跡見学園女子大学　人文学フォーラム』2号　2004・3

◆〈心〉のゆくえ―中世和歌における〈主体〉の問題―　『国語と国文学』81巻5号　2004・5

【その他の執筆】

謡曲と『撰集抄』　『古典遺産』22号　1971・6

中学生の作文教育―現場における一試み―　『早稲田大学国語教育学会会報』15・16合併号　1978・6

日本文学研究資料叢書『新古今和歌集』（田村柳壱・辻勝美氏と共編・共同執筆、有精堂）　1980・4

＊〈幽玄批判以後〉―歌論史研究についての覚書―　『文芸と批評』5巻4号　1980・5

定家研究はどこまで来たか　『国文学　解釈と教材の研究』26巻16号　1981・12

校本　後鳥羽院御口伝〈私家版〉　（共編・共同執筆）　1982・8

日本文学研究資料叢書『西行・定家』（高城功夫氏と共編・共同解説、有精堂）　1984・12

金槐和歌集（翻刻、校訂、解題）　『新編国歌大観4　私家集編Ⅱ・定数歌編』（角川書店）　1986・5

＊春のシンポジウム拾遺愚考―定家の「雑」概念の問題を通して―　『文芸と批評』6巻5号　1987・3

右大臣家歌合（治承三年）・卿相侍臣歌合・右大臣家歌合（建保五年）〈翻刻、校訂、解題〉

『新編国歌大観5　歌合編』（角川書店）　1987・4

＊「つつ」稿断片―テニヲハの表現誌と表現史を摸索する―
『文芸と批評』7巻3号　1991・4

忠信百首、長綱百首、僻案抄〈校訂、翻刻、解題うち「僻案抄」は共編著〉
『新編国歌大観』10（角川書店）　1992・4

金槐和歌集　三浦勝男編『生誕八百年記念　源実朝』（鎌倉市教育委員会・鎌倉国宝館）　1994・10

書評　秋永一枝著『古今和歌集声点本の研究　研究編上・下』『国文学研究』109集　1993・3

松平黎明会編『松平文庫影印叢書』全十巻〈新刊紹介〉『語文』91輯　1995・3

手づくり――〈歌ことば〉の周辺（一）『りとむ Rythme』4巻4号（19）（りとむ短歌会）　1995・7

主あることば――〈歌ことば〉の周辺（二）『りとむ Rythme』4巻5号（20）　1995・9

面白し――〈歌ことば〉の周辺（三）『りとむ Rythme』4巻6号（21）　1995・11

面白し再説――〈歌ことば〉の周辺（四）『りとむ Rythme』5巻1号（22）　1996・1

新しき――〈歌ことば〉の周辺（五）『りとむ Rythme』5巻2号（23）　1996・3

遠州と定家様『数寄大名　小堀遠州の美学「綺麗さび」展』〈図録〉（小堀遠州三百五十年大遠諱事務局）　1996・2

書評　有吉保著『新古今和歌集の研究　続篇』『語文』97輯　1997・3

辞典項目執筆　佐佐木幸綱編著『短歌名言辞典』（東京書籍）　1997・10

公開座談会記録「源実朝の歌と人物」〈佐佐木幸綱他2氏と〉『心の花』1186（竹柏会）　1997・8

公開座談会記録「源実朝の歌と人物」その2〈佐佐木幸綱他2氏と〉『心の花』1187（竹柏会）　1997・9

書評　田村柳壹著『後鳥羽院とその周辺』『語文』103輯　1999・3

◆歌論用語の一基軸　『歌論集』新編日本古典文学全集87　月報79（小学館）　2001・12

藤原定家―テキストの人― 『文人の眼』4号（2002年8・9月号） 2002・9

座談会・『藤平春男著作集』が問うもの―和歌研究のいま―〈井上宗雄他4氏と〉

『リポート笠間』（笠間書院）43号 2002・11

論理と論理を超えるもの 『藤平春男著作集』5・和歌史論集「刊行だより」 2003・2

座談会―人文学科の可能性 〈5氏と〉『跡見学園女子大学　人文学フォーラム』創刊号 2003・3

事典項目執筆 黒田日出男他編『日本史文献事典』（弘文堂） 2003・12

辞典項目執筆 佐佐木幸綱・復本一郎編『三省堂　名歌・名句鑑賞辞典』（三省堂） 2004・9

内なる〈他者性〉について 『和歌文学研究』92号 2006・6

◆〈伝受〉の力　点描 『跡見学園女子大学　人文学フォーラム』5号 2007・3

あとがき

本書の企画は、二〇〇六年四月に川平氏が永眠され、お別れの会があったその日からスタートしたと言えるのではなかろうか。五月の学会シーズンに合わせて催された「別れの会」には、弔問のために全国から多くの研究者が集まったが、『中世和歌論』に収録されずに遺された論稿群をどうするのか、何とか本として刊行したいものだ、という声があちこちから聴かれた。しかし、我々にとって氏を喪った衝撃は大きく、すぐには実務の態勢も整わなかった。

それ以上に、ご遺族から川平氏の生前の御意向を伺ったときの逡巡も大きかった。氏は『中世和歌論』に収録されなかった論稿群をそのまま単行書にまとめることを全く望んでおられず、他からのそのような示唆に対しては厳しく拒絶してこられたということを伺ったからである。ご遺族としては、故人の明確な意思表示のさまが眼に焼き付いておられたのであるから、遺稿集の出版をご許可になるのはさぞ躊躇されたことであろうとご推察申し上げる。

しかし、和歌研究の世界に大きな刺激を与え続けた川平氏の思索の跡が、このまま放置されるということは、同学の者として堪え難く思われた。それは、前述の通り、中世和歌に関わる多くの研究者の気持ちでもあったのである。

編集には同門の早稲田大学関係者が当ることとなり、『中世和歌論』の版元である笠間書院も積極的な支援をして下さった。ご遺族に対して事情をご説明申し上げ、実務に入ることができたのは、同年秋頃であったろうか。構成の決定、文献の収集を経て、二〇〇八年前半の刊行を目指すことになった。氏の後輩に当る若手の献身的な努力もあり、このほどついに刊行に至ったのはまことに喜ばしく感ぜられる。ただ、川平氏自身がさらなる思索を加えて一書にまとめておられれば、どれほど素晴らしい出来栄えを示しただろうかと考えると、我々の喜びも苦いものに変らざるを得ない。

凡例や「所収文献解説」にも記されている通り、今回の本の構成は全く我々の意に出るものであり、これが川平テキスト学の真髄を歪めるものであったならば、その責任は我々が負わねばならない。御批判は甘受するつもりである。その上で、川平ひとしという独創的な研究者の思索が、次代の研究に受け継がれることを切に望むものである。

二〇〇八年四月

編集委員会
井上　宗雄
松野　陽一
神野藤昭夫
兼築　信行
浅田　徹

中世和歌《ちゅうせいわか》テキスト論《ろん》―定家《ていか》へのまなざし

2008年５月30日　初版第１刷発行©

著　者　川平《かわひら》ひとし

発行者　池田つや子

発行所　有限会社　**笠間書院**
〒101-0064　東京都千代田区猿楽町2-2-3
☎03-3295-1331㈹　FAX03-3294-0996
振替00110-1-56002

NDC 分類：911.102

装　幀　笠間書院装幀室

ISBN978-4-305-70376-7

シナノ印刷
（本文用紙：中性紙使用）

落丁・乱丁本はお取りかえいたします。
出版目録は上記住所までご請求下さい。